PAS
UN
MOT

OUVRAGES ÉCRITS PAR D.K. HOOD

En français
Les enquêtes de Jenna Alton & David Kane
Pas un mot
Pas une larme
Pas un cri
Pas un bruit
Pas un doute
Pas une ombre

Detective Beth Katz
Filles fleurs
Anges d'ombres
Sombres Cœurs

En anglais
Detective Beth Katz
Wildflower Girls
Shadow Angels
Dark Hearts

Detectives Kane and Alton
Don't Tell A Soul
Bring Me Flowers
Follow Me Home
The Crying Season

Where Angels Fear

Whisper in the Night

Break the Silence

Her Broken Wings

Her Shallow Grave

Promises in the Dark

Be Mine Forever

Cross My Heart

Fallen Angel

Lose Your Breath

Pray for Mercy

Kiss Her Goodnight

Her Bleeding Heart

Chase Her Shadow

Now You See Me

Their Wicked Games

Where Hidden Souls Lie

A Song for the Dead

D.K. HOOD

PAS UN MOT

Traduit par Florian Dennisson

bookouture

PROLOGUE

Tuez-moi.

Une botte de cow-boy tachée de sang martela le sol en béton craquelé, à quelques centimètres de sa joue.

Un gémissement plaintif suivi d'un coup de pied dans des côtes déjà cassées relança les tremblements. Une décharge électrique parcourut sa colonne vertébrale et diffusa la douleur dans tout son corps. Dans une tentative désespérée d'aspirer l'air précieux à travers ses lèvres gonflées, il cracha du sang et inspira vivement. L'effort lui brûlant les poumons, il se tordait comme un ver dans la boue, attendant le coup fatal. Sa vision se brouillait et la douleur lui transperçait les yeux. Il avait perdu tout sens de l'orientation et les rires malins de son bourreau jouaient des tours à son esprit confus. La nuit avait erré vers une nouvelle journée de torture sans fin. Il tenta de s'éloigner en rampant et recracha un filet de sang, remuant la paille sur le sol poussiéreux.

Combien de temps s'était-il écoulé depuis qu'il était entré dans cette grange ? Un jour ? Cinq jours ? La course du temps qui passe n'était matérialisée que par les périodes entre les sévices. Il avait subi des tortures inimaginables de la part d'un homme très doué pour infliger la douleur, mais il avait survécu. Au début, il avait essayé de raisonner son ravisseur en lui donnant les informations qu'il exigeait de lui, mais il avait atterri au beau milieu du fantasme sadique d'un fou. Il n'avait pas eu le temps de riposter, pas eu le temps de négocier sa vie. Le premier coup de marteau l'avait assommé et il était sorti de sa torpeur pour se retrouver dans un monde de douleur, pieds et poings liés à la merci d'un monstre.

Il oscillait entre réalité et illusion. Le cerveau est un organe merveilleux, et le sien essayait de lui faire oublier la vérité en l'emmenant en vacances à la plage avec sa famille. Parfois, il flottait dans une autre dimension sur des nuages de guimauve, mais la réalité revenait avec fracas à chaque vague de souffrance. Il avait très vite découvert que pleurer ou implorer la pitié faisait durer les séances plus longtemps. Que réprimer ses gémissements et faire semblant d'être inconscient ne donnaient aucune satisfaction au maître de la douleur.

Sous lui, le sol froid semblait apaiser ses blessures, engourdissant l'agonie, et quand la nuit tombait, il pouvait ramper sous un tas de paille puante. Le fumier en fermentation le gardait au chaud, le gardait en vie. Il avait passé les premières heures de sa captivité à ronger les cordes autour de ses poignets, utilisant ses dents pour desserrer le nœud, mais un coup de marteau de la part du fou avait mis fin à tout espoir d'évasion. Une ombre passa au-dessus de lui. Une botte s'appuya sur sa colonne vertébrale, le talon vrillant la peau entre les vertèbres, provoquant une agonie indescriptible. Ses jambes perdirent toute sensation. *Il m'a paralysé.* Déterminé à ne pas lui donner la satisfaction de crier, il resta silencieux. Une nuit de plus passée ici, nu sur le sol gelé, l'achèverait, et il serait heureux d'être libéré.

Un moteur de voiture vrombit au loin et Bottes-de-Cow-boy se pencha sur lui, attrapa ses jambes et le traîna dans un box. De la paille tombait sur lui, recouvrant ses cils de poussière. À travers les brins dorés, il jeta un coup d'œil par la porte entrouverte et son cœur s'emballa. Une voiture de police s'était arrêtée dans l'allée et deux officiers en uniforme en étaient sortis. Une femme flic tendit un morceau de papier à son ravisseur. Il rampa à l'aide de ses coudes, traînant ses jambes inutiles derrière lui. Après une grande inspiration, il hurla à travers ses lèvres déchiquetées, mais seul un long gémissement s'échappa de sa gorge. La femme jeta un coup d'œil dans sa direction et il griffa le sol, s'éloignant centimètre par centimètre du box. Il devait attirer son attention, et luttant contre les vagues de nausée, il fit un nouvel essai :

« Aaaaah. »

L'officier de police indiqua la grange d'un mouvement du menton et s'approcha vers lui, mais Bottes-de-Cow-boy lui bloqua le passage et secoua la tête. Un rictus s'étira sur son visage et lui donna l'air d'une gargouille maligne : le mal incarné. La femme flic parla à nouveau, mais ses mots étouffés se dissipèrent dans le vent et l'attention de son tortionnaire se concentra sur le papier dans sa main. D'une certaine manière, il l'avait convaincue que tout allait bien. *J'ai une chance de m'échapper.* Il puisa dans ses dernières forces et se déhancha pour avancer, un douloureux centimètre à la fois. *Je dois ramper jusqu'à la porte.* Crachant du sang, il expulsa l'air à travers sa bouche cassée. *Entendez-moi. S'il vous plaît, faites que vous m'entendiez.*

« Aaaaarh. »

La femme lança un regard dans sa direction, serra le bras de Bottes-de-Cow-boy dans un geste de réconfort puis suivit l'autre officier jusqu'à la voiture. Le désespoir l'enveloppa tout entier et il laissa les larmes lui piquer les yeux et couler sur ses joues. Des bruits de pas martelèrent la chape de béton, pareils au son du glas. Ses appels à l'aide avaient rendu le maniaque furieux.

— Comment oses-tu tenter d'alerter les flics ? Tu m'appartiens.

Bottes-de-Cow-boy cracha une boule chaude et gluante sur sa joue puis reprit :

— C'est ta faute si cette salope est venue fouiner sur mon terrain. Tu vas me le payer.

Les coups s'abattirent sur lui, une douleur fulgurante explosa dans sa tête et sa vision s'obscurcit. Un étrange brouillard l'entoura et il accueillit la paix que l'obscurité lui apporta.

— C'est officiel. Je suis cinglé, fou à lier.

David Kane tentait de voir à travers son pare-brise recouvert de givre dans la noirceur totale qui entourait son SUV.

— Il n'y a qu'un fou pour conduire dans le blizzard en pleine nuit !

Seul dans la voiture, il lui semblait que sa voix était plus forte que d'habitude.

Les phares illuminèrent un bandeau de route noire qui brillait comme un serpent recouvert de glace et zigzaguait à travers des plaines enneigées. Une vie simple dans une petite ville calme du Montana lui avait semblé être une bonne idée alors qu'il séjournait depuis dix mois à l'hôpital militaire Walter Reed, mais après quatre heures de route à travers le néant, il commençait à avoir des doutes.

— Se parler à soi-même en est le premier signe.

Tout en bâillant, il ouvrit une fenêtre pour se changer les idées. Un souffle de vent glacial lui gifla le visage, ce qui eut pour effet de lui faire retrouver toute sa concentration.

— C'est mieux, dit-il.

Il tira son bonnet de laine noire sur ses oreilles puis tapota l'écran du GPS.

— T'es réveillée ?

La voix féminine robotique qui lui tenait compagnie était restée silencieuse depuis sa dernière série d'indications. Au loin, il aperçut la lueur intermittente de feux arrière et accéléra. Suivre un véhicule lui faciliterait la tâche pour conduire sur des routes dangereuses et inconnues, et s'il perdait sa trace, il doutait qu'une autre voiture passe jamais sur cette route. Seuls les idiots comme lui visitaient la ville de Black Rock Falls, isolée et loin de la civilisation, pendant un blizzard.

Il s'engagea dans un long virage et gagna du terrain sur les feux rouges clignotants devant lui. La neige s'accumulait sur les essuie-glaces et laissait une trace sur le pare-brise, altérant la visibilité. Il ralentit pour conserver le rythme, tout en restant à distance afin de ne pas coller la voiture de devant ou gêner le conducteur, mais le fait que quelqu'un d'autre ait bravé le temps le réconfortait. Lorsqu'une route, dont la présence était indiquée par un panneau stop tordu en angle droit et criblé d'impacts de balles, se profila sur sa droite, il poussa un soupir de soulagement. Les phares du SUV accrochèrent une grange blanche, une clôture et une allée plongeant dans l'obscurité. *Enfin, des signes de vie.*

Le rugissement d'un moteur rompit le silence et de la lumière se refléta dans le rétroviseur. Deux faisceaux halogènes aveuglants dardèrent sa cornée. Le véhicule le dépassa à grande vitesse, aspergeant son SUV noir de glace et de gravier. Il cligna des yeux à temps pour chasser les taches rouges qui obstruaient sa vision et distingua la plaque d'immatriculation couverte de boue d'un pick-up sombre transportant un gros tonneau noir maintenu par des cordes. *Imbécile !* Le chauffard fonça derrière la voiture qui le précédait et les deux véhicules disparurent après un virage serré. Une vague d'appréhension se diffusa en lui. Une forte détonation et un grincement brisèrent le calme de la nuit et il ralentit. S'engageant dans le virage avec précaution, il observa avec consternation des morceaux de métal tordus qui jonchaient le banc de neige fraîche.

De furtifs souvenirs des quelques secondes qui avaient changé sa vie lui revinrent en mémoire. L'image des yeux sans vie de sa femme fixant le néant. Le sang sur son front. La colère de savoir que le mal l'avait emporté. Il ramena ses pensées dans le présent et scruta la route à la recherche d'une épave. Les ornières dans la neige indiquaient qu'un véhicule avait quitté la route. Il continua à rouler puis regarda au loin.

Deux feux arrière rouges disparurent dans l'obscurité.

Salaud. Le pick-up était apparu de nulle part, comme si le conducteur avait été à l'affût derrière la grange, puis avait percuté l'autre voiture sans aucune considération pour la vie humaine. Quelle parfaite manière de commencer son nouveau boulot ! Il débarquait à Black Rock Falls en tant que seul témoin d'une tentative de meurtre et d'un délit de fuite. *C'est bien ma veine.* Utilisant ses phares pour balayer la zone, il se pencha vers l'avant, scrutant la neige grise et compacte sur le bord de la route, à la recherche de l'autre véhicule. Des volutes de fumée scintillaient depuis un champ voisin et un profond sillon dans la terre indiquait la trajectoire de la voiture. Il fit pivoter son SUV pour inonder la zone de lumière. Il laissa le moteur tourner, prit une lampe de poche dans la boîte à gants et glissa hors du siège.

La neige fondue lui piquait les joues et un froid glacial transperçait ses vêtements. Il remonta la fermeture Éclair de son épaisse capuche et frissonna. Les tripes serrées par l'appréhension de trouver un corps au milieu du métal écrasé, il courut, la glace craquant sous ses bottes, vers une voiture de police affublée du logo « Black Rock Falls County Sherif's Department » sur la portière. Le véhicule avait fait un tonneau et était désormais posé sur son toit, les roues tournant dans le vide, et enveloppé d'une brume. Lorsqu'elles s'arrêtèrent, il sauta dans le fossé qui bordait la route, laissa tomber la lampe de poche puis s'accroupit du côté du conducteur. Un nuage de fumée se forma autour de lui et l'essence se déversait dans la neige. La moindre étincelle et le carburant s'enflammerait. Il plaça une botte sur le panneau latéral, saisit la poignée et ouvrit doucement la porte. Il s'empara de la lampe de poche et dirigea le faisceau sur le visage d'une femme en uniforme suspendue à l'envers par sa ceinture de sécurité, le visage frôlant l'airbag. Elle le fixa ; ses yeux sombres clignèrent à plusieurs reprises. Elle semblait alerte et, d'après son expression, furax au plus haut point. *Elle est vivante.*

Au moment où il fit parcourir sa lampe torche sur elle, la femme plissa les yeux puis leva le canon d'un Glock 22 en direction du visage de David Kane.

2

Kane l'observa avec incrédulité, sa proposition de l'aider figée sur ses lèvres.

OK, qu'est-ce qui se passe ici ?

Du sang suintait depuis la racine de ses cheveux, mais sa petite main resta stable. Ses yeux sombres s'étrécirent.

— Écartez la lumière de mes yeux ! dit-elle. Éloignez-vous de la voiture et mettez vos mains là où je peux les voir.

— Oui, madame.

Kane posa la lampe de poche sur le sol et leva les mains en l'air. Il conserva son attitude calme et professionnelle pour éviter qu'elle ne répande sa cervelle sur la neige.

— Vous voulez que j'appelle les secours ? Vous êtes blessée.

Aussi froide qu'un officier de terrain entraîné au combat, elle ne cilla pas et cracha :

— Non, je n'ai pas besoin d'assistance médicale. C'est juste une égratignure. Déclinez votre identité.

— Je suis David Kane, le nouveau shérif adjoint de Black Rock Falls. Je peux vous montrer mes papiers ou mon permis ? Ils sont dans ma poche intérieure et je porte un revolver dans un holster accroché à mon épaule, dit-il en la fixant avec un regard aussi froid que de la glace.

Elle affichait l'expression sévère d'un tueur entraîné, une expression qu'il connaissait bien, aussi familière que la sienne.

— Je n'ai pas de plaque, s'excusa-t-il. Je dois en récupérer une ainsi que mon uniforme à mon arrivée.

— L'accréditation qu'ils vous ont envoyée fera l'affaire, répondit-elle alors que son regard se déplaçait sur lui, mais que son Glock restait pointé sur son front. Une main sur la tête, laissez le pistolet dans son étui et sortez votre carte d'identité très lentement.

Se demandant dans quel genre d'endroit il venait d'emménager après ses années à Washington DC dans les Forces spéciales d'investigation, il obtempéra puis il ouvrit son portefeuille et le retourna pour montrer ses papiers d'identité.

— La brigade du comté de Black Rock Falls est un petit bureau... Je suis sûr que vous avez entendu parler de mon affectation ? Je dois me présenter à zéro huit cents heures[1] lundi au shérif Alton.

— Pointez la lumière sur votre carte, dit-elle en clignant des paupières pour enlever le filet de sang qui lui coulait dans un œil. Pas de gestes brusques.

Il maintint le portefeuille contenant sa photo et son accréditation en tant que shérif adjoint devant la lampe de poche.

— Maintenant que vous savez qui je suis, puis-je vous aider, madame ? Je peux appeler quelqu'un pour examiner votre tête ?

Elle ne lui révéla pas son nom, mais lui adressa un signe de tête sec avant de grimacer.

— Ce n'est rien et je n'ai pas besoin des secours.

Parcourant son visage blême du regard, il se pencha vers elle pour écarter sa frange noire d'une coupure ensanglantée de quelques centimètres à la naissance de ses cheveux. L'arme ne

---

1. 8 h oo.

bougea pas, mais son doigt s'éloigna de la détente et s'enroula autour de la crosse. Il ravala son souhait qu'elle range son arme dans son étui.

— Je vais devoir vous aider à sortir de la voiture pour pouvoir panser la coupure. D'autres blessures ?

— Non. Je vais super bien, répondit-elle en accompagnant sa réplique d'un sourire sarcastique. Il y a un couteau attaché à ma cheville droite. Prenez-le et coupez la ceinture de sécurité.

Kane se saisit de son propre couteau et elle écarquilla les yeux. Il l'ignora et perça l'airbag sur le dessous, loin de son visage. Le ballon dégonflé lui donna plus d'espace pour vérifier ses blessures.

— Ôtez l'arme de mon visage. Si un tir part, nous serons tous les deux grillés. Le réservoir d'essence fuit.

— Est-ce que vous voyez mon doigt sur la gâchette ? Je ne suis pas une bleue. Tenez, prenez-le.

Elle fit basculer le canon de l'arme et la lui offrit, la crosse en avant.

— Sortez-moi de là.

Il cala le Glock à l'arrière de sa ceinture.

— OK, dites-moi si quelque chose vous fait mal quand je vous bouge.

Glissant son bras gauche autour de sa taille pour la soutenir, il trancha la ceinture de sécurité puis la tira hors de l'habitacle pour la déposer sur le sol à une distance sûre. Il récupéra la lampe de poche puis revint lui offrir son aide en lui tendant la main.

— Pouvez-vous vous lever ?

— Juste une minute.

Elle toucha sa tête avec précaution, observa ses doigts tachés de sang, puis se détourna et vomit.

— Vous montrez des signes de commotion cérébrale. J'appelle les secours.

Elle s'essuya la bouche avec une poignée de neige et le fixa du regard.

— Ce n'est pas la blessure à la tête. C'est à cause des tonneaux que la voiture a faits.

Elle eut un haut-le-cœur et s'éloigna de lui en rampant sur les mains et les genoux.

— J'ai déjà eu une commotion cérébrale. Là, je suis lucide, ma vision est bonne. Je ne suis pas en état de choc. Donnez-moi une seconde.

Elle ne réagissait pas comme quelqu'un qui venait de frôler la mort. Elle était passée à l'offensive dès l'instant où il était arrivé sur les lieux, et restait en parfait contrôle. Pourquoi aurait-elle dégainé son arme sur un bon samaritain potentiel si elle ne pensait pas que sa vie était en danger ? Il se gratta le menton et perçut le léger tremblement des mains gantées de la femme. Oui, la température était glaciale, mais elle semblait capable de bloquer tout signe d'émotion. Il avait travaillé au sein du commandement des Forces spéciales d'investigation assez longtemps pour reconnaître quand une personne avait suivi une formation spécialisée, et son esprit s'embrouillait avec les implications que cette information pouvait avoir. *Pourquoi le SFIC[2] me parachuterait-il au beau milieu d'une mission d'infiltration en cours ?*

Kane retourna à la voiture et éclaboussa de neige à l'aide d'un coup de pied dans une congère la tache de carburant qui s'étendait. Il extirpa son téléphone portable et prit quelques photos de la scène, puis il appela le 911. L'un des autres adjoints du shérif devrait sécuriser la scène. Sa priorité à lui était qu'elle soit saine et sauve. Lorsque des aboiements de chien en guise de sonnerie de portable retentirent sur le téléphone de la policière, il pivota pour la fixer.

— Eh ouais, les appels d'urgence sont redirigés directement

---

2. Commandement des Forces spéciales d'investigation.

vers mon téléphone portable. Considérez cet accident comme enregistré.

Elle appliqua une boule de neige sur sa blessure et gémit.

— J'enverrai quelqu'un ici demain matin. Occupez-vous seulement de sécuriser le véhicule.

— Oui, madame.

Contournant le véhicule, il se dirigea vers la portière ouverte et jeta un coup d'œil à l'intérieur. L'habitacle était dépourvu des habituels couvercles et emballages de café à emporter. Il glissa contre le siège passager et ouvrit la boîte à gants. À l'intérieur se trouvaient une pile d'assignations vierges et un thermos. Il ramassa les objets, prit les clés sur le contact et sortit, fermant la porte derrière lui avec précaution. Le « bip » de l'interrupteur résonna à travers l'obscurité. Le vent soufflait, un froid glacial frappait la plaque de métal vissée sur son crâne et un frisson lui parcourut la nuque. Une douleur familière se logea au niveau de sa tempe et se propagea jusque derrière ses yeux. Dans les quelques minutes qui avaient suivi l'accident, le grésil s'était transformé en blizzard. L'officier était à genoux, vomissant ses tripes. Il fallait qu'il l'amène à son véhicule avant qu'elle ne soit en état de choc.

Il jeta les objets sur la banquette arrière de son SUV puis retourna à ses côtés et s'accroupit à côté d'elle.

— Des armes dans le coffre ?

— Non, répondit-elle sans le regarder.

— OK, on va vous mettre à l'abri du froid.

Ignorant ses protestations, il la prit dans ses bras et se dirigea vers son véhicule. Elle était plus lourde que prévu et avait le genre de corps musclé qui nécessite des années de perfectionnement. Le fait qu'elle ait le même physique que la plupart des agentes féminines aux côtés desquelles il avait travaillé au cours des dix dernières années déclencha d'autres signaux d'alarme. Il pouvait se tromper, tout le monde n'était pas dans la même situation que lui. Des gens voulaient sa mort. Bien que les médias aient rapporté son décès et celui de sa femme, Annie, dans un accident de voiture, il devait surveiller ses arrières vingt-quatre heures sur vingt-quatre, sept jours sur sept. Son commandant avait organisé sa mise au vert jusqu'à sa rétrogradation au poste de shérif adjoint. Le changement d'identité faisait partie du job, et après avoir passé des mois en convalescence à perfectionner sa couverture, il s'attendait à avoir le temps de pleurer la perte de sa femme dans une petite ville de campagne au calme. Au lieu de ça, il s'était encore attiré des ennuis. *On dirait que je suis un véritable aimant à problèmes criminels.*

La serrant contre lui, il se fraya un chemin dans la neige et son regard interrogateur se fixa sur lui comme si elle avait lu dans ses pensées. Il indiqua du menton la direction de son véhicule.

— J'ai une trousse de premiers secours dans ma voiture. Je vais m'occuper de votre blessure à la tête avant de partir.

— Vous avez l'habitude d'intervenir dans ce genre de situation et de prendre les commandes ?

— Ça fait partie du boulot et vous n'êtes pas en état de le faire.

Il la souleva d'un bras, ouvrit la portière passager et la fit entrer.

— Tenez, dit-il en lui tendant son arme. Juste au cas où je deviendrais incontrôlable.

Il claqua la porte et fit le tour de la voiture. Il saisit la trousse à pharmacie sur la banquette arrière et s'installa à côté d'elle. À sa grande surprise, elle resta assise sans bouger et le laissa nettoyer et panser la plaie. Elle avait raison, la coupure était superficielle, mais il était quand même inquiet.

— Je sais que vous avez refusé tout traitement médical, mais me permettez-vous de vérifier vos pupilles ?

— Si vous y tenez.

Il empoigna la lampe de poche et passa le faisceau sur ses yeux. Lorsque les deux pupilles réagirent de concert, il laissa échapper un soupir de soulagement.

— Tout va bien.

— Bien reçu. On peut y aller, maintenant ?

Effectuant des gestes comme si elle souffrait, elle se pencha en arrière sur le siège et attacha sa ceinture. Il jeta la trousse de premiers secours à l'arrière et se tourna vers elle.

— Vous connaissez mon nom. Comment voulez-vous que je vous appelle ?

— Shérif Alton, ça fera l'affaire, répondit-elle.

La lueur d'amusement dans les yeux de la femme refléta la stupéfaction de l'homme.

Il avait deviné, à sa réaction calme face à l'accident, qu'elle avait passé du temps en opération sur le terrain, mais le fait qu'elle puisse occuper le poste de shérif de Black Rock Falls ne lui était pas venu à l'esprit. Pour la première fois, il observa ses traits. Elle était trop jeune pour avoir l'expérience nécessaire à un poste aussi prestigieux, mais il s'estimerait déjà heureux qu'elle lui confie la moindre enquête au-delà d'une simple contravention. Son uniforme était impeccable, à l'exception des éclaboussures de sang, et elle portait ses cheveux courts, mais sa coiffure était à la mode. Ses yeux bleu foncé mettaient en valeur son visage attirant et il se demandait quelle division de l'armée l'avait formée. La question lui brûlait les lèvres, mais il la réprima et lui fit un signe de tête.

— Savez-vous qui vous a fait sortir de la route et pourquoi ?

Il enclencha le levier de vitesse en position de conduite et bifurqua sur la route.

— Non, j'étais plutôt occupée à essayer de sauver ma peau. Vous avez vu la plaque d'immatriculation ?

Il la regarda et secoua la tête.

— Le numéro était couvert de boue, mais j'ai pu distinguer un chiffre, un 9.

— La marque ?

— Oui, c'était un pick-up Ford, peut-être un modèle des années 1970 avec une peinture sombre, peut-être bleue ou verte, avec un autocollant déchiré à côté du feu arrière. Il transportait un vieux baril noir dans lequel on transporte de la mélasse raffinée, avec quelque chose d'écrit sur le côté. Je suis sûr que je reconnaîtrais le véhicule. Je suppose que le conducteur est sorti de derrière la grange un peu plus loin, car personne ne me suivait.

Il s'éclaircit la gorge.

— Vous avez des ennemis ?

— Qui n'en a pas ici, à Black Rock Falls ? répondit Alton en reniflant. Si ce ne sont pas les membres du conseil municipal qui se sautent à la gorge, ce sont les vagabonds ou les cow-boys qui suivent la tournée des rodéos. Ensuite, nous avons les bagarres entre les équipes de hockey rivales et les fans. Nous avons un stade à l'autre bout de la ville et ce week-end, il y a match à domicile. Croyez-moi, même le mauvais temps ne les éloigne pas. La majorité des fans de hockey arrivent tôt et restent tout le week-end.

Elle haussa les épaules.

— Ils ont tendance à s'adonner à toutes sortes d'excès et si le chauffeur conduisait sous l'empire de quoi que ce soit, il ne se serait certainement pas arrêté pour aider un policier alors qu'il risquait des poursuites.

— J'imagine, oui, mais le coup de la boue sur la plaque me semble un peu trop arrangeant.

Il imagina ce qu'impliquerait une enquête sur une horde de visiteurs en ville et haussa les épaules avant de reprendre :

— Au moins, nous avons une partie de la plaque, la marque et le modèle du véhicule.

— Il y a des dizaines de pick-up Ford à Black Rock Falls, sans compter ceux des autres villes, dit-elle en lui adressant un long regard contemplatif, comme pour l'évaluer. Pour ce qui est des ennemis personnels, je pourrais vous donner une liste de cinq personnes qui préféreraient que ce soit un homme qui occupe mon poste. C'est déjà bien suffisant que les femmes aient le droit de vote.

Donc pas vraiment la petite ville tranquille que j'avais imaginée.

Il prit une grande inspiration.

— Alors, quelle urgence vous a fait sortir à cette heure de la nuit ?

— Un canular téléphonique, dit Alton en pressant ses doigts tremblants sur le pansement blanc sur sa tête. Ils n'ont pas laissé de nom et ont dit qu'ils avaient vu une épave près de chez les Simpson. C'est à environ un kilomètre et demi après la grange que vous avez mentionnée. J'ai fouillé sur huit kilomètres dans les deux directions, mais je n'ai rien trouvé ; je rentrais chez moi au moment de l'accident.

Il la dévisagea, déconcerté par son calme.

— Je ne qualifierais pas ce qui s'est passé d'*accident*. La voiture a surgi de nulle part. Je pense que le conducteur était l'auteur du canular et qu'il a attendu que vous passiez. À la vitesse à laquelle le pick-up roulait, le fait de vous percuter était un acte délibéré. Je vais retrouver le propriétaire du véhicule et le faire venir au poste pour l'interroger.

— Vous êtes très motivé.

Alton remonta son col et il remarqua que ses doigts tremblaient.

— Vous avez travaillé sur beaucoup de délits de fuite ?

— Un ou deux, répondit-il en jetant un coup d'œil dans sa direction. Vous avez l'habitude de partir en patrouille au milieu de la nuit sans renfort ?

— J'emmène généralement Rowley ou l'un des autres

adjoints, rétorqua Alton, sa bouche se contractant comme si elle était amusée. Maintenant que vous êtes là, vous allez peut-être vous porter volontaire pour un service de nuit permanent ?

— Peut-être plus tard, quand j'aurai appris à connaître la région.

Dehors, les phares du SUV balayèrent des bâtisses empilées le long de la route.

— Je vous dépose chez vous, enchaîna-t-il, et ensuite j'aurai besoin d'indications pour me rendre au Ranch O'Reilly. Je me suis arrangé pour y séjourner jusqu'à ce que je puisse trouver mon propre logement.

— Tournez à droite au prochain carrefour. Le Ranch O'Reilly est à environ un kilomètre et demi. Cherchez une arche blanche avec un crâne de taureau au sommet.

Ses lèvres se muèrent en un semblant de sourire.

— Vous séjournez chez moi, reprit-elle. C'est moi la propriétaire du Ranch O'Reilly.

3

Avoir de la compagnie était bien la dernière chose dont Kane avait besoin.

— J'apprécie le geste, mais ce ne sera pas pour plus d'une nuit ou deux. Je préfère vivre seul.

— Vous serez seul. Je n'aime pas non plus les colocataires et je suis sûre que vous trouverez le logement que j'ai aménagé plus qu'adéquat.

Elle lui lança un regard indigné puis pointa du doigt au loin.

— L'entrée est juste devant, la clôture blanche. Tournez et suivez l'allée.

Trois mètres après le portail, une rangée de lumières s'actionna et éclaira le périmètre d'une route recouverte de neige. Kane repéra des caméras thermiques placées en hauteur sur les poteaux d'éclairage et balaya son regard dans toutes les directions. Le terrain entourant le ranch était dépourvu d'arbres, ce qui permettait d'avoir une vue à trois cent soixante degrés sur la route et ses environs. Il s'arrêta sur une allée de gravier récemment déneigée et jeta un regard vers elle.

— Vous vivez ici depuis longtemps ?

— Deux ans environ.

Alton désigna un cottage imposant s'érigeant à une trentaine de mètres de la maison principale.

— Vous allez séjourner là-bas. J'ai rempli le réfrigérateur avec assez de nourriture pour au moins passer le week-end. J'ai laissé vos uniformes, votre plaque et vos cartes sur la table de la cuisine.

Elle extirpa un trousseau de clés de la poche de sa veste et le lui tendit dans un geste théâtral.

— Bienvenue dans le comté de Black Rock Falls.

Elle ouvrit la portière et marcha vers le ranch sans se retourner.

Ça va vraiment être sympa... se dit-il, avançant son SUV vers le cottage.

Il empoigna ses sacs sur la banquette arrière, se dirigea vers la porte d'entrée, trouva la clé et alluma la pièce. La maison sentait le vernis avec un soupçon d'eau de Javel. Il jeta un coup d'œil autour de lui, observant le salon sobrement meublé d'une seule chaise, d'une table basse et d'un canapé posé devant une télévision à écran plat. La pièce était étonnamment chaude. Il se débarrassa de son manteau et le laissa tomber sur le dossier du canapé, puis sortit le détecteur de micros de son sac. Les écouteurs enfoncés dans ses oreilles, il fit le tour de la maison pièce par pièce. *Voyons si tu es assez parano pour avoir installé un dispositif de surveillance.*

Après une fouille méticuleuse, il secoua la tête, incrédule, devant l'amoncellement de micros et de caméras collectés à des endroits stratégiques de la maison. Il marcha dans le couloir puis déboucha sur un coin cuisine muni de plans de travail en granit et d'appareils en aluminium. Il nettoya la pièce des différents appareils et posa le tas de micros sur la table, à côté de trois piles d'uniformes, de trois vestes d'hiver, de bottes et d'une plaque de police neuve et brillante.

Son commandant ne lui avait donné aucune information sur le comté de Black Rock Falls ou sur le shérif Alton, mais il lui semblait que la femme en savait beaucoup sur lui, jusqu'à la taille de son pantalon. Bien sûr, elle avait eu droit aux détails concernant sa couverture, celle d'un flic blessé dans l'exercice de ses fonctions, mais il était impossible pour elle de découvrir la vérité sur son identité. L'agence avait scellé ses états de service et elle aurait besoin de son vrai nom et d'une autorisation présidentielle pour avoir la moindre idée de la nature de son dernier poste. Selon les raisons de sa présence à Black Rock Falls, elle avait pu percevoir son arrivée comme une menace.

Dans ce cas, elle avait une excuse pour les appareils d'écoute et les caméras. *Tu n'es pas dans mon collimateur.*

Mais encore une fois, si ce n'était pas Alton qui avait placé les appareils, il avait dû foncer tête baissée dans un piège. Il ôta son bonnet de laine et passa un doigt sur la cicatrice de quinze centimètres sur son crâne. Les poils de sa nuque se hérissèrent et il empoigna la crosse de son pistolet. Son instinct aiguisé comme une lame de rasoir lui avait sauvé la vie de nombreuses fois, et en ce moment même, il carburait au maximum.

4

Jenna Alton se redressa dans son lit et cligna des yeux face à la lumière qui traversait les rideaux. Sa main se dirigea vers le pistolet posé sur la table de nuit. Le Glock glissa dans sa paume ; la sensation lui était familière. Elle fixa son attention sur la porte de la chambre et écouta. Quelqu'un l'avait retrouvée. Trois ans s'étaient écoulés depuis qu'elle avait témoigné contre un des chefs de la pègre, Viktor Carlos. Lors de son procès pour trafic d'esclaves sexuels, le caïd l'avait menacée de mort. Croire qu'elle serait en sécurité une fois qu'il serait derrière les barreaux avait été une grosse erreur. Telle une pieuvre, Carlos avait de longs bras, et après le meurtre violent de son collègue, un agent infiltré, le FBI avait relocalisé Jenna à Black Rock Falls. Bien que sa nouvelle identité soit solide comme le roc, Carlos employait des hackers et elle restait sur le qui-vive, se préparant au pire.

Lorsqu'elle avait aperçu le SUV noir de Kane et vu un homme se précipiter sur elle alors qu'elle venait d'avoir un accident presque fatal, elle s'était convaincue qu'un assassin avait été payé pour la retrouver. D'instinct, elle avait dégainé son arme, et bien que le type semblât être en règle, l'incident l'avait rendue nerveuse.

Le bruit se répéta, et pleinement alerte, elle glissa du lit et s'accroupit en position de combat. Quand on frappa à la porte d'entrée à grands coups, elle fut soulagée. Quelqu'un devait être mort pour que l'un de ses adjoints la dérange un samedi matin avant 7 heures. Ils auraient tous eu le bon goût d'appeler d'abord afin de ne pas arriver chez elle à l'improviste. Tous, sauf Kane.

Elle enfonça ses pieds dans ses chaussons roses préférés, se vêtit d'une robe de chambre et empocha son arme. Elle jeta un coup d'œil à travers le couloir et s'autorisa à souffler à la vue des lumières vertes clignotantes sur le panneau de sécurité. *Je suis stupide. Je n'ai pas mis l'alarme.* Elle se glissa dans son bureau et alluma l'ensemble des moniteurs. Les écrans noirs censés montrer l'intérieur de la résidence de Kane étaient aussi sombres que l'expression sur son visage. Il fixait la caméra installée sur son porche d'entrée, un bras appuyé sur le cadre de la porte.

Elle traversa le couloir et ouvrit.

— Oui ? dit-elle en levant les yeux, bien haut, pour scruter son visage tendu.

— Je pense qu'il faut qu'on parle, déclara Kane en ouvrant la main pour révéler les appareils de surveillance.

Jenna bloqua l'entrée et lui lança le genre de regard qui aurait coupé n'importe quel homme normal dans son élan.

— Plus tard, quand je serai habillée et que j'aurai mangé.

— Maintenant, dit Kane en poussant la porte de sa grande main pour faire passer ses larges épaules devant elle et déboucher sur le couloir. Je veux savoir pour quelle raison vous me surveillez.

Il haussa un sourcil noir.

— Et vous feriez mieux d'en avoir une bonne.

— Comme vous voulez. Entrez si vous voulez parler. La cuisine, c'est la deuxième porte à gauche. Je vais faire du café.

En remplissant une cafetière, Jenna jeta un coup d'œil à Kane par-dessus son épaule. La chaise de cuisine de style colonial avait grincé sous son poids. Il semblait plus grand que dans ses souvenirs de la veille, d'apparence robuste et séduisante avec des yeux bleus perçants. La colère électrisait l'air entre eux deux ; nul doute que les criminels se mettaient à table sous la force de son regard. *Tu es méchamment gonflé, mon salaud.*

Après avoir lu son impressionnant CV, elle s'était demandé pourquoi il avait accepté un poste dans le comté de Black Rock Falls. Maintenant qu'il avait découvert ses dispositifs de surveillance, pourtant bien cachés, son esprit suspicieux s'emballait. Le poids du Glock dans sa poche lui apportait un certain réconfort et elle força son visage à prendre une expression neutre. Elle ne faisait pas facilement confiance aux gens et une voix lancinante au fond de son esprit lui disait de se méfier de lui. Elle prit deux mugs dans le placard du haut et les posa sur la table.

— Sucre et crème ?

— Des réponses, lâcha Kane en laissant tomber les micros et les caméras miniatures sur la table.

Il s'adossa à son siège et la regarda fixement.

— Je ne connais pas beaucoup de shérifs locaux qui se donnent la peine de mettre sur écoute la résidence de leur shérif adjoint ou qui répondent à la porte en portant une arme... À moins que je ne me trompe et que vous ayez un paquet de mouchoirs particulièrement lourd dans votre poche. Je veux savoir ce qui se passe ici et pourquoi vous pensez que je peux représenter une menace pour vous.

Jenna se redressa et durcit délibérément son expression, bien qu'elle ne parvînt pas à faire preuve d'autorité face à un homme en portant une robe de chambre et des chaussons roses. Elle se racla la gorge et lui lança un regard noir.

— Je n'ai pas besoin de vous donner d'explications. Je représente la loi dans le comté de Black Rock Falls.

— Peut-être, mais vous n'avez pas le pouvoir de changer la Constitution des États-Unis.

Un nerf de la joue de Kane tressaillit et son regard froid comme l'acier ne quitta pas son visage.

— J'ai le droit de lire le mandat que vous avez obtenu pour enfreindre mes droits et le quatrième amendement, reprit-il.

Sa large bouche se transforma en un sourire en coin.

— Vous n'en avez pas ? Eh bien, peut-être qu'au lieu de rester assis ici, je devrais rendre visite au maire et rédiger une plainte contre vous.

Il se leva et se pencha vers elle.

— À moins que vous ne vouliez me dire la vérité sur la tentative d'assassinat d'hier soir et sur la nécessité de cette surveillance ?

Il apposa ses grandes mains sur la table et croisa son regard avant d'enchaîner :

— Si vous n'êtes pas une voyeuse, mais que vous pensez que je suis une menace, pourquoi n'avez-vous pas déclenché l'alarme ? J'aurais pu entrer par effraction et vous trancher la gorge en quelques secondes.

Elle tenta d'avaler la boule qui étreignait sa gorge.

— Je suppose que l'accident m'a secouée plus que je ne le pensais. J'ai oublié d'enclencher l'alarme, OK ?

— Vous avez été menacée ?

— Pas dernièrement.

Coincée entre le marteau et l'enclume, Jenna se tourna vers le réfrigérateur. Elle en sortit un pot de crème qu'elle posa sur la table, puis récupéra la cafetière et s'assit en face de lui, son allure professionnelle bien en place.

— Je suis parfaitement au courant des lois, mais j'avais une bonne raison de vous soupçonner.

Elle remplit les deux tasses à café et en poussa une vers lui.

— Nous venons juste de nous rencontrer. Comment avez-vous pu vous faire une opinion sur ma personne en si peu de temps ? Ou y a-t-il quelque chose dont nous devons discuter ?

Il lui lança un regard furieux, prit le sucre et en mit quatre cuillerées avec de la crème.

— Je suis sûr que vous avez lu mon CV et mes références pour ce poste, sinon vous n'auriez pas accepté ma candidature.

— Je l'ai fait et vous avez été chaudement recommandé, mais peu d'hommes de 35 ans avec votre grade précédent accepteraient une rétrogradation, sans parler du salaire divisé par deux, et déménageraient dans une ville comme Black Rock Falls.

Elle haussa les épaules.

— Il n'y a rien de personnel. Je fais juste attention.

— Je suis désolé, mais cette excuse est loin d'être une explication.

Il secoua la tête et ses larges épaules s'affaissèrent avant de reprendre :

— Si nous devons travailler ensemble, nous avons besoin d'un minimum de confiance entre nous.

Elle eut besoin d'une nouvelle excuse plausible dans l'urgence.

— Le maire vous a-t-il recruté pour prendre mon poste ?

— Non. Je n'ai pas rencontré le maire. J'ai répondu à l'annonce parue dans le journal. J'ai pris ce poste parce que j'ai été blessé par balle à la tête dans l'exercice de mes fonctions. La belle plaque de titane qui recouvre le trou dans mon crâne fait sonner les scanners de sécurité et m'empêche de travailler dans mon domaine de prédilection.

Il abaissa ses paupières et laissa ses cils sombres couvrir ses yeux.

— Je voulais rester dans les forces de l'ordre et Black Rock Falls semblait être un endroit calme et agréable pour travailler, enchaîna-t-il.

Il renifla.

— De toute évidence, je me suis trompé. Maintenant, pourquoi ne pas m'expliquer ce qui se passe ici ?

Jenna n'avait aucune raison de ne pas croire son histoire ; elle avait vérifié et son CV semblait réglo. Bien que peu de lieutenants passent leur chambre au peigne fin à la recherche de micros ou possèdent le corps athlétique d'un *marine*. Elle repensa à la nuit précédente. Au moment où il avait engagé sa voiture sur sa propriété, ses yeux avaient papillonné d'un côté à l'autre, repérant facilement son système de surveillance pourtant bien caché. Sa tête n'avait pas bougé et le fait qu'elle ait bien senti que l'opération lui était familière avait fait déclencher une sonnette d'alarme (haut et fort) en elle. Elle aurait parié son dernier dollar qu'il était un ancien agent secret et qu'il avait un passé qu'il voulait cacher. Si elle le poussait trop loin, il commencerait à s'intéresser à son passé à elle et pourrait facilement obtenir l'autorisation de découvrir ses secrets. Son excuse devrait être assez bonne pour passer son examen minutieux. Elle haussa les épaules.

— Rien de spécial. Je suis venue ici pour m'éloigner d'une relation abusive. Il était flic et ma confiance est donc limitée, et je ne suis pas assez folle pour baisser ma garde.

— Quoi d'autre vous a tant effrayée que ça ? Votre dispositif est excessif.

Elle se mordit la lèvre inférieure, et il remarqua son hésitation et leva un sourcil sombre. Tout en soutenant son regard, elle leva le menton.

— OK, très bien. De nombreux habitants ne cachent pas qu'ils détestent le fait qu'une femme fasse le travail d'un homme et qu'ils préféreraient se débarrasser de moi.

Elle but une gorgée de son café et considéra l'homme par-dessus le bord de la tasse.

— Je crois que la nuit dernière, un de ces habitants mécontents a essayé de me faire peur dans l'espoir que je quitte la ville. Les élections au conseil municipal approchent et mon poste ici est en jeu.

— Je vois, dit Kane en jouant avec son mug en le faisant tourner du bout de ses longs doigts. Si vous êtes d'accord, madame, je vais enquêter sur l'incident et découvrir qui a essayé de vous tuer la nuit dernière, et m'en occuper personnellement. Si vous pensez que quelqu'un en ville est une menace, alors je veux une liste de noms ainsi que toutes les affaires en cours sur lesquelles vous enquêtez. Si vous avez connaissance de quoi que ce soit vous concernant ou concernant votre sécurité, je dois le savoir.

Il fit un signe de la main en direction de la porte d'entrée puis reprit :

— Vous ne devriez pas avoir à vivre comme ça. Je peux installer une alarme silencieuse qui me préviendra directement sur mon portable ?

Elle fit rouler ses yeux.

— J'ai déjà une alarme et elle est généralement activée.

— Cela ne vous sauvera pas si vous pensez que votre vie est en danger. Ce ranch est isolé et je pourrais être ici en quelques minutes.

Le regard de Kane parcourut son visage.

— Si vous voulez, enchaîna-t-il, je peux mettre une puce dans une de vos boucles d'oreilles, et si vous avez des problèmes lors d'une patrouille, vous pourrez la presser et je pourrai suivre vos déplacements.

Sa bouche se mua en un petit sourire.

— Il paraît évident que vous en connaissez un rayon en matière de technologie, donc si vous préférez la fabriquer, je peux vous donner les spécifications. Je ne vous propose pas ça pour vous espionner. J'offre mon aide, c'est tout. Soyons francs : si je voulais vous tuer, j'en ai eu amplement l'occasion ces huit dernières heures.

Chaque mot qu'il avait prononcé avait du sens, et l'idée

d'une protection personnelle vingt-quatre heures sur vingt-quatre et sept jours sur sept la rassurait. Elle acquiesça d'un hochement de tête.

— OK, j'accepte votre offre et je vous remercie.

En même temps qu'elle retirait sa boucle d'oreille en diamant pour la lui remettre, elle fixa le grand et bel homme assis à sa table. Avoir quelqu'un comme lui pour veiller sur elle avait tout du rêve devenu réalité, mais il pouvait aussi être un agent infiltré envoyé pour lui causer un accident fatal. *J'aimerais tellement te faire confiance, David Kane, mais pas encore.*

5

Dans la cuisine d'Alton, autour de la table, Kane s'enfonça dans son siège tout en essayant de comprendre pourquoi elle était autant sur la défensive.

Il décela la tension sur son visage. Ce à quoi elle avait affaire lui causait visiblement énormément de soucis. Il avait scruté l'intérieur de sa maison et avait remarqué l'absence totale d'objets personnels, mis à part les pantoufles roses. Les photos de famille et les bibelots sentimentaux que la plupart des gens exposent chez eux manquaient, et les femmes seules vivant dans des zones rurales isolées possédaient généralement un chien. Il supposait qu'elle était comme lui avant qu'il ne fasse l'erreur d'épouser Annie. À l'époque, il avait préféré être dépourvu d'attaches et prêt à partir à tout moment. Il s'était retrouvé à la place de Jenna, avait vécu les nuits blanches à attendre un assassin silencieux, mais le mariage lui avait fait baisser sa garde. Il n'avait pas découvert la bombe sous sa voiture. Sa femme était morte et sa propre négligence en était la cause. Son commandant avait refusé d'ignorer ce contrat sur sa personne et lui avait ordonné de disparaître. Il avait alors vécu le plus surréaliste des moments : il s'était tenu, sous la pluie, à regarder son cercueil vide enterré à côté de celui d'Annie. Il avait accepté l'opportunité d'une nouvelle vie pour une seule raison : la vengeance. Un jour, il demanderait justice pour Annie et ce serait violent.

Il comprenait la peur d'Alton. Le monde le croyait mort, mais son sac à dos était toujours fait et il était paré pour une fuite rapide. Pourtant, Alton vivait à Black Rock Falls depuis au moins deux ans, apparemment sans problème. Il ne croyait pas son histoire de femme battue, pas elle ; elle pouvait mettre un homme à terre avec une main attachée dans le dos. La menace qui pesait sur sa vie l'avait peut-être ébranlée, mais elle avait enfreint la première règle de survie. Il voulait savoir pourquoi elle ne s'était pas enfuie immédiatement, si elle le considérait comme une menace, mais les questions devraient attendre qu'il ait gagné sa confiance.

— Y a-t-il autre chose qui vous pose problème ? Si quelqu'un en ville représente une menace, je dois le savoir. Je ne peux pas vous protéger si je suis tenu à l'écart.

— Je vais vous donner le code d'accès pour consulter les dossiers du service, mais en dehors des conflits de voisinage, il y a trois affaires principales.

Alton posa sa tasse sur la table et le bout rose de sa langue passa sur ses lèvres.

— Des gens disparaissent, reprit-elle. S'il y a un tueur en liberté et que je vis seule, j'estime que des précautions supplémentaires sont légitimes.

— Alors, pourquoi mettre ma chambre sur écoute ?

— Je surveille mes arrières. Juste au cas où mon ex aurait payé quelqu'un pour se venger ou vérifier ma vulnérabilité, dit-elle en haussant les épaules d'un mouvement dédaigneux. Vous voyez, ça fait deux ans que je fais des demandes pour obtenir un nouveau shérif adjoint, sans succès. Et tout à coup, sans prévenir, le maire reçoit soudainement des fonds pour créer le poste, et la seule personne à avoir postulé, c'est vous. C'est un peu suspect, vous ne trouvez pas ?

— Pas du tout.

— Si, ça l'est.

Alton laissa échapper un long soupir et son regard bleu foncé se posa sur son visage.

— Quelle est la probabilité que vous ayez vu l'annonce que j'ai placée dans le journal du comté de Black Rock Falls ? enchaîna-t-elle avant de s'adosser à sa chaise et de lui jeter un long regard inquiet. Ça me préoccupe.

Dans ce cas, c'est que tu as quelque chose à cacher.

— C'est vrai ? Je suis désolé que vous ne me croyiez pas.

— Vous devriez peut-être m'expliquer comment vous en êtes venu à postuler pour ce job.

Elle l'intriguait et il voulait appeler son contact au QG pour avoir des informations sur elle. Il gloussa pour dissiper la tension dans la pièce.

— L'assistante sociale de l'hôpital où je me suis rétabli a trouvé l'annonce en ligne et m'a suggéré de postuler. Après avoir reçu une balle dans la tête, j'avais envie d'une vie tranquille, et pour info, je ne suis pas après votre place.

Il se frotta le menton puis reprit :

— Si vous pensiez que je pouvais être un problème, pourquoi avez-vous accepté ma candidature ?

— J'ai trois adjoints. Rowley a 25 ans et sa loyauté est indéfectible, Daniels est fraîchement sorti de l'université, et Walters est assez vieux pour être mon grand-père, dit-elle alors que ses joues rosissaient. J'avais besoin d'un officier expérimenté pour être mon adjoint. Croyez-moi, j'ai fait des recherches sur vous et vous êtes *clean*... Peut-être un peu trop.

Il s'étira, se montrant aussi nonchalant que possible sous son regard, une attitude qu'il avait perfectionnée au fil des ans.

— Il semble que j'aie une expérience bien plus grande que celle des autres dans votre brigade. Je suis débrouillard et je surveillerai vos arrières. Qu'est-ce que vous avez sur ces affaires de personnes disparues ?

Elle secoua la tête d'un mouvement qu'il devina être celui qu'elle devait effectuer autrefois pour faire cascader ses longs cheveux sur une seule épaule, puis, comme si elle se souvenait de sa coupe courte, elle poussa quelques mèches derrière une oreille.

— Nous avons beaucoup de travailleurs itinérants qui vont et viennent dans la région en fonction de la saison, mais au cours des deux derniers mois, deux personnes sont apparemment arrivées en ville et ont disparu, dit-elle en fronçant les sourcils. Croyez-moi, Black Rock Falls n'est pas un endroit que la plupart des gens voudraient visiter en hiver.

Je me demande si tu as eu recours à la chirurgie plastique comme moi. Kane remplit sa tasse et prit le temps d'ajouter le sucre et la crème.

— Je suis d'accord. Qui ou quoi vous a donc alertée du problème ?

— Une jeune femme est venue à la brigade pour signaler une disparition. Son nom est Sarah Woodward.

Alton toucha le bandage sur son front et appuya sur l'hématome bleu foncé sous son œil.

— Elle a débarqué il y a deux semaines à la recherche de sa grand-mère, Samantha Woodward. Apparemment, c'est une soixante-huitarde pleine de vie et en bonne santé. Il y a neuf mois, après la mort de son mari, elle a tout vendu et a informé Sarah qu'elle allait voyager dans tout l'État. Aux dernières nouvelles, elle avait prévu de visiter Black Rock Falls.

Jenna s'humecta les lèvres.

— On sait qu'elle est arrivée, qu'elle a ouvert une boîte postale et ensuite, elle a totalement disparu de la surface de la Terre.

Kane leva un sourcil.

— Peut-être qu'elle a continué sa route. Avez-vous transmis l'information au shérif du comté voisin ?

— Non, car Sarah a mentionné que sa grand-mère avait l'intention d'acheter un petit ranch ici. Il y a de nombreuses années, son père possédait des terres dans la région et je suppose qu'elle voulait retrouver sa jeunesse. La mère de Sarah recevait régulièrement des lettres d'elle, puis il y a deux mois, les lettres ont cessé et Sarah s'est inquiétée. Elle a vérifié les hôpitaux qui étaient sur le trajet qu'elle avait emprunté, et comme elle ne trouvait aucune trace d'elle, elle s'est retrouvée à Black Rock Falls. Sa grand-mère a fait mention de la ville, mais pas d'un quartier précis.

Jenna soupira et passa ses doigts fins dans ses cheveux courts avant de reprendre :

— Elle s'est heurtée à un mur en essayant d'obtenir de l'aide des habitants. Elle est donc venue à la brigade pour signaler sa disparition mardi dernier.

Kane se frotta le menton.

— Les gens écrivent encore des lettres ?

— Apparemment, oui.

Alton haussa les épaules et sa bouche se déforma en un arc de cercle tourné vers le bas.

— Elle était de la vieille école, elle aimait écrire des lettres et refusait de posséder un téléphone portable. Sa petite-fille m'a dit qu'elle trouvait ces appareils trop intrusifs et préférait parler aux gens en personne.

— OK. De quelle manière relevait-elle son courrier ? demanda-t-il alors qu'il retirait son bonnet de laine pour se gratter la tête.

Sa boule à zéro lui manquait, mais le style de coiffure, plus long, qu'il arborait, couvrait sa vilaine cicatrice.

— Elle le récupérait dans des boîtes postales tout au long de ses déplacements. Et avant que vous ne me posiez la question, elle a utilisé l'adresse de sa fille sur le formulaire pour les ouvrir.

Le postier de la ville dit qu'il ne surveille pas les gens qui récupèrent leur courrier, mais il a mentionné que le bail de Woodward expirait à la fin du mois.

Elle leva une main en l'air à l'instar d'un officier de police qui dirige la circulation.

— Et oui, continua-t-elle, j'ai demandé à Sarah si sa grandmère avait déjà mentionné le fait qu'elle avait effectué des recherches dans la région et qu'elle n'avait rien trouvé. Elle m'a dit qu'elle avait écrit de courtes lettres sur l'histoire des lieux où elle s'arrêtait en chemin, et sur des sujets personnels. Tout ce que je sais, c'est qu'elle est venue en ville il y a environ un mois, a déposé de l'argent et a relevé son courrier. Nous nous sommes renseignés auprès des ranchs de la région, mais personne ne se souvient l'avoir vue.

Il touilla son café, réfléchissant à ce qu'elle venait de dire.

— Vous avez dit que d'autres personnes avaient disparu ?

— *Une* autre.

Elle remplit à nouveau sa tasse puis passa distraitement le bout d'un ongle manucuré sur une goutte tombée sur la table.

— J'ai reçu une demande d'ouverture d'enquête sur une personne disparue de la part du père Maguire à Atlanta. Il est inquiet pour l'un de ses paroissiens, John Helms. La dernière fois qu'il a eu des nouvelles de lui, Helms se rendait à Black Rock Falls pour assister à un match de hockey. C'était il y a deux semaines. Le père Maguire n'a eu aucun contact avec lui depuis qu'il l'a prévenu pour lui dire qu'il avait eu des problèmes de voiture et qu'il prévoyait de prendre le bus. Apparemment, il appelait régulièrement.

Elle soupira et s'adossa à sa chaise, la tasse de café dans la main.

— La chose n'est pas évidente, enchaîna-t-elle, parce que Helms s'est mis en congé après une thérapie de couple. Apparemment, il avait besoin de faire une pause dans la relation avec sa femme.

— Avez-vous envisagé le fait qu'il ait pu planifier de s'enfuir avec une maîtresse ?

— L'idée m'a traversé l'esprit, mais le père Maguire reste muet sur les circonstances qui ont mené aux problèmes conjugaux.

Alton leva deux sourcils noirs.

— J'ai un numéro de portable pour Helms, mais le service a été déconnecté. Comme ça date d'hier, je ne suis pas allée très loin dans mon enquête et je n'ai aucune raison de soupçonner que les deux affaires sont liées.

Kane fit tambouriner ses doigts sur la table. Ces cas de personnes disparues n'étaient certainement pas assez graves pour la mettre sur les nerfs. Elle avait mentionné trois affaires en cours et il attendait qu'elle continue en sirotant son café.

— Enfin, il y a le type en cellule, dit-elle en reposant soigneusement sa tasse sur la table et en levant ensuite le regard. Il y a eu une bagarre jeudi soir à l'hôtel Cattleman. J'étais de service avec l'adjoint Rowley et nous avons arrêté trois hommes pour état d'ivresse sur la voie publique. Deux d'entre eux ont accusé Billy Watts, le détenu, d'avoir volé des jetons lors d'une partie de poker. J'essaie de déterminer si M. Watts est un suspect ou une victime. Au moment de son arrestation, il avait sur lui 200 dollars et avait apparemment encaissé ses gains quelques minutes avant le début de la rixe.

Elle s'éclaircit la gorge et lui lança un regard désolé.

— J'ai relâché les autres hommes dans la matinée. Ce sont des garçons du coin et l'un d'eux est le fils du maire. Ils sont membres de l'équipe de hockey locale, et avec un match à domicile ce week-end, leur entraîneur se chargera de les faire filer droit.

Le fils du maire ?

— Leur avez-vous accordé un traitement particulier du fait de leur lien avec le maire ?

Elle le regarda d'un air ahuri et se redressa.

— Certainement pas ! dit-elle en repoussant sa chaise pour se lever et se tenir les poings serrés sur la taille. Croyez-moi, je n'enfreins les règles pour personne, surtout pas pour Rockford, le maire.

Kane ravala le rire qui lui montait dans sa gorge. Elle avait un sacré cran pour défier le maire et d'après l'éclair de colère dans ses yeux, elle était sérieuse.

— OK, OK, je vous crois. Comment se sont passées les arrestations ? Est-ce que vous auriez foutu l'un d'eux en rogne au point qu'il tente de commettre un homicide en provoquant un accident ?

— Vous voulez dire, est-ce qu'ils ont perdu la face devant leurs amis après avoir été arrêtés par une femme ?

Elle gloussa et son visage s'adoucit.

— Probablement, reprit-elle, mais au point de commettre un meurtre ? Non, je ne pense pas.

L'estomac de Kane gargouilla.

— Dites-moi que vous connaissez un endroit en ville qui sert un bon petit déjeuner ?

— Le café Chez Tante Betty est le meilleur si vous voulez de la bonne nourriture honnête, mais vous avez de quoi faire chez vous.

— Oui, je sais, mais j'ai pensé qu'il serait bon de prendre un peu la température avant de commencer à travailler lundi.

Il se leva lentement, lui sourit puis reprit :

— Ça vous dérangerait de me faire visiter les environs ?

Elle cligna des yeux plusieurs fois, comme si elle essayait de comprendre ce qu'il lui avait dit, puis indiqua de la main sa robe de chambre.

— Pourquoi pas ? Mais j'ai besoin de quelques minutes pour me doucher et me changer.

Elle leva le menton et lui lança un long regard scrutateur.

— Si nous allons à Black Rock Falls en civil, vous feriez mieux de m'appeler Jenna.

— OK, on se voit quand vous êtes prête.

Kane sourit à son expression confuse.

— Avant de partir, reprit-il, pourrais-je avoir l'adresse Internet et le mot de passe pour les fichiers ? J'y jetterai un coup d'œil et si vous me donnez le numéro d'un des adjoints en service ce week-end, je l'enverrai photographier la scène de l'accident et programmer la venue d'une dépanneuse.

— Vous êtes le bienvenu pour jeter un œil sur les dossiers. J'ai besoin d'un regard neuf sur ces affaires.

Les lèvres de Jenna s'aplatirent en une fine ligne alors qu'elle se tournait vers un bloc-notes posé sur le banc à côté du téléphone, et se saisissant d'un stylo attaché à une ficelle, elle écrivit une combinaison de chiffres à droite d'une adresse URL. Elle fronça les sourcils comme si elle réfléchissait à ce qu'elle allait faire ensuite, puis elle lui tendit la feuille de papier.

— Je vais appeler Rowley. Il ne saura pas qui vous êtes et vous ne serez pas un membre officiel du département du shérif du comté de Black Rock Falls avant lundi matin. Rowley est le mieux placé pour se rendre sur les lieux d'un accident et il s'occupera de cette affaire pour l'instant.

Elle tapota sa lèvre inférieure puis remua les sourcils.

— À moins que vous ne vouliez commencer aujourd'hui ?

— Avec plaisir, répondit-il avant de se tourner vers la porte d'entrée. Merci pour le café.

Une fois de retour chez lui, il se rendit dans la chambre et se saisit de son paquetage de survie. Il contenait des téléphones portables à usage unique, six cartes de crédit appartenant à différentes identités, de l'argent liquide, son pistolet de secours Sig 1911, des munitions et des vêtements de rechange. Il extirpa un des mobiles et composa le numéro de son contact.

— Ici 98 H. Demande d'informations sur le shérif Jenna Alton du comté de Black Rock Falls.

Il entendit le bruit de touches de clavier que l'on tape, suivi d'une inspiration.

— Nous n'avons aucune archive significative pour ce nom. Je dois vous conseiller d'éviter toute nouvelle demande sur ce sujet et de profiter de votre nouveau poste.

Kane grimaça. Il aurait dû exister des informations disponibles sur un shérif de comté, aussi insignifiantes soient-elles, ce qui voulait dire que son instinct à propos d'elle avait été correct.

— Entendu.

Il ferma le portable, le retourna, retira la carte SIM, puis se dirigea vers la cuisine pour le passer au micro-ondes.

6

Les bruits d'une lourde machinerie devant la maison attirèrent l'attention de Kane. Il se dirigea vers la porte d'entrée et mit le pied dehors à travers une brise glaciale.

Un chasse-neige bifurqua devant la maison du shérif. Le conducteur déplaça l'engin devant la porte d'entrée et enleva la couche de neige fraîche. L'homme au visage rouge qui se trouvait à l'intérieur lui fit un signe amical de la main puis continua dans l'allée. Kane imita son geste et observa la neige s'amoncelant de chaque côté de la route. Le froid de l'hiver s'engouffra dans son pull épais puis il retourna à l'intérieur, fermant la porte d'un coup de pied.

La vérification des dossiers d'arrestation de la brigade du shérif de Black Rock Falls devrait se faire plus tard. Le traceur à placer dans la boucle d'oreille de Jenna était sa priorité. Il extirpa un sweat à capuche de son sac et, tout en l'enfilant, il retourna vers la porte. Une fois dehors, il verrouilla derrière lui, puis traversa l'allée couverte de glace jusqu'à son 4x4. Il se glissa à l'intérieur, démarra le moteur pour qu'il tourne au ralenti, et augmenta le chauffage avant d'enfiler ses gants. Il avait déjà vécu dans des endroits plus froids, mais jamais dans l'Ouest. Le dérèglement climatique avait rendu les hivers rigoureux dans de nombreux États et il s'était attendu à des températures glaciales, mais le vent à Black Rock Falls était vicieux. Plutôt que d'attendre, il sortit du garage en marche arrière et roula en direction de la maison de Jenna. Quelques instants plus tard, elle en sortit.

Le shérif s'était vêtu d'une veste matelassée avec une capuche bordée de fourrure, d'un jean et de bottines. Son maquillage soigneusement appliqué couvrait l'ecchymose sur son visage ; elle ne lui porta pas d'attention, mais descendit les marches et contourna le capot de sa voiture pour ouvrir la portière passager. Installée à l'intérieur, elle enclencha sa ceinture de sécurité avant de le regarder avec un sourcil levé.

— Oh, je suppose que vous aurez besoin d'indications pour aller au Chez Tante Betty ?

Elle agita nonchalamment une main en direction de l'entrée de la propriété puis enchaîna :

— Vous ne pourrez pas le manquer. C'est sur la rue principale. Le café arbore un panneau en forme de part de tarte aux pommes sur sa devanture.

Il coula un regard vers elle.

— Entendu, mais avant de partir, voici pour vous, dit-il en sortant sa boucle d'oreille de sa poche. Une simple pression et un appel sur mon téléphone portable sera lancé. Je pourrai vous suivre grâce à une application. Plus tard, je mettrai en place une alarme silencieuse pour la maison, mais pour les urgences, ça fera l'affaire.

— Merci, répondit Jenna en passant la boucle à son oreille.

Elle fronça les sourcils puis reprit :

— J'ai bien peur d'avoir besoin de vous comme chauffeur pendant quelques jours, le temps que ma voiture de patrouille soit réparée.

Elle glissa une mèche de cheveux dans sa capuche et un petit sourire se dessina sur ses lèvres.

— Je pourrais réquisitionner votre véhicule, continua-t-elle, mais étant donné que vous êtes désormais un membre de ma brigade, j'apprécierais votre coopération. Tout sera défrayé, évidemment.

— Pas de problème.

Il engagea la voiture sur la route principale et roula vers le centre de la ville, au pas, derrière le chasse-neige qui se traînait.

— Vous faites déneiger tous les matins ?

— Jim habite à côté et déneige mon allée par courtoisie avant de se rendre en ville, répondit Jenna dans un sourire qui fit éclater ses dents blanches. Il dit que si je ne peux pas sortir de chez moi, je ne peux pas être là pour ceux qui ont besoin d'aide.

Kane s'imprégna de son environnement. Black Rock Falls n'était pas la petite ville qu'il avait imaginée. Le comté s'étendait dans toutes les directions, relié à la ville principale par une toile d'araignée de routes secondaires. Des panneaux et des banderoles dirigeaient la circulation vers le stade de Black Rock Falls – où l'équipe des Larks s'entraînait – et vers le terrain où se tenait l'événement. À mesure qu'ils se rapprochaient de la ville, les maisons couvertes de neige s'agglutinaient en grappes. La rue principale affichait les signes d'une ville prospère et d'une communauté florissante. Le froid n'avait pas obligé les habitants à rester cloîtrés chez eux. Une file de personnes faisait la queue devant la boulangerie, discutant sous un nuage de buée, et les voitures s'alignaient le long du trottoir. Il jeta un coup d'œil à Alton.

— C'est toujours aussi animé à cette heure matinale ?

— C'est le match à domicile des Larks ce soir, répondit-elle en lui jetant un regard d'un bleu azur. La plupart du temps, les autres week-ends sont calmes pendant la saison de hockey, car les fans de l'équipe la suivent dans ses déplacements. Nous sommes aussi sur le circuit du rodéo, et dès que la neige fond, les cow-boys débarquent en ville. Croyez-moi, les touristes et les habitants du coin nous donnent de quoi nous occuper.

Il fut impressionné par le shérif Alton. Assurer la sécurité dans le comté de Black Rock Falls avec l'aide seulement d'une poignée d'officiers devait être un cauchemar. Il massa sa tempe en pensant aux difficultés à venir. Ses plans de petite retraite tranquille dans une ville de campagne s'étaient désintégrés comme des flocons de neige sur un pare-brise chauffé. La douleur familière dans son crâne refit surface, accompagnée d'une vague nauséeuse. La douleur lui traversa les dents du fond et il détendit sa mâchoire dans un mouvement effectué des milliers de fois pour reprendre le contrôle. Il avait besoin d'un repas et de litres de café fort s'il voulait tenir la journée.

— Vous vous sentez bien ? demanda Alton en se tournant sur son siège, une expression inquiète traversant son visage. Vous êtes aussi pâle qu'un fantôme.

— C'est juste une migraine.

Il bougea ses lèvres dans ce qu'il espérait être un semblant de sourire et décida de jouer franc jeu.

— Je vous ai parlé de la plaque sur mon crâne ? Eh bien, le froid ne me fait pas de cadeau, enchaîna-t-il, le regard fixé sur la route devant lui. Tant que je garde le bonnet, ça ira.

— Vous avez le choix, vous savez, dit Alton en s'adossant à son siège, l'inquiétude ne quittant pas son visage. Pourquoi ne pas commencer lundi et profiter du week-end pour vous reposer après votre voyage ?

Pourquoi ne prenait-elle pas au sérieux la tentative d'assassinat contre elle ?

— Eh bien, quelqu'un a essayé de vous tuer, et chez moi, une tentative de meurtre contre un shérif devient une priorité.

— Ne soyez pas si dramatique ! répondit Alton après avoir laissé échapper un long soupir. J'aimerais voir les preuves avant de prendre ma décision. Vous n'avez pas été directement témoin de l'incident, n'est-ce pas ?

— Je n'ai pas vu l'impact, rétorqua Kane en lui jetant un regard incrédule. Mais j'ai été témoin d'une conduite dangereuse qui a provoqué un accident et du fait que le suspect a quitté les lieux sans même ralentir pour voir s'il vous avait blessée.

— Vous êtes flic jusqu'au bout des ongles, commenta Jenna en remettant une mèche de cheveux noirs dans sa capuche. Vous ne lâchez jamais du lest ?

— Non.

Ils passèrent devant une épicerie et une station-service. Les bureaux d'une agence immobilière avec des drapeaux rouges et blancs gelés accrochés à la gouttière se tenaient en retrait sur un côté de la route, commodément situés en face d'un bâtiment en briques rouges dont la façade présentait un bardeau, laissant penser à un cabinet d'avocats. Au milieu de la ville, il trouva le café Chez Tante Betty coincé entre un centre médical et un ophtalmologue. Il gara la voiture le long du trottoir et ils piétinèrent la neige jusqu'à la porte du café.

Une délicieuse odeur de jambon, d'œufs, de toasts et de café s'éleva vers lui au milieu du flot de chaleur accueillante. Lorsque Jenna, silencieuse, passa devant lui et s'installa sur un siège en plastique bleu à une table en bois devant la fenêtre, il l'imita, jetant des regards autour de lui. L'endroit était impeccable, et populaire, à en juger par le nombre de personnes qui prenaient leur repas. Un faible brouhaha remplissait la pièce et nombreux étaient ceux qui jetaient des regards dans sa direction. Il se débarrassa de son manteau et le laissa glisser sur le dossier de la chaise avant de s'asseoir. Deux hommes d'une vingtaine d'années se levèrent d'un bond et, sans tenir compte de la nourriture qui emplissait encore leurs assiettes, sortirent du café. Kane suivit leur progression dans la rue et nota mentalement leur allure générale. *T'es pas en service.* Tout en inhalant les arômes des délices proposés, son attention se porta sur les illustrations brillantes et colorées des repas épinglées au mur derrière le comptoir.

— Que me recommandez-vous ?

— Tout.

Le visage de Jenna s'illumina d'un sourire lorsqu'elle vit la jeune femme s'approcher, une cafetière à la main.

— Salut, Susie.

— Bonjour, shérif Alton.

La femme remplit deux tasses de café et posa la cafetière sur la table, puis extirpa un bloc-notes de sa poche.

— Qu'est-ce qui vous ferait plaisir ? demanda-t-elle alors que son regard interrogateur se posait sur Kane. Bonjour à vous aussi. Vous devez être nouveau en ville ?

— Voici Kane, mon adjoint.

Jenna lui lança un regard amusé.

— Dites bonjour à Susie Hartwig. Sa grand-mère a ouvert cet établissement en 1960.

Kane opina du chef.

— Ravi de faire votre connaissance, mademoiselle Hartwig.

Après avoir passé commande, il s'adossa à sa chaise et étira ses jambes. Son attention se porta sur deux hommes assis dans un coin isolé qui leur lançaient des regards furtifs. Approchant le café de ses lèvres, il observa Jenna par-dessus le rebord de la tasse. Elle semblait à l'aise, mais son attention se déplaçait dans la pièce, se fixant un instant sur chaque personne avant de passer à la suivante. Il reposa son café dans la soucoupe et croisa son regard.

— J'ai du mal à croire que deux touristes aient pu disparaître à Black Rock Falls sans laisser de trace et pourtant, dès que j'ai franchi la porte, les gens d'ici m'ont pris pour un étranger, lâcha-t-il avant de s'éclaircir la gorge. Ça n'a pas de sens.

— Si, ça en a.

Jenna frotta ses petites mains l'une contre l'autre. Elle versa du sucre dans sa tasse puis souleva le pot de crème.

— Tout le monde sait que le maire, Rockford, a engagé un nouvel adjoint. Dès que vous êtes entré ici avec moi, vous êtes devenu une personne d'intérêt. Les deux disparus ont peut-être travaillé dans les ranchs à l'extérieur de la ville. Si Mme Woodward s'est rendue en centre-ville pour récupérer son courrier, elle a pu éviter le café de Tante Betty. Nous avons passé beaucoup de temps à montrer sa photo dans les ranchs alentour sans succès, mais un agent de la banque locale se souvient d'elle. Elle est venue en ville une fois pour effectuer des opérations bancaires, il est donc possible qu'elle ait travaillé quelque part dans le coin comme femme de ménage.

Elle sirota son café et ses lèvres se retroussèrent en une moue satisfaite.

— Beaucoup de monde visite Black Rock Falls et, à moins de causer des problèmes ou d'attirer l'attention d'une manière ou d'une autre, je doute que beaucoup de gens se souviennent d'eux.

— Ce qui veut donc dire que Mme Woodward n'est pas restée en ville ?

— Pas à l'hôtel Cattleman ni au Black Rock Falls Motel, répondit Jenna en dézippant sa veste d'un geste ample. Apparemment, elle a plusieurs véhicules, mais sa petite-fille pense qu'elle conduisait un pick-up.

Ses deux sourcils noirs s'arquèrent.

— Ne me regardez pas comme ça. Son pick-up aurait été un parmi les centaines qui traversent la ville chaque week-end. Je n'ai pas rencontré cette femme et il est encore plus improbable que j'aie pu la mettre suffisamment en rogne pour qu'elle me pousse dans un fossé.

Tout le monde est suspect jusqu'à ce qu'on prouve le contraire.

— OK.

Il leva le menton en direction des hommes assis à leur droite dans la salle.

— Vous avez déjà eu des ennuis avec les hommes assis à 2 heures ?

— Non. Ce sont des amis.

La voix de Jenna avait fait claquer cette réponse puis elle attendit que Susie dépose des assiettes remplies de nourriture sur la table.

— Merci.

— Bon appétit ! Je reviens tout de suite avec du café.

Susie récupéra la cafetière, sautilla vers la cuisine en fredonnant et revint quelques instants plus tard pour remplir leurs tasses.

Kane jeta de nouveau un coup d'œil aux deux hommes.

— Vos amis semblent un peu nerveux en présence des forces de l'ordre. Vous les connaissez depuis longtemps ?

— Environ deux ans. Les frères Daniels ont été les premières personnes à m'accueillir à Black Rock Falls.

Son sourire s'étira jusqu'à ses yeux.

— Un de mes adjoints, Pete Daniels, est leur frère. Je pense que vous vous faites des films, ils n'ont absolument aucune raison d'être mal à l'aise face aux forces de l'ordre.

— C'est quoi, leur histoire ?

— Pete n'a pas été élevé ici. Quand leur mère est morte, son père l'a envoyé vivre avec une tante. Pete a son propre appartement en ville, enchaîna Alton alors que ses lèvres se retroussaient légèrement. Ses frères sont sympas et décontractés, un peu comme mon adjoint. C'est bon de savoir qu'ils ont fini par devenir des personnes normales, vu leur père. J'ai entendu des histoires et sa cruauté vous ferait grincer des dents.

Kane porta son attention sur les hommes puis revint à elle.

— Qu'est-il arrivé à leur père, il est en prison ?

Jenna écarta de son visage une mèche égarée et secoua la tête.

— Non, il est tombé sous un tracteur, pour autant que je sache, quelques années avant mon arrivée en ville.

Intéressant.

— Y a-t-il eu une enquête ?

— C'était un accident. Wow ! Vous n'en démordez pas ! Et vu la façon dont vous les regardez, je ne suis pas surprise qu'ils soient nerveux.

Un reflet de colère illumina les yeux d'Alton.

— Vous êtes un inconnu qui débarque en ville et vous avez été assez intimidant lors de notre première rencontre. Si l'on ajoute à ça le fait que vous êtes arrivé au moment où je faisais du porte-à-porte pour enquêter, n'importe qui serait sur le qui-vive. Je dirais que beaucoup de gens se sentent surveillés et je suis sûre que certains d'entre eux ont quelque chose à cacher.

— Peut-être, mais avec un frère qui travaille à la brigade, ils sont censés être au courant de la raison pour laquelle vous enquêtez, dit Kane en secouant la tête. Il est peu probable qu'ils aient quelque chose à cacher, à moins que l'adjoint Daniels ne les couvre. Peut-on lui faire confiance ?

— C'est un bleu. Parfois, il est un peu arrogant, et j'ai dû, par le passé, le dissuader de parler des affaires en cours avec le défilé de petites amies qu'il a eues, mais tout est rentré dans l'ordre désormais. Est-ce qu'il dénoncerait ses frères s'ils enfreignaient la loi ? Je ne pourrais pas le dire, mais honnêtement, les frères Daniels sont le cadet de mes soucis. Ils restent discrets et ne font pas de problèmes. Je pense que vous pouvez les retirer de votre radar.

Elle saisit une fourchette, enfourna des œufs brouillés dans sa bouche et leva un regard amusé vers lui.

— Au cas où vous vous demanderiez, les deux hommes qui viennent de s'éclipser d'ici sont Josh Rockford et Dan Beal, les deux que j'ai arrêtés pour nuisance publique. Ils ont tendance à faire des excès et Rockford pense qu'il est un don de Dieu pour les femmes, ce qui pourrait devenir problématique étant donné que la moitié de ses fans sont des adolescentes... bien qu'aucune ne se soit jamais plainte, poursuivit-elle en levant un sourcil. J'ai remarqué que Rockford était sur son téléphone portable quand nous sommes arrivés. J'imagine qu'ils sont en retard à leur entraînement de hockey. Je les ai retenus hier et le coach leur a certainement donné un blâme à cause de leur retard. L'entraîneur des Larks a des règles très strictes concernant les joueurs qui manquent les séances d'entraînement.

— OK.

Kane se délecta de son repas et repensa à ce dont ils avaient discuté plus tôt. Il voulait enquêter sur l'accident de Jenna avant que la piste ne se refroidisse.

— Savez-vous par hasard quel véhicule ils conduisent ?

— Pas Beal, mais Josh Rockford roule dans une voiture bien *tunée*. Rouge avec beaucoup de chrome. C'est le paon de l'équipe, si vous voyez ce que je veux dire.

— Alors ce n'était pas lui... ou pas sa voiture.

— Ça aurait pu être Rockford, dit Jenna.

Elle se racla la gorge et ses joues rosirent.

— Il croit qu'il peut utiliser le fait que son père est le maire pour se tirer d'affaire, reprit-elle, et il me manque de respect de manière suggestive.

— Il n'aime pas être remballé ?

— Non, répondit Jenna, croisant son regard en fronçant les sourcils. Il est du genre à penser que les femmes doivent se balader pieds nus et ne servent qu'à faire des enfants. Il s'attend sans doute à épouser une vierge.

— Je vais l'avoir à l'œil, lâcha Kane tout en remuant son café. Vous avez contacté Rowley ?

— Oui, et il devrait bientôt faire son rapport. Je lui ai dit de passer par ici en allant à la brigade et d'apporter les photos de la scène. Avec ce que vous avez, nous pourrons voir si quelqu'un d'autre a dérangé la zone après notre départ.

Elle fixa pensivement la table, versa de la crème dans son café, ajouta du sucre et touilla.

— Vous êtes sûr de vouloir commencer aujourd'hui ? Si vous préférez, nous pourrons discuter de l'accident au poste lundi ?

— Je préfère démarrer aujourd'hui. J'aimerais trouver la personne qui a provoqué l'accident avant qu'elle ait le temps de réparer les dégâts occasionnés à son véhicule.

Il plissa les yeux puis reprit :

— Pourquoi ne faites-vous pas de cette tentative d'assassinat une priorité ?

— Croyez-moi, c'est le cas, répondit-elle en touchant avec précaution le pansement sur son front. J'ai envoyé Rowley sur place dès que j'ai pu. Vous avez la description du véhicule qui m'a renversée et vous avez pris des photos avant que la neige ne recouvre les traces. Je crois que nous sommes sur la bonne voie pour trouver un suspect.

Kane se pencha en avant et parla à voix basse :

— Alors, donnez-moi l'affaire pour que je puisse enquêter.

— Étant donné que je suis impliquée, c'est la chose la plus sensée à faire. Rowley n'a pas l'expérience, mais c'est un bon exécutant.

Jenna se retourna et son visage se fendit d'un sourire lorsque la porte du café s'ouvrit et qu'un jeune homme au visage rougeaud portant une veste d'uniforme de shérif adjoint et un jean, ôta son chapeau et s'avança vers eux.

— Ah, voici l'adjoint Rowley.

— Madame, lança Rowley en se dirigeant vers la table, un appareil photo à la main.

— Rowley, voici le shérif adjoint David Kane. Il prend la tête de l'enquête sur ce délit de fuite, déclara Alton en faisant un signe dédaigneux dans sa direction. Prenez un siège et montrez-moi ce que vous avez.

Kane lui tendit une main.

— Avez-vous remarqué des résidus de peinture sur le véhicule du shérif Alton ?

— Oui, monsieur. J'ai pris une vidéo et des photos.

La poignée de main de Rowley était ferme.

— Je suis resté sur place jusqu'à l'arrivée de la dépanneuse, enchaîna-t-il, et j'ai demandé au conducteur d'emmener le véhicule au garage Miller et de ne pas y toucher jusqu'à nouvel ordre.

Il posa l'appareil photo sur la table.

— Vous permettez ? demanda Kane.

— Allez-y.

Il fit défiler les images, zoomant sur tout ce qui lui semblait suspect. L'éraflure sur l'aile arrière semblait contenir des résidus de peinture. Il montra la photo à Alton.

— Nous allons avoir besoin de prélever un échantillon.

— J'irai chercher un kit médico-légal au bureau et nous descendrons au garage.

Un froncement de sourcils se dessina sur son front et elle se frotta les tempes.

— Ça pourra attendre la fin de notre petit déjeuner.

Kane sourit.

— J'en ai un dans ma voiture, répondit-il en jetant un coup d'œil à Rowley. Allez au garage et restez-y. Assurez-vous que personne ne s'approche du véhicule. Nous vous relèverons dans dix minutes environ.

— Bien, monsieur.

Rowley se releva d'un bond et se dirigea vers la sortie.

— Il a l'air efficace.

Kane coupa une tranche de jambon au miel et l'enfourna dans sa bouche.

— Il se défend bien, répondit Alton en soulevant une tranche de pain grillé avant de soupirer. C'est incroyable tout de même. Chaque samedi, sans exception, quelque chose vient gâcher ma journée.

Kane empoigna sa tasse et lui jeta un regard.

— Je suis sûr que ça ne prendra pas plus d'une heure, dit-il avant d'écluser son café. Je voudrais être sur la piste de ce pick-up dès que possible.

— Si vous voulez passer par le registre des cartes grises, allez-y, mais ramenez-moi d'abord chez moi.

Alton poussa un soupir de fatigue qui souleva sa frange. Elle écarta son assiette sur le côté et le regarda fixement.

— J'ai deux agents en service ce week-end et je vais avoir besoin de faire les présentations. Si votre mal de tête devient un problème, vous pourrez accéder aux dossiers depuis chez vous lorsque vous serez rétabli, mais je vous suggère de déléguer ça à l'un des autres adjoints.

Il l'imagina se glissant dans ses pantoufles roses et laissant son personnage de flic à la porte.

— Je vais mieux maintenant et si je dois déléguer une partie du travail, je préfère le faire depuis le bureau. Je voudrais aussi me familiariser avec les affaires de personnes disparues.

Il se leva et saisit son portefeuille.

— Prête ?

— Ouais, répondit Alton en sortant des billets de la poche de son jean pour les jeter sur la table. C'est moi qui régale, c'est pour vous souhaiter la bienvenue à Black Rock Falls.

— Merci.

— Ne vous y habituez pas.

Elle récupéra l'appareil photo, puis, la tête haute et le regard en avant, elle se dirigea vers la sortie.

— N'oubliez pas de prendre le kit médico-légal dans votre voiture. Le garage est juste de l'autre côté de la rue.

Il lui adressa un sourire et prit son manteau sur le dossier de la chaise.

— Oui, madame.

7

Jenna traversa la rue jusqu'au garage Miller et chassa la neige de ses bottes avant d'entrer. Elle grimaça à la vue de la voiture de police endommagée, heureuse de s'être sortie de cet accident sans blessure grave. L'adjoint Rowley s'approcha d'elle et lui adressa un sourire enfantin.

— George va remplir un rapport de dommages pour la compagnie d'assurances, mais il pense que vous aurez besoin de la remplacer, dit-il en remuant les sourcils. Vous avez évoqué le fait que vous vouliez une nouvelle voiture de patrouille.

Jenna secoua la tête, agacée par son insinuation.

— Je ne risquerais pas ma vie pour un nouveau véhicule, et faire des tonneaux dans la neige au beau milieu de la nuit ne m'a pas vraiment amusée.

— Une personne conduisant un pick-up Ford de couleur sombre a provoqué l'accident, intervint Kane en faisant un pas sur le côté.

Son regard pesant sur Rowley fit rosir les joues du jeune homme.

— Je suis en mesure d'identifier le véhicule, enchaîna-t-il.

Quel est le nom de la route avec la grange au coin, non loin de la scène de l'accident ? Celle avec le panneau stop défoncé.

— Ce doit être Smith's Road, dit Rowley en se frottant le menton comme s'il était en pleine réflexion. Il y a beaucoup de pick-up Ford en ville, mais d'après la peinture sur l'éraflure, le véhicule est bleu foncé. Cela pourrait restreindre un peu notre recherche et je peux sortir les noms de quelques propriétaires.

— Faites une liste de toutes les personnes que vous connaissez dans la région avec le même véhicule et vérifiez s'ils sont endommagés. Si vous êtes retardé sur la route retour, envoyez-moi une liste de ceux que nous pouvons écarter.

Kane se redressa, déroula son mètre quatre-vingt-quinze, sortit une carte de son portefeuille et la lui tendit.

— Je vais vérifier le registre des cartes grises cet après-midi et nous pourrons suivre toutes les pistes à votre retour.

— Bien, monsieur, dit Rowley après avoir jeté un œil à la carte. Si vous n'avez pas besoin de moi ici, je vais m'en occuper tout de suite.

— Très bien, intervint Jenna en souriant. Je vais bientôt rentrer chez moi et avant que vous n'entendiez des ragots, Kane vit dans le cottage au sein de mon ranch jusqu'à ce qu'il trouve un autre endroit où loger.

Elle regarda brièvement dans la direction de Kane et reprit :

— À moins qu'il ne décide de rester.

— Le cottage me convient parfaitement, répondit Kane en faisant le tour de l'épave pour y examiner chaque centimètre. Rowley, attendez que je récupère les échantillons de peinture. J'ai besoin que vous contresigniez les scellés ; le shérif ne doit pas toucher les preuves.

Il fit une grimace.

— Conflit d'intérêts, conclut-il.

— Je comprends, dit Rowley dans un froncement de sour-cils. Ah oui, j'allais oublier, Sarah Woodward a appelé hier en fin d'après-midi. Elle a dit qu'elle avait quelques informations supplémentaires sur sa grand-mère et qu'elle voulait passer au bureau ce matin.

Rowley croisa le regard de sa supérieure puis reprit :

— Vous voulez que je l'interroge ?

— Oui, répondit Jenna avant que leur gardé à vue ne se rappelle à sa mémoire. Et puis, quand vous aurez vérifié les pick-up Ford, descendez à l'hôtel Cattleman et récupérez une liste des autres hommes présents lors de la partie de poker de jeudi soir. Allez leur parler, et si l'histoire de Billy Watts se vérifie, relâchez-le avec un avertissement.

— Oui, madame.

Son attention se porta sur Kane, plongé dans l'inspection du panneau arrière de la voiture de patrouille. Elle fut impressionnée par la façon méticuleuse dont il collectait et empaquetait les échantillons de peinture. Alors qu'il se redressait et s'éloignait pour étiqueter chaque pièce à conviction, elle se déplaça à ses côtés.

— Qu'est-ce que vous en pensez ? Accident ou tentative de meurtre ?

— Tentative de meurtre, répondit Kane en passant les sacs à Rowley pour qu'il les signe. Les traces de peinture et les photos de la scène réfutent la théorie de l'accident. Le véhicule n'a pas pu glisser accidentellement contre votre voiture.

Il sortit un bloc-notes de sa poche et dessina un schéma.

— Au point d'impact, la route forme un virage serré à gauche, et à la vitesse à laquelle le conducteur allait, la force centrifuge aurait tiré l'arrière du pick-up vers la droite, loin de votre véhicule. Comme il n'y a aucune preuve que le conducteur a perdu le contrôle et a quitté la route ou vous a fait une queue de poisson, cela veut dire qu'il contrôlait la situation lorsqu'il a percuté l'arrière de votre voiture.

— Il m'a tout l'air de vous avoir tendu un piège, lança Rowley, accompagnant sa phrase d'un regard inquiet.

— Je ne peux pas être catégorique. J'ai seulement vu l'éclair de ses phares avant qu'il ne me percute.

Jenna se mordilla la lèvre inférieure et enchaîna :

— Ça ressemble vraiment à une tentative d'assassinat. Le problème, c'est que je n'ai jamais irrité quelqu'un au point qu'on veuille me faire la peau.

Elle repoussa ses cheveux en arrière et fixa le schéma de Kane.

— Évidemment, j'ai mis quelques coups de pied dans des fourmilières, mais ici à Black Rock Falls, il n'y a pas de mafia.

— OK, laissez-moi l'enquête jusqu'à ce que vous repreniez le service, dit Kane en faisant la moue, puis il se tourna vers Rowley. Vous feriez mieux de vous y mettre.

— Je vous enverrai les informations dont vous avez besoin dès que possible, monsieur.

Rowley tourna les talons et marcha vers la sortie.

— Y a-t-il quelque chose que vous ne me dites pas ? lâcha Kane, haussant ses deux sourcils noirs. Des histoires d'amour qui auraient mal tourné, des épouses jalouses ?

— À Black Rock Falls ? Le maire ne permettrait aucun scandale au sein de la brigade, mais cela ne veut pas dire que je n'ai pas eu droit à mon lot de dîners gênants lors de rendez-vous. Et puis, l'adultère, ce n'est pas mon truc.

— J'imagine qu'on trouvera des réponses quand on aura mis la main sur l'autre véhicule. Je vais envoyer les échantillons de peinture pour analyse. Une correspondance et mon témoignage seront suffisants pour envoyer le conducteur en prison.

Kane appuya une épaule contre le véhicule de patrouille endommagé et se racla la gorge.

— J'aimerais assister à l'entretien avec Mlle Woodward. J'aimerais voir quelles informations elle a divulguées sur la disparition de sa grand-mère. Cela vous dérangerait-il que je vous dépose chez vous, que je mette mon uniforme et que je retourne au bureau ?

Jenna réprima le sourire qui menaçait d'éclater sur son visage. Elle n'avait jamais rencontré quelqu'un d'aussi désireux de renoncer à un week-end, encore moins après un long voyage et une courte nuit.

— Aucun problème. J'enverrai un e-mail au bureau du maire pour les informer que vous avez commencé aujourd'hui, vous serez donc indemnisé.

Elle fit un signe de la main en direction de la voiture puis reprit :

— Avez-vous besoin d'autre chose provenant de l'épave ? J'aimerais que la déclaration de sinistre soit faite le plus tôt possible.

— Nous avons couvert tous les angles, répondit Kane, indiquant la route d'un mouvement de son menton carré. De quel côté se trouve la brigade ?

— C'est à l'autre bout de la ville, répondit Jenna en s'approchant de la porte. Il faudra s'y rendre en voiture, mais faisons en sorte que l'arrêt soit court. J'ai des choses à faire à la maison et je suis de service ce soir après le match.

— D'accord, mais je veux avoir le temps d'enregistrer les prélèvements de peinture et d'envoyer un échantillon avant de partir. Je ne veux donner à personne l'impression que nous avons eu le temps de souiller les preuves.

Il haussa les épaules.

— C'est pourquoi j'ai pris la précaution de collecter les échantillons devant Rowley et de lui faire signer les scellés.

Professionnel et rusé. Je commence à aimer ce gars.

— C'est la procédure... Enfin, ça l'est pour moi. Je suis heureuse que nous soyons sur la même longueur d'onde.

— Moi aussi, répondit Kane, et ses yeux bleus se chargèrent d'une lueur mutine. Ça va nous faciliter la vie.

8

Kane suivit Jenna jusque dans le bureau du shérif et observa son environnement. Une jeune femme et deux hommes étaient assis dans la salle d'attente, qui n'était guère plus qu'un couloir étroit. Marchant derrière Jenna, il passa devant eux et entra dans une grande pièce. Des zones cloisonnées occupaient la majeure partie de l'étage principal où les adjoints menaient des entretiens dans des box. Une série impressionnante d'écrans plats ornait les postes de travail. Une porte sur le côté affichait une grande plaque de cuivre sur laquelle les mots « Shérif Alton » étaient gravés en argent. À l'autre bout de la pièce, une autre porte s'ouvrait pour laisser apparaître un passage. L'arôme du café fraîchement préparé et des bagels attira son attention et il avisa une kitchenette équipée d'une cafetière et d'un réfrigérateur en acier. Un tableau blanc couvert d'une sorte de diagramme était accroché à côté d'un panneau indiquant le chemin vers les toilettes. Il attendit qu'Alton le présente aux officiers en service, mais avant qu'elle n'ait le temps d'ouvrir la bouche, un vieil adjoint d'une soixantaine d'années lui tendit la main et lui adressa un sourire chaleureux.

— Bienvenue à Black Rock Falls, je suis Duke Walters et voici Pete Daniels.

Walters désignait le grand homme d'une vingtaine d'années qui se tenait à ses côtés.

— Il était temps que nous ayons un nouvel adjoint, continua-t-il. Je suis trop proche de la retraite pour prendre la relève en cas d'urgence.

— Jake nous avait dit que vous aviez prévu de passer aujourd'hui.

Daniels lui serra la main puis glissa ses pouces dans son ceinturon, avant de s'appuyer contre son bureau.

— Jake ? demanda Kane.

Il croisa le regard condescendant de Daniels et haussa les épaules face à la vague d'insolence émanant du plus jeune homme.

— Je ne crois pas avoir rencontré quelqu'un avec ce nom, enchaîna-t-il.

— Ça fait référence à Jake Rowley.

Le shérif Alton lui sourit dans un éclair de blancheur.

— Voici Daniels, notre dernière recrue, tout droit sorti de l'université. Je suis sûre qu'il profitera de vos connaissances et de votre expérience.

Je l'espère. Il se tourna vers Walters.

— J'ai des échantillons de peinture provenant de l'accident du shérif Alton à mettre dans le casier des preuves.

Il extirpa les scellés de sa poche et se tourna vers Daniels.

— Vous venez aussi. Je veux la signature de deux officiers sur le registre.

— Il faut deux clés pour déverrouiller la pièce, dit Alton en brandissant un trousseau de sa poche. J'en ai une et Walters a l'autre, puisqu'il était l'officier supérieur avant votre arrivée.

Elle fixa l'officier senior d'un regard long et réfléchi.

— Je suppose que cet honneur revient à Kane désormais.

Kane scruta le vieil homme.

— Toute l'expérience de l'adjoint Walters me sera utile, le temps de mon installation, déclara-t-il avant de saisir le trousseau de clés.

— J'ai hâte de réduire mes heures maintenant que nous avons de l'aide, dit Walters avec un sourire chaleureux.

Kane ouvrit la bouche pour répondre, mais ravala sa réplique lorsqu'une grande et très séduisante femme à la peau couleur chocolat entra dans le bureau. Elle secoua la neige d'un bonnet en laine coloré, le suspendit à une patère près de la porte, ôta son manteau, puis se tourna vers lui et lui adressa un sourire éclatant.

— Vous devez être l'adjoint Kane dont on a tant entendu parler. Je vois que tout le monde est arrivé tôt pour vous rencontrer.

Elle s'avança vers lui en balançant ses hanches avec générosité.

— Je suis Magnolia Brewster, mais vous pouvez m'appeler Maggie.

— Maggie est notre réceptionniste, intervint Alton, un sourire chaleureux se dessinant sur son visage. Composez le 911 et vous tomberez sur Maggie pendant les heures de bureau. Le reste du temps, les appels d'urgence basculent directement vers l'officier en service.

— Vous vous occupez de toutes les urgences ? Les pompiers, les ambulances ? demanda Kane, l'air incrédule.

— Oui. Nous avons demandé une centrale téléphonique fonctionnant vingt-quatre heures sur vingt-quatre, mais le faible volume d'appels que nous recevons ne vaut pas le coup.

Alton tambourina ses ongles manucurés sur le bureau.

— Enregistrez les preuves, et si vous voulez assister à l'entretien avec Sarah Woodward, demandez à Walters de lancer la vérification dans le registre des permis de conduire. Quand il aura une liste, comparez-la à toutes les personnes que j'ai arrêtées au cours des six derniers mois, au cas où elles posséderaient un véhicule similaire.

— Bien reçu. Autre chose que je devrais savoir ?

— Rowley vous renseignera sur les détails. Il est très réactif, ajouta-t-elle en souriant. Maggie va s'arranger pour que les échantillons de peinture partent aux analyses. Walters est totalement qualifié pour superviser cette tâche.

Lorsque Kane ouvrit la bouche pour poser une nouvelle question, elle le fixa du regard.

— Vous aurez tout le temps de parler boutique avec mes adjoints, après m'avoir ramenée chez moi.

De retour à la brigade une heure plus tard et vêtu de son nouvel uniforme tout neuf, Kane supervisa la libération de Billy Watts. Rowley n'avait pas trouvé de preuve que l'homme avait volé de l'argent. L'adjoint avait également inspecté les pick-up bleu foncé appartenant à des personnes qu'il connaissait, mais n'en avait trouvé aucun ayant subi des dommages récents. Kane le plaça sur l'entretien de Sarah Woodward puis porta son attention sur le jeune adjoint, Pete Daniels. Considérant que Daniels pouvait s'occuper de la paperasse, Kane se détourna enfin de lui pour évaluer la jeune femme que Rowley interrogeait dans son box.

Sarah Woodward lui rappelait sa sœur au même âge et soudain, son instinct de protection refit surface. À environ 18 ans, il la trouvait bien trop jeune pour mener seule l'enquête sur la disparition de sa grand-mère. Sa peau de porcelaine et ses cheveux blonds avaient le même effet sur les jeunes hommes débarqués en ville pour le match de hockey que si elle portait une pancarte avec les mots « Venez me trouver » inscrits dessus. Avec la perspective de passer du bon temps, ils se précipiteraient sur cette fille innocente et naïve comme des abeilles sur du miel.

Kane tira une chaise dans le box de Rowley pour assister à l'entretien. Il se présenta et s'assit.

— Vous voyagez seule ? demanda-t-il.

Elle fit cligner ses yeux bleus comme s'il venait de se matérialiser devant elle.

— Ah... oui, répondit-elle et ses lèvres formèrent un sourire. J'ai l'espoir de retrouver ma grand-mère, donc je ne serai pas seule longtemps.

Ses doigts se tordirent sur une écharpe en laine bleue avant qu'elle reprenne.

— J'ai quelques pistes.

Kane se pencha en arrière sur sa chaise en la faisant craquer comme les os d'un vieil homme.

— Quelle nouvelle preuve avez-vous découverte ?

— J'ai appelé ma mère et bien qu'elle ne se souvienne d'aucun endroit précis que Grand-mère avait visité, elle avait conservé certaines de ses lettres. Vous devez comprendre que ma mère n'est plus la même depuis la mort de mon père. Les médicaments affectent sa mémoire, alors j'ai pensé que la meilleure chose à faire était de lui demander de m'envoyer les lettres de Grand-mère.

Sarah lui offrit un sourire lumineux, tout en fossettes et dents blanches.

— Elles sont arrivées par livraison spéciale hier après-midi. Je ne les ai pas encore toutes lues, mais la troisième que j'ai ouverte mentionnait l'éventualité d'obtenir un rendez-vous avec l'agence immobilière locale. Grand-mère voulait acheter un petit ranch dans la région. Un endroit où nous pourrions tous vivre loin de la ville.

Elle fit un mouvement du menton.

— Je me suis dit que j'allais me rendre auprès de l'agence immobilière et demander si Grand-mère y avait pris des renseignements.

— Vous devriez laisser les enquêtes à la police, dit Kane en jetant un coup d'œil à Rowley. Appelez l'agence immobilière et demandez si un agent se souvient de quoi que ce soit à propos de Mme Woodward.

Il sourit à Sarah puis reprit :

— Je peux vous proposer un verre pendant que nous attendons ? Un soda ou un café ?

— Oui, merci, un soda serait bien, répondit-elle.

Ses joues rosirent et elle dézippa un coupe-vent jaune vif avant d'enchaîner :

— Il fait assez chaud ici.

Alors que Rowley s'éloignait pour passer l'appel, Kane remarqua l'adjoint Daniels dans sa périphérie. La jeune recrue fit signe à Billy Watts de se diriger vers la sortie puis il s'attarda devant le box de Rowley.

— Si vous n'êtes pas occupé, dit Kane en se tournant vers Daniels, pourriez-vous prendre un soda pour Mlle Woodward et pour moi un café, fort, sucré, avec de la crème ?

— D'accord, patron, répondit Daniels en se dirigeant vers la kitchenette.

Kane s'éclaircit la gorge pour attirer l'attention de Sarah.

— Vous devez être proche de votre grand-mère pour faire un aussi long déplacement dans le but de la retrouver.

— Oui, je suis très proche d'elle, répondit Sarah avant de prendre une profonde inspiration. Ma mère ne va pas bien et je dois la retrouver.

— J'ai peut-être une piste, lança Rowley en haussant ses sourcils bruns.

Il ferma son téléphone portable et s'assit.

— J'ai parlé au propriétaire de l'agence immobilière, John Davis, et il se souvient d'une femme qui a pris des renseignements il y a quelque temps. Il lui a proposé de lui montrer les propriétés à vendre dans la région, mais il se souvient qu'elle avait demandé une liste pour faire le tour elle-même. Mme Woodward a dit qu'elle reviendrait si quelque chose l'intéressait et qu'elle prendrait rendez-vous pour une visite, mais elle ne s'est jamais présentée.

— Lui avez-vous demandé une copie de la liste de propriétés qu'il a donnée à Mme Woodward ? demanda Kane en se frottant le menton. Ça pourrait valoir le coup de retracer son parcours et de vérifier auprès des propriétaires.

— Oui, j'ai fait la demande, mais il a dit qu'il avait besoin de temps pour examiner les listes des trois derniers mois. Il en enverra une dès que possible, probablement lundi, car il ferme à midi pour emmener un couple voir quelques propriétés en ville.

Kane attendit que Daniels apporte les boissons puis sourit à Sarah.

— Dès que je recevrai cette liste, j'irai m'entretenir avec les propriétaires. Quelqu'un a dû parler à votre grand-mère. Si vous pouviez lire le reste des lettres et me faire savoir si vous trouvez des indices, vous pouvez me joindre à ce numéro.

Il attrapa son portefeuille et en sortit une carte de visite qu'il lui tendit.

— Vous logez où ?

— Au Black Rock Falls Motel, répliqua-t-elle en grimaçant. C'est assez bruyant depuis que les fans de hockey sont en ville. C'était le centre névralgique de la fête hier soir.

— C'est une bande de durs qui cherchent à s'amuser ; s'ils vous dérangent, appelez le 911 ou moi-même. Le département du shérif du comté de Black Rock Falls a mis en place un officier de garde vingt-quatre heures sur vingt-quatre, sept jours sur sept.

Kane se leva et escorta la jeune fille jusqu'à la sortie.

— Merci.

Sarah lui adressa un petit sourire et se leva. Elle glissa la sangle d'un sac rose bonbon sur son épaule et quitta la brigade pour se diriger vers une vieille berline jaune garée le long du trottoir.

— Si elle a besoin de quelqu'un pour la ramener chez elle,

intervint Daniels qui était apparu à côté de Kane et fixait la jeune femme avec un sourire idiot, je serais heureux de me porter volontaire.

Il se retourna vers la jeune recrue et le fixa du regard.

— Est-ce que les termes « protéger et servir » vous disent quelque chose ? Ne vous approchez pas d'elle. C'est un ordre !

— Oh, allez, rétorqua Daniels en souriant comme un âne. Vous n'avez pas remarqué la façon dont elle m'a regardé ? Les filles comme elle adorent les hommes en uniforme.

OK, super, maintenant on a un prédateur sexuel en devenir.

9

À travers la fenêtre de la cuisine, elle observait avec désespoir son véhicule disparaissant au loin.

— Où conduisez-vous mon pick-up ?

— Au garage, répondit l'homme aux bottes de cow-boy avec insolence avant de lui adresser un lent sourire. Tu n'en auras plus besoin.

Son regard étrange et froid la fit frissonner, et elle recula jusqu'à ce que son dos heurte le bord de l'évier de la cuisine.

— Je ne vous ai pas donné la permission de toucher à mon pick-up.

— Je n'ai pas besoin de ta permission.

La façon méprisante dont il la regardait, ses lèvres retroussées et sa posture assurée lui donnaient la chair de poule. Quelque chose ne tournait pas rond, comme s'il y avait deux personnes en lui. Cette personnalité-là n'était pas l'homme serviable qui lui avait proposé de l'héberger pour découvrir les environs, mais l'autre facette, brutale et sauvage, qu'elle ne pouvait pas raisonner. L'alcool faisait empirer son état ; et la bouteille et le verre posés sur la table de la cuisine avaient déjà tiré la sonnette d'alarme.

— Je pars dans quelques jours. Comment voulez-vous que je fasse sans mon pick-up ?

— Je veux peut-être que tu restes ici ? dit Bottes-de-Cowboy en se rapprochant, ses yeux sombres la toisant sans une once d'humanité. La maison est belle et propre et j'aime les bons petits plats faits maison.

Effrayée mais déterminée à lui tenir tête, elle croisa les bras sur sa poitrine palpitante pour cacher ses mains tremblantes.

— J'ai dit que je resterais un mois pour me faire une idée de la région. Je ne peux pas rester pour toujours.

— Tu le feras, si je te le dis.

Il plaça un bras musclé autour de sa taille et appuya ses grandes mains sur le plan de travail.

— Le problème, c'est que j'ai besoin d'argent pour payer les réparations de ta voiture. Si tu veux la récupérer, ça va te coûter 500 dollars, cash. Si tu me donnes ta carte, je peux aller en ville et faire un retrait.

Son haleine chargée de bourbon lui brûlait les narines. Dégoûtée, elle détourna le visage.

— Pourquoi ne pas me conduire en ville quand les réparations seront terminées et je paierai moi-même le garage ?

La douleur l'étourdit pendant un instant. Elle n'avait pas vu son poing s'abattre sur elle. Les yeux larmoyants et en état de choc, elle fixa l'homme. Le coup avait fait naître un goût métallique sur sa langue. Elle leva les mains pour se protéger le visage.

— Arrêtez ! Pourquoi me faites-vous ça ?

— J'ai dit : donne-moi ta carte et je vais chercher l'argent en ville.

Il empoigna son cou dans sa main sale et le serra.

— T'es sourde ou quoi ?

Tremblante de peur, elle fit un mouvement de la tête en signe d'accord. Quel autre choix avait-elle ? Elle était à des kilomètres de la ville, sans voiture et à sa merci. Peut-être que lorsqu'il serait parti, elle pourrait utiliser le téléphone et appeler les secours.

— Je vais vous la chercher, répondit-elle.

Il la suivit dans sa chambre et attendit à la porte qu'elle s'asseye sur le lit ; elle tressaillait. Le sang pulsait sous son crâne et elle n'arrivait pas à penser correctement. Elle saisit son sac à main sur la table de nuit, en sortit une carte et la lui tendit. Elle était incapable de se souvenir des différents codes secrets de ses cartes ; ils figuraient tous dans son carnet d'adresses.

— Le code ? demanda-t-il en lui lançant un regard noir alors qu'il s'approchait. Donne-le-moi.

Il extirpa un bloc-notes de sa poche.

Lorsqu'elle fouilla dans son carnet d'adresses, il l'agrippa et ricana.

— Tu gardes tes codes là-dedans ? dit-il alors que son chapeau de cow-boy s'inclinait au-dessus des pages. Combien tu as de cartes ?

Il empoigna son sac à main et en vida le contenu sur le lit.

— Trois ?

Ses oreilles bourdonnaient ; elle leva les yeux vers lui. Elle n'arrivait pas à croire qu'il l'avait frappée. Personne ne l'avait jamais frappée auparavant. La pièce tanguait et elle s'ancra au côté du lit, s'efforçant de ne pas vomir.

Quand il la frappa à nouveau, elle enserra sa tête dans ses mains.

— Oui, j'en ai trois. Prenez-les.

— C'est ce que je vais faire, conclut-il en repartant vers la cuisine.

Quelques instants plus tard, elle entendit ses bottes claquer sur le sol devant sa chambre. Elle jeta un regard à travers ses paupières tuméfiées et le vit brandir son téléphone.

— Tu peux essayer de t'enfuir, mais tu n'iras pas loin par ce temps, déclara-t-il en agitant le portable devant elle. Je prends ça avec moi. Quand je serai de retour, je veux que tu aies préparé le dîner, ou je te frappe sans m'arrêter et je t'enferme dans le cellier. Il fait froid là-dessous et les rats te mangeront toute crue. À toi de choisir.

Elle l'entendit siffler à mesure que ses pas résonnaient dans le couloir, suivis par le rugissement d'un moteur lorsqu'il démarra son véhicule. Le désespoir la submergea. Elle se devait de rester en vie et ferait tout ce qu'il voulait, mais il fallait bien qu'elle puisse dormir à un moment. Peut-être qu'elle pourrait voler sa voiture et s'échapper. De qui se moquait-elle ? Il était aussi rusé qu'un renard. *Je suis prise au piège, il ne me laissera jamais partir.*

Elle s'allongea sur le lit et remonta la couverture sur elle. Des souvenirs de moments passés en famille virevoltèrent dans son esprit et une obscurité réconfortante l'enveloppa.

10

Kane jeta un regard noir à Daniels et força son esprit à se concentrer sur le travail à accomplir.

— L'autre personne disparue, John Helms. Avez-vous vérifié ses transactions par carte de crédit et son téléphone portable ?

— Pas encore, le gars n'a été porté disparu que vendredi. Je suppose que nous pouvons attendre jusqu'à lundi et voir s'il réapparaît ?

— Pas besoin d'attendre, répondit Kane en se frottant le menton. Le shérif Alton m'a informé que Helms avait disparu il y a quelque temps et que son téléphone portable ne répondait pas. Vérifiez s'il continue à payer son abonnement téléphonique. Commencez à réunir les papiers nécessaires pour obtenir un mandat. Je veux une liste des appels qu'il a passés ces deux dernières semaines, puis faites de même pour obtenir ses relevés bancaires.

— Pas de souci, patron.

Kane retourna au bureau de Rowley et s'assit à côté de lui. L'attitude arrogante et familière de Daniels envers Sarah Woodward le dérangeait, mais il allait bientôt le mettre au pas. Il prit une profonde inspiration et tendit la main vers son café, puis souffla sur le liquide fumant, heureux que le martèlement dans sa boîte crânienne se soit calmé.

— Quand vous êtes-vous entraîné au tir pour la dernière fois ? demanda-t-il avant d'avaler une gorgée de café et de soupirer.

— Le shérif Alton nous emmène au stand de tir une fois par mois, c'était donc il y a deux semaines. C'est une femme dure et elle dirige cette brigade comme un camp d'entraînement.

Rowley tapota sur le clavier de son ordinateur puis leva un regard brun vers lui.

— J'ai entré les notes de l'entretien de Mlle Woodward dans son dossier. Si vous n'avez pas besoin de moi dans les heures qui suivent, je suis généralement le premier à prendre ma pause déjeuner.

— Je vous accompagne. Walters est encore en train de lister tous les pick-up de la région, alors autant faire une pause maintenant aussi. Nous pouvons prendre ma voiture, mais avant de manger, j'aimerais parler à l'agent immobilier, avant qu'il ne parte pour la journée.

Kane éclusa sa tasse et se leva avant de reprendre :

— Jusqu'à présent, il est la dernière personne à avoir eu un contact avec la personne disparue. Avez-vous une photo de Mme Woodward sur votre téléphone portable ?

— Oui. On a cherché cette femme partout. J'ai imprimé des prospectus et les ai montrés aux éleveurs locaux, mais sans succès.

Rowley déconnecta sa session d'ordinateur et se leva d'un bond enthousiaste.

— Quel est votre angle d'attaque ?

— Pour l'instant, on suppose que Mme Woodward a rencontré des agents immobiliers pour ses recherches. Nous devrons interroger toutes les personnes avec lesquelles elle a été en contact avant sa disparition.

Kane attrapa son coupe-vent pendu à une patère près de la porte puis ouvrit la voie en direction de la sortie.

— J'ai besoin d'observer les réactions des gens, et présenter une photo de notre disparue à l'agent immobilier pourrait déclencher un souvenir refoulé.

— Et vous détecterez s'il cache quelque chose.

Rowley enfila son manteau, lui emboîta le pas et enchaîna :

— Le considérerez-vous comme un suspect, étant donné qu'il semble être la dernière personne à avoir vu Mme Woodward ?

— Peut-être, mais pour l'instant tout ce que nous avons, c'est une personne disparue, et non une victime d'un acte criminel.

Kane frissonna et appuya sur le bouton de son porte-clés pour déverrouiller la voiture.

— Il ne s'arrête donc jamais de neiger ici ?

— Pas à cette époque de l'année, répondit Rowley en évitant un petit groupe d'enfants alors qu'il contournait le capot pour enfin se glisser dans le siège passager.

Il boucla sa ceinture de sécurité et enfila ses gants.

— La neige reste parfois jusqu'en avril, conclut-il.

Kane se souvenait être passé devant l'agence immobilière lorsqu'il avait fait route vers Black Rock Falls. La neige avait un peu diminué, mais les essuie-glaces peinaient sous les flocons qui dardaient le pare-brise. Il attendit une pause dans le trafic et se dirigea vers le centre-ville. Son esprit papillonnait entre les différentes affaires que Jenna avait évoquées : deux personnes disparues sans laisser de trace, c'était inhabituel dans une petite ville. Un shérif victime d'une tentative de meurtre, encore plus bizarre. Repérant l'agence immobilière sur la gauche, pittoresque avec son toit croulant sous la neige et ses arbres où des stalactites de glace pendaient aux branches, il s'engagea sur le petit parking extérieur. Il balaya du regard les photos des propriétés à vendre et à louer, obscurcies par le givre. *Qui peut bien chercher à visiter des maisons par ce temps-là ?*

— Laissez-moi parler. Vous prendrez des notes si nécessaire et présenterez la photo sur votre téléphone portable.

— Bien sûr. Je peux poser une question ? demanda Rowley qui s'était retourné sur son siège et poursuivit sur un signe de tête de Kane. Comment faites-vous pour garder toutes les affaires en tête ? Vous semblez passer de l'une à l'autre sans même vérifier vos notes.

Kane abaissa son bonnet de laine sur ses oreilles.

— Je traite les affaires comme des programmes télévisés. Je suis sûr que vous regardez de nombreuses séries différentes en une soirée et que vous vous souvenez de ce qui s'est passé dans le dernier épisode, non ? C'est la même chose, sauf que ce sont de vraies personnes, donc au lieu d'attendre l'épisode palpitant de la semaine suivante, j'ai tout de suite besoin de savoir ce qui s'est passé.

— Je pense que je vais avoir besoin de mes notes ; une seule erreur et le shérif va me flinguer, lâcha Rowley en grimaçant, puis il sortit son bloc-notes et son stylo. Prêt ?

— Oh oui.

Kane s'extirpa de la voiture et un souffle arctique lui cingla le visage. Il contourna une femme portant un enfant dont le nez rouge coulait et se dirigea vers la porte.

Je suis fou d'avoir accepté ce job. Je n'ai pas besoin d'argent. Je devrais être chez moi, à lire un livre, au coin du feu.

La sonnette annonça leur arrivée et M. Davis sortit de l'arrière-salle, une tasse fumante dans la main.

— Que puis-je faire pour vous, messieurs les adjoints ? lança-t-il en ponctuant sa question d'un haussement de sourcils.

Il posa son café sur le plateau du bureau qui trembla un peu sous l'action. Kane l'observa et sentit un effluve de brandy s'échapper du breuvage.

— Monsieur Davis ? Je suis le shérif adjoint Kane. Je sais que vous avez bientôt un rendez-vous, mais je dois vous poser quelques questions.

— D'accord. Mes clients m'attendent à midi, j'ai donc un peu de temps devant moi.

Davis se laissa tomber précautionneusement dans la chaise derrière son bureau, comme s'il souffrait.

— Asseyez-vous, s'il vous plaît, reprit-il. J'ai mal au cou à lever le regard vers vous.

— Bien sûr.

Kane s'assit sur une chaise en bois extrêmement inconfortable, ce qui lui rappela une désagréable séance dans le bureau d'un directeur d'école. Il chassa l'image de son esprit et rassembla ses pensées.

— J'enquête sur la disparition de Mme Samantha Woodward.

— J'ai dit à l'adjoint Rowley tout ce dont je me souviens d'elle et je n'ai pas eu le temps de fouiller dans mes dossiers pour trouver la liste de propriétés dont on a parlé, rétorqua Davis en roulant des yeux en direction du plafond comme s'il cherchait une intervention divine. Cela prend du temps et je vous la ferai parvenir dès que possible.

— Je comprends et j'apprécie votre aide, enchaîna Kane en offrant un sourire dans un effort pour détendre l'homme, mais d'après les perles de sueur qui se formaient sur son front, cela ne fonctionna pas. J'ai pensé que voir une photo de Mme Woodward pourrait vous rafraîchir la mémoire.

— Tenez, jetez-y un œil, dit Rowley en tendant son téléphone portable. Vous souvenez-vous de l'avoir rencontrée ?

Davis se pencha au-dessus du bureau et loucha sur l'image, puis lança un regard inquiet dans la direction de Kane.

— Beaucoup de gens viennent me poser des questions sur les différentes propriétés.

Il s'affaissa sur sa chaise et soupira.

— Je me souviens qu'une femme avait mentionné avoir vendu sa maison et vouloir prendre sa retraite ici. Elle ne cherchait pas une grande propriété, juste quelque chose que sa famille et elle pourraient gérer seules.

Kane se redressa dans son siège.

— C'est un bon début. Vous souvenez-vous d'avoir discuté avec elle d'une propriété en particulier ?

— Vaguement. On a probablement discuté de ce qui aurait pu lui convenir et fixé un rendez-vous pour une visite, mais je n'ai aucun souvenir d'avoir emmené une femme âgée visiter des ranchs.

Il fit pianoter ses doigts sur le bureau.

— Pas du tout.

— A-t-elle évoqué l'endroit où elle logeait ?

— Je ne me souviens vraiment pas, répondit-il en écartant les mains. Vraiment, monsieur l'adjoint, je ne peux pas vous dire ce que je ne sais pas.

Il passa une main dans ses cheveux et reprit :

— J'ai la sensation d'être harcelé. C'est la seconde fois que vous me parlez en moins d'une heure, et une jeune femme est passée me poser les mêmes questions. Elle m'a montré sa carte d'identité et a insisté pour que je lui dise où j'avais envoyé sa grand-mère. Je vous donne la même réponse. Dès que je pourrai consulter les anciens listings, je vous les enverrai, mais pour l'instant, je dois me préparer à partir.

On dirait bien que Mlle Woodward continue à enquêter de son côté.

Kane se leva.

— Nous n'avons pas l'intention de vous harceler. Vous devez comprendre que nous prenons soin de suivre toutes les pistes et si vous me fournissez une liste des propriétés dès que possible, nous pourrons faire notre travail.

Il saisit une carte dans son portefeuille et la posa sur la table.

— Merci de nous avoir consacré un peu de votre temps, dit Kane en ouvrant la porte, Rowley non loin derrière.

— On peut aller manger, maintenant ? demanda Rowley en frictionnant le bout de son nez rouge. Allez !

Il était tellement grisé par le pur délice que constituait le chili de Chez Tante Betty que toutes les considérations sur l'affaire Woodward glissèrent dans l'oubli. Quand Rowley se racla la gorge, le cerveau de Kane se remit en marche. Il repoussa le plat vide devant lui et empoigna sa tasse de café.

— Ça doit bien être le meilleur bol de chili de tous les temps, lâcha-t-il à Rowley en souriant.

— Je suis d'accord, répondit Rowley, qui semblait mal à l'aise et déplaçait la salière comme une pièce d'échecs sur la nappe à carreaux rouges et blancs. Au fait, la paperasse nécessaire à un mandat pour avoir accès aux relevés bancaires de Mme Woodward n'a pas encore été lancée. Je n'ai pas son numéro de téléphone portable non plus, enchaîna-t-il alors que ses joues rougissaient. J'ai pensé que je devais vous mettre au courant.

Le respect que Kane avait pour Rowley décupla sur l'instant. Il appréciait le professionnalisme et l'honnêteté. Il s'adossa à sa chaise et croisa son regard troublé.

— J'ai parlé de Mme Woodward au shérif Alton ce matin. Sa petite-fille insiste sur le fait qu'elle était plutôt vieille école et qu'elle ne possédait pas de téléphone portable ; elle écrivait des lettres. Nous savons qu'elle déposait de l'argent en ville et y relevait son courrier.

Il sirota son café, observant le soulagement qui se répandait sur le visage de Rowley.

— Elle donne l'impression d'être une femme qui préfère l'argent liquide aux paiements par carte, continua Kane, mais comme nous savons qu'elle a un compte à la banque locale, il serait prudent de remplir la demande d'accès à ses relevés personnels.

Il lui adressa un hochement de tête.

— J'apprécie votre franchise. Avec ces informations, nous couvrons tous les aspects du cas de Mme Woodward.

— Merci, monsieur, répondit Rowley en laissant échapper un long soupir. Je m'y mettrai à la première heure lundi matin.

— Non, j'ai besoin de cette information maintenant. Daniels devrait avoir les documents prêts à être déposés pour l'affaire Helms quand nous serons de retour au bureau. Ça ne vous prendra pas longtemps pour faire de même pour Mme Woodward. Nous avons un motif raisonnable pour ordonner des réquisitions et des mandats pour les deux affaires. Tout ce dont j'ai besoin, c'est d'un juge. Quand on sera de retour au bureau, je signerai les papiers et vous devrez interrompre le week-end du juge local. J'ai besoin d'une autorisation de réquisition dès que possible.

Il termina son café et posa la tasse sur la table.

— Je m'y mets tout de suite, dit Rowley en fronçant les sourcils. Je ne peux pas croire que quelqu'un ait voulu tuer le shérif Alton. Elle est très respectée ici.

— Je suis très préoccupé par la sécurité du shérif Alton et si nous voulons trouver le maniaque qui a provoqué l'accident, j'aurai besoin de connaître tout ce dont vous pouvez vous souvenir sur ses affaires en cours depuis le mois dernier environ.

Il remarqua qu'une rougeur se répandait sur les joues de Rowley et sourit pour le rassurer.

— Parfois, ça ne tient qu'à des détails, les bruits de couloir, l'attitude de la population vis-à-vis d'elle. Les gens sont rancuniers pour des raisons stupides et l'accident pourrait être une revanche.

— Il n'y a rien eu à part l'arrestation de Josh Rockford et Dan Beal. Ils s'y sont opposés et Rockford a élevé la voix sur le shérif. C'est un vrai con. Quand elle a rejeté ses avances, il a commencé à invoquer son statut de fils du maire, enchaîna Rowley avec un sourire. Le shérif l'a plaqué contre la voiture de patrouille et menotté en moins de temps qu'il n'en faut pour le dire.

Il gloussa et ses yeux brillèrent avant de reprendre.

— Quand elle a procédé à la fouille, il a fait ses remarques habituelles, comme quoi elle cherchait une excuse pour le tripoter.

Petit malin.

— Qu'est-ce qu'elle a fait ? demanda Kane en arquant un sourcil.

— Elle a menacé d'appeler un médecin pour lui faire passer une fouille interne. Elle lui a rétorqué qu'il devait être drogué s'il croyait qu'elle pouvait s'intéresser à lui.

La bouche de Rowley s'étira en un large sourire et il remplit sa tasse à l'aide de la cafetière sur la table.

— Si une telle chose était arrivée, reprit-il, les membres de son équipe n'auraient jamais lâché l'affaire. Il est capitaine des Larks, c'est du hockey et c'est une question d'honneur. Vous auriez dû voir la tête qu'il a faite... « Fulminer » est un terme qui est même loin du compte.

Un mobile suffisant pour lui faire faire une sortie de route, s'il voulait la remettre à sa place.

— Je vois. Je vais ressortir toutes les informations que vous avez sur Josh Rockford et Dan Beal. Quand le shérif Alton les a relâchés vendredi, s'est-il passé quelque chose d'inhabituel ? Des insultes, des menaces ?

— Oh oui, ils étaient furax contre elle. Elle a refusé de les relâcher avant 22 heures.

Rowley plongea sa cuillère dans sa tarte aux pommes avant de continuer.

— Ils se sont plaints, disant qu'ils devaient être au stade à 20 heures, sinon leur entraîneur les écorcherait vifs.

Kane secoua la tête.

— J'imagine qu'ils ont dû donner des explications. De mon temps, arriver en retard à l'entraînement signifiait une saison entière sur le banc de touche. Il semblerait qu'être le fils du maire ait des avantages après tout, ajouta-t-il en croisant le regard amusé de Rowley. Le shérif a mentionné que le match à domicile se déroulait ce week-end.

— Ce soir, répondit Rowley en souriant. J'ai hâte d'aller le voir.

— Rien d'autre d'inhabituel dernièrement ? Et pendant le porte-à-porte que vous avez fait pour Mme Woodward ?

— Rien pendant mon enquête de terrain. Il faudra demander à Daniels ce qu'il en est des visites qu'il a faites avec le shérif Alton dans les ranchs la semaine dernière.

Rowley haussa les épaules et baissa les yeux, ses cils sombres cachant son expression.

— Il n'a rien mentionné d'inhabituel, reprit-il, et pourtant il adore les ragots.

Susie, la serveuse, s'approcha de la table avec un sac en papier et le tendit à Kane.

— Une part de tarte aux pommes à emporter, lança-t-elle en lui jetant un long regard et en retroussant ses lèvres rouges, comme si elle essayait de capter son attention. Y a-t-il autre chose que je puisse faire pour vous, adjoint Kane ?

Il posa le sac sur la table et sourit.

— Non, je vous remercie. J'aimerais bien pouvoir rester et goûter tous les plats du menu, mais nous devons retourner au bureau.

— Eh bien, profitez de la tarte.

Elle se retourna et s'éloigna rapidement. Le coin de la bouche de Rowley tressaillit.

— Je pense qu'elle cherche un cavalier pour le bal de ce soir, dit-il en souriant. Elle s'est entichée de vous, monsieur.

Note à moi-même : ne jamais venir ici seul. Kane se leva, déposa des billets sur la table et prit la tarte.

— Aucune chance.

Il pouvait voir Susie du coin de l'œil, entortillant une mèche de cheveux autour d'un doigt et mouillant ses lèvres en signe d'invitation. *Tu es bien trop jeune pour moi.* Rowley lui jeta un regard inquisiteur.

— Les filles ne vous intéressent pas ?

Kane secoua la tête.

— Non. À 35 ans, je préfère les femmes majeures et vaccinées.

Il marcha vers la porte en portant son regard partout, sauf dans la direction de Susie.

11

Jenna jeta de nouvelles bûches dans l'âtre et observa les flammèches s'élever dans le cône de fumée et disparaître dans le conduit de cheminée. Le coup de fil de l'adjoint Walters lui avait donné le tournis. Le nouveau shérif adjoint s'était mis au charbon dès qu'elle l'avait quitté et il avait fait travailler ses collègues sans relâche toute la journée. En désaccord avec l'idée d'avoir un adjoint entreprenant qui prendrait les rênes en son absence, elle pesa tout de même le pour et le contre. Un shérif adjoint avec une expérience considérable signifierait que la charge de travail diminuerait, mais elle devrait faire comprendre clairement qui était le patron. S'il discutait ses ordres sans la consulter, elle devrait lui en toucher deux mots, et rapidement. Kane avait annulé les patrouilles biquotidiennes qu'elle avait programmées pendant les week-ends de matchs à domicile des Larks qui avaient pour but de s'assurer que les touristes arrivant en ville ressentent une forte présence policière. Les matchs de hockey apportaient leur lot de trublions externes à la ville et sa brigade était en sous-effectif. Ses adjoints allaient devoir enchaîner deux vacations ce soir, bien qu'il ne nécessitât pas grande force de persuasion pour imposer à Rowley et Daniels d'assister au match, même en uniforme.

La soirée d'après-match organisée par le maire à l'hôtel de ville se déroulait la plupart du temps sans accroc quand l'adjoint Walters se tenait posté à la porte. Son problème, c'était ceux qui se ruaient à l'hôtel Cattleman pour boire après le match. À l'heure de la fermeture, elle devait compter sur Rowley pour l'aider à maintenir l'ordre, car les hommes ivres refusaient souvent d'obéir au jeune Daniels.

Elle passa une main dans ses cheveux et son esprit glissa vers Kane. *Il m'épaulerait, j'en suis sûre.* Sa solide présence à ses côtés ferait impression sur la foule, mais comment pourrait-elle lui demander de l'assister ? Il serait épuisé après une longue journée de travail et une aussi courte nuit. Elle rongea le peu qui lui restait d'ongle, forçant son esprit à s'extirper du mode *panique* et à retrouver un minimum d'équilibre. La tentative d'assassinat l'avait anéantie et le fait de devoir s'exposer de nouveau la rendait extrêmement nerveuse.

Si l'un des hommes de Viktor Carlos la croisait dans la rue, autant lui peindre une cible dans le dos. Elle doutait que les habitants lèvent le petit doigt pour l'aider, pas après la débâcle du match à domicile précédent. Après avoir mis un point d'honneur à rester diplomate face aux différentes échauffourées, elle avait dégainé son arme lors d'une rixe entre deux bandes rivales de supporters sur le parking de l'hôtel Cattleman. Finalement, Rowley et Daniels avaient dû sortir leur matraque pour maîtriser la foule. Le geste avait provoqué un tollé et fait hurler à la brutalité policière. *Ce n'est pas comme si j'avais déchargé mon arme.*

La sonnerie de l'alarme de l'entrée principale interrompit le flot de ses pensées. Elle se déplaça dans le couloir et jeta un coup d'œil à l'ensemble des écrans de son bureau. À la vue d'un SUV noir aux vitres teintées, elle chercha son arme de secours dans un des tiroirs du meuble. Le véhicule roula vers la maison puis bifurqua et s'enfonça dans le garage de Kane. *Je suis bête. J'aurais dû reconnaître sa voiture.* Elle pressa une main sur son cœur qui battait à tout rompre et aperçut son propre reflet dans le noir d'un des écrans. L'agent spécial Avril Parker n'existait plus et à sa place se trouvait une personne plus jeune et plus dynamique.

Elle avait travaillé dur pour parfaire son nouveau corps. Six mois d'exercices éreintants pour modifier sa morphologie. Après de la chirurgie reconstructrice, son nouveau visage avait un nez droit et des lèvres pulpeuses, et les fines rides qu'elle détestait avaient disparu. Le chirurgien esthétique avait insisté pour qu'on lui ajoute de faux seins et, d'une manière ou d'une autre, il avait réussi à faire en sorte que ses yeux paraissent plus grands. Sa coiffure était totalement différente et désormais, même sa propre mère ne la reconnaîtrait pas. Elle avait eu 32 ans lors de son dernier anniversaire, mais le visage qui la regardait semblait avoir dix ans de moins. Dans son esprit, la voix de son commandant se rappelait à son bon souvenir.

Vous serez en sécurité. Une nouvelle identité, un nouveau visage, c'est comme se cacher à la vue de tous et ça fonctionne. Ne vous inquiétez pas. Profitez de la vie.

Ne vous inquiétez pas. Quelle connerie, comme si elle pouvait faire confiance à tous les hommes de sa brigade ! Peu importait le rang dans la hiérarchie, tout le monde avait un prix.

Son attention se reporta sur les écrans pour voir David Kane se frayer un chemin dans la neige vers chez elle. Elle glissa le pistolet dans le tiroir du bureau et traversa le couloir pour l'accueillir à la porte d'entrée.

— Salut.

Il martela le sol pour chasser la neige de ses bottes taille 47 et leva son regard bleuté vers elle.

— Ça vous dérange si j'entre ? Je voudrais m'entretenir avec vous au sujet des dossiers en cours.

Jenna tenta d'arrêter de froncer les sourcils, sans succès.

— Je tiens une réunion tous les matins pour tenir mes agents informés et distribuer les tâches.

— Je n'en doute pas, mais comme j'ai pris les choses en main à la brigade aujourd'hui, pour le moment, vous êtes hors du coup, dit-il, ses yeux bleus soutenant le regard de Jenna. J'ai fait des progrès significatifs aujourd'hui.

J'étais certaine de ça. Elle fit un pas sur le côté.

— Bien sûr. Entrez. Comment s'est passé votre premier jour ?

Il la dévisagea comme si elle lui avait demandé la taille de son pénis, puis il arqua un sourcil sombre et haussa les épaules.

— Bien.

Jenna réprima un sourire et traversa le couloir jusqu'à la cuisine.

— Vous êtes arrivé au bon moment. J'ai des cookies qui sortent du four, et du café.

Elle se retourna vers la porte et considéra l'expression décontenancée de Kane.

Professionnel jusqu'au bout. Je parie que tu es dans le métier depuis si longtemps que tu trouves toute forme de politesse suspecte.

Elle n'avait pas eu de véritable partenaire depuis des années et avait besoin de quelqu'un avec qui partager une conversation intelligente. Le genre où elle pouvait dire ce qu'elle pensait, parler boutique, et ne pas se sentir comme une mère supérieure.

Décidant de faire finalement marche arrière, elle gloussa.

— Ne le dites pas aux autres adjoints. Ils ne savent pas que j'ai un côté féminin.

— Ils ne me croiraient pas, répliqua Kane, sa bouche s'étirant en un véritable sourire. Vous devriez montrer plus souvent aux gens ce pendant de votre personnalité.

Il essuya ses pieds sur le tapis et dirigea une main vers la fermeture Éclair de sa veste.

— Ça devrait prendre un moment, reprit-il, et du café et des biscuits me semblent parfaits, merci.

Il se retourna et accrocha sa veste sur le portemanteau à côté de la porte.

12

Kane fit un compte rendu à Jenna des développements de la journée, puis il s'enfonça dans son fauteuil et sirota sa tasse de café fumant, attendant une réponse de sa supérieure. L'ecchymose sur son front avait pris une teinte bleu foncé et les ombres sous ses yeux l'inquiétaient. Même s'il la connaissait depuis à peine vingt-quatre heures, il respectait son cran.

Il jeta un coup d'œil à la cuisine et huma l'arôme de biscuits fraîchement cuits qui emplissait la pièce. *Elle se comporte comme une militaire. Tout est à sa place et impeccable.* Il goûta un cookie et la saveur explosa dans sa bouche. Avec un soupir, il ferma les yeux de bonheur et il l'entendit glousser.

— Vous êtes donc humain, lança Jenna en passant ses doigts dans ses cheveux ébouriffés. Vous travaillez comme une machine. Vous n'êtes jamais fatigué ?

Il ouvrit les yeux et fronça les sourcils.

— Je fais ce qui est nécessaire pour que le travail soit fait.

— OK, si vous voulez parler boutique, on va parler, rétorqua Jenna, le regard sombre. Qu'est-ce qui vous fait penser que l'agent immobilier a quelque chose à voir avec la disparition de Mme Woodward ?

— Rien pour l'instant, mais j'ai l'impression qu'il ne nous a pas dit tout ce qu'il savait.

Une notification de message sonore retentit sur son téléphone portable et il leva un doigt.

— C'est Walters qui m'envoie enfin les dossiers que j'attendais.

Quelques secondes plus tard, ils firent défiler les relevés bancaires de Mme Woodward sur les trois mois précédents. Elle avait récemment effectué des retraits d'importantes sommes. Il jeta un regard à Jenna et haussa les épaules.

— D'après la localisation de ses retraits, elle se déplace. La dernière fois qu'elle a utilisé sa carte, c'était il y a quelques jours à Blackwater. Il semble qu'elle ait quitté Black Rock Falls.

— Oui, mais elle aurait dû faire un achat au cours des deux dernières semaines et d'après le relevé, elle n'a pas dépensé un centime. Tous les retraits se font aux distributeurs automatiques et au vu des mois précédents, ce n'est pas son comportement habituel.

Le front de Jenna se plissa.

— Ça paraît louche. D'après ce que Sarah m'a dit, avant d'arriver à Black Rock Falls, elle avait mentionné toutes les villes qu'elle avait visitées en chemin. Pourquoi s'arrêterait-elle maintenant ? Ça n'a pas de sens.

— Elle pourrait avoir eu un problème de santé, tenta Kane en haussant les épaules. Ça arrive. Les gens souffrent de démence ou d'Alzheimer et disparaissent sans laisser de trace.

— J'imagine que les personnes qui ont ce genre de pathologie oublieraient leur code de carte bleue. C'est un déclin progressif, pas une apparition soudaine, et la famille aurait remarqué que quelque chose n'allait pas chez elle.

Les sourcils de Jenna s'arquèrent en signe d'interrogation puis elle reprit :

— Sarah a dit qu'elle était très prudente avec son argent, alors pourquoi ce changement soudain ?

— C'est un argument valide, et ce matin, Sarah m'a dit qu'elle avait reçu par l'intermédiaire de sa mère un lot de lettres écrites par sa grand-mère, alors peut-être qu'elle trouvera la raison de ce changement de comportement dans l'une d'entre elles.

Kane se pencha en arrière sur sa chaise et enchaîna :

— À part ça, d'après les preuves, Mme Woodward a quitté notre comté. Nous devrons confier cette enquête à la brigade du shérif de Blackwater.

— Je les contacterai lundi, répondit Jenna en indiquant l'écran du téléphone. Autre chose à vérifier ? L'autre fichier semble être des relevés bancaires d'un autre compte.

— Autant le faire.

Kane fit défiler la page et cligna des yeux.

— Tiens, tiens, qu'avons-nous là ? Woodward a fait établir un chèque de banque de 20 000 dollars et d'après la date, c'est peu de temps après sa visite à l'agence immobilière. John Davis l'a envoyée faire le tour des propriétés de la région. Il n'a pas mentionné avoir reçu d'offre de Woodward.

Il se frotta le menton.

— Cependant, Sarah a mentionné que sa grand-mère avait l'intention d'acheter une propriété ; peut-être a-t-elle trouvé un endroit qui lui plaisait et avait le chèque pour verser un acompte ?

— Dans ce cas, nous devrions contacter la banque et voir si le chèque a été encaissé, dit Jenna en faisant tambouriner ses ongles manucurés sur la table, ou si quelqu'un de la région l'a déposé sur son compte.

Kane se frotta les yeux à l'aide de la paume de ses mains et retint un bâillement.

— Je vais demander à Walters de suivre cette piste dès lundi.

— Je veux que vous rappeliez à M. Davis que nous avons besoin de la liste de propriétés qu'il a donnée à Mme Woodward, dit Jenna en mordant sa lèvre inférieure, la faisant rougir, puis elle croisa le regard de son vis-à-vis. Certains des ranchs à vendre sont abandonnés et dans des zones reculées, il aurait pu lui arriver n'importe quoi.

Kane prit un autre biscuit dans l'assiette et haussa les épaules.

— Elle ne peut pas être à deux endroits à la fois, n'est-ce pas ? Nous savons, grâce à son relevé bancaire, qu'elle était à des kilomètres de là après sa visite à l'agence immobilière.

— Oui, mais peut-être qu'elle a visité des agences immobilières dans d'autres villes puis est retournée à Black Rock Falls. C'est là le problème, nous ne connaissons pas ses déplacements, et sans téléphone portable, il sera impossible de la retrouver.

Jenna se frotta les tempes comme pour conjurer un mal de tête puis reprit :

— Je pense que nous devons mettre la pression à Davis.

— Je suis d'accord. Nous retournerons lui parler, mais si le chèque n'a pas été encaissé par lui, il n'y a aucune preuve qui le désigne comme suspect.

Il croqua dans le délice sucré et soupira avant d'enchaîner.

— Je vais contacter la police de Blackwater et leur demander de lancer un avis de recherche sur elle. Ensuite, j'appellerai les agences immobilières, au cas où elle repasserait par là. J'imagine que Sarah devra aussi s'y rendre et faire une déclaration de disparition inquiétante.

Dans un bâillement, il tenta de se débarrasser de la fatigue qui le tenaillait et fixa Jenna.

— Je devrais y aller, conclut-il. On pourra reprendre ça plus tard.

— Avant que vous ne partiez, dit Jenna en posant sa fine main sur son bras, Walters a-t-il obtenu une liste des autres pick-up Ford qui circulent en ville ? Je n'ai que ceux que Rowley a vérifiés.

— Pas encore, mais je lui ai dit d'envoyer ce qu'il a avant de rentrer chez lui, répondit Kane en se tournant sur sa chaise pour lui faire face. J'ai besoin d'une liste de suspects dès que possible. J'évolue à l'aveuglette dans cette affaire. Pourriez-vous me donner les noms de toutes les personnes avec qui vous avez eu des problèmes, aussi insignifiants soient-ils, et je verrai s'ils correspondent à l'un des véhicules de la liste ?

Il massa l'arrière de son cou puis continua :

— J'aimerais passer en revue vos allées et venues des six dernières semaines, au moment où vous avez effectué votre enquête de terrain dans les ranchs des environs à la recherche d'informations sur Woodward. Auriez-vous pu tomber sur des activités illégales ?

— Je ne me souviens de rien d'inhabituel, à moins qu'il n'y ait une législation spéciale régissant l'élevage de chevaux. J'ai la fâcheuse habitude de me pointer pendant la saison des amours ou du poulinage, au grand amusement des autochtones.

Ses joues rosirent.

— Aucun des deux n'est ma tasse de thé. J'ai beau vivre ici, je ne suis pas une fille de la campagne. Je ne pourrais pas tuer un poulet, même si ma vie en dépendait.

— Je me demandais pourquoi vous n'aviez pas de bétail, ajouta Kane en remuant les sourcils. Pas de chien non plus. Vous avez un problème avec les animaux ?

— J'oublierais probablement de nourrir un chien, livra Jenna en levant le menton, et son expression devint sérieuse.

Il avait touché un point sensible.

— Revenons à nos moutons, se reprit-elle. J'espère que vous avez envoyé quelqu'un patrouiller cet après-midi. J'aime donner aux touristes l'impression d'une présence policière pendant les matchs à domicile.

Kane hocha la tête.

— Bien sûr que je l'ai fait. J'ai envoyé Rowley patrouiller dans la zone avec sa voiture avant de rentrer chez moi. J'ai besoin de manger et de me reposer avant mon prochain service.

— Je ne m'attends pas à ce que vous y retourniez. Vous pouvez considérer que vous n'êtes plus en service à partir de maintenant.

— Merci, mais ça va, rétorqua Kane en vidant sa tasse avant de la poser sur la table et de se lever. À quelle heure ?

— Le match commence à 19 heures et Rowley et Daniels arrivent au stade à 18 h 30, dit-elle avec un sourire, et son regard parcourut le visage de Kane de manière presque intime. Notre service commence vers 22 heures.

— OK, je passe vous prendre à 21 h 30.

Il se dirigea vers la porte, attrapant son manteau en chemin.

Le froid glacial lui gifla le visage et s'infiltra sous ses vêtements. La neige des dernières chutes avait gelé et donnait l'impression d'être un glaçage de gâteau de mariage. Il se fraya un chemin jusqu'à son cottage en exhalant de gros nuages de vapeur. Il n'aimait pas les affaires non résolues et, jusqu'à présent, celles de Black Rock Falls possédaient plus de trous que dans ses jeans préférés.

13

Kane régla le réveil pour qu'il sonne trois heures plus tard. L'entraînement reçu tout au long de sa carrière éclectique lui avait offert la capacité de dormir n'importe où et n'importe quand. Bien que, depuis que le chirurgien avait installé cette plaque dans sa tête, la douleur qu'il endurait soit parfois insupportable et les cauchemars – des histoires abominables et interminables – monnaie courante, il ne pouvait, pour une raison qu'il ignorait, chasser de son esprit l'image de Jenna pointant une arme sur lui.

« Tuer ou être tuée », c'est ce que semblait vouloir dire l'expression qu'elle avait affichée sur son visage, et elle hantait ses pensées. Elle avait été calme, trop calme, pour une personne qui venait de vivre une expérience de mort imminente. La débauche d'équipements de surveillance et de sécurité au sein de sa propriété ne pouvait signifier qu'une chose : quelqu'un l'avait menacée ou bien elle avait quelque chose à cacher. Il envisagea le fait qu'elle ait pu être un témoin protégé, mais ce programme fédéral américain ne lui aurait pas permis de devenir une personnalité publique. Et le traitement exceptionnel dont lui-même avait bénéficié – un nouveau visage et une nouvelle vie avec un passé incontestable – ne se trouvait pas à la portée de n'importe qui. *Qui es-tu, Jenna ?*

À 21 h 30 tapantes, Kane gara le SUV devant la porte de Jenna et actionna le klaxon. Le projecteur au-dessus des marches illumina l'allée et le faisceau traversa la vapeur qui s'échappait du moteur.

Bien que Jenna ait essayé de dissiper ses inquiétudes, il refusait de balayer du revers de la main la tentative d'assassinat dont elle avait été victime. S'il pouvait gagner sa confiance, elle pourrait s'ouvrir à lui, mais il en doutait. Tout son être lui disait qu'elle portait autour d'elle un bouclier en titane pur.

Il fit tambouriner ses doigts sur le volant et fixa la porte d'entrée. *Elle ne me fait pas encore confiance, mais ça viendra.*

La porte s'ouvrit et Kane put apercevoir Alton se retournant pour régler l'alarme. Après avoir rabattu sa capuche sur ses cheveux noirs, elle referma la porte derrière elle, s'accrocha à la rampe et descendit avec précaution les marches couvertes de neige. Elle contourna la voiture et grimpa à côté de lui avec agilité, apportant une bouffée d'air glacé.

Il se tourna vers elle.

— Où allons-nous ?

— À l'hôtel Cattleman, répondit Alton alors que sa capuche lui cachait le visage pendant qu'elle bouclait sa ceinture de sécurité et s'adossait au siège passager. Les joueurs de hockey partent vers 22 heures. Rowley et Daniels ont garé les voitures de patrouille devant et vont bientôt arriver.

Elle sourit.

— Au moins, nous donnons l'impression d'une présence constante toute la soirée.

L'accident restait fixé dans son esprit et au moment où il gara le SUV dans le parking, il se pencha vers elle.

— Est-ce que le tableau de service de la semaine est affiché quelque part ou est-ce que ça se fait de bouche-à-oreille, ou par e-mail ?

— C'est sur le tableau d'affichage à côté de la kitchenette. Pourquoi ?

Il se frotta le menton.

— Il n'est donc pas accessible au grand public ?

Elle lui lança un de ses longs regards dont elle avait le secret, comme si elle essayait de lire dans ses pensées.

— Où voulez-vous en venir ?

Il haussa les épaules, essayant de paraître aussi nonchalant que possible.

— Je pense que le conducteur du pick-up Ford a planifié votre accident et savait que vous étiez toute seule sur la route vendredi soir. Qui, à part les adjoints, aurait pu voir le tableau de service ?

Un éclair d'angoisse traversa son visage, mais elle le camoufla à l'aide d'un sourire manifestement travaillé.

— Personne n'essaie de me tuer, rétorqua-t-elle en gloussant puis en accompagnant sa réplique d'un geste dédaigneux de la main. J'ai rédigé le planning pour le match à domicile du week-end, ce jeudi. La Terre entière sait que je travaille tout le week-end lorsqu'il y a un match à domicile.

Il scruta son visage, essayant de lire en elle, mais elle était experte en dissimulation d'émotions.

— Vous n'affichez donc pas de planning pour les adjoints qui sont d'astreinte ?

— Ce n'est pas nécessaire ; nous alternons. Cette semaine, c'était Rowley et moi, la semaine prochaine, ce sera Daniels et Walters.

Elle laissa échapper un long soupir.

— Cette semaine, j'ai retiré Rowley du vendredi soir et l'ai affiché sur le tableau. Je suppose que toute personne allant aux cellules ou aux toilettes pourrait voir la liste – si elle pouvait déchiffrer mon écriture en quelques secondes. Je pense que l'un d'entre nous l'aurait remarqué si quelqu'un s'était arrêté pour lire le tableau.

— Les toilettes sont utilisées par le public, et toute personne passant par là aurait été capable de lire une liste, cela ne prend que quelques secondes, déclara-t-il en haussant les épaules. Pourquoi avez-vous retiré Rowley de la soirée de vendredi ?

— Je lui ai donné sa soirée pour des raisons personnelles, répondit Jenna en humectant sa lèvre inférieure et en baissant les yeux. Son cousin est en ville pour le match et il voulait le voir.

Kane renifla.

— Comme c'est pratique.

Je vais l'ajouter à ma liste de suspects.

Alton se retourna vers lui, les yeux brillants de colère.

— Ne vous avisez pas de dire quoi que soit de plus à son sujet, dit-elle en le fixant. Jake Rowley est l'adjoint le plus professionnel avec lequel j'ai eu le plaisir de travailler depuis mon arrivée à Black Rock Falls.

— OK, donc il est intouchable, lâcha Kane, le regard braqué sur elle. Du coup, vous avez bossé où avant ? Votre dernier job a dû être un vrai cauchemar.

— Ce ne sont pas vos oignons, mais par courtoisie professionnelle, je vais vous le dire. Je suis venue à Black Rock Falls après avoir été détective à Los Angeles.

Jenna lui jeta un regard sans émotion puis continua :

— Je voulais m'éloigner de la ville. Je suis une provinciale dans l'âme et la ville, c'est comme une cocotte-minute : il y a toujours quelque chose prêt à exploser.

— La criminalité, c'est comme de l'eau : ça se nivelle, quel que soit l'endroit où l'on vit, dit-il, gardant son regard sur la route. Ne me dites pas que Black Rock Falls est différent.

D'après les dossiers judiciaires que j'ai parcourus tout à l'heure, vous avez été très occupés.

— Oui, mais ce sont de petits délits. Rien qui puisse arriver à la cheville de la quantité de meurtres, de saisies de drogue et de fusillades dont j'ai eu à m'occuper dans le passé.

Elle soupira.

— Ici, reprit-elle, les conduites en état d'ivresse et les disputes conjugales occasionnelles occupent la majeure partie de notre temps. Le taux de criminalité augmente avec l'afflux de visiteurs à Black Rock Falls et les problèmes suivent le circuit du rodéo comme les mouches le crottin de cheval. Les cow-boys traversent la ville comme une ruée de bétail et les jeunes femmes affluent vers eux.

Kane gloussa.

— Oh oui, les filles aiment les cow-boys de rodéo. Je suppose qu'entre les gars du circuit et les garçons du coin, ça fait des étincelles ?

— À chaque fois. Bien qu'il y ait quelques locaux sur le circuit, la plupart venant des ranchs périphériques. Ils sont accueillis en fanfare quand ils rentrent à la maison.

Alton marqua une pause et fit un petit geste de la main vers un parking collé à l'hôtel Cattleman.

— L'endroit est déjà bondé, dit-elle. Garez-vous devant.

Kane parqua le SUV à côté des deux véhicules de patrouille sur un emplacement qui d'après l'écriteau était *réservé au département du shérif du comté de Black Rock Falls* et, laissant le moteur tourner, pivota vers elle.

— Où sont les autres adjoints ?

— Walters sera au bal, répondit-elle en sortant de sa poche une paire de gants qu'elle enfila sur ses mains fines. Rowley et Daniels sont au stade. Ils laissent les voitures de patrouille ici et le père de Rowley les emmène au match.

Elle sortit son portable et scruta l'écran.

— Ils seront de retour ici dans quelques minutes.

Kane ne voulait pas s'imposer ; il fit tambouriner ses doigts sur le volant et attendit les instructions. Il allait devoir ronger son frein s'il voulait s'intégrer et, après avoir commandé des agents spéciaux pendant la majeure partie de sa carrière, s'accli-mater à Jenna Alton serait un défi.

Kane ravala sa frustration et se rendit l'hôtel Cattleman. Il se racla la gorge et demanda :

— Est-ce que la brigade possède un panier à salade pour les ivrognes ?

— Non, répondit Alton dans un soupir d'irritation.

— Alors, que se passe-t-il si une vingtaine de personnes prennent le volant en état d'ébriété ? Il n'y a que trois patrouilleurs disponibles et mon véhicule n'est pas équipé pour le transport de prisonniers.

Il avisa son expression agacée et adoucit sa voix.

— Peut-être que si nous entrons avant la fermeture, ils réfléchiront à deux fois avant de tenter de prendre le volant. Est-ce que Black Rock Falls a un programme de capitaine de soirée ?

— Non à la dernière question, et oui, mais j'entre généralement quand les adjoints arrivent. Je suis d'accord, le fait qu'on puisse nous voir est une bonne motivation pour qu'ils évitent de conduire en état d'ivresse.

Ses lèvres se retroussèrent. Il l'avait agacée.

— La présence de notre brigade est efficace, reprit-elle.

Beaucoup passent la nuit ici ou au motel, et ils peuvent y aller à pied.

Elle désigna de la main une file de taxis.

— Les gens partagent souvent une course, non pas que quatre taxis suffisent pour emmener tout le monde, mais certaines personnes sont prêtes à attendre.

— OK, dit-il en se frottant le menton. Si vous voulez qu'on entre, vous n'avez pas besoin d'attendre les autres.

Il lui sourit.

— Allons-y !

Il coupa le moteur et décrocha sa ceinture de sécurité.

— Vous voulez que je contacte Rowley pour connaître leur heure d'arrivée ? demanda-t-il.

— Non. Je vais me débrouiller.

Elle lui lança un regard froid, attrapa la radio attachée à sa ceinture et passa l'appel.

La réponse lui parvint haut et fort et l'informa que les adjoints avaient quitté le stade. Kane se demandait pourquoi elle prenait le risque d'utiliser sa radio après une tentative d'assassinat. N'importe quel scanner pouvait capter le signal et localiser sa position. Elle avait fait une erreur potentiellement fatale.

Il glissa de son siège et ferma la porte derrière lui. Se demandant comment aborder le sujet de sa sécurité, il s'appuya sur le capot du SUV et attendit qu'elle soit plus proche de lui.

L'air froid provoqua un éclair de douleur dans sa tempe, comme un rappel constant qu'un fou avait assassiné sa femme. Il rabattit son bonnet en laine sur ses oreilles et remarqua que Jenna le regardait d'un air compatissant. Se redressant, il tapota le logo de la brigade du shérif de Black Rock Falls cousu sur le devant de son couvre-chef.

— Je sais que mon bonnet ne fait pas partie de l'uniforme officiel et que l'écusson a été emprunté à l'une de mes chemises, mais j'ai besoin de garder ma tête au chaud, et un chapeau de cow-boy ne ferait pas l'affaire.

— Aucun problème. Considérons ça comme officiel. Beaucoup d'autres comtés en fournissent à leurs officiers, continua Alton en lui adressant un petit signe de tête. Je pense que nous aurions tous besoin de ce genre de bonnet par ce temps. J'ai un tiroir rempli de badges officiels en tissu au bureau et les bonnets ne coûtent pas cher.

— Merci, répondit Kane en s'éclaircissant la gorge.

— OK, qu'est-ce qui ne va pas ? Crachez le morceau, je sais que vous avez quelque chose derrière la tête, dit Alton en se déplaçant vers lui pour lui faire face, ses yeux le dévisageant. Dites-moi.

— La radio. N'importe qui sur cette fréquence peut l'écouter.

Kane fit un geste vers l'appareil à sa ceinture et reprit :

— Chaque fois que vous utilisez ce truc, vous révélez votre position. Il vaudrait mieux utiliser votre téléphone portable. C'est plus sûr. Avez-vous pensé à parler au maire au sujet du système d'oreillettes ? J'ai un ami à Washington qui peut me faire une ristourne.

Lorsqu'elle leva le menton en signe de défi, il haussa les épaules.

— Au moins, utilisez votre téléphone portable jusqu'à ce que nous attrapions la personne qui a essayé de vous tuer.

— Je pense que la personne qui a causé l'accident est un lâche qui prend son pied en s'attaquant aux femmes seules la nuit.

La tête d'Alton pivota vers un groupe de personnes bruyantes qui quittaient l'hôtel. Lorsqu'ils descendirent la rue principale et se dirigèrent vers le motel, elle reporta son attention sur lui.

— Personne ne serait assez courageux pour tenter quoi que ce soit avec vous ici.

Je ne peux pas arrêter la balle d'un sniper.

— OK, concéda Kane, puis il frotta ses mains glacées l'une contre l'autre. Alors, quelle est la procédure habituelle ? J'ai du mal à imaginer que la direction apprécie que la brigade du shérif se mêle de ses affaires.

— Nous avons l'habitude de rôder dans le foyer, répondit Alton en se dirigeant avec agilité vers les marches de l'entrée de l'hôtel Cattleman. Ils emploient deux agents de sécurité, mais ces derniers patrouillent dans la zone du bar.

Elle ouvrit la porte et fit un pas à l'intérieur.

— Au moins, il fait plus chaud ici, conclut-elle en ouvrant sa veste.

Elle retira ses gants et frotta ses petites mains l'une contre l'autre. Kane lui emboîta le pas, scanna la zone à la recherche de menaces et remarqua qu'Alton imitait ses mouvements. Elle se tenait debout, dos au mur. Cette position lui donnait une vue dégagée sur le parking et le foyer. Il se plaça contre le mur opposé et porta son attention sur la réception. Placé derrière une série de portes vitrées, le long comptoir se trouvait devant une impressionnante peinture murale représentant une ruée de bétail à l'époque du Far West. Des taureaux aux naseaux dilatés traversaient la prairie dans un nuage de poussière tandis que des cow-boys galopaient derrière eux, six fusils levés. Il appréciait l'art. En fait, il avait laissé une impressionnante collection de tableaux et de bronzes dans un box de stockage après la mort de sa femme. Repoussant l'envie d'ouvrir les portes et de s'approcher pour examiner ces sublimes œuvres d'art, il balaya du regard les clients qui se déplaçaient à l'intérieur de l'établissement.

Deux réceptionnistes servaient une file d'attente de convives. Une jeune femme séduisante et un homme plus âgé aux cheveux grisonnants portant des vestes de costume noires taillées sur mesure se tenaient derrière le comptoir en chêne poli, affichant des sourires convenus. *Hum, c'est la grande classe pour une si petite ville*. L'endroit sentait le fric avec un *F* majuscule. Le sol en bois poli brillait sur toute la surface et pour une petite ville, l'hôtel Cattleman le surprit par son opulence. Des panneaux dirigeaient les clients vers le bar et le restaurant, situés de part et d'autre du hall. Il détourna son regard.

— Cet endroit est surprenant. De grande classe et pas ce à quoi je me serais attendu dans une petite ville.

— Oui, il appartient à une famille très riche, ajouta Alton en s'appuyant contre le mur avant de bâiller. Il y a un club de jeu privé à l'arrière et l'endroit est fréquenté.

Elle haussa les épaules.

— Ils respectent les lois et causent rarement de problèmes.

— Il y a donc des propriétaires de ranchs plutôt riches dans la région ?

— Oui, quelques gros éleveurs de bétail, et puis il y a les entrepreneurs, les enseignants, et bien sûr le corps médical. Ils évitent tous la ville et vivent de l'autre côté de la forêt de Stanton.

Les lèvres d'Alton se retroussèrent en un sourire.

— Nous avons un hôpital et le campus universitaire de l'autre côté de la ville, conclut-elle.

— Je ne savais pas que Black Rock Falls s'étendait sur une si grande surface.

— Oui, eh bien, c'est un comté, et avec quatre adjoints et moi pour surveiller l'ensemble des lieux, vous découvrirez que le travail est plus difficile que vous ne le pensez, dit Alton en le fixant du regard.

Il se redressa et posa la main sur son holster. Après dix ans dans les services secrets, il allait devoir s'habituer à porter une arme à la hanche plutôt qu'un pistolet de service niché dans un étui d'épaule. Les mots d'Alton résonnaient dans son cerveau. Si Black Rock Falls comptait un grand nombre de personnes riches prêtes à perdre tout leur argent au casino, et étant donné que le monde du jeu était un nid à corruption, il semblait logique que les syndicats du crime négocient un accord avec les autorités locales. Un refus pourrait conduire à des « accidents ».

Il s'éclaircit la gorge.

— Avez-vous eu à traiter avec certains propriétaires de ranchs récemment ?

Il la regarda attentivement pour jauger sa réaction. La façon dont elle parvint à masquer instantanément son expression lui fit penser qu'elle pourrait survivre à la pire séance de torture sans révéler aucune information.

15

Jenna avait observé les mouvements de Kane dès qu'il était entré dans l'hôtel. *Il établit une liste de suspects potentiels. Comme un chien qui cherche un os.*

Elle entendit un moteur et regarda dehors.

— Voilà la cavalerie. Rowley et Daniels vont prendre une des voitures de patrouille et se garer vers l'entrée du fond. Il y a un chemin qui mène au parking depuis là, ils pourront donc avoir à l'œil quiconque essaie de se faufiler à l'extérieur.

— Bonne idée.

Le visage sombre de Kane pivota vers les deux hommes pris dans une conversation à proximité des ascenseurs. De temps en temps, ils lui jetaient un regard. Il effectua un mouvement du menton vers eux et leva un sourcil interrogateur.

— Les deux hommes que vous avez mis en cellule jeudi soir ont un comportement suspect, dit David. Que pensez-vous que Josh Rockford et Dan Beal mijotent ?

— Je dirais que Rockford essaie de rejoindre sa voiture sans se faire prendre, répondit-elle en fronçant les sourcils. Son équipe a gagné ce soir, il va faire le paon pendant quelques jours.

— Peut-être que je trouverai une raison de mettre sa voiture à la fourrière, dit Kane en plissant les yeux, et il lui sembla devenir plus grand. J'ai vu trop de jeunes gars comme lui se tuer dans des accidents de la route. Ils se croient invincibles.

— Pas besoin de mettre sa voiture à la fourrière, lâcha-t-elle en se dirigeant vers les portes vitrées de l'hôtel. D'habitude, je le mets dans un taxi. Il aime être le centre de l'attention, donc l'ignorer est le meilleur moyen de le calmer.

Kane la suivit jusqu'à proximité des deux hommes et prit position à côté d'elle. Lorsque Josh Rockford lui adressa un sourire éclatant et coûteux, Kane déroula son mètre quatre-vingt-quinze et baissa le regard pour le fixer.

Rockford était soit trop ivre, soit trop stupide pour recon-naître la menace que représentait Kane et il l'écarta d'un geste de la main.

— Vous avez une chambre ici pour ce soir ou c'est le maire qui vous ramène à la maison ? demanda Alton en s'adressant à Rockford sur un ton autoritaire.

Puis elle se tourna vers Dan Beal.

— Et vous, monsieur Beal ?

— On ne reste pas ici, mais on va avoir besoin de rentrer chez nous, répondit Dan Beal avec un clin d'œil salace à l'atten-tion d'Alton. Josh a pensé que vous aimeriez nous emmener faire un tour à bord de votre véhicule de police ?

— Ouais, ajouta Josh Rockford en approchant le visage de l'oreille de Jenna tout en veillant sur Kane. Mais laissez votre gorille ici.

Puisque Alton ne disait rien, Kane fit un pas en avant et plaça son corps entre Rockford et elle.

— Vous avez trop bu. Donnez-moi les clés de votre voiture. Vous allez prendre un taxi pour rentrer chez vous ce soir, dit-il en tendant sa main. Maintenant ! À moins que vous ne vouliez passer une autre nuit en cellule ? C'est un avertissement. La prochaine fois que je vous trouve ivre en public, je vous colle au trou.

— Tu dois contrôler ta jalousie, mec. Emménager dans le cottage de Jenna ne fait pas de toi sa nounou, lâcha Rockford en lui adressant un sourire. Le shérif m'aime bien, hein, chérie ?

Kane refoula l'envie d'étrangler cet imbécile et haussa les épaules.

— Je ne la vois pas se jeter dans vos bras. Peut-être qu'elle préfère quelqu'un d'un peu plus mature.

— Tu obéis à mon père, cracha Rockford en ricanant. Il te retirera ton badge si tu m'inculpes pour quoi que ce soit.

— Est-ce que j'ai l'air d'en avoir quelque chose à faire ? dit Kane, diminuant le volume de sa voix jusqu'à la transformer en un murmure. Croyez-moi, vous n'avez pas envie d'être enfermé toute la nuit sous ma surveillance. Maintenant, donnez-moi vos clés ou je vous secoue par les pieds pour les faire tomber.

Le regard de haine pure que Rockford lui lança fit dresser les poils de la nuque de Kane. Cet enfant gâté venait de remonter en haut de la liste de ses suspects. Il récupéra les clés et escorta les hommes jusqu'à l'un des taxis qui attendaient. La façon dont ils avaient réussi à se soûler aussi rapidement l'intriguait. Les buveurs maladifs ne devenaient généralement pas capitaines d'équipes championnes, mais si l'on ajoutait l'influence du père de Josh dans l'équation, tout était possible. Il observa les feux arrière du taxi disparaissant dans l'obscurité puis retourna à l'hôtel, se faufilant entre les clients qui rentraient chez eux. Certains chantaient l'hymne de l'équipe, des couples se tenaient la main. Dans l'ensemble, les habitants de Black Rock Falls s'étaient mieux comportés que prévu.

Il trouva Alton à sa place dans le foyer.

— Vous ne devriez pas avoir à supporter des idiots comme ces deux-là.

— Je peux gérer Rockford, dit-elle en lui souriant. Bien que, je dois admettre, ce soit agréable d'avoir quelqu'un de mon côté pour changer.

— Je suis juste inquiet pour vous, soupira Kane.

Il avait besoin qu'elle comprenne ce qu'il voulait lui dire. Il enchaîna :

— Quelqu'un a essayé de vous tuer et si ce n'était pas une mise en garde, alors il se passe autre chose, dit-il en haussant les épaules. Deux personnes ont disparu sans laisser de trace et mon instinct me dit qu'il y a un lien. Faites-moi plaisir et vérifiez tous vos déplacements au cours des deux dernières semaines.

Jenna le fixa et essaya de se souvenir de détails pertinents de ces deux dernières semaines. Quel rapport entre son accident et la disparition d'une grand-mère ? Et l'enquête au sujet de l'autre homme, John Helms, avait été au mieux superficielle, et ses adjoints allaient travailler sur cette affaire la semaine suivante. Craignant qu'il existe un lien avec les disparitions, elle se mordilla la lèvre inférieure, tentant de comprendre le raisonnement de Kane.

Un flot de clients sortit du restaurant et elle aperçut le maire et sa femme qui se dirigeaient vers le foyer. Elle leur fit un signe de tête et Rockford s'arrêta pour lui parler.

— J'imagine que Duke Walters surveille le bal ce soir encore ? lâcha le maire avec un sourire indulgent.

Jenna lui rendit son sourire.

— Oui, il est là-bas. Je préfère le garder à l'abri du froid autant que possible.

— Oui, oui, il ne cesse de chanter vos louanges pour être aussi prévenante.

Rockford tira la main de sa femme dans le creux de son bras et lui caressa les doigts.

— Eh bien, reprit-il, je ferais mieux de mettre ma dame à l'abri du froid également. Bonne nuit, shérif.

— Bonne nuit.

Jenna attendit qu'ils s'éloignent puis s'écarta du mur pour se rapprocher de Kane afin que personne ne l'entende.

— Je vous ai déjà tout raconté, mais je vais encore vous faire plaisir. Sarah Woodward est passée à la brigade et a fait une déclaration de personne disparue pour sa grand-mère. J'ai envoyé les adjoints dans les chambres d'hôte du coin, dans les banques et les bureaux de poste pour effectuer des recherches générales. Comme nous n'avons pas pu la localiser, nous avons également fait le tour des ranchs de la région et montré sa photo, juste au cas où elle aurait décidé d'utiliser un pseudonyme.

— J'imagine que vous n'avez pas enquêté tous ensemble ? dit Kane en jetant un coup d'œil au parking par-dessus son épaule, puis il reporta son attention sur elle. Quels ranchs avez-vous visités ?

— Ceux qui sont vers chez moi. Nous avons fait du porte-à-porte et les avons tous couverts. Beaucoup de *ranchers* que je connais personnellement, dont Parker Lom, les Daniels, et le vieux Zack Smith. Sa maison se trouve dans les collines et personne n'est passé chez lui depuis des années.

Elle avait l'étrange impression qu'il l'interrogeait ; elle leva sa garde.

— J'ai pris un café avec Parker, reprit-elle, et Zack m'a emmenée pour me montrer le nouveau taureau qu'il a acheté. Tous ceux que j'ai rencontrés étaient amicaux et je n'ai pas eu l'impression de constituer une menace pour eux.

— Daniels comme dans Pete Daniels ? Les deux types qui étaient au Chez Tante Betty.

— C'est ça, les frères de Pete. Ce sont eux les propriétaires du ranch, répondit-elle dans un haussement d'épaules. Pete n'aime pas élever du bétail ou des chevaux, il a un logement en ville, mais il passe les week-ends à aider au ranch occasionnellement.

— Alors, pourquoi aller là-bas ? L'adjoint Daniels aurait reconnu Mme Woodward si elle avait travaillé pour eux.

— Pete était avec moi et nous sommes passés pour demander à ses frères si Mme Woodward était venue chercher du travail. Comme je l'ai dit, Pete vit en ville, il aurait pu facilement la manquer.

Essayant de garder sa voix stable, elle prit une pose décontractée puis reprit :

— Je n'ai rien vu d'inhabituel lors de ma visite et ils ont agi de manière aussi décontractée que d'habitude.

— OK. Rowley a mentionné que Rockford avait fait des siennes au poste avant que vous ne le relâchiez. Dites-moi ce qui s'est passé. À partir de l'arrestation.

— Rowley a reçu un appel du manager du Cattleman vers 21 heures au sujet d'une bagarre dans la salle de jeux. J'ai rejoint Rowley ici et nous avons traité le problème. Trois hommes ivres qui faisaient du raffut. Ces trois-là passent plus de temps en cellule que la plupart des fauteurs de troubles de la ville. Je les ai séparés et gardés en détention pendant la nuit après que Josh Rockford a accusé Billy Watts de vol. Rockford a tenté d'invoquer son statut, il a menacé d'appeler son père et de me faire virer. Il fait le même cirque chaque fois que je l'arrête. C'est peut-être une grande gueule, mais je ne crois pas qu'il soit une menace. Je doute qu'il ait le cran de donner un coup de poing et il est plus du genre à courir chez son père pour se plaindre.

Elle inspira profondément et laissa échapper un soupir.

— J'ai passé toutes les possibilités en revue dans mon esprit et je n'ai rien trouvé. Je crois honnêtement que j'ai traité tout le monde équitablement ; cette théorie de tentative de meurtre dont vous parlez n'a aucun fondement.

— Je ne suis pas d'accord. D'après ce que j'ai vu et les indices sur la scène de l'accident, c'était une tentative délibérée de vous nuire. J'ai l'intention de trouver le coupable et de découvrir le mobile.

Puis Kane fit un geste du menton en direction d'un groupe d'hommes qui se dirigeait vers la sortie du bar.

— On a du boulot, ajouta-t-il.

Les clients du bar de l'hôtel Cattleman ne firent pas de grabuge. Les quelque cinq hommes ivres flânèrent, montèrent dans les taxis et disparurent dans l'obscurité.

Alton et Kane attendirent que tous quittent les lieux ou empruntent les ascenseurs pour rejoindre leur chambre avant de sortir dans la nuit noire et fraîche.

Jenna se tourna vers David.

— Je vais à l'intérieur pour utiliser les toilettes, puis je sortirai par la porte arrière et reviendrai par l'avant pour vérifier s'il y a des traînards.

— Rowley et Daniels devraient couvrir cette zone, dit Kane, ses lèvres retroussées formant une fine ligne rouge.

Elle tapota son bras à plusieurs reprises.

— Arrêtez de me surprotéger. Je suis une grande fille et je peux faire pipi toute seule.

16

Après avoir utilisé les toilettes, Jenna traversa le foyer désert et se dirigea vers la porte arrière. Le froid glacial la fit frissonner et elle suivit le chemin de gravier qui serpentait à travers les arbustes ornementaux, croulant sous le poids du manteau de neige. Débouchant dans une zone plongée dans les ténèbres, elle leva le regard, mais il faisait si noir qu'elle eut du mal à distinguer les lampadaires qui illuminaient habituellement cet endroit. Elle nota mentalement de signaler le problème au directeur et saisit la lampe de poche à sa ceinture. Trouvant l'emplacement vide, elle jura dans son souffle. Cette satanée chose avait dû tomber de sa ceinture pendant l'accident et elle n'avait pas remarqué son absence. Peu importe. Devant elle, le sentier enneigé indiquait la direction à prendre et le parking bien éclairé ne serait plus qu'à quelques secondes.

À la bifurcation suivante, elle entendit le craquement caractéristique de pas dans la neige derrière elle. Elle se plaça le long du côté opposé au chemin et attendit que la personne sorte de l'ombre.

— Rowley, c'est vous ?

Les bruits de pas s'arrêtèrent, mais aucune réponse ne sortit de la nuit.

Le cœur martelant sa poitrine, elle souleva sa veste et posa une main sur la crosse de son Glock.

La neige tombait, effleurait son visage comme les ailes d'un papillon, mais à part des voix au loin, pas un bruit ne provenait du sentier. Elle inspira profondément, se faufila le long du chemin en direction du parking et les seuls sons qu'elle entendit furent ceux de son pouls qui pulsait dans ses oreilles. Ses pas tonnaient dans la nuit immobile ; peut-être s'était-elle trompée. *L'accident m'a secouée plus que je ne le pensais.*

Gardant fermement la main sur son arme, elle se retourna et progressa sur le sentier. Le jardin paraissait sinistre, la nuit et les buissons ensevelis sous la neige perçaient la couverture blanche comme des gargouilles sombres et menaçantes se préparant à bondir. L'obscurité l'accueillait à chaque virage et le chemin sinueux semblait sans fin. La peur la tenait à la gorge et l'idée même d'avoir peur du noir l'alarmait.

Convaincue qu'elle avait laissé son imagination prendre le dessus, elle s'engagea dans le virage suivant et marcha vers le parking. La fin du sentier ne pouvait pas être beaucoup plus loin et Daniels et Rowley seraient tous proches.

Crunch, crunch, crunch.

Terrifiée, elle se retourna pour faire face au danger, mais n'entendit plus rien.

Elle pivota à nouveau et se fraya un chemin plus loin sur le sentier.

Crunch, crunch, crunch.

Faisant glisser le Glock de son étui, elle scruta l'obscurité ; seules des ombres bougeaient dans la petite brise.

— Y'a quelqu'un ? Ici le shérif Alton. Sortez et montrez-vous. Je suis armée.

Exhalant d'énormes bouffées de vapeur, elle tendit l'oreille puis entendit un bruit venant de derrière elle.

Crunch, crunch, crunch.

Oh, mon Dieu, il est derrière moi. Un gloussement sinistre se fit entendre dans l'obscurité quelque part à sa gauche. Elle leva son arme, mais un coup sec sur son poignet fit tomber le pistolet de sa main et il vola dans les buissons. Un sac sombre et puant s'abattit sur sa tête. Aveugle et désarmée, elle tituba, et avant qu'elle n'ait eu le temps de réagir à l'attaque, une grande main recouvrit sa bouche, pressant le tissu nauséabond contre ses lèvres avec une telle force que ses dents lui faisaient mal.

L'individu enroula un bras musclé autour de sa poitrine, coinçant les siens sur ses flancs. Une jambe épaisse et forte glissa entre ses cuisses, et la souleva, la forçant à se mettre sur la pointe des pieds. Complètement bloquée, elle ne pouvait ni bouger ni crier. Aucune de ses techniques d'agent spécial ne pouvait la libérer de cette emprise. Une voix grave murmura près de son oreille et la peur lui remonta le long de la colonne vertébrale.

— J'ai un couteau. Un couteau très aiguisé et je serais heureux de te voir saigner. Crie ou appelle à l'aide et je te tranche la gorge, salope.

La poigne se resserra autour de sa poitrine, rendant sa respiration difficile.

— Hoche la tête une fois si tu veux être un bon petit shérif.

La bile remonta le long de son œsophage et elle hocha la tête en signe d'acquiescement. Le sac bougea et la pointe froide d'une lame tranchante se pressa contre sa gorge.

— Tu vois comme je pourrais facilement te tuer ? Mais ce ne serait pas drôle, n'est-ce pas ?

La voix de l'homme, rauque et manifestement déguisée, fit vibrer sa joue. Il rit à nouveau.

— Mets un terme à ton enquête, rappelle ton molosse et je pourrai te permettre de vivre un peu plus longtemps.

Elle se pressa contre sa poitrine, essayant de jauger sa taille, et huma, mais l'odeur nauséabonde du sac masquait celle de l'homme.

— Je ne vois pas de quoi vous voulez parler.

— Les choses se passaient bien et il a fallu que tu fasses appel à un flic de la grande ville.

Le couteau piqua sa gorge et plutôt que de se raidir, ce qui aurait facilité une coupure, elle détendit son cou contre la lame.

— Tiens ta langue et ton chien en laisse, ou je te montre exactement de quoi je suis capable.

La panique jaillit dans un souffle de terreur, mais avant qu'elle puisse répondre, il serra le sac autour de sa tête et la poussa avec vigueur dans les buissons. Elle tomba à genoux, empêtrée dans les branchages. Désorientée, elle retira le sac et scruta dans l'obscurité. Des bruits de pas s'éloignaient dans la nuit en direction de l'hôtel Cattleman. Le sang martelant ses tempes, elle pressa sa boucle d'oreille pour alerter Kane puis rampa hors des buissons à quatre pattes pour fouiller le sol à la recherche de son pistolet.

— Mon Dieu, mais qu'est-ce qui m'arrive ?

17

Des pas crissèrent sur le sentier dans un déplacement rapide dans sa direction. La panique la saisit et ses années d'entraînement laissèrent place à la terreur.

Ressaisis-toi, bon sang ! Elle se leva en titubant et prit une position de combat. Le dos appuyé contre le buisson, elle aperçut la lumière tremblante d'une lampe de poche.

— Qui est là ? Montrez-vous !

— C'est Kane.

Une forme sombre apparut.

— Vous allez bien ? Vous avez appuyé sur votre boucle d'oreille ?

Elle cligna des yeux lorsque la lumière de la lampe de poche se déplaça sur elle. Essayant de rendre sa voix aussi décontractée que possible – et non celle d'une idiote qui bafouille –, elle prit une profonde inspiration et s'avança dans le faisceau lumineux.

— Oui et je suis heureuse de vous voir. Un type m'a sauté dessus et j'ai perdu mon arme.

Elle sentit chez Kane l'irrépressible envie de courir à la poursuite de l'assaillant. Elle lui toucha le bras et lâcha :

— Ne perdez pas votre temps, il est déjà loin.

— Quoi ? dit Kane en passant devant elle pour remonter le sentier quelques pas avant de se retourner. Vous êtes blessée ?

— Seulement ma fierté. Je me sens un peu bête de lui avoir permis de prendre l'avantage sur moi.

Elle se rapprocha pour se placer à côté de lui.

— Je ne suis pas certaine de ce qui s'est passé, continua-t-elle. Je suis convaincue que les pas venaient de derrière moi, mais quand je me suis retournée pour regarder dans cette direction, il m'a attrapée.

Elle se frotta la gorge.

— Il m'a mis un sac sur la tête, m'a désarmée puis a placé un couteau sous ma gorge.

— Vous allez bien ?

— Oui, juste secouée, répondit-elle en balayant du regard le chemin qui menait à l'hôtel. Avez-vous entendu quelqu'un s'enfuir ?

— Non.

Les ombres obscurcissaient le visage de Kane alors qu'il balançait la lampe d'avant en arrière puis se penchait pour extirper le Glock de Jenna de la neige.

— Il a dit quelque chose ? demanda-t-il en lui tendant son arme.

Elle raconta tout, essuya la neige de son pistolet et le glissa à nouveau dans l'étui.

— Une chose est sûre, ajouta-t-elle, il pense que *vous* constituez une menace. Je ne comprends pas. Je ne vois pas pourquoi c'est vous qu'il veut que je retire de l'affaire.

— Est-ce qu'il vous a touchée ?

Jenna ravala la boule dans sa gorge. Elle pouvait encore sentir la pression de la cuisse dure de l'homme contre elle, et la puanteur du sac sale s'accrochant à ses narines. Elle avait désespérément envie de prendre une douche chaude et d'effacer de sa chair le moindre contact qu'elle avait eu avec l'agresseur.

— Il a glissé sa cuisse entre mes jambes. Il avait une carrure solide, peut-être quatre-vingt-dix kilos et un mètre quatre-vingts, peut-être plus grand. La description correspond à beaucoup d'hommes en ville, y compris vous.

Elle agrippa son bras, le forçant à lui faire face.

— Je veux que cet incident reste entre nous pour le moment. Être une femme shérif est déjà assez difficile, mais si on apprend que j'ai perdu mon arme, je ne m'en remettrai jamais, dit-elle en scrutant ses traits découpés par l'obscurité. S'il vous plaît.

— D'accord, mais si c'est la même personne qui a essayé de vous tuer, nous devrions demander à tous les agents de ratisser la zone pour trouver des indices. Je n'aime pas ça du tout. Vous le laissez s'en tirer après vous avoir agressée, c'est lui qui gagne.

Elle serra son bras musclé.

— Mais je ne vais pas vous retirer l'enquête, n'est-ce pas ? Je ne suis pas blessée et une réaction excessive pourrait aggraver les choses. S'il vous plaît, laissez tomber.

— Vous êtes mon officier supérieur et si vous m'ordonnez de ne rien faire, je n'ai d'autre choix que d'obéir. Où avez-vous jeté le sac ?

— Dans les buissons.

Jenna observa Kane le récupérant dans les branchages puis reprit :

— Ça ne peut pas être le même homme qui a causé l'accident. Ce type aurait pu me tuer, mais je pense qu'il voulait seulement me faire peur. Je ne sais pas trop ce qui se trame, mais j'ai vu la façon dont Josh Rockford vous a regardé tout à l'heure. Ça aurait pu facilement être lui, ou Dan Beal ; ce sont tous deux des hommes forts.

— Oui, si le taxi les a déposés à proximité, ils ont pu faire demi-tour. C'est facile à vérifier. Je vais parler à la compagnie de taxi.

Le chemin bordé d'ombres se refermait sur elle, noir et menaçant. *Je dois sortir d'ici.* Jenna s'avança sur le sentier.

— D'accord. Allons-y.

— Bien sûr.

Kane enroula sa grande main autour de son bras et fit briller le sentier sous la lumière de la lampe de poche.

— Vous tremblez, ajouta-t-il. Y a-t-il quelque chose que vous ne me dites pas ?

Jenna retira son bras.

— Je suis gelée. Je suis aussi en colère. J'aurais dû me défendre. Je me sens complètement idiote.

— Je ne pense pas. Il vous avait immobilisée et mis un couteau sous la gorge.

Kane émit un grognement avant de reprendre.

— À votre place, je serais resté calme et j'aurais essayé de le raisonner aussi.

Elle leva les yeux vers lui et se rapprocha, heureuse de sa compagnie.

— C'était un avertissement pour que vous restiez en dehors de ses affaires et je pense que l'accident l'était aussi, dit-elle en soufflant un nuage de buée blanche. Vous devez être lié à tout ça d'une manière ou d'une autre.

— *Moi ?* La question est de savoir pourquoi il croit que *je* suis une menace pour lui, à moins qu'il ait un faible pour vous et que maintenant que je vis dans le cottage...

Kane soupira et elle entendit un son rauque alors qu'il se frottait le menton.

— Rockford a bien mentionné où je vis, reprit-il, mais vous faire peur n'est pas quelque chose qu'un homme fait habituellement par jalousie, ou pour amener une femme à sortir avec lui. Il doit s'agir d'autre chose.

— Alors, je n'ai rien du tout, conclut Jenna en lâchant un soupir de soulagement alors qu'ils arrivaient au parking éclairé et se dirigeaient vers la façade de l'hôtel.

— Si, on a le sac.

Kane extirpa un sachet de preuves de sa poche et le brandit comme un trophée.

— Je vais l'apporter au laboratoire dès que possible et voir ce qu'il en ressort. Il est possible qu'il l'ait pris dans une poubelle, c'est vrai qu'il sent mauvais.

— Ouais, je sais. J'avais ce foutu truc enfoncé dans ma bouche.

Elle trouva Rowley et Daniels adossés à leur véhicule de patrouille. Elle fit un effort pour paraître décontractée et elle leur sourit.

— Je suis passée par l'arrière pour vérifier le parking. Avez-vous signalé à la direction que les lumières sont éteintes ?

— Celles de l'arrière sont coupées après la fermeture. Ils ne laissent que les projecteurs du parking et ceux de l'allée allumés toute la nuit.

Le visage de Rowley se plissa.

— Kane se demandait ce qui vous était arrivé. Il fait aussi noir que dans une grotte sur le chemin, la nuit. Vous vous êtes perdue ?

— Pas du tout. Tout va bien. Je m'assurais que personne ne se cachait là-bas derrière, dit-elle en évitant le regard de Rowley.

Quelques instants plus tard, Walters l'informa qu'il était sur le chemin du retour. Pour une fois, le match à domicile et le bal s'étaient déroulés sans accroc. Elle ravala l'inquiétude qui lui nouait l'estomac et sourit à ses adjoints.

— Bon boulot. On se voit lundi matin.

— Une minute, lança Kane en arquant un sourcil à son attention.

Puis il contourna son SUV et courut vers le parking.

Jenna l'observa fixement puis remarqua Billy Watts penché sur une berline jaune. Elle se tourna vers ses adjoints.

— C'est le véhicule de Sarah Woodward ? Je ne l'ai pas vue quitter le bâtiment.

— Si, je l'ai vue. Elle est sortie par la porte arrière tout à l'heure, ajouta Daniels en souriant. Je me suis trompé sur son compte. Je ne pensais pas qu'elle était du genre à traîner dans les bars.

— Elle ne l'est pas et elle n'a pas l'âge légal pour boire.

— Attendez ici.

Jenna remonta la fermeture Éclair de sa veste et marcha vers le parking. Elle arriva à temps pour voir Kane soulever le capot de la voiture de Sarah et inspecter le moteur.

Quelques minutes plus tard, la voiture redémarra. En se rapprochant, elle attira l'attention de la jeune femme.

— Que faites-vous à l'hôtel Cattleman ?

— Je suis allée dîner et j'attendais de voir si une chambre allait se libérer suite à une annulation. Je n'aime pas rester au motel.

Sarah agrippa son volant et reprit :

— Malheureusement, toutes les chambres sont prises, alors je retourne au motel. Je suppose que le bruit va se calmer maintenant que le match est terminé.

— Vous n'aurez pas à rester ici beaucoup plus longtemps. Nous avons des raisons de croire que votre grand-mère a quitté la ville, dit Jenna en accompagnant sa phrase d'un sourire. Elle est peut-être dans le comté voisin.

— Non, répondit Sarah en leur jetant un regard noir. J'ai une lettre mentionnant son intérêt pour l'achat d'un ranch quelque part à Black Rock Falls.

— C'est fait ! déclara Kane en claquant le capot et en se dirigeant vers elle avec un sourire confiant. Passez au poste lundi et nous jetterons un coup d'œil à la lettre. J'enverrai quelqu'un pour vérifier la propriété.

Il se rapprocha.

— Faites-moi une faveur et laissez la police enquêter. Faire le tour de la ville avec une vieille voiture comme celle-ci par ce temps-là est dangereux.

— D'accord, dit Sarah en croisant son regard, puis elle fronça les sourcils. C'est juste que vous ne semblez rien faire et je suis vraiment inquiète pour elle.

— Vous avez ma parole que nous suivons des pistes pour retrouver votre grand-mère, rétorqua Kane en lui adressant un sourire chaleureux. Nous voulons vous garder en sécurité et je suis sûr que votre grand-mère voudrait la même chose. Je vais dire à l'adjoint Daniels de vous suivre jusqu'au motel, au cas où la voiture tomberait à nouveau en panne.

Son regard dur se posa sur Billy Watts et il pinça les lèvres.

— On a les choses en main, annonça-t-il en lui faisant signe de partir.

Jenna se pencha pour parler à Sarah.

— Vous devriez faire réviser cette voiture. Kane a raison. Une panne à cette période de l'année peut mettre votre vie en danger. Le garage Miller pratique des prix très raisonnables et ils ont des voitures de prêt.

— J'avais l'intention de la faire réparer. Je ne compte pas bouger ce week-end, mais je passerai au garage à la première heure lundi matin.

Sarah sourit à Kane et ajouta :

— Merci pour votre aide.

— Tout le plaisir est pour moi, dit Kane en se retournant pour se diriger vers Daniels.

— C'est un homme bien, lâcha Sarah, son visage virant au rose.

Jenna observa le pick-up de Billy Watts dérapant sur des plaques de glace en sortant du parking puis elle enfila ses gants.

— Il est très efficace.

Elle fit un geste en direction du véhicule de Daniels ; le moteur tournait et rejetait des nuages de vapeur blanche dans la nuit immobile.

— Vous pouvez y aller, enchaîna Jenna. Mon adjoint vous conduira en toute sécurité au motel.

Lorsque la voiture roula au pas jusqu'à la sortie du parking, Jenna progressa à travers la boue grise et gelée jusqu'au SUV de Kane. Il était là, discutant et riant avec Rowley comme s'il le connaissait depuis des années. Ils s'arrêtèrent tous deux de parler et pivotèrent vers elle comme s'ils attendaient des instructions. Elle leur lança son meilleur regard autoritaire et congédia le jeune homme d'un signe de la main.

— Rentrez chez vous et reposez-vous.

Elle fit ensuite une grimace à Kane.

— Dépêchez-vous. Je meurs de froid ici.

— Oui, madame.

Jenna monta dans le véhicule, heureuse de trouver l'intérieur chaleureux. L'incident l'avait bouleversée plus qu'elle ne voulait l'admettre et avait mis en évidence sa vulnérabilité. Aucun homme ne l'avait jamais prise au dépourvu auparavant ; elle avait cru posséder les compétences nécessaires pour terrasser le plus grand des hommes avec facilité. *Ma fille, tu t'étais bien trompée.* Bien qu'armée, l'idée de rentrer seule dans sa maison vide la mettait mal à l'aise. Peut-être pourrait-elle inviter Kane à entrer pour une boisson chaude.

Lorsqu'il s'installa à ses côtés, elle lui offrit un sourire.

— C'est un stratagème pour avoir du chocolat chaud et des biscuits ?

— Oui, après m'avoir fait travailler si dur et m'avoir fait jurer de taire votre agression, je pense que vous me devez bien ça.

Kane lança le véhicule en direction de chez eux.

— OK, mais je refuse de parler de l'incident ce soir. Il n'y a rien à dire tant que je ne sais pas qui est cet homme et pourquoi il me menace. Peut-être que le sac nous donnera un indice, mais pour l'instant, ça peut attendre. Je suis épuisée.

Jenna s'enfonça dans son siège et reprit :

— Il s'est passé beaucoup de choses depuis votre arrivée en

ville et j'ai besoin d'un peu de repos, dit-elle en le fixant, les sourcils arqués au-dessus de son regard. Qu'est-ce que vous en dites ?

— Pour vos cookies aux pépites de chocolat ? Laissez-moi réfléchir...

Kane fit un grand sourire.

— Marché conclu.

18

Jenna fit les cent pas dans la maison jusqu'aux premières heures du dimanche matin, vérifiant constamment les serrures des fenêtres et des portes comme une personne atteinte de TOC. Chaque fois que la neige glissait de son toit et heurtait le sol avec un *plop*, elle saisissait son arme et se glissait le long du mur, jetant un coup d'œil dans tous les coins. Convaincue que quelqu'un voulait sa mort, elle ouvrit son ordinateur portable et parcourut chaque dossier, vérifiant chaque détail au cas où elle aurait manqué quelque chose, mais elle ne trouva rien. Toutes ses affaires avaient été simples.

Cette peur constante qu'il lui arrive quelque chose appartenait au passé et si l'un des hommes de Viktor Carlos la retrouvait, il n'y aurait pas d'avertissement. La mort serait instantanée. Qui à Black Rock Falls la considérait comme une menace maintenant que David Kane avait rejoint le département ? Quelqu'un avait quelque chose à cacher et croyait qu'elle préférait regarder ailleurs ou alors qu'elle ignorait tout jusqu'à ce que les renforts arrivent sous la forme de David Kane. *Mais quel crime ? À côté de quoi suis-je passée ?*

Tout en essayant de revoir les choses sous tous les angles

possibles, elle se glissa dans son lit, apprécia la chaleur et, avec son Glock à proximité, elle sortit un bloc de papier et écrivit ce qui lui passait par la tête au sujet de toute personne qui pouvait être une menace pour elle. D'accord, Josh Rockford lui avait fait des avances, mais s'il était sérieux, pourquoi ne pas l'inviter à sortir avec lui ? Elle l'avait un peu rabaissé ces derniers temps. Un homme sous l'emprise de l'alcool qui doit défendre sa réputation auprès de ses fans et de ses coéquipiers pourrait constituer une menace. Peut-être qu'il avait peur d'être rejeté ou qu'il cultivait une sorte de relation possessive bizarre avec elle.

Avec qui d'autre en ville avait-elle été en contact ces derniers mois ? Son esprit se tourna vers une vilaine affaire pour cruauté envers les animaux il y avait plus d'un an. Un éleveur local, Stan Clough, un homme d'une quarantaine d'années, avait stipulé que les extraterrestres étaient responsables des animaux éventrés vivants, abandonnés et retrouvés dans les champs autour de son ranch. Elle l'avait fait interner pour une évaluation psychiatrique, mais le rapport était revenu négatif et l'affaire s'était poursuivie. Clough n'avait pas cessé de la regarder avec ses yeux noirs et enfoncés pendant le procès, mais il n'y avait pas eu de menaces. Elle avait estimé que sa condamnation à un an de prison avait été une blague, d'autant plus qu'il avait été libéré à peine six mois plus tard.

En dehors de Josh Rockford, un autre homme, James Stone, l'avait harcelée depuis son arrivée. Cet homme grand et athlétique d'une trentaine d'années avait la même taille que son agresseur. L'avocat de prédilection des habitants fortunés de Black Rock Falls avait le don d'adoucir les peines. En vérité, Stone la harcelait littéralement. S'il n'avait pas été un ami aussi proche du maire, elle aurait été tentée de porter plainte contre lui pour harcèlement. Cela aurait été une perte de temps, car Rockford protégeait ses amis. Lors d'une audience au tribunal, elle aurait perdu l'affaire et son emploi, car elle avait besoin de l'aval du maire pour conserver son poste.

Elle laissa son esprit dériver vers la dernière fois où elle avait eu un contact avec le beau et charmant James Stone. C'était lors de Thanksgiving et, puisqu'elle était seule, elle avait accepté son invitation à dîner et l'avait rejoint à l'hôtel Cattleman. Son baiser sur le pas de sa porte avait été pressant. En fait, il n'avait pas accepté d'être rejeté aussi facilement, et l'éclair de colère dans ses yeux l'avait troublée.

Bien que leurs chemins se croisent souvent, elle l'avait gardé à distance et avait refusé une nouvelle offre à dîner la veille de l'arrivée de Kane. Elle avait prétexté avoir l'esprit bien trop occupé avant l'installation du nouveau shérif adjoint pour vraiment apprécier le moment. Le fait qu'il ne lâche pas le morceau aussi facilement prit soudain une toute nouvelle signification. Bon sang, est-ce qu'il avait porté le harcèlement à un tout autre niveau ? Elle griffonna ses pensées dans son carnet et enfonça sa tête dans l'oreiller.

Révéler tout ça à Kane allait être difficile ; elle le trouvait un peu surprotecteur, mais beaucoup des agents avec lesquels elle travaillait avaient une éthique de travail similaire envers leurs partenaires féminines. En fait, tous auraient pris une balle pour elle, et elle devinait que Kane ferait pareil. Bien que certaines femmes eussent trouvé son comportement un peu condescendant, elle trouvait quant à elle sa nature attentionnée tout à fait charmante et elle pouvait le remettre à sa place si nécessaire. Elle sourit et serra le carnet contre sa poitrine. *Pour l'instant, tu peux être aussi protecteur que tu le souhaites. Je pense que j'ai besoin de toute l'aide possible.*

Elle caressa doucement les boucles d'oreilles qu'il avait modifiées. Avoir Kane près d'elle était certainement un atout.

Tôt le lundi matin, la sonnerie persistante du téléphone portable de Jenna interrompit le rêve dans lequel elle chevauchait un étalon noir à travers les montagnes, et elle fouilla la table de chevet à tâtons à la recherche de l'appareil. Elle jeta un coup d'œil à l'horloge et soupira. Le fait d'être de garde pour recevoir les appels d'urgence du 911 pendant la nuit était généralement synonyme de nuit blanche, mais elle était arrivée à dormir six heures sans être dérangée.

— Shérif Alton. Quelle est votre urgence ?

Une voix d'homme s'engouffra dans l'oreillette dans un flot de paroles confuses. Elle se redressa et écarta des mèches de cheveux de devant ses yeux.

— Qui est-ce ?

— *George Brinks.*

Elle remonta la couverture jusqu'à son menton et frissonna. Brinks dirigeait une décharge à ciel ouvert à la périphérie de la ville.

— Bon, prenez une profonde inspiration et dites-moi ce qui ne va pas.

— *J'ai trouvé un cadavre. Merde !*

— OK. Doucement et lentement. Où et quand ?

— *À l'arrière de la décharge. C'est tombé d'un baril de cinquante gallons.*

— Tombé de quoi ? demanda Jenna en empoignant un stylo et un bloc-notes sur la table de chevet. Vous l'avez vu tomber ?

— *Non, non, c'était ma faute.*

Il inspira profondément, mais la panique dans sa voix était évidente.

— *Je n'autorise pas ce type d'ordures, reprit-il, des barils, je veux dire, dans cette zone, alors je l'ai déplacé avec un chariot élévateur. Quand j'ai déplacé le conteneur, il s'est renversé et le couvercle s'est ouvert. La puanteur était étouffante et j'ai pu voir une partie d'un corps qui dépassait.*

Tous ses sens se mirent en branle, la peur de la veille s'évanouit et un calme professionnel s'immisça en elle. *Un meurtre dans mon comté ?* Jenna se glissa hors du lit, mit le portable sur haut-parleur puis enfila son uniforme.

— Ne touchez à rien et gardez tout le monde à l'écart de la zone. Fermez les accès à la décharge et ne laissez personne entrer. Personne. Je vais contacter le médecin légiste et je serai là dès que possible.

Elle attendit qu'il raccroche pour appeler Kane.

— *OK, je serai là dans cinq minutes. J'imagine que c'est aussi bien si je ne prends pas de petit déjeuner ?*

Jenna enfilait ses bottes.

— Oui, je n'ai pas mangé non plus. L'appel m'a réveillée et je n'ai pas le temps de faire du café, alors attendez-vous à ce que je sois de mauvais poil.

— *Je peux aller à la rencontre de M. Brinks si vous voulez prendre un peu de temps après ce qui s'est passé hier soir ? Je vais appeler Rowley pour qu'il me rejoigne à la décharge.*

— Merci, mais on n'a pas des cadavres qui apparaissent comme ça tous les jours. Je veux voir si ça a un rapport avec nos personnes disparues.

Elle bâilla et chassa le sommeil de ses yeux.

— M. Brinks a mentionné que le corps puait, donc c'est que quelqu'un a dû le jeter récemment ou sinon il aurait gelé. Ne portez pas un uniforme propre, cette puanteur a tendance à s'incruster.

Elle se redressa puis attrapa sa ceinture et son holster.

— Le commencement d'une autre journée parfaite, reprit-elle.

— *Vous avez un médecin légiste en ville ?*

— Le funérarium de Black Rock Falls emploie des médecins légistes très expérimentés. Max Weems et son fils travaillent pour le comté à ce titre depuis dix ans, ajouta-t-elle en rengainant son arme. Je vais les appeler tout de suite.

— *J'ai fait du café, et comme vous m'avez fourni ici un sacré nombre de gobelets en carton, voulez-vous que j'emporte une tasse bien chaude ?*

Cette attention la fit sourire.

— Je tuerais pour un café, merci.

20

Après avoir demandé la direction de la décharge, Kane conduisit le SUV dans l'allée. Dans la lumière aqueuse du matin, la campagne ressemblait encore à une carte postale, mais les congères sur le bord de la route avaient fondu et des taches vertes apparaissaient.

— J'espère que ce sont les dernières chutes de neige.

— C'est peu probable, dit Alton, tenant sa tasse de café à deux mains. Mais c'est bon de voir le soleil aujourd'hui.

Elle le fixa.

— Je dois vous confier quelque chose qui pourrait avoir un rapport avec l'homme qui m'a attaquée samedi soir.

Il croisa son regard et hocha la tête.

— OK.

— Je suis sortie avec James Stone, j'ai eu quelques semblants de rendez-vous avec lui. C'est l'avocat des notables de Black Rock Falls, ajouta-t-elle, son regard traduisant désormais de l'inquiétude. Il voulait simplement que je l'accompagne lors de soirées, rien de sérieux, mais il est devenu un peu trop collant et sa taille et sa carrure correspondent à celles de l'homme qui m'a attaquée. J'ai refusé un rendez-vous avec lui vendredi dernier, mais à ce moment-là, il ne pouvait pas savoir à quoi vous ressembliez ou que vous alliez vivre dans mon ranch. La seule personne que j'ai informée de votre prise de poste était le maire.

— Ce type, Stone, est-il un proche de Rockford ?

— Absolument. Stone est son avocat et un ami proche.

Elle le regarda à travers ses cils et ses joues rosirent.

— Le maire l'a accompagné au bal d'Halloween, reprit-elle. Nous lui avons parlé.

Kane se frotta le menton et fixa la route devant lui.

— Il est plus que probable qu'ils aient discuté de ma prise de poste et j'imagine que vous avez informé le maire de mon lieu d'hébergement ?

— Oui, il me l'a demandé.

— Si le maire l'a dit à Stone, il lui aurait été facile de se renseigner sur moi. Vous deviez déposer ma demande auprès du conseil municipal pour approbation.

Kane s'éclaircit la gorge.

— J'imagine que pour certains gars, je pourrais passer pour un rival, mais comme je l'ai déjà dit, menacer une femme n'est pas le meilleur moyen de gagner son cœur.

Il lui lança un regard puis reprit :

— Je sais que me livrer des informations personnelles est difficile, mais si ce sale type présente un danger potentiel pour vous, je dois le savoir. Je place M. Stone sur la liste des suspects, ajouta-t-il en soupirant. Selon moi, quelqu'un qui peut tenir un couteau sous la gorge d'une femme est capable de meurtre. Pas d'autres suspects ?

— J'ai travaillé sur une affaire de cruauté envers les animaux impliquant Stan Clough, qui fiche la chair de poule. Il a fait de la prison pendant six mois.

Il fronça les sourcils.

— Qui fiche la chair de poule ? Intéressant. Je vais récupérer son dossier et m'y pencher davantage.

— Il a dit à la cour que des extraterrestres avaient trucidé son bétail et ses cochons, mais quand j'y suis allée avec Rowley, il était couvert de sang. Il a trouvé une excuse pour dire qu'il essayait de les sauver.

Alton fronça les sourcils et sa bouche dessina une grimace.

— Il les a étripés vivants. Le problème, c'est que je ne peux pas oublier la façon dont il m'a regardée. Il a des yeux sans âme comme ceux d'un démon.

— La cruauté envers les animaux est en tête de liste des comportements de psychopathes. Si nous enquêtions sur un meurtre, il figurerait parmi les suspects, enchaîna-t-il en toisant le visage exsangue de Jenna pour finir par sourire. Vous savez, la majorité des tueurs que j'ai arrêtés étaient des gens intelligents, intéressants et plutôt beaux. Je ne pense pas que l'apparence compte lorsqu'il s'agit de meurtre.

— Vous avez enquêté sur de nombreuses affaires de meurtre ?

— Quelques-unes, répondit-il en haussant les épaules. Je pense que vous allez un peu vite en besogne à propos du supposé cadavre dans la décharge. D'après mon expérience, dès que les gens sentent la mort, ils paniquent. Le baril pourrait facilement contenir un chien. S'il a été conservé dans un liquide, au bout d'un moment la fourrure tombe, et il pourrait ressembler à un être humain.

Il fit un signe de la main vers la campagne gelée puis ajouta :

— C'est comme ça depuis des mois et le sol est trop dur pour creuser une quelconque tombe. Le fait que le contenu du baril n'ait pas gelé n'est pas forcément une bonne indication du temps écoulé ; beaucoup de liquides ne gèlent pas.

— Espérons que vous ayez raison, lâcha Alton en sirotant le contenu de son gobelet.

Elle soupira en soufflant un nuage de vapeur.

Le temps qu'ils arrivent à la décharge, des véhicules bloquaient déjà la route y menant, et avec Alton penchée à la fenêtre pour diriger la circulation, Kane manœuvra le long d'une file de voitures. Roulant sur le côté opposé de la route, il se dirigea vers deux hommes qui barraient le portail. Des klaxons retentirent et ceux qui attendaient pour décharger leurs ordures le regardèrent fixement. Il stoppa le SUV et se tourna vers Jenna.

— Comment voulez-vous gérer ça ?

— Dites à Brinks que je veux lui parler et que nous allons envoyer quelqu'un ici pour contrôler le trafic. J'appelle Daniels.

Alton lui fit un signe dédaigneux de la main.

Il se dirigea vers la tête de la file et s'adressa aux deux hommes qui se tenaient devant.

— Ouvrez pour laisser passer le shérif puis fermez le portail derrière nous. Si vous avez des problèmes avec la foule, déplacez l'un des tracteurs devant la porte. Lequel d'entre vous est Brinks ?

— C'est moi, dit l'un des hommes en s'avançant. Ne vous inquiétez pas, je n'ai pas laissé une seule âme s'approcher du corps.

— Vous êtes sûr que c'est un corps, je veux dire, un corps d'humain et pas un animal ?

Brinks arqua un sourcil gris touffu et gratta sa barbe hirsute.

— Je ne me rappelle pas avoir jamais vu un animal porter une alliance, dit-il en grimaçant. Cette vision m'a fait perdre dix ans de vie. Je pensais avoir connu absolument toutes les odeurs existantes en travaillant ici, mais à côté de ce tonneau, les gaz toxiques sentent la rose.

Un frisson de malaise souleva les poils de la nuque de Kane. Aucun meurtre n'avait été commis à Black Rock Falls depuis deux ans, et au moment où il arrivait, un cadavre était découvert.

— Combien de vos employés ont travaillé ici samedi ?

— Juste Joey, dit Brinks en l'indiquant du pouce.

Un homme plus jeune, vêtu d'épais vêtements d'hiver, aux yeux sombres et au nez rouge écarlate dépassant d'une écharpe, fixa Kane.

— Nous sommes habituellement six à travailler ici le samedi.

Kane jeta un coup d'œil à la rangée de voitures qui patientait vers le portail.

— Cet endroit est très fréquenté. Qu'est-ce qui vous a décidé à essayer de vous débrouiller à deux hommes seulement ?

— Je ne m'attendais pas à ce qu'il y ait du monde, vu que la météo a été déplorable, répondit Brinks dans un haussement d'épaules. Il était trop tard pour appeler du renfort au moment où les voitures sont arrivées.

— L'un d'entre vous a-t-il vu quelqu'un jeter le baril ?

Kane chassa en clignant des yeux les flocons de neige qui s'accumulaient sur ses cils puis reprit :

— Des habitués dont vous vous souvenez ? Toute information qui pourrait vous revenir en mémoire, même insignifiante, sera utile.

Lorsque les deux hommes secouèrent la tête, Kane retira un gant et fouilla dans sa poche pour trouver ses cartes de visite. Il en offrit quelques-unes aux deux hommes.

— Pouvez-vous me rendre un service ? Quand les gens passeront ici, demandez-leur s'ils ont utilisé la décharge samedi dernier et s'ils ont remarqué quelque chose ou quelqu'un de suspect. S'ils ont des informations, donnez-leur ma carte.

— Ce sera fait, mais les gens de Black Rock Falls n'aiment pas vraiment s'impliquer, dit Brinks en empochant les cartes.

— Vraiment ? Eh bien, ils pourraient changer d'avis quand ils découvriront que nous avons un tueur dans les parages.

Kane lui lança un long regard fixe et l'homme grimaça.

— Montrez-moi où vous avez trouvé le baril et où il se

trouve maintenant, demanda-t-il avant de se tourner vers Joey. Le médecin légiste sera là sous peu ; envoyez-le là-bas et gardez tous les autres à l'extérieur jusqu'à nouvel ordre. Un adjoint est en route pour gérer le trafic.

Il accompagna M. Brinks jusqu'au SUV, ouvrit la porte et le fit s'installer sur la banquette arrière. L'odeur corporelle de l'homme lui brûlait presque les narines et il espérait que la puanteur ne s'incrusterait pas dans sa nouvelle voiture. Il se glissa derrière le volant et se tourna vers Jenna.

— Voici M. Brinks. Je les ai interrogés, Joey et lui, mais ils n'ont pas vu qui a jeté le baril.

— À quelle heure avez-vous commencé ce matin ?

L'expression d'Alton était toute professionnelle alors qu'elle pivotait sur son siège pour regarder l'homme épuisé.

— 5 h 30, comme d'habitude.

— Vous êtes censés superviser tout ce qui est placé dans la décharge, alors comment avez-vous pu tous les deux passer à côté de quelque chose d'aussi important ?

Le regard bleu d'Alton ne quittait pas le visage de l'homme tandis qu'elle enfilait ses gants.

— Le portail est-il verrouillé pendant la nuit ? ajouta-t-elle.

— Oui, mais beaucoup de gens ont jeté des ordures en fin d'après-midi ce samedi. Il y avait bien trop de monde pour avoir l'œil sur tout. Le baril a pu être déposé quand j'avais le dos tourné. Joey travaillait de l'autre côté du terrain. Il y a eu du blizzard et la neige a tout recouvert en quelques minutes. Je n'ai pas remarqué le tonneau jusqu'à ce matin quand j'ai déblayé la neige pour tracer un chemin.

Brinks fit la moue puis frissonna.

— Je ne l'aurais pas déplacé si j'avais su ce qu'il contenait.

Kane franchit le portail en voiture. La foule en colère s'était calmée et quelques personnes s'étaient rassemblées sur le trot-toir pour discuter discrètement. Il jeta un coup d'œil autour de lui. Une partie de la décharge bordait une ligne de forêt et il distingua un portail au loin.

— Y a-t-il un accès par là ?

— Il y a un sentier, mais personne ne se risquerait à traverser la forêt à cette époque de l'année, et le portail possède un cadenas, répondit Brinks en frottant son menton couvert de boue.

Avec l'épaisse couche de neige qui était tombée récemment, un troupeau d'éléphants aurait pu franchir la clôture sans être détecté. Kane se retourna vers M. Brinks.

— Avez-vous vérifié le portail récemment ?

— Non.

— OK.

Kane examina la zone. La neige s'étendait en congères sur la décharge, seul le chemin récemment dégagé vers l'aire de déchargement était visible.

— Quelle direction ?

— Là-bas, près de la souche d'arbre. J'ai trouvé le baril à côté de la clôture, à côté du monticule de terre que nous utilisons pour couvrir les déchets une fois que la zone est pleine. Suivez l'odeur, vous le trouverez bien assez tôt.

Brinks agrippa le dossier du siège et afficha une expression craintive.

— Pouvez-vous me laisser sortir maintenant ? Je n'ai vraiment pas envie de revoir tout ça. Je vais faire des cauchemars pour le restant de ma vie.

— Bien sûr. Quand vous serez de retour au portail de l'entrée, mettez le panneau « fermé », dit Kane en stoppant le SUV pour permettre à Brinks de sortir.

Le fût noir de cinquante gallons était couché sur le côté, contrastant avec le fond blanc immaculé. Devant, une plaque de glace rose scintillait dans la lumière du soleil. Kane fit face à Jenna.

— C'est un cadavre humain. Brinks a dit qu'il avait pu apercevoir une alliance.

Leurs regards se croisèrent.

— D'après lui, la décomposition a déjà débuté, même par ce temps. Je peux jeter un coup d'œil si vous préférez rester ici.

— Ne soyez pas ridicule. Je suis le shérif et j'ai vu mon lot de restes humains dans tous les états possibles.

Alton le fixa et ses lèvres se retroussèrent.

— Vous continuez, lâcha-t-elle en sortant une paire de gants en latex qu'elle lança sur ses cuisses.

Déconcerté, il l'observa sans bouger.

— Continuer quoi ? demanda-t-il en retirant ses épais gants en cuir pour les remplacer par les nouveaux.

— À me traiter comme une femme fragile. Je suis plus forte que vous l'imaginez.

Elle extirpa un foulard bleu de sa poche et le noua autour de son visage froid et rougi, pour couvrir son nez.

— Allons-y, ajouta-t-elle.

Elle ouvrit la portière et se dirigea vers le corps.

— Vous avez tout faux sur mon compte. Ce qui s'est passé samedi soir aurait pu arriver à n'importe qui, mais je pense que ça vous a secouée, parce que si ça m'était arrivé, je regarderais constamment par-dessus mon épaule.

Il la rattrapa en quelques enjambées.

— Cet incident n'a aucun rapport avec ce que nous avons ici. Si quelqu'un a fourré un corps dans un baril, ce ne sera pas joli et je suis plus que capable de prendre des photos et de vous faire un rapport complet.

Kane sortit un masque chirurgical de sa poche et le pressa sur son visage. Il mettait un point d'honneur à être toujours prêt.

— Je vous offrais une option, c'est tout. La plupart des gens préfèrent ne pas examiner une scène de crime difficile.

Jenna s'arrêta de marcher si soudainement qu'il lui rentra dedans. Il lui saisit le bras pour la stabiliser, mais elle n'avait pas bougé d'un pouce. Pas mal pour une femme pesant moins de cinquante kilos. Essayant de ne pas rire devant son expression furieuse, il la lâcha et fit un pas en arrière.

— Je suis désolé. Je ne voulais pas vous offenser.

— Je ne suis pas *la plupart des gens*. Comment pensez-vous que je puisse enquêter sur un meurtre si je n'examine pas le corps et la scène de crime ? Je dois attraper un tueur et je ne pense pas que mes pouvoirs divinatoires soient à la hauteur du défi.

Alton plaça ses poings sur ses fines hanches et son expression se figea.

— Reprenez-vous. Je ne suis pas votre petite sœur et je n'ai pas besoin que vous me protégiez.

Elle s'approcha si près qu'il pouvait sentir son souffle sur sa joue.

— J'ai abattu plus d'hommes que je ne peux en compter sur les doigts d'une main et la vue de la mort n'a plus aucun effet sur moi, alors lâchez-moi la grappe. C'est un ordre.

— Oui, madame.

Il se redressa. Il admirait sa solidité, sur et hors du terrain, et Alton avait tout de la partenaire à qui il pouvait confier sa vie.

21

À chaque pas effectué le long de la courte pente de la décharge, l'incontournable puanteur de la mort s'accentuait. Le froid de l'hiver et la neige fraîche ne parvenaient pas non plus à masquer l'odeur des ordures et tout l'endroit empestait tellement que Kane mettrait des mois à faire partir la puanteur de ses vêtements. Il sortit son téléphone portable de la poche intérieure de sa veste et, à quelque distance du tonneau, prit des photos des environs. Suivant le chemin tracé par le tracteur, il scruta la zone à la recherche d'indices, mais ne trouva rien. Le blizzard de la nuit avait tout recouvert d'une couche de neige d'une dizaine de centimètres.

— Kane, ramenez vos fesses ici. Je veux des photos de tout. Regardez là, dit-elle en lui lançant un regard soutenu puis en désignant une entaille dans le sol, c'est là que le couvercle s'est détaché, et regardez là-bas. Est-ce que c'est quelque chose de doré qui dépasse de la neige ?

— Oui, je le vois.

Il brandit son téléphone portable et prit les photos nécessaires. En se rapprochant, il zooma pour obtenir un plan plus rapproché.

— On dirait la moitié d'un bracelet en or. Il a pu être déposé ici plus tôt.

— C'est un bracelet torque, dit Alton dans un froncement de sourcils.

Elle extirpa un sachet à preuves de sa poche puis, d'un geste rapide, souleva l'objet et plaça le bijou à l'intérieur. Elle le tint en l'air et loucha dessus.

— C'est ancien. La confection est probablement celtique, écossaise ou irlandaise.

Il fixa l'objet.

— D'après la taille, il a appartenu à un homme.

— Il a pu tomber du cadavre, ajouta Alton en essuyant les flocons de neige qui couvraient ses longs cils noirs avant d'empocher le sac. D'après la trace du liquide, le baril a roulé sur une bonne distance avant de s'immobiliser.

Elle s'éloigna et suivit le chemin tracé par le baril dans la neige.

Kane remarqua la façon dont elle restait dans les traces laissées par le tracteur, sa tête pivotant de gauche à droite à la recherche de preuves dans la neige. Il lui emboîta le pas, mais Alton atteignit le tonneau avant lui et porta une main à son visage avant de se retourner pour lui faire face, les yeux écarquillés.

Arrivé à son niveau, il observa attentivement le cadavre. La bile lui remonta jusqu'au fond de la gorge à la vue des restes congelés qui pendaient au sommet. La chair s'était détachée du bras étendu, la main et les doigts étant maintenus ensemble par des lambeaux de peau. Une bague en or pendait librement autour du doigt squelettique d'un poing serré. Le corps était nu et recroquevillé en position fœtale. Son attention se porta sur la tête de la victime. Le visage avait fondu en une masse de gelée rose, mais des cheveux foncés étaient visibles. Il se rapprocha pour examiner ce qui semblait être un collier en argent, mais trouva à la place du fil de fer serré autour de la gorge de la victime. Une épaule semblait présenter le tatouage délavé d'un motif inhabituel. Des blessures profondes et béantes couvraient le dos de la victime, laissant apparaître les os. Un fou avait torturé cet homme à mort. D'après l'étendue des blessures sur le cadavre, il s'agissait d'un meurtre lent et délibéré. Il se demanda si le tueur voulait lui soutirer des informations.

— Nous devons dire à Brinks de ne rien révéler à personne, surtout pas aux médias. Nous devrons garder les détails sous silence.

— Évidemment, dit Alton en se raclant la gorge et en lui lançant un regard agacé. Je vais m'occuper de Brinks. Je crois qu'il a un peu peur de moi.

Kane retint son souffle puis s'approcha pour fixer la scène. Il se redressa et se tourna vers elle.

— Il a un garrot autour du cou, du fil de clôture dirait-on, et si nous pouvons établir que le bracelet lui appartenait, on pourra en conclure que le vol n'était pas le mobile. Les blessures que je peux voir éliminent également un crime d'opportunité. Dans la plupart des cas, les meurtriers sont plutôt du genre à tuer puis à s'enfuir le plus vite possible. Ils laissent généralement le corps sur le lieu de la mort ou à proximité. Les blessures de la victime semblent méthodiques. Soit le tueur avait besoin d'extraire des informations de la victime, soit il la détestait.

— Je suis d'accord.

Alton fit un mouvement du menton en direction du portail et il y posa son regard.

— Le légiste arrive, reprit-elle. Nous allons les laisser finir ici. Vous supposez que la victime est un homme, mais nous aurons besoin d'une confirmation pour le sexe. Il pourrait s'agir d'une de nos personnes disparues. Le bracelet torque est important et la décoloration sur l'épaule pourrait être un tatouage ou une partie de la mélasse restant dans le baril.

Ses yeux bleus croisèrent les siens.

— La détérioration du corps est inhabituelle pour cette

période de l'année. Il gèle et s'il s'agit d'un meurtre récent, la température aurait dû préserver le corps.

Ils s'éloignèrent de l'horrible spectacle et Kane secoua la tête.

— Non, celui qui a fait ça a utilisé un produit chimique pour décomposer la chair, dit-il en indiquant sa poche. Le bracelet en est peut-être recouvert aussi ; regardez vos gants, ils sont tachés. Vous devriez sortir le sachet de votre poche.

— OK, fit Alton en sortant le contenant en plastique transparent pour le tenir à bout de bras en fronçant les sourcils. Je vais donner ça au médecin légiste. Nous en avons terminé. Vous pouvez lui dire d'enlever le corps.

— Oui, madame.

Kane fit signe à la camionnette qui se dirigeait dans leur direction. Quand elle s'arrêta à côté d'eux, il attendit que les deux hommes descendent puis indiqua le bracelet.

— Nous avons trouvé ça près du baril et pensons que le corps est dans une sorte de produit chimique. Ce bracelet doit être transporté dans une boîte de protection.

— Bien sûr.

Weems sortit de la camionnette avec précaution, fit le tour par l'arrière en clopinant puis ouvrit les portes. Il sortit un bocal en verre, l'ouvrit et le tendit à Alton avec un sourire affichant des dents jaunies.

— Mettez-le là-dedans. Je vais le laver et vérifier les gravures. S'il y a quoi que ce soit permettant d'identifier la victime, je vous le ferai savoir.

— Merci, dit Kane en indiquant les restes humains d'un signe de la main. Nous avons pris des photos de la scène, vous pouvez y aller et enlever le corps.

— Entendu.

Weems fixa le cadavre, leva deux sourcils sombres puis fit signe à son fils de s'approcher.

— Je suis Max Weems et vous devez être le nouveau shérif adjoint ? Bienvenue à Black Rock Falls.

— Merci, répondit Kane avec un raclement de gorge et une mine qui traduisait son envie d'être de retour chez lui sous une douche chaude plutôt que là, à bavarder. Nous allons vous laisser vous mettre au travail et attendre les résultats de l'autopsie.

— Si vous pouvez confirmer le sexe de la victime, je commencerai à vérifier les personnes disparues.

Alton leva le menton et lança un regard dédaigneux à Kane avant de reprendre :

— Je crois qu'il y a un tatouage sur une épaule ; il pourrait être crucial pour identifier la victime. Faites ce que vous pouvez pour le préserver et obtenez-moi une photo.

— Laissez-moi faire. Je vous contacterai dès que possible.

Quand Alton fit un signe de tête brusque à Weems et se dirigea sans un mot vers le SUV, Kane lui emboîta le pas. Il n'arrivait pas à cerner son nouveau patron. Ce n'était pas une demoiselle en détresse, mais il avait l'impression qu'elle avait besoin de quelqu'un à qui faire confiance, et il allait essayer d'être cette personne sans empiéter sur son autorité, ce qui serait difficile.

Jetant ses gants dans le trou de la décharge, Kane leva les yeux pour voir Alton qui le toisait avec un air troublé, appuyée contre la portière passager.

— Combien de personnes utilisent des barils de mélasse à Black Rock Falls ? demanda-t-il.

— Des centaines. Pourquoi ?

Kane extirpa ses gants de sa poche et les enfila sur ses mains gelées.

— Il y en avait un attaché à l'arrière du pick-up qui vous a renversée vendredi soir, répondit-il dans un haussement d'épaules. Quelle est la probabilité que ce soit le même baril ?

— Vous croyez vraiment que quelqu'un serait assez stupide

pour risquer de me faire sortir de la route avec un corps dans un tonneau attaché à l'arrière de son pick-up ?

Alton renifla et lui adressa un regard amusé.

— Et devant un témoin ? ajouta-t-elle. Et si le pick-up avait glissé dans le fossé également ?

— On ne peut pas vraiment dire que les personnes qui commettent des meurtres soient saines d'esprit, lâcha Kane en retirant son masque chirurgical et en frissonnant à cause de la vague de puanteur qui le frappa. La fenêtre de temps correspond. Weems ne sait pas quand le baril a été jeté dans la décharge.

Il tira la capuche de sa veste par-dessus son bonnet de laine avant d'enchaîner :

— J'ai remarqué que la zone au fond de la décharge n'était pas sécurisée. Un côté est accessible par un portail. Nous devrions jeter un coup d'œil et voir si quelqu'un a trafiqué le cadenas.

— Je suis d'accord, mais ça prendra du temps pour y aller et je n'ai pas envie de traverser la forêt en empestant l'odeur d'un cadavre en décomposition.

Alton balaya la zone du regard puis le posa sur Kane.

— Je dois d'abord prendre une douche et un petit déjeuner, conclut-elle.

L'estomac de David fit des soubresauts et il se demanda s'il aurait un jour envie de manger à nouveau.

— Vous pensez que la victime pourrait être l'une de nos personnes disparues ?

— Quel serait le mobile de l'assassinat ? D'après ce que j'ai compris, Mme Woodward était une gentille vieille dame et John Helms n'a pas pu se faire beaucoup d'ennemis dans les quelques jours précédant sa disparition.

Elle ôta ses gants avec dextérité et les déposa dans un sachet à preuves.

— Je pense que nous allons devoir fouiller la zone alentour, ajouta-t-elle.

— Je suis d'accord.

— Bien. Je pense que nous en avons fini ici.

Alton fit un signe de la main en direction de l'embouteillage qui se résorbait puis déclara :

— Daniels gère bien le trafic, il n'a pas besoin d'aide.

Elle tendit la main vers la poignée de la portière puis se retourna pour faire face à Kane avant de conclure :

— Et pour l'instant, j'ai besoin de café, au moins trois litres.

22

Bien que Jenna ait fait mine de prendre à la légère les suppositions de Kane, l'idée que le tonneau ait pu se trouver à l'arrière du pick-up impliqué dans son accident l'effrayait. Elle repoussa une vague de panique et s'enfonça dans le siège. La grande question était de savoir pourquoi quelqu'un à Black Rock Falls voulait la tuer ou la faire taire. L'idée qu'elle aurait pu passer à côté d'un crime pendant son mandat de shérif la troublait. Examinant les choses un jour à la fois, elle se remémora ses faits et gestes avant l'accident et ne trouva rien. Rien de significatif ne s'était produit, hormis les arrestations de Josh Rockford et de ses amis.

L'image du corps dans le tonneau traversa son esprit et elle réfléchit aux informations contenues dans les dossiers des personnes disparues. Aucun des rapports n'avait mentionné un bracelet torque ou une alliance comme objets personnels. Le bracelet était significatif et les membres de la famille auraient sûrement mentionné un objet d'une telle valeur. Elle ôta l'écharpe de son visage et jeta un coup d'œil à Kane. Elle regrettait de l'avoir remis à sa place ; elle appréciait son expertise à propos de la scène de crime. Ses capacités d'observation égalaient les siennes et, alors que son regard était focalisé sur la route, elle pouvait sentir ses pensées se bousculer.

— Après avoir vu ce carnage, vous avez toujours envie des *pancakes* du Chez Tante Betty ? Je pensais que vous aviez besoin de trois litres de café ? fit Kane en souriant.

Son regard s'illumina.

— Le café d'abord, fit Jenna en saisissant les gobelets glissés entre les deux sièges.

— C'est noté, dit-il avant d'arrêter la voiture devant l'entrée de chez Jenna. Je vais appeler Rowley et le mettre au courant. Combien de temps il vous faut ?

— Une demi-heure maximum, répondit-elle en poussant la portière. Téléchargez aussi les images et envoyez-les-lui par e-mail. Il peut commencer un dossier pendant qu'on est en tournée.

— OK.

Alors qu'elle atteignait le pied du perron, une vague d'appréhension la frappa. Elle l'écarta et grimpa les marches en trottinant puis déverrouilla la porte. Alors qu'elle appuyait sur les boutons pour désactiver l'alarme, elle remarqua que Kane attendait qu'elle entre. *Il s'assure que je suis en sécurité.* Elle lui fit un signe de la main et ferma la porte. Cela faisait très longtemps que quelqu'un n'avait pas couvert ses arrières. L'image du cadavre dans le tonneau lui traversa l'esprit et les mots de son agresseur se frayèrent un chemin dans son subconscient. Elle trembla à l'idée de finir torturée et fourrée dans un baril. *Je dois attraper ce connard avant d'être sa prochaine victime.*

Kane avait passé du temps à compulser les dossiers sur la grand-mère de Sarah et les informations de base sur John Helms. Mme Woodward avait d'épais cheveux blancs, elle ne pouvait pas être la personne dans le baril. John Helms, d'après la description figurant sur son permis de conduire, mesurait un mètre quatre-vingts, pesait soixante-quinze kilos, avait les cheveux et les yeux foncés. Kane allait devoir contacter la femme de Helms ou, mieux encore, parler à l'homme qui avait signalé sa disparition : le père Maguire.

Pourquoi était-ce le prêtre et non la femme de Helms qui avait signalé la disparition ? Si Helms s'avérait être la victime, cela ouvrirait la boîte de Pandore. Sa femme ne serait pas la première dans l'Histoire à s'en être prise à son mari.

Ses pensées se tournèrent vers Jenna et son besoin de la faire surveiller. Le délit de fuite puis l'attaque dont elle avait été victime à l'hôtel Cattleman pouvaient être des avertissements pour l'obliger à se taire. Si elle était allée trop loin et qu'elle était désormais en danger, il devrait lui soutirer la vérité, ce qui, il le savait, serait difficile.

Il s'intéressa aux clichés des deux personnes disparues et lut les antécédents de chacune d'entre elles. D'après ses instincts d'enquêteur expérimenté, elles n'avaient absolument rien en commun. Kane passa une main dans ses cheveux et fixa l'écran. Il ne put trouver aucun mobile pour le meurtre, rien, *nada*. D'après ce qu'il avait vu de la victime, elle avait longuement été torturée. Combien de temps la victime avait souffert et ce qui était arrivé exactement à cet homme fournirait des informations vitales. Il espérait que le médecin légiste local avait l'expérience nécessaire pour traiter des crimes de cette nature.

Il consulta un e-mail de Walters puis jeta un coup d'œil à l'heure affichée en bas de l'écran et se déconnecta. Le shérif Alton allait frapper à sa porte à tout moment. Avant que cette pensée ne quitte son esprit, il entendit sa voix.

— Salut, Kane.

Il se leva et se dirigea vers la porte d'entrée.

— Oui, j'arrive. Je vais juste prendre ma veste.

Il ouvrit la porte et au moment où il se détourna pour

prendre son manteau, Alton s'installa à l'intérieur puis fit marteler ses chaussures sur le paillasson.

— Je vous attendais il y a cinq minutes, lança-t-elle en lui jetant un regard alors que les coins de sa bouche se recourbaient en un joli sourire. J'ai du café, ajouta-t-elle en brandissant deux gobelets à emporter. Ça vous tiendra bien une demi-heure ? Je préfère aller examiner le portail à l'arrière de la décharge avant qu'il ne recommence à neiger.

— Oui, ça ira, merci. Walters m'a contacté. Le chèque de banque de Mme Woodward n'a pas été encaissé.

Kane ouvrit la porte et la suivit jusqu'au SUV puis reprit :

— J'ai tout téléchargé sur mon téléphone portable pour que nous puissions avoir une vue d'ensemble.

Il se glissa derrière le volant puis remarqua qu'elle lui jetait un regard plein de suspicion.

— Ne me regardez pas comme ça. Pour l'instant, il y a deux victimes : l'homme dans le tonneau et vous. Je n'écarte pas non plus nos deux personnes disparues.

— Il n'y a aucune preuve qui relie tous ces éléments, Kane.

Alton émit un grognement de mépris puis plaça le gobelet de café dans le support et boucla sa ceinture de sécurité.

Il démarra le moteur et le laissa tourner au ralenti.

— Je n'en suis pas si sûr. Si vous êtes convaincue qu'il n'y a pas de crimes de cette gravité à Black Rock Falls et que personne ne vous menace qu'elle qu'en soit la raison, alors nous avons deux options : soit nous avons un psychopathe en liberté, soit, d'après l'apparence de notre victime, quelqu'un a jugé nécessaire de soutirer des informations par la torture. Pourquoi ? C'est encore à déterminer, mais la seconde option serait plus facile à résoudre.

— Vous faites des conclusions hâtives sans l'ombre d'une preuve. Nous avons une seule victime et aucun rapport d'autopsie.

Alton pivota sur son siège et le dévisagea, le regard noir.

— Pourquoi continuez-vous à m'impliquer dans ces histoires ? enchaîna-t-elle. Je ne suis *pas* une victime. Je reconnais que l'accident et l'idiot qui m'a menacée m'ont secouée, mais honnêtement, je ne vois pas une seule raison pour laquelle quelqu'un à Black Rock Falls voudrait me tuer. Je ne suis pas une si grande menace pour les candidats aux prochaines élections et si une quelconque personne de mon passé pouvait avoir une raison, je l'ai laissée derrière moi il y a des années.

Information intéressante. Tu as donc bien quelqu'un qui est à tes trousses.

Kane conduisit en direction de la ville, attendant en vain qu'Alton engage la conversation. Après lui avoir indiqué la route à suivre pour rejoindre l'arrière de la décharge à travers une forêt, elle avait saisi son gobelet de café et ils étaient tombés dans un silence gênant.

Il s'éclaircit la gorge avant de prendre la parole.

— Je vais devoir interroger le prêtre. Le dossier que nous avons sur John Helms n'indique pas les coordonnées des membres de sa famille. Quel adjoint a rédigé le rapport ? Le nom est absent du dossier. Il aurait besoin d'une leçon sur la collecte d'informations. Pour ce qu'on en sait, notre disparu pourrait tout aussi bien être chez lui, bien au chaud devant un feu de cheminée avec sa femme.

— J'ai mis Daniels sur l'affaire Helms, rétorqua Alton en lui jetant un regard froid par-dessus le rebord de sa tasse. Je suis sûre qu'il a récupéré les bonnes informations. Peut-être que le fichier est corrompu. Je me pencherai dessus quand nous serons de retour au bureau. Je sauvegarde tout sur papier.

— Savez-vous si Daniels a contacté l'épouse pour plus d'informations ? Il me semble que si le prêtre l'avait alertée de la disparition de son mari, elle aurait déjà appelé la brigade.

Kane fit bifurquer le SUV sur une route étroite protégée des intempéries par des arbres, certains n'étant guère plus que des branchages nus noircis par l'hiver. Il suivit une rangée de sapins aux branches pliant sous le poids de la neige.

— Je n'ai vu aucune mention d'elle dans les notes.

— Je ne suis pas sûre, répondit Alton dans un froncement de sourcils. Je vais organiser une réunion quand nous serons de retour au bureau pour mettre tout le monde à la page. Il est inutile de tout revoir deux fois, et le reste de la brigade doit être mis au courant.

La clôture entourant la décharge apparut et Kane fit rouler lentement le SUV en direction du portail en gardant un œil sur le chemin à la recherche de traces de pneus.

— La neige a dû tout recouvrir. Je ne pense pas que nous trouverons beaucoup d'indices ici, lâcha-t-il avant de garer le véhicule.

Le moteur encore en marche, ils sautèrent hors de l'habitacle, pataugèrent dans la neige, puis s'arrêtèrent pour examiner la zone. Chaque poteau était recouvert d'une couche de neige d'au moins quinze centimètres de haut, mais le portail n'avait été que saupoudré. Kane examina les congères de chaque côté de la barrière. D'un côté, la neige empilée indiquait une ouverture récente. Oh oui, quelqu'un était venu ici au cours des derniers jours. Il se rapprocha et trouva une chaîne dans la neige. À l'aide de sa botte, il fouilla le sol et trouva un verrou cassé. Il se retourna et fit signe à Alton.

— Quelqu'un a utilisé cette entrée.

— On dirait qu'ils ont aussi reculé un véhicule en touchant cet arbre.

Le regard bleu d'Alton se posa sur lui puis elle désigna une marque sur le tronc d'un grand chêne.

— Prenez des photos de tout et emballez ce cadenas, reprit-elle en exhalant un nuage de vapeur. Maintenant, nous savons comment ils sont entrés dans la décharge sans se faire remarquer.

Kane fit des clichés puis plaça le cadenas dans un sachet à preuves.

— Je doute qu'il y ait des empreintes digitales. Seul un idiot enlèverait ses gants avec cette température.

Kane aperçut le reflet d'un rayon de soleil sur du métal et, entraînant Alton avec lui, plongea au sol. Elle tomba violemment sur son dos et il entendit le sifflement de l'air qui s'échappait de ses poumons et le son d'un juron, tout bas. Il roula sur elle, couvrant sa poitrine et ses bras.

— Restez couchée.

Un craquement retentit et une balle fila au-dessus de sa tête et vint s'écraser contre l'arbre derrière eux ; un deuxième tir s'ensuivit. Le bois explosa et une pluie d'échardes cascada sur l'arrière de sa veste. Il laissa un long moment s'écouler, mais il n'y eut pas d'autres tirs. Son attention se porta sur le flanc de la colline et il scruta la zone à la recherche de tout signe de mouvement. *Où es-tu, connard ?* Il leva la tête et la scruta.

— Vous allez bien ?

— Ça ira mieux dès que vous me lâcherez, rétorqua Alton en se tortillant et en poussant ses deux petites mains contre la poitrine de Kane. Bougez.

— Vous m'avez l'air bien calme. J'imagine que les gens vous utilisent quotidiennement comme cible d'entraînement, comme pour le délit de fuite, non ?

Kane roula sur le côté, mais resta au ras du sol.

— Qui était au courant que vous aviez prévu de venir ici ce matin ? enchaîna-t-il.

— J'ai appelé Maggie et lui ai dit d'informer Rowley que nous allions examiner le portail à l'arrière de la décharge.

Alton roula sur le ventre et ôta des feuilles de ses cheveux noirs.

— Elle a tendance à hurler les messages dans toute la brigade. Toute personne à portée de voix aurait pu l'entendre.

Kane frotta son visage d'une main.

— Je commence à croire que j'ai rejoint les flics de *Police Academy*.

Alton le fixa, les yeux brillants de colère.

— Je me débrouillais très bien avant votre arrivée. C'est vous qui devez attirer les ennuis.

Il plissa les yeux.

— Moi ? Vous plaisantez. C'est la troisième fois que je vous sors de la merde en moins d'une semaine.

— Vous étiez là au bon endroit et au bon moment, c'est tout, dit-elle en levant son menton écorché vers l'endroit d'où provenaient les tirs. On dirait qu'il est parti. Vous allez me laisser me relever ou encore jouer les machos avec moi ? Qu'est-ce que ça va être, cette fois ? Vous allez me porter sur votre épaule comme un vulgaire sac à patates et courir vers la voiture ?

— Non, fit Kane en grimaçant. Cette fois, vous êtes tout à fait capable de marcher, mais je vous conseille de ramper pour vous mettre à l'abri avant de vous relever.

— Vous avez vu le tireur ? demanda Alton avant d'essuyer un mélange de glace et de feuilles moisies sur sa joue.

— Oui, en haut de la colline à 2 heures. J'ai aperçu un reflet. Ça pouvait venir d'un fusil ou peut-être de lunettes de soleil. *Le tireur n'était donc pas un pro.* Restez ici. Je pense qu'il est parti, mais s'il est toujours là-haut, je vais attirer son attention.

Il rampa sur les coudes jusqu'à une congère à l'orée du bois et fit un tas de boules de neige qu'il dispersa dans des buissons dans la direction opposée pour donner l'impression que quelqu'un avait couru par là. Allongé sur le sol gelé, il attendit ; deux minutes puis cinq s'écoulèrent. Aucun autre coup de feu ne retentit et les oiseaux retournèrent en masse dans les arbres en piaillant leur mécontentement d'avoir été dérangés.

— Je pense qu'il est parti, dit Alton en rampant habilement jusqu'à lui. Ça pourrait être une balle perdue. Les gens chassent dans cette région.

Perplexe, il la fixa longuement. Il n'arrivait pas à comprendre le déni dans lequel elle était au regard de sa sécurité. Son attitude était peut-être une tentative pour dissimuler une inquiétude sous-jacente, car elle ne reflétait certainement pas la surenchère de systèmes de surveillance et d'alarmes installés dans son ranch. Il se glissa sous les buissons, à couvert, et Jenna dans ses traces, puis il bascula en position assise. Incapable d'en croire ses oreilles, il l'observa attentivement.

— Le tireur n'était en aucun cas un chasseur. Ça fait un moment qu'on est ici et c'est très calme. Je n'ai pas entendu un seul coup de feu depuis notre arrivée et s'il y avait des chasseurs, ils continueraient.

Elle pâlit, et à voir l'éclair de panique dans ses yeux, elle en était arrivée à la même conclusion.

— Ça, reprit-il en agitant une main vers l'arbre touché par la balle, c'était aussi bâclé que le délit de fuite. Les tueurs à gages professionnels ne manquent pas leur coup et ne partent pas sans avoir fini le travail. Ils ne portent pas de fusils qui réfléchissent la lumière et nous n'aurions pas entendu le coup de feu. Un professionnel nous aurait abattus au moment où nous sommes sortis de la voiture.

— Je suis pleinement consciente de leurs capacités et c'est pourquoi aucune des soi-disant tentatives d'attenter à ma vie n'a de sens, dit-elle en se tapant le front. Si c'est un idiot du coin qui veut se venger, que suggérez-vous de faire ? Nous ne pouvons pas rester ici pour toujours.

Oh, mon Dieu, elle est la cible de quelqu'un.

Il s'humecta les lèvres et ravala son envie de lui demander

plus de détails. Il pouvait la protéger, mais l'amener à rompre son code du silence serait impossible.

— Nous devrons nous enfoncer plus profondément dans la forêt, lança-t-il en agrippant son bras et en commençant à ramper en direction des arbres. Par ici et gardez la tête baissée.

24

Une fois à l'abri, Kane continua à scruter le sommet de la colline, puis il se leva et offrit sa main à Alton. Il l'attira derrière un arbre.

— Pourquoi ne me dites-vous pas vraiment ce qui se passe ?

— Que voulez-vous dire ? demanda-t-elle en essayant de s'éloigner, mais il serra son bras plus fort.

— Il paraît évident que vous êtes à Black Rock Falls pour une raison bien précise, et ce n'est pas l'envie irrésistible d'être shérif. À mon avis, vous vous cachez de quelqu'un et ce n'est pas un ex. Peut-être que depuis votre arrivée, vous avez déjà accepté un pot-de-vin ou détourné le regard ?

Il remarqua que son expression devenait méfiante et elle retira son bras de son empoigne. Il haussa les épaules.

— Je me fous de votre passé, mais quand de tels événements arrivent comme ça sans crier gare, j'ai besoin de connaître la personne ou l'organisation à qui j'ai affaire. Si vous trempez dans quelque chose de dangereux et que vous voulez en sortir, j'ai des amis qui peuvent vous aider.

— Combien de fois dois-je vous le dire ?

Alton plaça ses mains sur sa taille et avança le menton. Le regard qu'elle lui lançait était caustique.

— Il n'y a pas de baron de la drogue ou de syndicat du crime d'aucune sorte à Black Rock Falls, tonna-t-elle. Je n'accepte pas de pots-de-vin et je ne ferme les yeux sur rien. Si j'étais impliquée dans quelque chose de dangereux, je vous l'aurais dit. Vous êtes loin du compte.

Il n'avait pas manqué la pointe d'appréhension dans son regard. Il savait qu'elle avait un secret et qu'elle voulait le garder enfoui. *Très bien, fais comme tu veux.* Il leva les deux mains en signe de reddition.

— Alors, pardonnez-moi d'être allé trop loin, madame, fit-il en lui offrant un petit sourire. Je veux juste une petite vie tranquille, *mais* je suis là si vous avez besoin de moi, et je ne poserai pas de question, d'accord ?

— OK, répondit Alton, et ses joues rosirent alors qu'elle se penchait pour brosser ses vêtements. Merci. Je vais prévenir Rowley à la décharge. Il arrivera trop tard pour attraper le tireur, mais il pourrait repérer des traces dans la neige.

— Non, ne faites pas ça. Nous passerons le voir si vous voulez, mais d'après ce que j'ai observé tout à l'heure, la route le long de cette ligne de clôture est dégagée et utilisée fréquemment. Nous pourrions essayer de chercher une douille de cartouche le long des arbres, mais je peux récupérer la balle dans le tronc. Il neige et le temps que nous arrivions, je doute que nous trouvions la moindre trace du tireur.

Kane appuya une main sur l'épaule de Jenna.

— Attendez ici, je vais chercher la voiture. Je me garerai dans les bois et j'attendrai une dizaine de minutes puis je reviendrai et je délogerai la balle, dit-il en lui souriant. Restez sur vos gardes.

— Reçu.

Kane s'arrêta à mi-parcours et se retourna pour l'observer. Il avait délibérément incorporé du jargon militaire dans leurs conversations durant ces derniers jours pour confirmer les soupçons qu'il avait sur elle. Sa réponse venait de le convaincre qu'elle avait au moins reçu une formation militaire de base. La façon dont elle se comportait face à une menace l'impressionnait et le persuadait qu'elle avait été au front à plusieurs reprises. Il secoua la tête, essayant de forcer ses pensées à revenir au problème en cours. Le passé du shérif Alton n'avait rien à voir avec la vague de crimes à laquelle ils étaient confrontés et, s'il insistait, il risquait d'aller au-devant de nombreux problèmes. Pour l'instant, il y avait plus urgent. Un tueur était en liberté.

Utilisant des techniques de furtivité apprises au fil des ans, il se glissa jusqu'à son véhicule et le fit reculer le long de la route étroite à travers la forêt. Une fois garé en toute sécurité dans l'épais sous-bois, il fit signe à Alton d'avancer.

— Utilisez l'arbre comme couverture et surveillez le sommet de la colline. Ce tireur est imprudent. J'ai aperçu le reflet de son fusil, alors ayez l'œil sur tout ce qui brille. Il ne me faudra pas longtemps pour récupérer la balle.

— Arrêtez de me traiter comme une débutante, tonna-t-elle, le regard fixe et les lèvres retroussées. Ce n'est pas mon premier jour.

— Désolé.

Il ouvrit le coffre du SUV et déverrouilla une mallette contenant un fusil de sniper de grande puissance. En quelques secondes, il assembla l'arme et la chargea, puis la tendit à Alton.

— Allez-y.

Kane se déplaça avec précaution le long de la clôture, gardant l'orée des bois à courte distance et concentrant son attention sur le sommet de la colline qui surplombait la décharge. Ses bottes ne faisaient aucun bruit et ses oreilles se tendaient pour capter le moindre son. Il n'aurait qu'une milliseconde pour réagir, mais il avait connu des situations bien pires. Se servant du tronc d'arbre comme d'un bouclier, il passa sa main gantée sur l'écorce endommagée et tâta pour trouver la balle. Lorsque ses doigts se refermèrent autour d'un morceau de métal, il se considéra chanceux et remua le projectile jusqu'à ce qu'il tombe dans sa paume. Il extirpa un sachet à preuves de sa poche et déposa son butin à l'intérieur.

— Je l'ai.

Il retourna vers Alton en agitant le sachet et l'observa démonter le fusil avec une redoutable efficacité. Avant qu'il ne se hisse dans la chaleur de l'habitacle, elle avait déjà rangé l'arme et s'était installée à l'intérieur. Son ventre gargouilla et Alton laissa échapper un gloussement. La tension venait de retomber.

— Je crois que je suis prêt à aller au Chez Tante Betty, déclara-t-il en se frottant le ventre.

— Moi aussi, ajouta Alton en frottant ses mains l'une contre l'autre en souriant. Le froid et les tentatives d'assassinat ont tendance à me donner faim.

25

Jenna repoussa son assiette.

— Manger au restaurant avec vous me fait grossir. Il faut que je trouve le temps de faire de la musculation ou bien je vais me transformer en guimauve avant le printemps.

— Il y a une salle de sport en ville ?

— Pas besoin, répondit Alton en laissant échapper un long soupir. Vous pouvez vous joindre à moi, sauf si...

Kane lui lança un regard inquiet.

— Sauf si quoi ?

— Oh, je suis désolée. J'imagine que vous ne pouvez pas trop faire de sport avec votre blessure. Je n'aurais pas dû vous demander, c'était très peu délicat de ma part.

— Je fais de la musculation, dit-il en se penchant en arrière sur son siège. À part le froid qui me donne des maux de tête, je ne suis pas diminué. Je suis sûr que je suis assez en forme pour vous suivre.

— Oh, j'adore les défis, fit-elle avec un sourire. Dès que vous vous sentez prêt, faites-moi signe.

— Je suis plutôt du matin, avança-t-il, un sourire éclatant lui barrant le visage. Zéro six cents heures[1], c'est assez tard pour vous ?

— Faisons ça, répondit-elle en se raclant la gorge. Ancien militaire, n'est-ce pas ? Je ne connais pas beaucoup de flics qui utilisent cette terminologie, ou qui réagissent aussi vite en cas d'urgence. Forces spéciales, peut-être...

— Faisons un marché. Si je ne vous embête pas à propos de votre passé, alors vous ne m'interrogez pas sur le mien.

— Marché conclu, dit-elle avant de se retourner sur son siège. Mais oubliez le jargon militaire, c'est très révélateur.

— Oui, madame.

La compagnie de Kane pendant le petit déjeuner avait calmé les nerfs de Jenna et lorsqu'elle entra dans son bureau, ses genoux cessèrent de trembler. Cela faisait plus de trois ans qu'elle n'avait pas vu autant d'action sur le terrain et bien que son entraînement se soit rappelé à elle immédiatement, cacher le contrecoup à Kane avait été difficile. Elle se débarrassa de son manteau et, après avoir accroché le vêtement humide sur la patère à côté de la porte, elle se tourna pour examiner les informations à propos des affaires en cours ajoutées au tableau blanc de son bureau. Rien de notable ne s'était produit au cours des derniers mois ; en fait, à part James Stone qui la harcelait pour avoir un rendez-vous, sa vie à Black Rock Falls avait été un plaisir de chaque instant. L'attaque au milieu des arbustes de l'hôtel et la fusillade du matin l'avaient violemment ramenée à la réalité. Sur la route secondaire de la décharge, avec Kane à ses côtés, elle s'était laissée aller à la vulnérabilité, à l'insouciance. *Si Kane n'avait pas été là, je serais morte.*

Elle jeta un coup d'œil à la porte et à part la voix aiguë de Mme Gilly qui se plaignait du chien de son voisin pour la

---

1.   6 h oo en jargon militaire.

quatrième fois ce mois-ci, la brigade était paisible. Si elle organisait une réunion pendant l'accalmie, Maggie pourrait s'occuper de l'accueil. Elle rassembla ses pensées, se demandant si elle devait mentionner l'incident à l'orée de la forêt à ses autres adjoints. Si la théorie de Kane à propos des incidents la concernant était vraie, le suspect devait être présent à la brigade pour obtenir des informations sur ses allées et venues. Les différentes tentatives d'atteinte à sa vie faisaient preuve d'amateurisme, ce qui l'inquiétait et la rassurait à la fois, car elle pouvait se mesurer à un idiot du coin. Si Viktor Carlos l'avait localisée et avait découvert son identité, elle aurait été dans une tombe depuis des années. *J'ai été bête et aveugle.* La peur que Carlos envoie un assassin avait obscurci son jugement et lui avait fait croire que toute menace venait de lui.

Peut-être que Kane avait raison : elle avait, sans le savoir, été témoin d'un crime. Selon elle, ces incidents n'avaient guère été plus que de simples mises en garde, mais à propos de quoi ? Elle se creusa la tête pour essayer de trouver pourquoi quelqu'un se donnerait tant de mal pour lui faire peur.

De retour à son bureau, elle alluma l'ordinateur et parcourut à nouveau les dossiers, en commençant par sa première semaine en tant que shérif de Black Rock Falls. Rien d'extraordinaire ne s'était produit, mais elle ajouta des informations à la liste sur son bloc-notes qui détaillait toutes les situations dans lesquelles elle avait été impliquée et tous les problèmes qu'elle avait eus avec quiconque. Elle fixa la courte liste, se rappelant chaque incident avec clarté. Aucun pot-de-vin, rien de sinistre ne s'était produit, aucune menace de mort reçue, et à part James Stone qui l'invitait toujours à dîner, le seul problème qu'elle avait rencontré dernièrement venait du fils du maire, Josh Rockford, et de sa bande d'intouchables.

Les stars de l'équipe de hockey locale pensaient que la ville leur appartenait. Josh était protégé par son nom de famille et par la richesse des Rockford. Elle devait admettre que le fils du maire était un porc arrogant, mais les brutes dans son genre avaient rarement le cran de passer à l'acte. Cela dit, il aurait très bien pu payer quelqu'un pour faire le sale boulot à sa place... Pour cette raison, son nom était inscrit en tête de liste en compagnie de ceux des deux autres, Billy Watts et Dan Beal. Les trois hommes avaient été à deux doigts de la menacer lorsqu'elle les avait arrêtés. Son seul problème résidait dans l'envie instinctive d'inclure James Stone dans cette liste. Bien qu'il soit un vrai parasite, lui avait-elle donné une raison de la menacer ?

Elle frissonna en se souvenant de la force de l'homme qui s'était collé contre elle, de la pression de sa cuisse sur sa partie intime. Il aurait très bien pu être l'agresseur. Était-il jaloux de Kane ? Si oui, elle doutait qu'il ait essayé de la tuer en provoquant un accident de voiture. Bon sang, au moment de l'accident, il n'avait même pas vu Kane et encore moins découvert qu'il s'installerait dans le cottage de son ranch. Si l'agresseur était bien Stone, les deux incidents et la fusillade devaient être traités séparément. *Je vais devoir mettre Rowley au jus, au cas où quelque chose d'autre se produirait.*

On frappa à la porte et elle leva les yeux pour voir l'adjoint Rowley qui lui souriait.

— Oui ?

— C'est calme en ce moment. Voulez-vous que je rassemble tout le monde pour une réunion ? demanda Rowley en se redressant, une main posée sur la poignée de la porte.

Jenna hocha la tête.

— Oui, mais juste Kane et vous pour le moment, et apportez quelque chose pour prendre des notes. Nous avons un certain nombre d'affaires à examiner, ajouta-t-elle en levant le menton. Est-ce que Kane vous a envoyé les photos du cadavre dans le baril de ce matin ?

— Oui, une sale affaire. J'ai imprimé quelques images à partir des fichiers qu'il a spécifiés. Voulez-vous que je les lui donne ? Il m'a bien précisé qu'il n'y avait que moi qui étais autorisé à les voir.

— Oui, allez les chercher, mais donnez-les-moi directement.

Irritée par le fait que Kane ait à nouveau pris les choses en main, elle se pencha en avant et lui lança un regard.

— Au cas où vous auriez un doute sur qui est le chef ici, je suis le shérif, pas Kane.

— Il y a un problème ?

La silhouette imposante de Kane emplit l'embrasure de la porte, obstruant la lumière. Il fit passer son regard bleu foncé de l'un à l'autre.

— Si vous faites référence à la preuve que nous avons trouvée à la décharge ce matin, j'ai pensé qu'il serait préférable de la garder secrète, car cette brigade fuit comme une passoire.

Il entra dans la pièce et referma la porte derrière lui.

— Avez-vous parlé à Rowley de la tentative d'assassinat de ce matin ? demanda Kane.

Jenna lui lança un regard noir.

— Pas encore. Dois-je aussi vous rappeler qui est le chef ici ?

— Je sais qui commande, mais en tant qu'adjoint du shérif, je suis obligé non seulement de veiller sur vous, mais aussi d'agir en votre nom en votre absence. J'essaie simplement de faire mon travail.

L'expression de Kane était aussi dure que du granit. Jenna observa sa posture ; il était parcouru par des vagues de tension. D'après son impressionnant CV, il avait obtenu des résultats remarquables dans la brigade criminelle où il avait exercé juste avant. C'était un *leader* né et elle soupçonnait que sa couverture n'offre qu'un minuscule aperçu de ses capacités. Elle avait besoin d'un professionnel à ses côtés. Le fait qu'il ait risqué sa vie pour la protéger pendant la fusillade prouvait qu'elle pouvait lui faire confiance. Pour l'instant, elle avait besoin de lui et n'avait pas d'autre choix que de lui lâcher un peu de lest.

— Je suis pleinement consciente de votre rang dans mon

équipe, mais en tant que shérif adjoint, votre responsabilité s'arrête ici. Je vous ai déjà dit de vous occuper des affaires des potentielles tentatives d'assassinat, mais je prends la direction de cette affaire de meurtre. Si les deux se croisent et que mon implication entraîne un conflit d'intérêts, alors vous prendrez la tête de l'enquête. En attendant, *c'est moi* qui commande et vous suivrez mes ordres. Est-ce clair ?

— Comme de l'eau de roche, madame.

La posture de Kane était rigide. Il jeta un coup d'œil à Rowley puis ajouta :

— Je veux qu'il soit avec moi lorsque nous mènerons les interrogatoires. Je veux savoir où se trouvaient les potentiels suspects au moment des faits et j'ai besoin de ses connaissances locales.

— Oui, monsieur, lâcha Rowley en jetant un coup d'œil à Alton, et son visage rougit. Si vous êtes d'accord, madame ?

Agacée, Jenna toisa son adjoint avec morgue.

— Bien sûr, mais vous vous inquiéterez de ça plus tard. Cette tentative d'atteinte à ma vie fait pâle figure face à l'affaire du cadavre dans le baril. Notre priorité, c'est la victime, dit-elle en levant le regard pour fixer tour à tour Rowley puis Kane. Compris ?

— Oui, répondit Kane en s'éclaircissant la gorge.

Il se redressa, éclipsant totalement le petit homme.

— Si vous êtes d'accord, ajouta-t-il, j'aimerais interroger Rockford, Watts et Beal en attendant le rapport du médecin légiste.

— Très bien.

Jenna soupesa l'idée d'informer Rowley de l'incident derrière l'hôtel Cattleman. Le jeune adjoint s'était montré solide et ne pas le mettre dans la confidence pourrait nuire à l'affaire. Elle croisa le regard de Rowley.

— Avant de continuer, je dois expliquer à Rowley pourquoi j'ai changé d'avis sur l'accident. Au début, je croyais sincèrement que ce n'était que ça, un accident, mais samedi soir, un homme m'a menacée sur le chemin boisé derrière l'hôtel Cattleman, puis quelqu'un m'a tiré dessus ce matin et Kane craint que ces événements soient liés, bien que je n'aie aucune preuve et aucun mobile pour valider cette supposition.

— Samedi soir ? lâcha Rowley en la dévisageant, une expression d'incrédulité marquant ses traits. Puis-je vous demander pourquoi vous ne l'avez pas mentionné à ce moment-là, madame ? Nous aurions au moins pu fouiller la zone à la recherche d'empreintes de pas.

Peu désireuse de s'étendre sur cette humiliation, Jenna secoua la tête.

— Ça aurait été une perte de temps. Au moins cinquante personnes ont emprunté ce chemin pendant la soirée. Tout ce que j'ai, c'est la carrure générale et la taille de l'homme. Ce qu'il a dit n'avait aucun sens et n'était en rapport avec aucune des affaires du dossier. Sa taille aurait pu correspondre à un certain nombre d'hommes que je connais, y compris James Stone et Josh Rockford.

— Cette information ne quitte pas cette pièce, compris ? dit Kane en fixant Rowley.

— Je sais quand me taire. Donc notre travail pour le moment est d'établir une liste de suspects et d'envoyer la balle au labo pour analyses ? demanda Rowley en griffonnant quelques notes dans son carnet.

Jenna soupira de soulagement.

— *Exactement*. Ensuite, nous pourrons nous concentrer sur cette affaire de meurtre.

— Si vous êtes d'accord, madame, j'aimerais que les attaques contre votre personne soient une priorité pour le moment, car nous ne pouvons pas avancer sur l'affaire du cadavre du baril, dit Kane, sa bouche formant une grimace. Nous avons peu d'informations sur la victime et nous ne pouvons même pas confirmer le sexe, et encore moins envisager un mobile et des suspects.

— D'accord, il est inutile d'aller interroger les proches des personnes disparues que nous avons dans le dossier tant que nous n'avons pas la confirmation que la victime est un homme ? demanda Rowley en mâchouillant l'extrémité de son stylo.

— Oui, mais les circonstances macabres autour de ce meurtre doivent être contées dans toute la ville à l'heure qu'il est. Je doute que le propriétaire de la décharge soit capable de tenir sa langue, ajouta Kane en roulant ses larges épaules. Dès que nous sortirons, les habitants et sans doute les médias nous poseront des questions.

Il saisit le dossier posé sur l'une des chaises devant le bureau et se pencha en avant, fixant Jenna d'un regard déterminé.

— Le garrot de fil de fer est une pièce à conviction cruciale, tout comme le bracelet. Si vous êtes d'accord, je suggère que les informations connues seulement du tueur ne quittent pas cette pièce, fit-il alors que les jointures de ses poings blanchissaient. Revenons-en désormais aux tentatives d'atteinte à votre personne. Je ne prends pas la fusillade à la légère et je ne divulguerai pas d'informations cruciales aux autres adjoints concernant la balle que j'ai récupérée ou ce dont j'ai été témoin pendant le délit de fuite vendredi soir.

Jenna se leva d'un bond.

— Mettez-vous en retrait, Kane. Je sais comment mener une enquête sur un homicide et ce sera à moi de choisir à qui je peux confier les informations sur mes agressions, pas à vous.

— Oui, madame, répondit Kane en laissant échapper un long soupir de découragement. C'est juste que Daniels est aussi vert que l'herbe du printemps et pourrait tout balancer. Walters est beaucoup trop ami avec le maire Rockford, d'après la conversation que nous avons eue avec ce dernier samedi soir. Étant donné que Josh est l'un des suspects de ma liste dans les affaires vous concernant, puis-je suggérer que les preuves restent confidentielles ?

— Toutes vos raisons sont valables, mais la prochaine fois, passez par moi avant d'en discuter devant mes adjoints, dit-elle en arquant un sourcil. Continuez de travailler sur les affaires me concernant, mais j'attends de vous que vous me teniez au courant et que vous ne meniez pas l'enquête dans mon dos. Sommes-nous d'accord ?

— Oui, madame, affirma Kane en se redressant, puis il afficha une moue interrogative. Seriez-vous prête à discuter avec Rowley des preuves que nous avons accumulées jusqu'à présent au sujet du cadavre dans le baril ?

Jenna tapota l'extrémité de son stylo sur le bureau. *Oh, il est bon.*

— Très bien, prenez un siège, messieurs, et mettons-nous au boulot.

Elle se leva, prit une petite pile de photos sur son bureau et marcha vers le tableau blanc.

— Comme Kane l'a dit, reprit-elle, nous devons attendre le rapport d'autopsie de la victime à la décharge, et vu la décomposition du corps, l'identification va être difficile. Lorsque le médecin légiste nous informera du sexe, nous pourrons procéder par élimination en examinant les effets personnels que nous avons collectés grâce aux proches de nos personnes disparues connues. Si nous n'avons personne dans nos dossiers qui corresponde à la description, nous enverrons les informations à d'autres comtés. La découverte de l'identité de la victime est notre priorité.

— Si le corps dans le baril n'est pas l'une de nos personnes disparues, nous devrons continuer à avancer dans les enquêtes à leur sujet également, dit Kane en lui adressant un mince sourire, puis il fit pivoter son siège pour faire face au tableau blanc et s'assit. Je pourrais répartir la charge de travail entre Walters et Daniels. En admettant que les mandats nous autorisant à consulter les relevés téléphoniques et bancaires de Helms nous soient revenus. Ça nous laisserait libres de contacter un de ses proches.

— Je suis d'accord. Il est essentiel de continuer à faire avancer l'enquête.

Jenna accrocha les photos des personnes disparues – Mme Woodward et John Helms – sur le tableau à l'aide d'aimants, puis se saisit d'un marqueur pour ajouter leurs noms.

— Nous savons que le corps dans le baril semblait avoir des cheveux foncés, mais nous ne savons pas quel effet les produits chimiques ou les résidus de mélasse ont eu sur leur pigmentation. À mon avis, nous ne devrions pas écarter le fait que l'une ou l'autre de ces personnes pourrait être notre cadavre. Si c'est le cas, jusqu'à ce que le légiste puisse déterminer le sexe de la victime, la connaissance de leurs allées et venues durant les jours précédant la mort sera cruciale.

26

Alors que Jenna pensait que sa journée ne pouvait pas être pire, le téléphone sonna. Un nœud d'anxiété lui serra l'estomac. C'était Weems qui l'appelait au sujet du rapport d'autopsie. Écouter les détails horribles des derniers instants des victimes de meurtre était la partie la plus glaçante de son travail.

— Allez-y, Weems.

— Ce n'est qu'un rapport préliminaire. La victime est un homme, d'âge inconnu pour l'instant. Le corps est dans un état avancé de décomposition chimique, mais j'ai déterminé que la cause de la mort était la strangulation, car le garrot autour du cou a traversé la colonne vertébrale. Cependant, avant de mourir, la victime a subi d'horribles tortures pendant un certain temps. Les ecchymoses sont à différents stades et un certain nombre de blessures semblent dater d'au moins cinq jours. Il a le crâne fracturé, son dos est cassé et sa mâchoire a reçu des dommages considérables correspondant à un coup de marteau. Je ne suis pas sûr pour le tatouage. Vous devez faire appel à l'équipe médico-légale fédérale pour examiner le corps. J'aimerais avoir un second avis sur cette affaire.

Il laissa échapper un long soupir puis reprit :

— Je vous ai envoyé par e-mail des photos du bracelet. Il y a des marques intéressantes sur l'extérieur. Je ne peux pas les lire, vous pourriez avoir besoin d'un expert en langues.

Jenna se débarrassa de la boule dans sa gorge. À un autre moment de sa vie, elle aurait eu une équipe médico-légale spécialisée pour travailler avec elle.

— Très bien. Je vais contacter les personnes nécessaires tout de suite. Merci.

Elle raccrocha et se tourna vers ses adjoints.

— Oubliez l'interrogatoire de Rockford et des autres pour le moment. Concentrons-nous sur l'identification du cadavre pour savoir si c'est celui de Helms.

Elle retourna à son bureau et consulta sa boîte e-mail. Quelques instants plus tard, les téléphones des deux adjoints émirent un signal.

— Je vous ai transféré les images du bracelet.

— Au moins, ce n'est pas Mme Woodward, dit Rowley, la tête inclinée au-dessus de l'écran de son portable.

— Je pense qu'il serait préférable que je parle au père Maguire avant de contacter la femme de Helms, lâcha Kane en se penchant en avant sur sa chaise.

Il lui jeta un regard interrogateur et demanda :

— Vous n'êtes pas d'accord ?

Il prit un bloc-notes à l'intérieur de sa veste.

— Vous avez son numéro ? Je vais l'appeler. J'imagine qu'il n'a pas fourni d'informations personnelles détaillées sur la situation de Helms, à part quelques problèmes domestiques ?

— Il nous a seulement donné un aperçu et assez d'informations pour remplir le rapport de personne disparue.

Jenna se leva et se dirigea vers le tableau blanc.

— Faites juste de vagues recherches. La victime pourrait être n'importe qui à ce stade.

Elle écrivit une liste de trois noms avant de remarquer la forte inspiration de Rowley.

— Vous pensez que Josh Rockford est impliqué dans le meurtre ? demanda-t-il, le buste penché en avant, dans l'expectative, les mains jointes et les avant-bras posés sur les genoux. Nous sommes allés à la même école.

— Je ne suis pas sûre. J'ai besoin d'avoir les trois affaires sur le tableau pour que nous puissions tous voir quelles preuves nous avons et qui nous pensons être impliqué.

Jenna nota « Tentatives de meurtre (fusillade et accident) » en haut d'une liste, « Personnes disparues » sur la deuxième, et « Corps dans le baril » sur la troisième.

— Rockford est sur la liste des suspects pour la fusillade et mon accident, reprit-elle. Watts, Rockford, Beal et James Stone sont les seules personnes avec lesquelles j'ai eu des problèmes personnels ces derniers temps. La seule autre personne qui me vient à l'esprit est Stan Clough. Un procès compliqué a eu lieu après que je l'ai arrêté pour cruauté envers les animaux il y a un an, mais pour autant que je sache, il est sorti de prison il y a un mois environ et vit dans l'arrière-pays. Kane m'a dit qu'il pouvait être un psychopathe en devenir et, d'après ce que j'ai vu chez lui, ce type de torture est quelque chose qu'il apprécie.

Elle s'éclaircit la gorge.

— Il a vendu son ranch et je n'ai pas son adresse actuelle.

— Je me souviens de l'affaire, ajouta Rowley en grimaçant. Il a dit que c'étaient des mutilations faites par des extraterrestres. Cet homme est fou.

— Nous avons besoin de savoir où il se trouve et vous devriez avoir reçu une notification avec les informations sur sa libération, dit Kane, ses yeux bleus plissés. Je vais demander à Walters ; il semble connaître les potins locaux.

Elle tapota le seul nom sous celui de Mme Woodward.

— John Davis est la seule personne d'intérêt que nous ayons liée à la disparition de Woodward et son implication, si elle existe, est au mieux sommaire.

Elle ajouta des informations sur les contacts de chaque

personne disparue sous leur nom. Elle laissa l'espace sous le titre « Corps dans le baril » vide.

— Je n'ajoute pas les preuves que Kane a mentionnées pour des raisons évidentes, mais je mettrai cette entrée à jour avec une liste de suspects dès que j'aurai plus d'informations.

— Quel serait le mobile du meurtre ? D'après les images, le corps est nu. Le tueur n'a pas pris le bijou de la victime, donc pas de vol. Une partie de jambes en l'air perverse qui a mal tourné ? dit Rowley, son visage empreint d'une drôle de teinte verdâtre. Le bracelet est trop reconnaissable et permettrait d'identifier le meurtrier s'il avait essayé de le vendre, je suppose.

Kane leva ses sourcils noirs.

— Il n'y a aucune preuve qui suggère que la victime a été tuée par un pervers sexuel ; ces morts sont généralement accidentelles et garrotter une personne au niveau du cou avec du fil de fer est tout sauf accidentel. C'est de la torture. Ce type de tueur commence généralement par des animaux puis intensifie son action, ce qui correspond au profil de Stan, et il vit quelque part dans la région.

— Vous avez témoigné contre Clough au tribunal, dit Rowley en levant ses yeux bruns vers Jenna. Est-il assez fou pour chercher à se venger ?

— C'est un bon point. Si c'est un déséquilibré, il pourrait vouloir se venger, enchaîna Kane en lançant à Jenna un regard perçant. Sa taille correspond-elle à celle de l'homme qui vous a attaquée ?

Un frisson lui parcourut l'échine au souvenir des yeux vides et enfoncés de Stan Clough. Bien qu'elle ne l'ait pas vu depuis plus d'un an, il avait la même carrure que l'agresseur. Elle acquiesça.

— Oui, malheureusement, c'est la même taille, mais je suis convaincue que ces incidents me concernant sont des avertissements. Sinon, pourquoi ne pas m'avoir tuée ? Ça n'a pas de sens.

— Si, ça en a, rétorqua Kane dans un soupir exaspéré. Les

psychopathes peuvent mener une vie tout à fait normale et ils ne tuent pas sans discernement. Ils peuvent avoir une femme et des enfants et paraître tout à fait normaux. Je peux vous donner trois raisons pour lesquelles il ne vous a pas tuée. Le tueur peut en fait vous apprécier, ou alors vous ne correspondez pas au type de personne qu'il désire tuer. La troisième et la plus probable : dans son esprit malade, il croit que vous l'avez protégé si jamais un jour vous êtes accidentellement passée à côté d'un véritable crime. Disons par exemple que Stan Clough nourrissait ses cochons avec un cadavre le jour où vous l'avez arrêté. Ça aurait été votre petit secret, mais maintenant qu'il est sorti de prison, il aurait besoin de vous rappeler de vous taire parce qu'il prévoit de tuer à nouveau.

Oh, mon Dieu.

— Alors, on doit supposer que le tueur et mon agresseur sont la même personne.

— Nous devons envisager cette possibilité et regarder l'ensemble du tableau, pas seulement le meurtre, dit Kane en lui adressant un regard inquiet. J'ai peur que vous ne soyez la clé.

— Celui qui fait ça connaît très bien la ville. Un étranger ne saurait pas comment entrer dans la décharge par le portail arrière ou quand éviter de croiser l'équipe d'astreinte.

La pomme d'Adam de Rowley rebondit tandis qu'il avalait.

— J'ai vécu à Black Rock Falls toute ma vie. Je connais ces gens et je ne pense pas que l'un d'entre eux soit capable de torturer un homme à mort, lâcha-t-il avant de s'humecter les lèvres. Malmener les gens, peut-être... Bien que...

— Si vous avez une idée de qui serait capable de torturer quelqu'un à mort, lança Kane en le fixant, dites-le.

— Après avoir vu ce que Stan Clough a fait à ses animaux, oui, il en est capable, répondit Rowley en gigotant sur sa chaise, mal à l'aise. Je n'exclurais pas Josh Rockford non plus. C'est un abruti et l'une des pires brutes que j'aie rencontrées. Il a un côté diabolique. Regardez-le jouer au hockey et vous verrez à quel point il aime blesser les gens. Il devient fou pendant le match. Si l'un des supporters a le malheur de le houspiller, il lui rentre dedans.

Il se frotta la nuque comme s'il essayait de donner un sens à la situation avant de reprendre.

— Je ne me mélange pas à ces gens-là, mais je sais qu'il intimide tout le monde et je l'ai vu menacer le shérif, ajouta-t-il avant de prendre une bruyante inspiration. Oui, il serait capable de mettre le shérif en danger en provoquant un accident de la route et de la menacer pour prouver sa supériorité, et je ne le retirerais pas non plus de la liste en ce qui concerne la fusillade. Deux tirs à deux doigts de vous toucher, c'est plutôt remarquable à cette distance et il se vante de son adresse au tir. Pourrait-il torturer un homme à mort ? Je ne pourrais pas le dire avec certitude.

— Je ne l'exclurais pas encore de l'équation, conclut Kane en se levant.

Il tendit une paume rugueuse vers Jenna pour demander le stylo et ajouta Josh Rockford à la liste sous le « Corps dans le baril » puis se tourna vers les autres.

— Rockford s'entoure d'un petit groupe d'amis, tous des hockeyeurs fortunés, et il est prompt à la vengeance. Nous savons que Helms était un fan de l'équipe adverse. Peut-être l'a-t-il maltraité pendant un match et Rockford a perdu la tête et l'a tué.

— OK, mais pourquoi l'agent immobilier est-il sur deux listes ? demanda Rowley en pointant du doigt le nom « John Davis ».

— Il est dans la liste sous les « Personnes disparues » parce que, d'après ce que nous sommes en mesure de déterminer, Davis est la dernière personne à avoir vu Mme Woodward. Il lui a parlé dans son agence immobilière et lui a donné une liste de propriétés à visiter.

Les larges sourcils de Kane se froncèrent et il reprit :

— Mme Woodward a retiré un montant considérable d'argent liquide. On ne peut donc pas écarter le fait que l'argent soit un des mobiles, si toutefois elle a été victime d'un acte criminel.

Kane retourna à son siège.

— Rockford aurait la force nécessaire pour commettre un tel crime, mais il n'a pas besoin d'argent. S'il s'agit de John Helms – et d'après la couleur des cheveux, on peut supposer qu'il s'agit d'un homme plutôt jeune – il pourrait l'avoir rencontré à un match de hockey et s'être disputé avec lui. Si c'est le cas, la vengeance pourrait être le mobile et nous savons qu'il aime faire du mal aux gens. Je crois que Rockford et Stan Clough sont nos principaux suspects dans cet homicide.

27

Enthousiaste d'avoir trouvé une piste à suivre au sujet de sa grand-mère, Sarah Woodward engagea son SUV de location dans l'allée menant au ranch. Devant elle, elle distingua un pick-up garé à l'avant et un homme luttant contre le froid, portant un stetson et des bottes de cow-boy usées. Elle se gara à côté du véhicule et baissa sa vitre.

— Bonjour, je m'appelle Sarah.

Bottes-de-Cow-boy toucha son chapeau.

— Madame.

Préférant laisser son sac à main à l'intérieur de la voiture, elle s'extirpa de l'habitacle et lui sourit.

— C'est la propriété que ma grand-mère voulait acheter ? demanda-t-elle en jetant un coup d'œil à la vieille maison délabrée. C'est tout à rénover.

— Ouais, c'est ce qu'elle a dit qu'elle voulait, dit-il, sa bouche se retroussant au coin des lèvres. Elle m'a dit qu'elle voulait se faire une idée des lieux et je me suis arrangé pour qu'elle puisse séjourner dans le cellier. Il y a de l'électricité en bas, des lits et un poêle. C'est agréable et chaud. La maison a besoin de beaucoup de travaux avant d'être habitable.

— Elle y a séjourné ?

— J'imagine que oui, elle a laissé certaines de ses affaires en bas, répondit-il en commençant à marcher vers la grange. Elle pourrait revenir à tout moment.

Sarah eut envie de sauter de joie ; pas étonnant que personne n'ait aperçu sa grand-mère si elle passait son temps ici dans la cambrousse.

— Je peux jeter un coup d'œil ? Je pourrais voir si ce sont bien les affaires de ma grand-mère.

— Bien sûr, je vais vous y conduire.

En entrant dans la grange, elle put entendre le ronronnement de machines. Lorsqu'il lui fit signe de se diriger vers une entrée taillée dans le sol, elle hésita. Les escaliers faiblement éclairés rendaient l'endroit effrayant et elle pouvait voir des toiles d'araignée poussiéreuses flottant dans la brise. *N'entre jamais dans une cave mal éclairée.* L'avertissement tournait en boucle dans son esprit.

— Si vous avez peur, je peux vous accompagner, déclara Bottes-de-Cow-boy en dégainant son arme de l'arrière de sa ceinture et en souriant. J'ai ça si jamais on tombe sur un rat.

L'appréhension s'immisça en elle ; descendre dans une cave sombre en compagnie d'un homme armé semblait stupide, mais après tout, si sa grand-mère l'avait fait, elle pouvait le faire elle aussi.

— D'accord.

Elle emprunta l'escalier avec prudence et progressa le long d'un court passage puis déboucha dans la pièce principale. Une seule ampoule brillait au-dessus d'une table en bois et elle pouvait voir des lits superposés et un poêle, exactement comme ce qu'avait décrit l'homme.

— Il fait chaud ici. Le poêle fonctionne très bien.

Une douleur intense explosa dans son crâne. Elle leva la main et observa le sang qui coulait entre ses doigts sans rien dire.

— Oh, je me suis cogné la tête.

Elle se retourna pour fixer l'homme dont l'expression s'assombrit, faisant apparaître ses yeux comme brillants. La terreur la saisit lorsqu'elle vit l'arme pointée sur son visage. Elle recula en titubant, sans comprendre.

— Vous m'avez frappée ?

— Ouais, répondit Bottes-de-Cow-boy en lui adressant un sourire diabolique avant de se rapprocher pour appuyer le canon du pistolet sur son front. Recule gentiment et lentement jusqu'à ce que tu atteignes la table, puis enlève tes vêtements.

28

Jenna s'adossa à sa chaise de bureau et observa Kane.

— Quel est votre avis sur les suspects ?

— Jusqu'à présent, Rockford est le seul suspect avec un mobile possible, mais tout ça ne tient qu'à un fil, répondit Kane en passant une main dans ses épais cheveux noirs. Les preuves sont faibles et nous aurons besoin de beaucoup plus d'éléments avant de pouvoir le faire venir pour interrogatoire. Il en va de même pour Stan Clough. Nous devons découvrir ce qu'il a fait depuis qu'il est sorti de prison et lui rendre visite. Il semble être le principal suspect, mais nous devons encore discuter des preuves que nous avons et qui relient Rockford au crime.

Jenna tapota son stylo sur la table.

— Continuez.

— J'ai vu un baril identique à celui trouvé à la décharge à l'arrière du véhicule impliqué dans l'accident.

Kane lui adressa un regard intense puis se dirigea vers le tableau blanc et dressa une liste numérotée dans l'espace sous le titre « Corps dans le baril ».

— Primo, un pick-up transportant un baril noir a provoqué votre sortie de route. Secundo, nous trouvons un cadavre dans un baril similaire et si c'est Helms, le lien avec Rockford serait le hockey.

Il se retourna et la fixa longuement.

— Tertio, nous avons conclu que la personne qui a jeté le baril à la décharge a utilisé le portail à l'arrière, ce qui indique que c'est probablement quelqu'un du coin. Quarto, lors de l'enquête, quelqu'un nous a tiré dessus. Et Rowley nous a dit que Rockford était un as du tir.

Il passa à nouveau une main dans ses cheveux, qui se dressèrent dans toutes les directions.

— Que pouvez-vous me dire d'autre sur Rockford ? reprit-il. Pourquoi aurait-il essayé de vous faire du mal ?

Jenna fronça les sourcils.

— Rockford aime se venger. J'ai bien froissé son ego devant ses amis. Pensez-vous que ce soit suffisant ?

— Sauf si j'ai raison et que les trois incidents sont des avertissements, déclara Kane en grattant la barbe noire de son menton. Vous vous souvenez des mots exacts de l'agresseur ?

Je n'oublierai jamais. Jenna refoula l'envie de vomir et hocha la tête.

— Il a dit : « *Les choses se passaient bien et il a fallu que tu fasses appel à un flic de la grande ville. Tiens ta langue et ton chien en laisse, ou je te montre exactement de quoi je suis capable.* » Puis il a resserré le sac autour de ma tête, m'a jetée face contre terre et s'est enfui. Vous êtes arrivé quelques instants plus tard.

Elle déplaça son regard d'un adjoint à l'autre et reprit :

— Je n'ai aucune idée de ce dont il parlait, à moins que, comme vous l'avez dit, je sois passée à côté de quelque chose pendant l'arrestation de Stan Clough, dit-elle en se frottant les tempes. Si c'était Rockford, c'est que je l'ai humilié devant ses amis et que vous avez fait de même quand il a essayé de me draguer.

Elle soupira.

— Nous savons que Rockford était à l'hôtel Cattleman, mais d'après la taille de l'homme, il pourrait s'agir de Stone également. Je n'ai aucune idée s'il était sur les lieux cependant ; je ne me souviens pas de l'avoir vu.

— Je doute que le responsable se soit trouvé par hasard au bon endroit au bon moment. Je pense que quelqu'un surveille nos mouvements, lâcha Kane en se massant l'arrière du cou d'un air pensif. La question est : comment ?

— Oh, merde, éructa Rowley, le visage rouge. Quand Daniels était à la décharge et qu'il gérait la circulation, il a utilisé son talkie-walkie pour demander après vous, avoua-t-il en grimaçant. Je lui ai dit que vous étiez partie examiner le portail à l'arrière de la décharge et que vous seriez là plus tard.

Jenna frotta ses tempes.

— Que voulait-il ?

— Oh, il a dit qu'il avait résolu le problème de circulation et qu'il voulait retourner à la brigade, répondit Rowley dans un haussement d'épaules. Je lui ai dit d'y aller. Je ne pensais pas que c'était quelque chose qui nécessitait votre permission.

— C'est bon. Ce n'est pas votre faute, vous n'aviez aucune idée de ce qui se passait et Daniels non plus, dit-elle en croisant son regard. Mais à partir de maintenant, nous devons garder mes allées et venues en dehors des ondes radio.

— Cela résout un mystère, car vous êtes habituellement à l'hôtel Cattleman après les matchs des Larks, déclara Kane en se grattant le menton, puis ses yeux plissés se posèrent sur elle. N'importe qui avec un scanner peut écouter le canal que l'on utilise. Ça fait trois tentatives d'assassinat, d'après moi. Jusqu'à présent, Stone n'a été qu'une nuisance et nous n'en savons pas assez sur lui pour conclure qu'il est capable de meurtre. Son nom va donc dans la liste des tentatives de meurtre pour le moment.

Il souligna le nom de Josh Rockford.

— Rockford vous a menacée deux fois, n'est-ce pas, et

devant témoins ? Aurait-il une autre raison de tenter de vous intimider ?

Jenna passa une main dans ses cheveux et haussa les épaules.

— Je n'en ai aucune idée. J'ai consulté mes dossiers, et à part quelques avertissements et la nuit en cellule, j'y suis allée doucement avec Rockford. C'est un emmerdeur, mais j'ai mis ça sur le compte de la fougue de la jeunesse. Honnêtement, je ne crois pas lui avoir livré une quelconque raison de me menacer.

— Il y a forcément un mobile derrière tout ça. D'accord, le premier aurait pu être un accident, mais trois incidents en une semaine, ce n'est pas quelque chose que je tiens à écarter, dit Kane en levant un sourcil noir. Vous êtes sûre que vous n'avez pas négligé quelque chose ou que vous n'étiez pas au mauvais endroit au mauvais moment quand Rockford faisait des bêtises ? Peut-être qu'il a commis un crime et que cette fois, son père ne peut pas le sortir du pétrin.

Le doute inonda son esprit dans une vague de panique.

Avait-elle manqué l'indice vital d'un crime ?

— Comme un meurtre, vous voulez dire ?

Elle n'arrivait plus à respirer et s'agrippa au bord de la table pour stabiliser ses mains tremblantes.

— Ça en a tout l'air, n'est-ce pas, reprit-elle ? Ce matin, j'ai noté les fois où j'ai eu affaire à Rockford et aux autres. Je peux me souvenir de chaque incident, mais je ne peux pas me souvenir de quelque chose que je n'ai pas remarqué sur le moment. Donc nous sommes de retour à la case départ, j'en ai peur.

Elle ravala la boule dans sa gorge. *J'ai besoin de temps pour réfléchir, juste au cas où j'aurais manqué quelque chose.*

— Cependant, si vous pensez qu'il est impliqué dans les deux affaires, alors je vous en prie, interrogez-le, ainsi que tous les autres sur la liste, aussi insignifiants soient-ils.

— Oh, j'en ai l'intention. N'oubliez pas que je peux identifier le pick-up, ce qui constitue une raison pour me tuer aussi si Rockford est impliqué dans la mort de l'homme dans le baril.

Kane se redressa et se déploya de tout son long ; sa taille était impressionnante.

— Et pour info, ajouta-t-il, je n'ai pas peur du papa de Rockford.

— Si vous avez raison et que les affaires sont liées, Josh Rockford ne se laissera pas faire facilement, dit Rowley en se frottant le menton, puis il fixa le tableau blanc d'un regard vide. Bon sang, s'il apprend qu'on veut l'interroger, il s'enfuira à coup sûr.

— Je pense qu'il n'ira nulle part. S'il avait prévu de quitter la ville, il l'aurait déjà fait. Il était au Chez Tante Betty ce matin, assis à la table juste à côté de moi, souriant comme un abruti.

Jenna se leva d'un bond puis enchaîna :

— Convoquons-le à la brigade et voyons ce qui se passe. S'il prend un avocat, alors nous saurons qu'il a quelque chose à cacher et nous creuserons davantage, dit-elle en levant le regard vers Kane. Étant donné que James Stone est son avocat, je vous fais l'honneur de vous laisser vous en charger.

— Tout le plaisir est pour moi, dit Kane en grimaçant. J'ai hâte de l'interroger aussi.

— J'imagine bien, mais notre priorité est d'abord d'identifier la victime. Je veux que vous remontiez la piste du bracelet et du tatouage auprès du père Maguire. Obtenez les détails sur la femme de Helms au cas où vous auriez à la contacter pour confirmation. Avant de partir, envoyez-moi Walters et Daniels.

Alors que Kane l'observait avec une expression déconcertée, son visage rougit d'impatience.

— Qu'est-ce que vous attendez ? reprit-elle. Allez-y !

— Oui, madame.

Kane quitta la pièce en souriant. Jenna se tourna ensuite vers Rowley.

— Trouvez où est Sarah Woodward aujourd'hui et allez lui

rendre visite tout de suite. Son numéro est dans le dossier. Je veux savoir si elle va bien, puis revenez ici, *pronto*, nous avons du pain sur la planche.

— Je fais ça tout de suite.

Rowley se leva et quitta la pièce à son tour.

Jenna fit quelques pas vers le tableau blanc et le fit coulisser vers le haut, dans un emplacement encastré dans la profondeur du plafond, puis elle attendit que Daniels et Walters entrent dans le bureau.

— J'attends des nouvelles. Lequel d'entre vous est sur le pick-up Ford ?

— C'est moi, dit Daniels en souriant. Duke avait la tête qui tournait à force de regarder l'écran pendant aussi longtemps, alors j'ai pris le relais. J'ai une liste, mais elle n'est pas complète.

— Occupez-vous-en tout de suite, fit-elle en lui faisant signe de partir.

Puis elle remarqua la traînée de boue séchée laissée dans son sillage.

— Hé !

— Oui, shérif ? répondit Daniels en lui adressant le plus beau des sourires.

— Maggie va se fâcher si elle vous voit étaler de la terre partout ; allez nettoyer vos bottes.

— Tout de suite, répondit Daniels en jetant un coup d'œil à ses pieds avant de hausser les épaules. J'ai nettoyé l'allée ce matin. Je n'ai pas eu le temps de me changer. Désolé, madame.

Elle reporta son attention sur Walters.

— Avez-vous obtenu la paperasse pour les relevés bancaires et téléphoniques de John Helms ?

— Oui, madame, j'ai le mandat, mais je n'ai pas encore eu le temps de les examiner. Je me suis occupé des plaintes concernant la fermeture de la décharge. Brinks a été sur mon dos toute la matinée. Quand est-ce que ça va rouvrir ?

— Pas aujourd'hui. Je vais dire à Maggie de s'occuper des

appels sur le commutateur. Examinez ces dossiers pour moi, voulez-vous ?

— Entendu, dit Walters en se retournant pour partir. Pensez-vous que Helms puisse être la victime ?

Jenna prit une profonde inspiration.

— Je n'en ai aucune idée, mais j'espère que non. Avec un peu de chance, quelqu'un a pu choisir notre ville comme l'endroit idéal pour se débarrasser d'un corps.

— C'est possible, fit Walters, sourcils froncés. D'après ce que Brinks a dit, ce n'était pas joli joli.

Super, Brinks est déjà en train de baver dans toute la ville.

Jenna le fixa puis déclara :

— Je n'ai pas les détails et je suis sûre que Brinks est plutôt du genre à exagérer. Pour autant que je sache, il ne s'est pas approché du corps, je me demande comment il peut faire de telles remarques.

— Il parlait beaucoup au téléphone, dit Walters dans un haussement d'épaules. S'il rappelle, je lui dirai de se taire.

Il se gratta le menton et la dévisagea.

— Il se pourrait bien que ce soit un étranger qui s'est débarrassé d'un corps, conclut-il.

Jenna glissa ses doigts dans ses cheveux. *Si ce n'est pas le cas, nous avons un tueur sadique à Black Rock Falls et je suis sur sa liste.*

29

Après avoir essayé le numéro du père Maguire sans obtenir de réponse, Kane consulta de vieux dossiers.

Son attention se porta sur les affaires impliquant les résidents de Black Rock Falls avant que Jenna ne prenne le poste de shérif. Il marqua les rapports impliquant les suspects. Au cours de sa recherche, il découvrit que Woodward et Helms n'avaient pas été les seules personnes à disparaître. Trois personnes d'âges très différents avaient disparu sans laisser de trace l'année précédant la prise de fonction de Jenna. Il passa ses deux mains dans ses cheveux, consterné. Les dossiers contenaient des rapports de personnes disparues déposés par des membres de la famille sans informations de suivi, comme si aucune enquête n'avait eu lieu. Il lut chaque affaire avec incrédulité. Les circonstances étaient les mêmes que dans les affaires actuelles. Il aperçut le nom de Walters sur le rapport et se gratta le menton. Walters n'avait jamais dit qu'il y avait eu des cas similaires par le passé. Il se leva et progressa vers le bureau de l'adjoint Walters.

— Vous vous souvenez avoir travaillé sur quelques cas de personnes disparues, il y a environ trois ans ?

Walters fit pivoter sa chaise et l'observa à travers ses lunettes en demi-lune avec une expression de surprise.

— Je me souviens avoir rempli les rapports, répondit-il alors que ses yeux sombres s'étrécissaient. Je ne me suis pas occupé des enquêtes. Si je me souviens bien, j'ai pris mes vacances à cette époque. J'imagine que ces personnes ont réapparu, étant donné qu'on ne m'a rien dit à ce sujet à mon retour.

— Peut-être, mais rien n'indique ce résultat dans les dossiers. Si ces gens ont réapparu sains et saufs, quelqu'un aurait dû clore les affaires, dit Kane en appuyant une hanche sur son bureau. Qui d'autre travaillait ici à l'époque, je devrais peut-être voir ça avec eux ?

— Personne de vivant, j'en ai peur, répondit Walters en laissant échapper un long soupir. Le shérif Mitcham est décédé trois mois avant que le shérif Alton ne prenne la relève, et l'adjoint Andy Bristow a été tué dans un accident de bateau pendant ses vacances l'avant-dernier été.

Comme c'est pratique. Le lien avec les affaires actuelles était trop important pour être ignoré. Il secoua la tête.

— OK, merci. Autre chose, vous souvenez-vous d'un homme du nom de Stan Clough ? Il était impliqué dans une affaire de cruauté animale.

— Bien sûr, fit le vieil homme en secouant lentement la tête. Un vrai bâtard, un malade. Maintenant que j'y repense, je l'ai vu en ville l'autre jour, ajouta-t-il en grattant sa chevelure grisonnante. Laissez-moi réfléchir. La veille de votre arrivée, il était au café Chez Tante Betty. Je suppose qu'il vient en ville pour s'approvisionner pour son bétail.

— Il est autorisé à s'occuper de bétail après avoir purgé une peine pour cruauté envers les animaux ?

— On dirait bien que oui. J'ai entendu dire qu'il cherchait à acheter une porcherie, ajouta Walters en l'observant par-dessus ses verres de lunettes. Il a mis son ranch en vente pour payer son avocat, mais il n'a passé que six mois en prison. Il a eu une remise de peine pour bonne conduite. Le shérif devrait savoir où il vit, un avis est émis quand des prisonniers sont libérés.

— Elle n'a pas son adresse actuelle. Pouvez-vous trouver où il vit ? Je dois lui rendre visite.

— Bien sûr, dit Walters en prenant des notes, puis il leva la tête pour le regarder. Je suis en train de rassembler les informations bancaires et téléphoniques sur l'affaire Helms, je les aurai pour vous cet après-midi.

Kane se redressa.

— Super.

Il retourna à son bureau et s'assit.

Il allait devoir se renseigner sur les précédentes personnes disparues. Si elles avaient réapparu, c'était parfait, mais dans le cas contraire, il pourrait avoir un plus gros problème sur les bras. Il attrapa le téléphone. Quelques appels rapides lui permettraient d'avoir l'esprit plus clair, mais avant de composer le premier numéro, il jeta un coup d'œil à la porte du bureau d'Alton et raccrocha.

Il entra dans le bureau du shérif et demanda :

— C'est bon si j'examine les anciens dossiers de personnes disparues ?

— Déléguez, répondit Jenna.

Elle glissa une mèche de cheveux noirs derrière une oreille et fronça les sourcils en le fixant.

— Je veux que vous vous concentriez sur l'identification du corps du baril, et ensuite sur ce qu'a fait Stan Clough depuis qu'il a quitté la prison, reprit-elle.

— Oui, madame, lâcha-t-il avant de retourner dans son alcôve.

D'accord, je vais déléguer. Il fit signe à Daniels de venir à son bureau.

— Il y a des affaires de disparition encore ouvertes datant d'il y a trois ans. Passez quelques coups de fil pour savoir si les dossiers sont toujours d'actualité. Il pourrait s'agir d'un oubli, mais je dois savoir. S'ils sont clos, signez-le, d'accord ?

Il griffonna les numéros de dossier et enchaîna :

— Si ces personnes sont toujours répertoriées comme disparues, faites-le-moi savoir à moi, ainsi qu'au shérif Alton.

— Entendu. Je m'en occupe dès que Maggie revient. Je suis de service à la réception pour le moment, fit Daniels en saisissant la note et se dirigeant vers le bureau d'accueil.

Kane leva les yeux pour apercevoir Rowley qui rôdait près de son box.

— Oui ?

— La pause déjeuner était il y a plus d'une heure. J'attends que Sarah Woodward me rappelle, je vais donc y aller maintenant. Vous venez ?

Kane éteignit son ordinateur et se leva.

— Bien sûr. Je me heurte aussi à des murs avec le prêtre.

Il désigna du menton une femme âgée à la réception, qui tenait un chien habillé d'un manteau en tartan.

— Je suppose que nous devrions attendre un peu et traiter sa plainte ? On dirait qu'elle donne du fil à retordre à Daniels, relança Kane.

— Walters s'occupe habituellement de ses problèmes. Mme Gilly n'aime pas parler aux petits jeunes, gloussa Rowley. Mais je suis persuadé que Pete a besoin de se faire la main.

Après le déjeuner, Kane essaya à nouveau de joindre le père Maguire, sans succès. Il laissa son nom et son numéro de téléphone dans un bref message lui demandant de le contacter d'urgence, puis il passa l'heure suivante à vérifier les antécédents et à monter les dossiers des suspects sur la liste de Jenna. Il envoya le résultat de ses recherches à Alton et se mit en copie. Puisqu'il n'avait rien d'autre pour occuper son temps le soir, il pouvait travailler sur ces dossiers à la maison. La chaleur du bureau l'assommait de fatigue ; aussi il étira ses jambes et bâilla. Il attendit que les fichiers soient téléchargés et remarqua que Rowley était penché en arrière sur sa chaise, fixant son téléphone.

— Vous avez des nouvelles de Mlle Woodward ?

— Non, l'appel est tombé directement sur sa messagerie vocale, répondit Rowley avant de quitter son siège et de se diriger vers le box de Kane. J'ai appelé le motel où elle loge et leur ai demandé de me passer sa chambre. Ils ont refusé et ont prétexté qu'elle avait un panneau « Ne pas déranger » sur sa porte. Ils ont dit que son véhicule était parti ce matin et que le panneau était apparu quelque temps après, donc ils supposent qu'elle a laissé la voiture quelque part et est revenue à pied.

Il se frotta le menton.

— Vous pensez que je devrais passer et voir si elle va bien ?

Un frisson parcourut l'échine de Kane.

— Sa voiture est tombée en panne samedi soir et elle a dit qu'elle ferait réviser son véhicule aujourd'hui. Peut-être que quelqu'un du garage est venu le chercher.

Il se leva et déclara :

— Étant donné que les gens ont tendance à disparaître ces derniers temps, nous ferions mieux de foncer là-bas afin d'en avoir le cœur net. Je m'inquiète pour elle.

30

Kane marcha en direction de la porte, agrippant son manteau pendu à la patère en sortant.

— On prend votre voiture.

Il ouvrit la voie et descendit le long de la rue jusqu'au véhicule de patrouille de Rowley. La chaleur confortable qu'il appréciait au bureau s'évanouit avec la première bourrasque de vent arctique. Il enfila son bonnet de laine et essaya d'empêcher ses dents de claquer. Il jeta un coup d'œil à Rowley.

— Vous connaissez le propriétaire du motel ?

— Oui, l'établissement appartient à la famille Ricker depuis aussi longtemps que je me souvienne, répondit Rowley en se glissant sur le siège conducteur avant de jeter un regard inquiet à Kane. Oh, désolé, monsieur. Ça vous dérange si je conduis ?

— Non, ça me fera du bien d'avoir la place du mort pour une fois, lâcha Kane en montant dans le véhicule en s'agrippant au siège. En parlant de mort... J'ai remarqué qu'il n'y avait pas de fusil dans la voiture du shérif Alton au moment de l'accident. Vous avez une arme de secours, je suppose, et des gilets pare-balles ?

— Aucune arme dans les véhicules de patrouille, non,

répondit Rowley en le fixant. Elles sont enfermées dans le bureau du shérif. L'armoire métallique au fond de la pièce.

Je vais devoir aborder le sujet avec Jenna ce soir.

Quelques instants plus tard, Rowley engagea la voiture dans le parking du motel et s'arrêta devant le bureau d'accueil.

— Je vais y aller et trouver le numéro de la chambre de Mlle Woodward.

— Nous devrions tous les deux parler au propriétaire.

Kane s'extirpa de la voiture et balaya du regard les alentours.

Il remarqua l'absence de caméras de surveillance et les deux voitures garées devant la douzaine de chambres de motel. D'après la couche grise de neige fondue, le parking avait vu beaucoup de trafic au cours des derniers jours. Un rideau bougea dans l'une des chambres et un visage l'observa à travers une fenêtre recouverte de condensation puis disparut. Notant mentalement le numéro sur la porte, il contourna le capot du véhicule de patrouille et suivit Rowley à l'intérieur. La porte se referma derrière lui bruyamment et une forte odeur de cigare lui brûla les narines. Quelques instants plus tard, un homme sortit de l'arrière-boutique dans un nuage de fumée. Une publicité télévisée pour de la bière tonna derrière lui et une femme maquillée à la truelle passa devant la porte en chantant une vieille chanson rock des années 1960.

Kane approcha de l'accueil, gardant les mains sur sa taille. Il n'avait pas l'intention de toucher le comptoir crasseux. Il se demandait pourquoi un endroit aussi sale était une telle attraction pour les touristes. Il fixa l'homme obèse d'une soixantaine d'années, aux cheveux blancs dégarnis et à la barbe fournie, tachée de jaune autour de la bouche.

— Monsieur Ricker ?

— Qui l'demande ? dit l'homme en lui jetant un regard torve. Je ne vous reconnais pas.

— Adjoint du shérif Kane, fit-il avant d'indiquer Rowley du pouce. Je crois que l'adjoint Rowley s'est entretenu de Mlle Woodward avec vous tout à l'heure ?

— Oui, et je lui ai dit qu'elle ne voulait pas être dérangée, rétorqua Ricker en tirant une longue bouffée de son cigare et en soufflant une série de ronds de fumée. Nous respectons la vie privée de nos clients ici, surtout s'ils font un long séjour.

— Apparemment, dit Kane en se redressant.

Il posa une main sur la poignée du Glock rangé dans son étui à la ceinture.

— Quand l'avez-vous vue pour la dernière fois ?

— La nuit dernière. Elle est passée prendre du café, dit M. Ricker en haussant les épaules nonchalamment. Je ne pense pas qu'elle ait quitté la chambre et son plateau de petit déjeuner était devant la porte comme d'habitude. Comme je l'ai dit, elle veut être seule. C'est à ça que sert le panneau « Ne pas déranger », vous ne savez pas ?

— Je comprends, mais nous devons lui parler et elle ne répond pas à son téléphone ni à nos messages. Quel est le numéro de sa chambre ?

— Je n'ai pas à vous donner cette information, officier.

Ricker fit tomber la cendre du bout incandescent de son cigare dans un cendrier débordant et ses yeux sombres se firent menaçants. Kane se rapprocha de l'homme et le surplomba.

— Nous avons une raison suffisante pour défoncer toutes les portes de cet endroit. Faites votre choix.

— Attendez une minute, lâcha Ricker en laissant échapper un long soupir d'impatience, puis il tapota sur son clavier d'ordinateur. Chambre 25. C'est celle qui est juste au bout de la rangée.

— Prenez un passe-partout et allons là-bas. Si elle ne répond pas à la porte, nous devrons examiner l'intérieur.

— Qu'est-ce qui se passe par ici ? lança la femme qu'il avait entendu chanter alors qu'elle entrait dans la réception.

— Rien, Milly, les flics sont là pour la fille de la chambre 25, dit Ricker en lui adressant un sourire et en ramassant une veste sur le dossier d'une chaise. Surveille la réception. Je serai bientôt de retour.

Il enfila son manteau, souleva une partie du plateau du comptoir, le franchit et ouvrit la porte.

Un souffle de vent glacial s'engouffra à l'intérieur et Kane maintint la porte ouverte, aspirant l'air frais. Il se tourna vers Milly.

— Madame Ricker ?

— Oui. C'est quoi, tout ce raffut à propos de Sarah ?

— Une simple enquête de routine, répondit Kane en jetant un coup d'œil à Rowley, faisant taire toute chance d'explication. Vous l'avez vue aujourd'hui ?

— Non, répondit Milly Ricker en se mordillant la lèvre inférieure comme si elle réfléchissait. Rosa a livré son petit déjeuner et a récupéré son plateau. Je suis sûre qu'elle aurait dit quelque chose s'il y avait eu un problème.

— Je suis certain qu'elle va bien, fit Kane, puis il fit signe à Rowley de passer la porte.

Ils suivirent la silhouette claudicante de Ricker le long de l'allée qui courait devant le motel. Au milieu de la rangée, deux hommes passèrent d'une chambre à un véhicule, en gardant la tête baissée et le regard détourné avant de se retirer dignement. Kane nota mentalement la marque et la plaque d'immatriculation de la voiture. À côté de lui, Rowley fixa le véhicule puis nota les détails dans son carnet. Il croisa son regard et hocha la tête. *C'est bien, mon gars.*

— C'est sa chambre, annonça Ricker avant de frapper à la porte. Sarah ? C'est Bob Ricker. Les flics sont là pour vous parler.

Rien.

Kane martela son poing contre la porte.

— Mademoiselle Woodward, c'est l'adjoint Kane. Ouvrez la porte, s'il vous plaît, ou nous allons entrer.

Rien.

— Ouvrez la porte, monsieur Ricker, ordonna Kane en effectuant un pas de côté.

Lorsque la porte pivota vers l'intérieur, il tendit le bras pour empêcher Ricker d'entrer dans la pièce.

La lumière s'engouffra par l'ouverture, éclairant le chaos à l'intérieur. Quelqu'un avait saccagé la pièce et une odeur de papier brûlé flottait dans l'air moisi. Il couvrit une main avec sa manche et tenta d'allumer la chambre. Il n'y avait aucun signe de Sarah dans la partie principale de la pièce. Il jeta un coup d'œil aux deux autres et fit glisser son Glock hors de son étui.

— Restez ici.

Il se déplaça avec précaution autour des piles de débris, se frayant un chemin vers la salle de bains. La trouvant vide, il fut soulagé. Il balaya la minuscule pièce du regard. Des fragments de papier brûlé, des mots manuscrits encore visibles, formaient un petit tas noir dans l'évier. D'après les marques sur la cuvette des toilettes, quelqu'un avait tiré la chasse d'eau pour faire disparaître le reste. *On a brûlé les lettres.* Il se pencha pour examiner la coiffeuse, espérant pouvoir extraire des empreintes digitales sur les taches carbonisées. Qu'y avait-il dans les lettres pour que quelqu'un se donne tant de mal pour les détruire ? Revenant sur ses pas, il retrouva Rowley qui attendait dehors, les yeux écarquillés et se frottant l'arrière du cou. Ne voulant pas discuter des preuves devant le propriétaire du motel, il fit signe à l'adjoint de partir.

— Prenez le véhicule de patrouille et apportez des gants en latex.

— Oui, monsieur, dit Rowley en partant au pas de course, ses bottes crissant sur le gravier.

Kane saisit son téléphone portable et composa le numéro de

Sarah Woodward. L'appel tomba directement sur un message joyeux d'elle disant qu'elle était occupée et de laisser un message. Il se présenta et lui demanda de le rappeler urgemment. Une sensation de malaise lui serra les tripes. Des heures s'étaient écoulées depuis les dernières nouvelles d'elle. Il examina le pêne de la porte et fit la grimace. Celui qui avait fouillé sa chambre avait une clé ; il n'y avait aucun signe d'effraction. Après avoir empoché son téléphone portable, il tourna le dos à la porte pour s'adresser au propriétaire.

— Je crois savoir que Rosa a livré le petit déjeuner de Mlle Woodward ce matin, donc je suppose que ça s'est produit au cours des deux dernières heures. Avez-vous vu quelqu'un traîner dans le coin un peu plus tôt ?

— Non. Je m'occupe de la réception et je ne me donne pas la peine de sortir, à moins que la cloche ne sonne, dit Ricker en le fixant avec anxiété. Comme je l'ai déjà dit, je laisse les clients tranquilles. Les gens n'aiment pas se sentir surveillés.

— Bien sûr, je comprends, fit Kane en sortant son carnet pour y noter quelques détails. Je dois parler à Rosa et je veux une liste de tous ceux qui ont séjourné ici la nuit dernière, et je veux tout savoir.

— Bien sûr, répondit Ricker en regardant autour de lui dans une tentative évidente de jeter un coup d'œil dans la pièce. Elle n'est pas morte là-dedans, n'est-ce pas ?

— Non. Quelqu'un a saccagé la pièce, expliqua Kane en croisant les bras sur sa poitrine. Je vais rédiger un rapport pour votre assurance. Maintenant, si vous pouviez faire ce que je vous ai demandé. Oh, et pourriez-vous m'apporter un rouleau de scotch ?

— Tout de suite.

Ricker se dandina en direction de l'accueil et revint quelques instants plus tard avec le ruban adhésif demandé.

— Je vais aller chercher Rosa, ajouta-t-il.

— Merci.

Kane empoigna son téléphone portable et appela Jenna pour la mettre au courant.

— Pas d'effraction, et comme Sarah ne connaissait personne en ville, le panneau « Ne pas déranger » pourrait être une tentative pour gagner du temps. Je suis inquiet pour sa sécurité.

— *Nous devons la localiser au plus vite. Je vais voir si je peux tracer son téléphone portable.*

— D'accord. Je vais prendre des photos et essayer de relever des empreintes. Si j'obtiens des informations de Rosa, je vous rappellerai.

Il raccrocha et glissa l'appareil dans sa poche.

Armé de ruban adhésif et de gants, il promena Rowley sur la scène de crime, collectant des preuves, mais aucune empreinte n'apparaissait dans les taches de cendres. Celui qui avait brûlé les papiers portait des gants.

Lorsqu'ils eurent terminé de quadriller la pièce, il put entendre Ricker parler espagnol avec une femme qu'il supposa être Rosa. Il fit sortir Rowley et referma la porte.

— Scellez la pièce.

31

Une jeune femme d'une vingtaine d'années se tenait à côté du propriétaire du motel et, d'après la conversation qu'ils entretenaient à voix basse, elle avait l'impression que la police voulait vérifier son visa de travail. Kane lui sourit pour la détendre et lui parla en espagnol.

— Vous devez être Rosa ? Pouvez-vous me dire à quelle heure vous avez servi le petit déjeuner à Mlle Woodward ?

— 6 h 30, dit-elle en tremblant comme un lapin pris dans des phares de voiture.

Kane s'appuya nonchalamment contre le mur.

— Elle vous a parlé ? demanda-t-il.

— Oui, et j'ai été surprise qu'elle parle couramment l'espagnol. Elle m'a dit qu'elle était excitée à l'idée de partir à la recherche de sa grand-mère, dit Rosa en fronçant les sourcils. Elle m'a dit qu'un agent immobilier lui avait donné une liste des propriétés qui intéressaient sa grand-mère.

— C'est la dernière fois que vous l'avez vue ?

— Non, répondit-elle en effectuant un signe de la main vers la porte de la chambre. J'avais fini de nettoyer au numéro 24 et j'allais entrer dans le numéro 23 quand je l'ai vue poser son plateau devant la porte puis monter dans sa voiture. Je ne l'ai pas vue revenir.

— À quelle heure l'avez-vous vue partir ?

— Je ne suis pas sûre, répondit Rosa, le nez plissé. Peut-être 7 h 30. D'habitude, je ne commence pas à nettoyer les chambres si tôt, mais les clients des chambres 24 et 23 ont réglé leur note à 6 heures.

Kane prit quelques notes et jeta un coup d'œil à son interlocutrice. À voir la façon dont elle entortillait ses mains dans son tablier, les forces de l'ordre lui faisaient peur. En fait, la crainte faisait trembler sa voix. Il s'adressa à elle en utilisant des tons doux pour la mettre à l'aise.

— Quand avez-vous remarqué le panneau « Ne pas déranger » sur la porte ?

— Beaucoup plus tard, après 11 heures, dit-elle, tout en regardant en direction de Ricker, comme pour lui demander la permission. M. Ricker m'a envoyée nettoyer le numéro 18. J'ai apporté des serviettes propres dans la chambre de Mlle Woodward et le panneau était sur la porte.

— Vous avez frappé ?

— Oh, non. Je n'ai pas l'habitude de déranger les clients s'ils ont mis une pancarte.

Rosa leva le menton comme si elle anticipait sa prochaine question.

— Je n'ai vu personne, déclara-t-elle. Vous devriez peut-être parler à Mme Bolton. Elle espionne tout le monde.

Kane se souvint de la personne qui l'observait à travers la fenêtre.

— Serait-elle au numéro 16 ?

— Oui, c'est l'une de nos clientes longue durée, intervint Ricker en faisant un pas en avant, l'air anxieux. C'est une dame âgée et je ne veux pas que vous la bouleversiez. Ce n'est pas bon pour les affaires d'avoir des flics qui fouillent partout.

— Je serai discret, affirma Kane avant de s'éclaircir la gorge.

Je vais aller lui parler et ensuite nous disparaissons, ajouta-t-il en souriant à Rosa. Merci pour votre aide.

Il la regarda s'éloigner et se tourna vers Ricker.

— N'entrez pas dans la pièce jusqu'à nouvel ordre. Le shérif va devoir examiner la scène de crime. Considérez le ruban de police que nous avons placé comme un mur de briques ; vous le franchissez et je vous arrête. Si Mlle Woodward revient, je veux que vous la gardiez dans votre bureau et que vous me préveniez ou que vous alertiez le shérif immédiatement.

Il fouilla dans sa poche à la recherche d'une de ses cartes de visite et la lui tendit.

— Entendu, dit Ricker en laissant échapper un long soupir avant de secouer ses cheveux gras. Je peux y aller, maintenant ?

— Oui.

Kane fit signe à Rowley et progressa vers la chambre numéro 16.

— Vous parlez espagnol ? lui demanda-t-il.

— Ouais, répondit Rowley qui s'était mis à marcher à ses côtés. Ça s'annonce mal.

— Je vais parler à Mme Bolton et voir si je peux obtenir des informations. Appelez le shérif et dites-lui ce que nous avons appris de Rosa, puis contactez l'agent immobilier et obtenez une copie de la liste qu'il a donnée à Sarah. Demandez-lui à quelle heure elle a quitté son bureau et si elle a indiqué où elle allait.

Il renifla puis enchaîna :

— Je me demande pourquoi il ne m'en a pas transmis une comme demandé.

— Aucune idée, dit Rowley en grimaçant alors qu'il sortait son téléphone portable. Je mettrais ma main à couper que quelqu'un en a après elle et lui veut quelque chose.

— Ouais, à mon avis, on cherchait les informations contenues dans les lettres de sa mère.

Kane frappa au numéro 16 et entendit des bruits de pas

avant qu'une vieille dame aux cheveux blancs entrouvre sa porte pour jeter un coup d'œil dans l'entrebâillement. Il lui sourit.

— Madame Bolton ? Je suis l'adjoint Kane. Je me demandais si vous aviez remarqué quelqu'un qui traînait autour du motel ce matin entre 8 et 11 heures ?

— Personne d'inhabituel. Les deux hommes qui sont partis et vous, c'est tout, répondit Mme Bolton en secouant la tête et faisant vibrer ses bajoues. Tout le froid entre chez moi. Rien d'autre ?

Kane secoua la tête.

— Non. Merci pour votre coopération.

La porte se referma. Il fit signe à Rowley de rejoindre le véhicule de patrouille et écouta sa conversation avec Davis. Quand l'adjoint raccrocha, il se rapprocha de lui.

— Du nouveau ?

Oui, il envoie la liste sur mon portable et il a ajouté les coordonnées des propriétaires. Il a dit qu'il était passé au poste il y a quelque temps et avait donné la liste à Maggie. Ça devait être après notre départ pour le déjeuner.

Rowley laissa tomber le téléphone portable dans sa poche puis en extirpa une paire de gants qu'il glissa sur ses doigts presque bleus.

— Il y a quelque chose d'intéressant, reprit-il. Sarah lui a dit qu'elle allait conduire sa voiture au garage Miller. Elle lui a demandé où elle pouvait louer un SUV capable d'emprunter les petites routes. Il lui a dit que Miller avait des voitures de prêt.

Rowley se frotta le menton et son regard sombre dériva au-delà de Kane en direction de la route couverte de neige fondue.

— M. Davis a dit qu'il avait essayé de la décourager de voyager par ce temps, mais elle a insisté pour se lancer sur les traces de sa grand-mère. Elle voulait montrer sa photo à tout le monde au cas où quelqu'un se souviendrait de quelque chose.

— Son histoire n'a aucun sens. Je l'ai déjà informée que nos adjoints avaient interrogé la plupart des propriétaires de ranchs de la région et n'avaient pas trouvé de trace de sa grand-mère.

Kane débarrassa la neige de ses bottes avant d'ouvrir la porte de la voiture. Il se glissa sur le siège et attendit que Rowley prenne le volant.

— Elle ne m'a pas paru stupide, reprit-il. Que feriez-vous dans sa situation, sachant que Davis lui a fourni une liste de propriétés, les noms des propriétaires et les numéros de téléphone ?

— Je passerais des coups de fil en suivant la liste. Je demanderais aux personnes si elles ont fait visiter leur propriété à ma grand-mère ou si elles ont eu des demandes de renseignements de sa part.

Rowley rabattit les côtés de sa casquette sur ses oreilles froides et rougies puis démarra le moteur.

— C'est exactement ce que j'ai dit à Davis, enchaîna-t-il, et il a dit que la liste qu'il avait donnée à Samantha était une liste de visites ; toutes les propriétés sauf deux sont occupées et nécessitent un rendez-vous pour être visitées. Il a insisté pour qu'elle le contacte afin d'organiser la visite des propriétés qui l'intéressaient. Il a dit avoir donné les mêmes informations à Sarah.

Kane fit tambouriner ses doigts sur son genou, réfléchissant à la situation, puis se tourna vers Rowley.

— Roulez vers le garage Miller. Si la voiture qu'elle a louée a un GPS, on pourra peut-être la localiser. Il y a du réseau pour les portables dans les parages ?

— Il y a des zones blanches, plus près des montagnes.

Rowley sortit du parking et se dirigea vers la rue principale, ralentissant pour permettre à un grand chien brun et hirsute de traverser devant le véhicule.

— Mais... C'est le chien de George Pringle, il n'est plus en laisse. Mme Gilly sera bientôt de retour au poste pour se plaindre. Pour une raison inconnue, ce chien reste devant sa maison à aboyer toute la nuit. Son maître pourrait le garder enfermé dans son jardin, je vous jure.

— On a une équipe canine ?

— Non, répondit Rowley en lui lançant un regard sérieux. Encore une chose que le maire a refusée.

Il bifurqua vers le garage Miller et stoppa le véhicule devant l'accueil.

— Alors, on va commencer à mettre des amendes, dit Kane en reniflant. Ce clébard va provoquer un accident.

Il se glissa hors de la voiture et, tout en fermant sa veste pour lutter contre le vent glacial, il se dirigea vers l'entrée.

Un souffle de chaleur le frappa, accompagné de l'odeur du café fraîchement préparé. Il inhala et soupira. Sa prochaine pause serait peut-être dans des heures. Une jeune blonde séduisante était assise derrière le bureau et fixait un écran d'ordinateur comme si elle n'avait pas remarqué son entrée. Il se racla la gorge.

— Bonjour. Mon Dieu, ce café sent bon.

— Eh bien, je suis sûre que je peux vous en offrir une tasse, dit la femme en se levant lentement, puis elle lui adressa un sourire sensuel. Vous devez être le nouvel adjoint, David Kane, c'est ça ? J'ai beaucoup entendu parler de vous. Je m'appelle Mary-Jo Miller. Mon père est le propriétaire de cet endroit.

Elle tendit une main embellie par des ongles rouge vif.

— Ravi de vous rencontrer, fit Kane en enlevant un gant pour lui serrer la main.

Lorsqu'elle caressa le dos de la sienne avec son pouce, il leva un sourcil puis reprit :

— Je vais accepter votre proposition de me servir du café, merci.

Il retira sa main et surprit le grognement amusé de Rowley.

— Que puis-je faire d'autre pour vous ? Vous êtes ici pour le sinistre ? Parce que je suis sûre que la compagnie d'assurances va contacter le shérif directement.

Mary-Jo se dirigea avec un subtil mouvement de hanches vers la cafetière et remplit deux gobelets à emporter.

— Je sais comment Jake prend son café. Sucre et crème pour vous aussi, David ? demanda-t-elle avec un regard sulfureux à travers ses cils rehaussés d'une pointe de mascara.

Les femmes de Black Rock Falls sont-elles toutes aussi charmeuses ?

— Oui. Merci, dit Kane en se redressant et en ôtant son autre gant. Je me renseigne sur Sarah Woodward. Je crois qu'elle a loué un SUV plus tôt dans la journée. À quelle heure était-ce ?

— Je vais jeter un coup d'œil. C'était tôt, aux alentours de l'horaire d'ouverture, fit Mary-Jo Miller en tapotant sur son clavier, puis elle sourit. Même juste avant que nous ouvrions.

— Merci. Nous essayons de la contacter et son téléphone est coupé. Est-ce que le véhicule qu'elle a loué a un système GPS ?

— Je n'en ai aucune idée, répondit Mary-Jo comme s'il avait parlé en martien. Je vais aller demander à mon père.

Elle se dirigea vers une porte au fond du bureau, l'ouvrit et appela son père.

M. Miller, vêtu d'une combinaison tachée, entra dans la pièce en s'essuyant les mains avec un chiffon huilleux.

— Oui, j'ai deux véhicules de prêt ici, fit-il en inclinant la tête vers un SUV rouge feu garé devant. Les deux ont un GPS, et je peux les suivre sur mon téléphone portable. Donnez-moi une seconde et je vous donnerai les coordonnées.

Il extirpa un smartphone de la poche supérieure de sa combinaison et pencha sa tête chauve.

— Elle est en stationnaire, sur Bluff Road, près du ranch du vieux Mitcham. C'est à quarante-cinq bonnes minutes d'ici. Si elle part maintenant, vous la croiserez sur la route.

Kane tendit son café à Rowley, sortit son carnet et parcourut les pages avant de noter l'adresse. Il pensait avoir reconnu le nom.

— Mitcham, comme le shérif Mitcham ?

— Pas lui, son grand-père. Le ranch est déserté depuis cinquante ans. Les gens du coin pensent qu'il est hanté et personne ne veut s'en approcher. Pour autant que je sache, avant de mourir, le shérif a divisé le terrain. Il en a ajouté une partie à la propriété de son petit-fils et a vendu le reste aux ranchs voisins. Je ne sais pas vraiment ce qu'il avait prévu de faire pour la maison et les deux ou trois hectares qui restent.

— OK, dit Kane en rempochant son carnet, puis il récupéra son café auprès de Rowley. Merci pour le café, mademoiselle Miller.

— Y'a pas de quoi et appelez-moi Mary-Jo. Black Rock Falls est une petite ville plutôt amicale, conclut-elle en lui adressant un sourire béat.

Kane s'éclipsa avec agacement dans le sillage du gloussement de Rowley.

— Vous connaissez Bluff Road ?

— Oui. C'est à environ une demi-heure après le ranch du shérif Alton, dit Rowley en montant dans la voiture avant de lui adresser un sourire amusé. Ma parole, vous êtes un vrai aimant à nanas.

— Contentez-vous de conduire, rétorqua Kane en lui lançant un regard plein de morgue. Arrêtez-moi à la brigade. On va prendre mon 4x4 et je vais prendre le volant. Vous pourrez surveiller le véhicule de Miller, au cas où on la manquerait.

— Bien sûr. On fera mieux de prendre la CB, dit Rowley dont le sourire n'avait pas disparu. Je ne suis pas sûr de la qualité de la réception là-bas.

Il gloussa puis reprit :

— Mon vieux, la prochaine fois que vous faites une sortie

entre mecs, emmenez-moi. C'est la traversée du désert pour moi depuis des mois.

Agacé, Kane pivota sur son siège et le fixa.

— Ça ne m'intéresse pas. Concentrez-vous sur votre travail et ne vous inquiétez pas pour la CB. J'ai un téléphone satellite dans ma voiture.

32

Après avoir récupéré son véhicule, Kane franchit le portail du ranch de Jenna et conduisit le SUV à travers l'immensité blanche. Pendant la demi-heure de route, ils dépassèrent deux ranchs avec leurs dépendances et, au loin, une ligne d'arbres noircis se détachait comme des sentinelles le long d'une rivière dans le paysage hivernal. Les bas-côtés de la route étroite et isolée menant à la position actuelle de Sarah étaient constitués de neige fondue grise et sale, et le revêtement noir montrait des signes d'utilisation fréquente depuis la dernière chute de neige. Il jeta un coup d'œil à Rowley.

— Vous êtes sûr que personne n'habite par ici ? On dirait que cette route a connu un certain trafic ces deux derniers jours.

— Elle donne accès aux terrains derrière d'autres ranchs, mais elle se termine à la rivière à environ un kilomètre après le ranch du vieux Mitcham. J'imagine que les propriétaires l'uti-lisent en hiver plutôt que de traverser les champs enneigés, dit Rowley en haussant les épaules. Si la maison est à vendre, qui sait combien de personnes ont conduit jusqu'ici pour voir la propriété pendant le week-end.

Il fronça les sourcils.

— J'aurais dû demander à Davis s'il avait emmené des clients sur place dernièrement.

Il pointa du doigt un portail ouvert au loin et reprit :

— Voilà l'entrée sur la gauche.

Un mauvais pressentiment poussa les instincts de survie de Kane en alerte maximale. D'après les traces dans la neige, plus d'un véhicule était passé au cours des dernières heures. Il gara le SUV et demanda à Rowley :

— À quelle distance de la route se trouve le ranch ?

— Assez loin, c'est au milieu du terrain, répondit Rowley en se penchant en avant sur son siège et en louchant, le regard porté au loin. Vous ne pourrez pas voir les bâtiments avant de contourner les arbres.

— Parfaitement isolé pour un laboratoire de fabrication de drogue, lança Kane en indiquant la route barrée d'un mouvement du menton. Pour une propriété délabrée, je trouve qu'il y a beaucoup de visiteurs. Je pense que nous devrions être prudents. Les arbres nous couvriront-ils suffisamment pour observer la maison ?

— Je pense que oui, mais je ne suis pas venu ici depuis le lycée, déclara Rowley avec une grimace et ses joues rosirent. Il y en a qui séchaient les cours et venaient ici pour fumer de l'herbe. Cet endroit a été un repaire pour les jeunes pendant des années.

Il jeta un regard en coin à Kane et ajouta :

— Ne vous en faites pas. J'ai grandi et comme je l'ai dit, je ne fréquente plus la bande de Rockford.

Alton a raison à ton sujet. Peut-être que tu es trop poli pour être honnête.

— Peut-être qu'on tombera sur des ados, mais ça ne fait pas de mal d'être prudent.

Le SUV rebondit sur la neige compactée du chemin de terre et déboucha dans un bosquet. Kane se glissa hors de l'habitacle et marcha vers la lisière de la clairière. Un bon nombre de bâtiments entouraient la vieille demeure et les restes d'un enclos à bétail se trouvaient à proximité d'une grange au toit de tôle. La propriété semblait déserte. Il tendit l'oreille avec attention pour détecter le moindre bruit inhabituel. Un laboratoire de confection de drogue aurait besoin d'un générateur et d'un système de ventilation. Balayant la zone du regard, il passa en revue chaque partie et prit des notes mentalement. L'envie d'aller inspecter la cave le démangeait, mais il se força à sortir du mode « agent des stups » pour revenir à leur affaire actuelle. Le véhicule de Sarah devait être garé dans la propriété. Elle ne pouvait pas être partie, car ils l'auraient croisée sur la route et un SUV rouge affublé du nom du garage sur le côté aurait été impossible à manquer. Il remonta dans sa voiture et s'engagea dans l'allée.

Il stoppa le véhicule devant la maison et leva une main pour empêcher Rowley de sortir. La neige à l'extérieur de la grange tourbillonnait en une bouillie grise et, sur un côté, une branche cassée portait des restes de boue comme si quelqu'un avait tenté de cacher des empreintes de pas. *Oh, merde.* Son cœur battit la chamade, et son Glock se matérialisa dans sa paume.

— Restez derrière moi, murmura-t-il en tendant le bras vers la poignée de la portière.

Kane se déplaça avec précaution le long du bord de la bâtisse, leva une nouvelle fois une main pour arrêter Rowley et observa l'intérieur de la grange à travers une fissure. Le SUV rouge se trouvait dedans, les fenêtres fermées. Il balaya la zone du regard.

— Personne en vue.

Il se faufila à l'intérieur, examina le véhicule puis étudia rapidement la grange.

— Elle n'est pas là, dit-il.

Il traversa la petite cour en courant et s'aplatit contre le mur de la maison. Secouant la tête d'avant en arrière, il prit le risque de jeter un coup d'œil à une fenêtre couverte de poussière et de toiles d'araignée. Rien ne bougea et il fit signe à Rowley de le rejoindre, puis essaya la porte d'entrée. Les charnières grincèrent, et le bruit perçant fut assez fort pour alerter quiconque pouvant se trouver à l'intérieur de la maison.

— Brigade du shérif du comté de Black Rock Falls, tonna-t-il.

À l'intérieur, un silence de mort. Il compta jusqu'à dix puis pénétra les lieux, longeant le couloir et scrutant chaque pièce. La porte de la cuisine était ouverte, encadrant un vieux poêle à bois, et l'odeur de cire de bougie flottait dans l'air. Il fit signe à Rowley de se mettre en position de l'autre côté du corridor puis il entra et s'accroupit, prêt à tirer. Quelques bougies noircies étaient posées au milieu d'une vieille table en bois. Des tas d'ordures, principalement des canettes de soda et des paquets de cigarettes, débordaient d'un seau rouillé et se répandaient sur le sol. Il progressa le long du mur et enfonça la porte du garde-manger.

Vide. L'endroit était vide.

— Personne en vue, dit Kane en rengainant son arme. Personne n'est venu ici depuis des lustres. Regardez nos empreintes de pas dans la poussière, elles nous prouvent que Sarah n'est pas entrée dans la maison. Nous ferions mieux d'aller voir dehors, dit-il en se frottant l'arrière du cou, puis il fixa la fenêtre de la cuisine. Savez-vous s'il y a une cave ici ?

— Ouais, répondit Rowley avec un regard en direction de la porte d'entrée. Il y en a une dans la grange.

Kane s'élança au pas de course et fonça dans la grange. Il fouilla le sol, donnant des coups de pied dans les piles de détritus pour dégager le passage puis se pencha et regarda sous le 4x4.

— Merde, la porte est sous le véhicule.

Avec sa main gantée, il ouvrit la portière, mit le levier au point mort et retira le frein à main.

— On va la pousser, dit-il en se dirigeant vers l'arrière de la voiture, puis il fixa Rowley. Qu'est-ce que vous attendez ? Ne me dites pas que vous croyez ces conneries comme quoi cet endroit est hanté ?

— Si, j'y crois, répondit Rowley en pénétrant lentement dans la grange, les yeux papillonnant d'un côté à l'autre. La malédiction est vraie.

Il aida Kane à pousser le 4x4 des quelques centimètres nécessaires pour donner accès à l'entrée.

— Il n'y a pas moyen que j'aille dans cette cave, reprit-il, pas sans renforts.

— D'accord. Vous ne pensez donc pas que je constitue un assez bon renfort ? Tant pis si quelqu'un est en train de mourir là-dessous, hein ? s'exclama Kane en lui jetant un long regard dur, celui qui faisait que les suspects mouillaient leur pantalon. Je pourrais vous en donner l'ordre, mais si vous n'avez pas les couilles d'assurer mes arrières, alors aidez-moi au moins à ouvrir cette foutue porte.

Il saisit une des poignées en laiton et Rowley prit l'autre.

— À trois. Un, deux, trois !

La lourde porte en bois s'ouvrit en gémissant et une épaisse odeur métallique lui brûla les narines, le ramenant directement à une scène de tuerie de masse qu'il préférait oublier. *Bordel !*

— Ici la brigade du shérif de Black Rock Falls. Il y a quelqu'un en bas ?

Pas un son ne s'éleva à travers la puanteur de sang chaud, d'urine et d'excréments.

Il s'éloigna et poussa un Rowley blanc comme un linge vers la porte de la grange.

— Allez chercher la lampe de poche dans la boîte à gants. Je vais voir si je peux joindre le shérif.

Il sortit son téléphone portable et, ne trouvant pas de réseau, il suivit Rowley jusqu'au SUV.

Il prit la lampe de poche des mains de Rowley.

— Je vais jeter un coup d'œil dans la cave. Le téléphone satellite est dans un support sous le tableau de bord. Contactez Alton et gardez-la en ligne jusqu'à ce que je voie ce qu'il y a en bas.

— V... vous êtes sûr que vous ne voulez pas attendre les renforts ?

— C'est vous, mon renfort. J'ai besoin que vous restiez en alerte. D'après l'odeur, la personne là-dessous est blessée, et celle qui était ici a couvert ses traces et s'est enfuie.

Kane le fixa longuement. Gardant une expression froide, il saisit l'épaule de Rowley.

— Préparez-vous au pire des scénarios. C'est probablement Sarah.

Il retourna vers la grange, la tête haute et le dos droit. Il s'agissait de ne pas montrer sa peur à un jeune adjoint. Dans des moments comme celui-ci, il appréciait les années d'entraînement intense qu'il avait effectuées, pour résister à la torture, aux difficultés et aux effusions de sang, mais aucune déshumanisation ne pouvait effacer les souvenirs. Dès qu'il fit le premier pas dans la cave, l'odeur du sang l'enveloppa, faisant danser des visions horribles dans sa mémoire. Les yeux des morts renfermaient des secrets. Dieu seul savait de quels meurtres il avait été témoin, des meurtres sous toutes les formes possibles et il ne s'était pas endurci à leur vue.

Repoussant la laideur de ses souvenirs, il redressa les épaules et descendit les marches, balançant le faisceau lumineux devant lui. Un bruit de grattement s'extirpa du vide et il tendit la main vers son arme. Le Glock 22 glissa dans sa paume, le métal réchauffé par son corps. Il appuya le canon sur la lampe de poche et dirigea le faisceau vers l'avant. Une pulsation battait dans ses oreilles au rythme de ses pas dans l'obscurité totale. Le trou sombre et puant se referma derrière lui et les poils de son corps se hérissèrent face au danger potentiel.

Il se mordit fort l'intérieur de la joue pour reprendre le

contrôle. La vie d'un flic n'avait rien à voir avec celle des robots insensibles et sans émotion que la télévision dépeignait, se rendant sur une scène de crime sans transpirer. Il avait vu le visage des hommes qui avaient été témoin d'un meurtre atroce et l'horreur qui se reflétait dans leurs yeux. Avant sa blessure, il pouvait marcher en direction du danger, rester calme et forcer son cerveau à évaluer une situation de manière clinique, même si ce dernier lui criait de prendre ses jambes à son cou. Désormais, la douleur constante dans son crâne lui rappelait sa propre mortalité. Il agrippa la crosse de son Glock et ce petit geste lui insuffla du courage. Une chose était sûre, il pouvait faire confiance à sa faculté de bien viser.

La lampe de poche éclaira un long couloir en briques rouges. Au bout, une ouverture sombre couverte de toiles d'araignée déchirées et chargées de poussière était béante. La couche de saleté avait été effleurée, peut-être balayée, comme pour dissimuler la venue de quelqu'un dans la pièce au cours des derniers jours. Il continua à descendre puis, comme si une autre entrée s'était ouverte devant lui, une légère brise puante lui souffla de la poussière dans les yeux. Cette fois, une odeur musquée pareille à celle des vestiaires d'un gymnase flottait dans l'air. Il se plaqua contre le mur, éteignit sa lampe et attendit, à l'écoute de n'importe quel bruit, puis descendit à nouveau.

— Brigade du shérif de Black Rock Falls. Sarah, vous êtes là ? Rien, à part le sifflement du vent qui passait devant lui.

En bas, la puanteur du sang frais le frappa comme un train en pleine figure. Il grimaça et ralluma la lampe de poche. Il se glissa dans un coin de la pièce, et gardant son arme levée, il agita le faisceau tout autour de lui dans la cave. L'endroit était plus propre que prévu, bordé d'étagères supportant des bocaux de conserves poussiéreux. Une vieille chaise en bois trônait au centre de la pièce, devant une table en métal rouillé. Il distingua une pile de vêtements pliés et une paire de bottes posée à une extrémité et déglutit fortement en reconnaissant le coupe-vent jaune que Sarah portait lors de sa visite à la brigade. Il déplaça la lumière au-dessus d'une rangée de lits superposés qui divisait l'espace en deux et lui masquait la vue.

— Je suis avec la brigade du shérif du comté de Black Rock Falls. Il y a quelqu'un ici ?

Une brise glacée effleura sa joue et il fit glisser la lumière vers la droite, éclairant un puits de ventilation. Une substance ressemblant à du goudron collait à ses bottes et provoquait un bruit de succion chaque fois qu'il bougeait. Il se figea à mi-parcours et pointa le faisceau directement sur ses pieds. Les taches noires sous ses bottes semblaient être des éclaboussures de sang. *Ce n'est pas une bonne nouvelle.* Gardant le dos au mur, il s'avança vers les lits. L'odeur s'intensifia et il refoula l'envie irrésistible de courir jusqu'à la sortie. L'anxiété lui tiraillait les tripes et il retint un gémissement ; puis il dirigea la lampe de poche vers le sol de la cave.

C'était un bain de sang.

Une vague de cheveux blonds s'étalait sur le sol pourpre, et des yeux bleus, pareils à ceux de sa sœur, le fixaient dans un désespoir aveugle. Il reconnut Sarah Woodward, même si son joli visage était couvert de sang et d'ecchymoses. Un mélange de colère et de désespoir l'envahit et il repoussa l'envie de se jeter à ses côtés. Il rassembla ses esprits et examina la scène, quadrillant la zone pour chercher des preuves et soudain, quelque chose bougea. Il se raidit, un doigt bien en place sur la gâchette. De petits yeux rouges reflétaient la lumière du faisceau et, comme s'ils s'étaient mis d'accord, une nuée de rats se détourna de son festin et disparut dans l'abîme. Son estomac se retourna et il ferma les yeux pour tenir le dégoût à distance.

Le cœur lourd, il fit le tour de la pièce aussi près que possible de Sarah, évitant le sang pour préserver la scène de crime, puis éclaira son corps nu. Une profonde entaille rouge barrait le cou mince de Sarah, exposant sa colonne vertébrale, et d'après les nombreuses blessures de défense sur ses mains et ses bras, elle s'était battue pour sa vie. Il appuya une main contre le mur, rengaina son arme et revint sur ses pas. Enfin sorti de la cave, il ignora les hurlements de Rowley et marcha dans l'air frais, hors du sentier, en direction d'un jardin couvert de neige. Il prit de grandes inspirations et vomit sur la neige fraîche.

33

Essayant désespérément de chasser l'image de Sarah de son esprit, Kane s'adossa contre un arbre et chassa les larmes qui lui piquaient les yeux.

— Oh, merde. Vous avez laissé une traînée de sang derrière vous. Vous avez trouvé Sarah ? demanda Rowley qui apparut soudain à côté de lui, le visage pâle. Elle est morte ?

— Oui.

— Le shérif veut vous parler, dit Rowley en lui tendant le téléphone satellite.

Kane essuya ses bottes dans la neige puis ravala la bile qui remontait du fond de sa gorge. Il saisit l'appareil.

— Jenna ?

— *Oui. Qu'est-ce qui se passe là-bas ?*

— Sarah Woodward est morte.

— *Sarah ? Oh, non. Elle a eu un accident ?*

— Non, elle a été assassinée, déclara-t-il en se frottant l'arrière du cou. C'est pas beau à voir. Nous allons avoir besoin de l'aide de la division médico-légale fédérale. Ce meurtre dépasse largement les capacités d'un médecin légiste d'une petite ville.

— *J'ai contacté la police scientifique du Montana au sujet du corps dans l'affaire du baril. Ils envoient des gens du département d'État. Ils arriveront à la première heure demain matin.*

— OK, très bien. Rappelez-les et voyez s'ils peuvent venir ici maintenant, dit Kane en secouant la tête pour chasser l'image de Sarah de son esprit. Je l'ai trouvée dans la cave. Nous aurons besoin d'un générateur et de lumières sous la main pour les agents fédéraux lorsqu'ils arriveront.

Il frotta sa tempe battante, essayant de calmer ses nerfs en pelote, puis reprit :

— Ce n'est pas un crime d'opportunité. Tout a été bien planifié. Celui qui a fait ça a nettoyé le site et, à part les éclaboussures de sang, l'endroit semble impeccable. Ils ont même balayé l'allée. Je n'ai aperçu aucune trace de pas ou de pneus reconnaissables.

— *Aucune preuve du tout ?*

— Rien que j'aie pu voir avec ma lampe de poche dans l'obscurité de cette cave, mais je n'ai jeté qu'un rapide coup d'œil autour de la grange. Nous avons trouvé le SUV garé au-dessus de la trappe et ma principale préoccupation était la sécurité de Sarah. Il fait tout noir en bas et j'ai marché sur une tache de sang, j'ai donc contaminé la scène avec mes empreintes. Par contre, je ne me suis pas approché du corps, je suis resté à l'écart, près du mur.

— *Vous avez pris son pouls ? Tenté un massage cardiaque ?*

— Non. L'entaille dans son cou va jusqu'à la colonne vertébrale et il était évident qu'elle était décédée. Pas besoin de chercher son pouls. Les éclaboussures de sang couvrent une large zone et j'aurais contaminé davantage la scène.

Il fit une pause pour rassembler ses esprits. L'image de Sarah repassait en boucle dans son esprit.

— Nous allons devoir sécuriser la cave et nous n'avons pas assez d'hommes pour assurer une surveillance vingt-quatre heures sur vingt-quatre. Tout le monde devra faire des heures supplémentaires jusqu'à ce que nous attrapions le tueur, et je ne partirai pas d'ici avant que la police scientifique ait passé cet endroit au peigne fin.

— *Pas de problème en ce qui concerne les hommes et l'équipement*, dit Jenna en laissant échapper un long soupir de frustration. *Je fais quelques provisions et je vous rejoins.*

Kane resserra sa poigne sur le combiné et s'éloigna de Rowley.

— Faites-vous accompagner par Walters. Personne ne devrait emprunter les petites routes secondaires seul.

— *Vous pensez que c'est le même auteur que pour le corps dans le baril ?*

— Oui. Il y a des similitudes et après avoir été libéré de prison, si Stan Clough est notre homme, il aurait été impatient de tuer à nouveau.

Il fixa son regard au loin, mais ne put effacer l'image du regard vide de Sarah.

— Ce corps à la décharge et maintenant Sarah. Celui qui fait ça ne va pas être facile à identifier. La plupart des tueurs en série sont attirés par un certain type de personne et ces deux victimes sont aux antipodes. Si je me trompe, et que nous n'avons pas affaire à un psychopathe, c'est peut-être l'œuvre d'un tueur opportuniste qui cherche des sensations fortes. Je vous suggère de vous assurer que nos adjoints ont une arme de secours et un fusil dans leur véhicule.

— *Vous voulez dire que si vous n'étiez pas arrivé quand vous l'avez fait l'autre nuit, j'aurais pu être traînée quelque part et assassinée de façon sadique ?*

— Oui, il y a des chances, mais le plus probable est que c'était un avertissement. Les psychopathes ne sont pas sains d'esprit. Celui-ci pense peut-être que vous savez qu'il a tué l'homme dans le baril et souhaite que ce secret reste bien gardé. Quand je suis arrivé, il a paniqué et a essayé de vous prévenir de ne pas me le dire. Vous vous souvenez de ce que ce type vous a dit ? *Tiens ta langue et ton chien en laisse, ou je te montre exac-

tement de quoi je suis capable. Peut-être que Sarah est un nouvel avertissement.

Kane inspira profondément.

— Nous avons un autre problème. J'ai trouvé trois autres cas de personnes disparues datant d'avant votre prise de fonction. Le dernier shérif les a mises de côté sans les suivre, ce qui tire la sonnette d'alarme. Le nom de Walters figure sur les rapports originaux, mais il était parti en vacances et les affaires ont été traitées par quelqu'un d'autre, ou pas du tout. J'ai demandé à Daniels de suivre ça de près avant de partir, il a peut-être du nouveau maintenant. Vous souvenez-vous que quelqu'un ait mentionné des affaires similaires ?

— *Non. La brigade était en sous-effectif et chaotique après la mort du shérif Mitcham. Je n'ai eu aucune relation avec les familles des personnes disparues après mon arrivée. Aucun des officiers n'a mentionné une quelconque affaire de disparition, encore moins trois. J'ai examiné les dossiers à mon arrivée et la procédure normale aurait dû les répertorier comme étant « en cours » ou « non résolus ».*

Il pouvait entendre Jenna faire tambouriner ses ongles sur le bureau.

— *C'est peut-être un oubli,* reprit-elle. *Quand les gens meurent, la chaîne de communication se rompt souvent.*

— Oui, sûrement, mais l'adjoint Andy Bristow était en service à l'époque et il n'est mort qu'*après* votre prise de fonction, n'est-ce pas ?

— *Oui, dans un accident de bateau sur la rivière qui coule près de mon ranch.*

Une longue pause fit penser à Kane qu'elle s'était déconnectée puis il l'entendit tapoter sur un clavier.

— *Il n'y a aucune mention de ces affaires dans mon dossier d'enquêtes en cours ou dans celui des affaires encore ouvertes remontant à cinq ans. Où avez-vous trouvé cette information ?*

Kane donna un coup de pied dans une motte de glace et

jeta un coup d'œil à Rowley qui se tenait debout, fixant la porte de la cave, le visage blême comme s'il était hypnotisé. Il devait l'éloigner de la scène.

— Dans les archives, l'année précédant votre arrivée.

— *OK, c'est bon, je les ai trouvés. Je vais demander une mise à jour maintenant.*

— Bien. Euh, est-ce que vous pouvez venir ici dès que possible ? Rowley a besoin d'être relevé.

Kane abaissa la voix et enchaîna.

— Il est blanc comme un linge et je ne veux pas qu'il conduise, ou alors je le reconduirai avec mon véhicule.

— *Bien sûr, je serai là dès que possible.*

— Soyez prudente. Vous ne savez pas à qui vous pouvez faire confiance.

— Prudence *est mon deuxième prénom.*

Kane déglutit bruyamment. Jenna était en danger et ils le savaient tous les deux.

34

Jenna s'adossa à sa chaise et le grincement lui procura une sensation familière de réconfort. Elle colla le téléphone contre son oreille et écouta la voix calme de Kane.

— *Ne prenez pas de risques avec cet animal. Sa quatrième tentative de vous nuire pourrait être la bonne.*

Il avait raison ; après trois tentatives d'assassinat et deux homicides en moins d'une semaine, elle ne pouvait faire confiance à personne, sauf à David Kane.

— Je vais m'assurer d'avoir un adjoint avec moi à tout moment. Je ne lui donnerai pas une autre chance, répondit-elle en soupirant. Si les affaires de personnes disparues s'avèrent *toujours* ouvertes, alors il pourrait s'agir d'un sabotage en interne. Vous l'avez dit vous-même, la brigade est une vraie passoire et on ne peut pas être sûrs de qui est impliqué : il ne reste que Walters de cette époque. Il n'agit pas de façon suspecte. Si Josh est impliqué et que Walters rapporte au maire tout ce que nous faisons, il serait logique qu'il ait déjà enterré les dossiers.

— *Oui, c'est exact, mais si vous vous retrouvez seule avec lui plus tard, soyez prudente.*

— Je le serai, mais avant de partir, je dois demander du renfort au bureau du shérif de Blackwater. Je vais leur passer un coup de fil et je vous contacterai ensuite depuis mon téléphone satellite.

Elle jeta un coup d'œil à la porte et un frisson d'inquiétude lui parcourut l'échine.

— Je m'assurerai que Walters conduise et je garderai une main sur mon arme.

— *OK. Faites attention.*

— David ?

— *Oui ?*

Elle frotta sa tempe.

— Je serai là dans l'heure, dit-elle dans un soupir. Je vais également être sur le dos du labo en ce qui concerne les traces éventuellement présentes sur le sac.

— *Reçu.*

***

Jenna se leva et déambula dans la brigade. Daniels se tenait à l'accueil pour relayer Maggie et elle lui fit signe.

— Des progrès sur les anciens dossiers de personnes disparues ?

— Pas encore. J'ai remplacé Maggie, répondit Daniels en plissant les yeux. Je m'y mets dès qu'elle revient de sa pause.

— Pas besoin, je vais m'en occuper avant de partir, fit-elle en souriant. Vous serez aux commandes jusqu'au retour de Rowley.

— Oui, madame.

Jenna retourna à son bureau et appela le département médico-légal.

— *Nous avons trouvé des traces de sang sur le sac, mais nous n'avons pas encore déterminé son origine. Voulez-vous que je vous appelle dès que les résultats seront disponibles ?*

— Oui. Merci.

Elle raccrocha, parcourut une liste des yeux et composa le numéro du parent le plus proche de la personne disparue. Entendre les voix excitées de ceux qui s'attendaient à apprendre une bonne nouvelle à propos d'une personne disparue était un véritable déchirement. Et plus encore quand la joie se transformait en désespoir après la confirmation que rien n'avait changé. Elle s'entretint avec une femme âgée à propos de sa fille disparue depuis plus de trois ans.

— Avez-vous eu des contacts avec la brigade du shérif du comté de Black Rock Falls après avoir fait une déclaration de disparition ?

— *J'en ai eu, oui. Ils m'ont dit que d'après les relevés bancaires, ils avaient des raisons de croire que Jessica avait quitté la région et m'ont dit de déposer une plainte dans le comté voisin. Pas un mot depuis.*

Elle laissa échapper un grognement de dégoût.

— *Le bureau du shérif de Blackwater n'a trouvé aucune trace d'elle non plus, et m'a informée que je devrais attendre sept ans avant qu'elle puisse être déclarée morte.*

Jenna grimaça.

— Je suis vraiment désolée. Je suis le nouveau shérif et je vais réexaminer l'affaire. Je vous informerai de nos conclusions.

— *C'est ce qu'on verra.*

Clic.

Toutes les personnes disparues avaient apparemment visité Blackwater avant leur disparition et leurs proches avaient reçu les mêmes informations de sa brigade. Toutes avaient eu l'envie soudaine de vider leur compte en banque et c'était aussi le cas de Mme Woodward. Jenna se leva d'un bond, se rendit au dépôt des armes à feu et sortit un fusil. Elle prit son manteau au passage, franchit la porte du bureau et se dirigea vers le bureau de l'adjoint Walters.

— J'ai besoin que vous vérifiiez les retraits bancaires de John

Helms. Pouvez-vous me dire s'il a disparu immédiatement après avoir retiré de l'argent à Blackwater ?

Elle déposa le fusil sur son bureau et enfila son manteau.

— Je vais faire une recherche, répondit Walters en fixant l'arme et en levant un sourcil gris avant de tapoter sur son clavier.

Il tourna l'écran pour qu'elle puisse voir les résultats et une ombre traversa son visage.

— On dirait bien que c'est ça, reprit Walters. Il se déplaçait et dépensait de l'argent à gauche et à droite. Il retirait le maximum à chaque fois, exactement comme les autres.

— Les autres ? Vous avez pu examiner les comptes bancaires des autres personnes disparues ?

— Pas jusqu'à aujourd'hui. J'étais en vacances à l'époque, autant que je m'en souvienne, mais j'ai trouvé les dossiers dans les archives.

Il désigna un vieil ordinateur du pouce par-dessus son épaule.

— J'ai transféré tout ce que j'ai trouvé dans le nouveau système.

— Je ne savais pas qu'il y avait des archives séparées, dit Jenna en se penchant pour regarder l'écran. Qu'est-ce qui attire les gens à Blackwater ? Les prostituées et les gigolos ?

Elle parcourut du regard les montants à cinq chiffres et haussa un sourcil.

— La grande classe, d'après les sommes, conclut-elle.

— Il y a des prostituées partout, mais je n'ai jamais entendu parler d'agence d'escorts avec des hommes. Pour ceux qui ont besoin de compagnie, pourquoi sortir de la ville ? Il y a des escorts de luxe ici à Black Rock Falls, à l'hôtel Cattleman, dit Walters en lui lançant un regard interrogateur. Vous le saviez, n'est-ce pas ?

— Non, je n'étais pas au courant, rétorqua Jenna en se redressant.

Elle perçut des ricanements de Daniels depuis le box voisin puis enchaîna :

— La prostitution est illégale dans cet État et j'ai l'intention de faire respecter la loi. Ma prochaine question est : pourquoi ce problème n'a-t-il pas été traité avant ?

— Pas de preuve, répondit Walters en haussant les épaules. Nous ne pouvons pas prouver que ces filles se livrent à la prostitution : on n'a jamais assisté à aucun échange d'argent. Ce n'est pas un crime de rencontrer une femme dans un bar ou d'avoir des relations sexuelles avec elle après un rendez-vous, n'est-ce pas ?

— Je me pencherai sur cette question plus tard, mais pour l'instant, prenez votre manteau et suivez-moi.

Jenna empoigna le fusil et se dirigea vers la réception. Elle tapa dans le dos de Magnolia et l'attira vers un endroit calme.

— Je fais venir quelques adjoints du comté de Blackwater. Quand ils arriveront, envoyez-les au ranch du vieux Mitcham. Je serai disponible par téléphone satellite si vous avez besoin de moi. Oh, et si les médias vous contactent au sujet de l'affaire de la décharge ou de quoi que ce soit d'autre, vous leur dites : *pas de commentaire*. Compris ?

— Oui, madame, j'ai donné du *pas de commentaire* toute la journée.

— Bien, fit-elle en souriant. L'adjoint Daniels va tenir le fort. Walters sera de retour dans l'heure avec Rowley. Assurez-vous qu'il y ait beaucoup de café. Ça va être une longue garde.

35

Kane se tenait à côté de Rowley sur les marches menant à la maison du vieux ranch, fusil à la main. Il avait transféré tous ses appels entrants sur le téléphone satellite et l'avait glissé dans sa poche. Si Jenna rencontrait des problèmes sur la route, il pourrait suivre sa trace sur l'un des téléphones grâce au dispositif dans sa boucle d'oreille, mais pour l'instant, avec un fou en liberté, sa sécurité était sa priorité. Il refoula son inquiétude et jeta un œil autour de lui. Son regard se posa sur une rangée d'arbres bloquant sa ligne de vue sur la route et l'idée que quelqu'un puisse les observer lui trotta dans la tête. Dans leur position actuelle, ils seraient des cibles faciles. Il se retourna vers la porte.

— Attendons à l'intérieur. Je n'aime pas être si exposé.

— Moi non plus, ajouta Rowley en lui lançant un regard plein de crainte, puis il se réfugia à l'intérieur de la maison. L'endroit n'a pas changé depuis mon enfance.

— Ah oui ? Alors, vous emmeniez les filles dans la cave pour faire la fête ? Avec cette légende de fantôme, ça devait être l'endroit idéal pour Halloween.

— Non, je ne m'approchais pas de la grange, point final.

Aucun d'entre nous n'osait se tenir à quelques mètres de la porte et je doute même qu'aujourd'hui, quelqu'un ait jamais le cran d'y aller. Je dirais que les chances de vendre cet endroit désormais sont nulles.

Rowley s'appuya contre un mur et la peinture verte écaillée lui tomba sur les épaules comme des pellicules.

— Le vieux qui a habité cette maison en dernier s'est pendu aux chevrons après avoir assassiné sa femme, reprit-il. La légende dit qu'il hante l'endroit jour et nuit. Même son petit-fils, l'ancien shérif, ne s'en serait pas approché, ajouta Rowley en déglutissant bruyamment. On dit qu'on peut entendre les chevrons grincer quand son grand-père se balance d'avant en arrière.

Il marqua une pause pour regarder fixement par la fenêtre en direction de la grange avant de reprendre.

— La femme du vieux avait été battue et presque décapitée. C'est pourquoi son petit-fils a divisé la propriété et vendu les parcelles entourant le ranch. Il s'est construit un nouveau chez lui de l'autre côté de la ville, mais le terrain est adossé à cette ligne de clôture.

— Vraiment ? fit Kane, l'acidité lui remontant du fond de la gorge.

L'image du corps meurtri de Sarah défila dans son esprit comme la scène d'un film d'horreur. C'était comme si l'histoire se répétait.

— Où ont-ils trouvé la femme ? demanda-t-il.

— Dans la cave, derrière les lits superposés. Au même endroit où vous avez trouvé Sarah, dit Rowley en levant le regard et en fronçant les sourcils. Josh y était descendu pour un pari et nous a dit que l'endroit était tel que les flics l'avaient laissé, comme dans une capsule temporelle. Il a dit qu'il y avait encore des taches de sang sur le sol. Ça m'a vraiment fait flipper.

Il poussa un petit rire comme pour cacher son embarras puis enchaîna :

— Comme j'avais environ 12 ans à l'époque, j'ai fait des cauchemars pendant plus d'un an. Je n'ai pas envie de passer la nuit ici, pas maintenant, pas après ce qui s'est passé. L'endroit est maudit. Maintenant, tout le monde dira que Sarah hante les lieux.

— Si vous voulez prendre du grade dans les forces de l'ordre, vous devez vous faire pousser une paire, dit Kane en reniflant, puis il le fixa. Ce n'est pas un fantôme qui devrait vous inquiéter ; nous avons deux meurtres non résolus et le tueur ou peut-être *les* tueurs sont toujours en liberté. Je parie que celui qui a assassiné Sarah n'a pas tenu compte du traceur sur le SUV et pourrait revenir pour déplacer le véhicule à un autre endroit.

Gardant son dos contre le mur, il se déplaça vers un côté de la fenêtre et jeta un coup d'œil à l'extérieur. Le nom de Josh Rockford revenait sur le tapis et il se demandait si la brute trop sûre d'elle n'avait pas le rôle clé dans cette pièce macabre.

— Surveillez l'extérieur et ne vous approchez pas de la fenêtre. Je vais examiner l'arrière.

Il empoigna son fusil et entra dans la cuisine. Se passant les faits en revue en esprit, il scruta le jardin à travers la fenêtre poussiéreuse de la cuisine et s'éloigna du mur pour revérifier la serrure de la porte arrière. Il doutait que le tueur revienne en plein jour pour déplacer le SUV que Sarah avait loué, mais il restait sur ses gardes au cas où. Les preuves pointaient vers un habitant de la région qui connaissait l'isolement de la maison du vieux Mitcham et l'existence de la cave. Rockford correspondait au profil, et Stan Clough encore plus si on ajoutait à ça des antécédents de cruauté envers les animaux, et les deux se seraient appuyés sur le mythe de la grange hantée pour éloigner les curieux. Pourtant, abandonner le SUV avait été une énorme erreur. Le véhicule prouvait que Sarah était venue visiter le ranch et quiconque la cherchait allait immédiatement commencer à fouiller la zone. Il se demanda pourquoi le tueur n'avait pas déplacé le véhicule à un autre endroit, surtout après des efforts considérables pour couvrir ses traces. *Peut-être n'avait-il pas eu le temps et prévoyait-il de revenir à la nuit tombée ?*

Il fit claquer la paume de sa main contre son front. *Quel idiot !* Le tueur n'avait pas manqué de temps. Il avait simplement eu le bon sens de ne pas déplacer le SUV puis de risquer une longue marche pour récupérer son propre véhicule. S'il avait rencontré quelqu'un, son identité aurait pu être établie.

Merde, ce taré a agi seul. Si c'étaient deux hommes, ils auraient déplacé le SUV de Sarah.

Kane se frotta le menton, réfléchissant aux principaux suspects, et son esprit s'emplit de doutes. Sa brève rencontre avec Josh Rockford lui avait donné l'impression que c'était un animal de meute. En tant que mâle alpha, il aimait impressionner ses amis et se baigner dans leurs louanges, ce qui signifiait qu'il ne se lancerait pas seul dans une folie meurtrière. En tant qu'exhibitionniste, il aurait voulu que le monde entier voie ses meurtres et aurait mis ses victimes en scène pour obtenir l'effet de choc ultime ; il ne les aurait pas cachées dans un baril ou dans une cave. À moins qu'il n'ait prévu de revenir avec ses groupies pour leur montrer le cadavre et peut-être prendre quelques *selfies*. Si le tueur se croyait intouchable, en étant le fils du maire par exemple, tout était possible.

Il considéra la récente libération de Stan Clough. Son profil collait en tous points, mais il avait besoin d'en savoir plus sur son cas. Avait-il brutalisé des animaux de la même manière et s'était-il mis ensuite à tuer des humains ? Ses pensées se dirigèrent vers l'agent immobilier, John Davis. Son instinct lui disait de l'écarter de la liste des suspects, bien que le fait d'être la dernière personne à avoir vu Mme Woodward et d'avoir interagi avec Sarah quelques heures avant son meurtre eût dû le placer tout en haut de celle-ci.

Les deux meurtres présentaient les caractéristiques d'un tueur sadique, de quelqu'un qui aime provoquer de la souffrance. Les blessures infligées aux deux victimes nécessitaient une force considérable. Il doutait que John Davis en ait les capacités physiques et soupçonnait plutôt une personne beaucoup plus jeune et plus forte. La question du mobile brûlait dans son esprit. Ce n'était pas un crime de haine ou une attaque provoquée par des pulsions ; d'après ce qu'il avait vu sur les deux corps, la torture avait été lente et systématique, la fin brutale mais rapide.

Il écarta de nouveau l'hypothèse d'un meurtre opportuniste visant à chercher le frisson extrême. Des personnes assez dérangées pour être capables de perpétrer ces crimes-là auraient laissé le corps sur place plutôt que de tenter de dissimuler leur méfait. Ils auraient jeté les cadavres de leurs victimes comme des emballages de hamburgers à l'air libre. Une fois le frisson passé, la vie ôtée, ils n'avaient plus aucune valeur. La probabilité que Sarah ait croisé le chemin d'un meurtrier de ce type sur ce tronçon de route était très faible. Aucun prédateur ne traînerait sur une route isolée, surtout en hiver, dans l'espoir de trouver une victime à précipiter vers la mort.

Le corps dans le baril n'était pas Mme Woodward et il n'avait trouvé aucun mobile pour ces meurtres sadiques. À moins que l'argent n'en soit un et que le tueur ait également assassiné Mme Woodward. Après tout, elle aussi avait retiré de grosses sommes avant de disparaître. Si quelqu'un l'avait tuée pour son argent, alors cela suffirait à relier le tout à Sarah. Elle avait en sa possession des informations figurant dans les lettres de sa mère qui détaillaient les derniers endroits où sa grand-mère était allée ; peut-être que Mme Woodward avait également fait mention des propriétés qu'elle prévoyait de visiter. Il aurait été logique pour Sarah d'examiner toutes les pistes possibles. Ajoutez à cela le fait qu'elle ne gardait pas ses déplacements secrets et que n'importe quelle personne au garage

Miller ou à l'agence immobilière aurait pu connaître ses intentions.

Sur les petites routes du comté de Black Rock Falls, elle était seule et vulnérable. Il se demanda si le meurtrier avait suivi Sarah ou s'il l'avait attirée à cet endroit. Avait-elle appelé quelqu'un pendant les heures précédant sa mort ? Il avait besoin de ses relevés de téléphone. Si le tueur était responsable des deux meurtres, celui qui avait tué Sarah avait dû penser que les informations contenues dans les lettres de sa mère menaient directement à lui.

Il passa en revue la chronologie des faits. La dernière personne à avoir vu Sarah vivante, d'après ce qu'il avait pu déterminer, était Mary-Jo Miller. Sarah avait loué le SUV à 8 heures et lui était arrivé sur les lieux à 4 h 30. Le tueur avait eu le temps – au moins huit longues heures – de tuer Sarah, de prendre la clé de sa chambre de motel, puis de vider la pièce et de détruire les preuves. Un habitant de la région pouvait savoir à quelle heure il fallait libérer la chambre et surtout que la sécurité laissait à désirer, mais comment le tueur aurait-il découvert que Sarah avait les lettres ? Kane glissa ses doigts sous son bonnet de laine pour frotter la cicatrice qui le lançait et parcourut les preuves une fois de plus dans sa tête.

Pour autant qu'il sache, en dehors de sa visite à la brigade, Sarah avait discuté des informations en sa possession avec au moins trois personnes : Rosa au motel, M. Miller au garage ou peut-être sa fille, et peut-être en avait-elle parlé à John Davis, l'agent immobilier. Il repensa à la nuit où sa voiture était tombée en panne. Elle lui avait fait part de ce qu'elle avait découvert et Billy Watts se trouvait juste à côté de lui sur le parking de l'hôtel Cattleman. Un autre lien avec Rockford. Watts avait tout entendu, y compris l'ordre donné à Daniels de la raccompagner au motel. Watts aurait pu la suivre jusque là-bas et découvrir son numéro de chambre.

Il sortit son carnet et dressa une liste de personnes à interroger. Son objectif principal était de déterminer les allées et venues des suspects entre 8 heures du matin et l'heure approximative de la mort. Pour l'instant, il devait garder son calme, attendre le rapport d'autopsie et discuter de ses théories avec Alton. Il aurait besoin de sa permission pour aller interroger tous les suspects de sa liste.

Une autre pensée effrayante lui traversa l'esprit. Si le tueur avait dissimulé le premier meurtre, mais avait délibérément abandonné le corps de Sarah comme preuve de sa brutalité pour que Jenna puisse le voir, cela changeait tout. Les mots de l'agresseur de Jenna résonnaient dans sa tête comme un glas. *Ferme-la ou je te montre exactement de quoi je suis capable.*

Le froid s'infiltra dans ses os comme s'il se tenait nu dans la température glaciale. Jenna était en danger, ce n'était pas écrit noir sur blanc, mais il en était aussi sûr que le soleil se lève tous les matins. *Le meurtre de Sarah est un exemple de sa barbarie et la prochaine fois, ce sera Jenna.*

36

Le téléphone satellite signala un appel entrant et Kane l'extirpa de sa poche.

— *Bonjour, c'est le père Maguire.*

Il coupa le flot de ses pensées et s'éclaircit la gorge.

— Ah, père Maguire, merci de votre appel. J'ai quelques questions concernant John Helms. Vous souvenez-vous s'il portait un bracelet en or ?

— *Absolument. Un torque, comme il l'appelait. Je crois que c'était un héritage familial et il l'ôtait rarement, si je me souviens bien. Il disait que l'inscription contenait une histoire sur ses ancêtres.*

Merde. Le cadavre est bien John Helms. Kane appuya son front contre le mur et ravala un gémissement. Le seul lien entre les meurtres venait de disparaître comme de la fumée dans le vent. Tout était ficelé si proprement dans son esprit que la prise de conscience d'avoir fait une aussi grossière erreur dans ses impeccables compétences de déduction fut un choc. Si le corps était John Helms, le mobile du meurtre de Sarah et la raison des lettres brûlées venaient de s'envoler par la fenêtre. Frustré, il eut envie de jurer et inspira profondément pour se calmer.

— Très intéressant, reprit-il, et vous souvenez-vous s'il avait des tatouages ?

— *Oui, une sorte de symbole sur l'épaule droite. Il l'a fait faire récemment et c'était un sujet de discorde avec sa femme. Il a mentionné la dispute avec elle à ce sujet avant de partir. Cela signifie-t-il que vous avez enfin des nouvelles pour moi ?*

— Pas officiellement, non, répondit Kane en rétropédalant. Nous avons trouvé un corps et nous ne pouvons pas l'identifier formellement sans dossier dentaire ou ADN. Nous ne pouvons pas nous précipiter et conclure que la victime est M. Helms et je ne voudrais pas causer une peine inutile à sa femme.

— *Je comprends parfaitement. Comment puis-je vous aider ?*

— Est-il possible d'obtenir le nom du dentiste de M. Helms ?

Kane se dirigea vers Rowley et jeta un coup d'œil par la fenêtre, soulagé de voir le véhicule de patrouille de Walters et un camion s'approcher de la maison.

— Je préfère ne pas contacter Mme Helms tant que nous n'avons pas de plus amples informations, ajouta-t-il. Pour le moment, je mène encore une enquête de routine.

— *Il y en a trois en ville. Je vais devoir mentir et dire que John me l'a recommandé lorsque je demanderai son nom à sa femme. Je vous rappellerai.*

— Merci, dit Kane, puis il raccrocha et traversa la pièce pour venir se poster à côté de l'adjoint Rowley. Restez ici et faites le guet. Je vais aider le shérif à décharger l'équipement.

— OK, répondit Rowley en se redressant.

Son visage demeurait pâle et sa voix trembla légèrement.

— Voulez-vous que je garde pour moi les détails du meurtre de Sarah ? demanda-t-il à Kane. Vous savez que Daniels et Maggie vont demander ce qui se passe ici.

— Oui, ne dites rien pour l'instant, acquiesça David. Dites que c'est un simple incident. Pour l'instant, à part moi, seul le shérif Alton connaîtra les détails exacts du meurtre et je compte bien faire en sorte que ça reste ainsi. J'espère que lorsque l'équipe médico-légale aura examiné la scène de crime et pratiqué une autopsie, elle sera en mesure de nous donner plus d'informations.

Kane posa une main sur l'épaule de Rowley avant de reprendre.

— Souvent, le fait de garder secrets les détails d'un crime conduit à une arrestation. Parfois, les criminels aiment se vanter de leur meurtre et puis vous avez les fous qui viennent au commissariat pour se confesser. Tout est dans les détails, alors on ne dit pas un mot. Compris ?

— Ouais, pas de souci.

David balaya du regard la zone à l'extérieur, puis tira la porte d'entrée. Il trottina jusqu'au véhicule. La portière s'ouvrit dans un grincement et Jenna se glissa hors de l'habitacle, atterrissant sans effort à côté de lui.

— Salut, lança Jenna en saisissant son bras et son regard inquiet scruta son visage. Vous avez une sale tête.

Kane ravala la boule dans sa gorge et murmura :

— J'ai vraiment frôlé l'enfer dans cette cave.

Les yeux de Jenna brillèrent d'un éclat traduisant de la compassion. Elle lui serra le bras.

— Je suis désolée que vous ayez dû y aller seul.

— Il valait mieux que ce soit moi que Rowley, et j'avais besoin de lui pour monter la garde. Je n'aimais pas l'idée de me retrouver piégé en bas si le tueur décidait de revenir. Je dois dire que l'idée de bloquer l'entrée avec le SUV de Sarah était un coup de génie de la part du meurtrier. J'ai failli la manquer et si Rowley n'avait pas su qu'il existait une cave, nous n'aurions pas trouvé le corps.

Il jeta un coup d'œil à Walters et, voyant qu'il était hors de portée de voix, se rapprocha d'Alton.

— Je viens de recevoir des informations à propos du cadavre dans le baril. Le père Maguire a confirmé que John Helms avait l'habitude de porter un bracelet torque similaire à celui que nous avons trouvé et il a un tatouage sur une épaule. Je lui ai demandé s'il pouvait nous envoyer le nom du dentiste de Helms. Je ferai envoyer les radiographies à l'équipe médico-légale pour faire une comparaison avant de contacter ses proches.

Il poussa un soupir, soufflant un nuage de vapeur.

— Avec ce meurtre, ajouta-t-il, je suis inquiet pour Mme Woodward.

Kane fixa Jenna et se demanda s'il devait lui faire part de ses inquiétudes avant d'enchaîner.

— D'après les menaces proférées par le type qui vous a agressée, pensez-vous que le meurtre de Sarah soit un autre avertissement vous ordonnant de tenir votre langue ?

— J'espère que non, mais c'est possible, répondit Jenna, une ombre d'inquiétude ternissant son visage. Je pense que Mme Woodward pourrait très bien être morte et que nous n'avons simplement pas encore retrouvé son corps. Elle pourrait tout aussi bien être dans un baril et enterrée dans la décharge.

Kane se frotta le menton.

— Vous avez peut-être raison, mais ce qui me trouble, c'est de savoir pourquoi quelqu'un voulait détruire les lettres que Sarah avait en sa possession. Avant d'identifier le corps dans le baril, il était raisonnable de penser que celui qui l'avait tué avait quelque chose à voir avec la disparition de Mme Woodward.

— À moins qu'elle n'ait croisé la route de Stan Clough et mentionné qu'elle raconterait sa visite à sa fille ? Peut-être devrions-nous le lui demander ?

Alton jeta un coup d'œil dans la direction de Walters et leva deux sourcils sombres.

— Nous parlerons plus tard en privé, dit-elle alors que le vieil adjoint se dirigeait dans sa direction, puis elle éleva la voix. Il n'y a rien que nous puissions faire pour elle maintenant. Nous devons nous mettre au travail et trouver son assassin.

Kane fit une grimace.

— Ça nous aiderait si nous avions un suspect, lâcha-t-il, fixant l'adjoint Walters. Vous avez réussi à trouver l'adresse de Stan Clough ?

— Pas encore. Davis lui a probablement vendu quelque chose, mais il n'est pas au bureau en ce moment. J'ai laissé un message.

— J'ai pris deux thermos de café et de la nourriture chaude du Chez Tante Betty pour Rowley et vous, dit Jenna avec un petit geste de la main en direction du véhicule de patrouille de Walters. Il y a une boîte de gâteaux, de la tarte aux pommes et des cookies dans le coffre. Mangez d'abord, nous déchargerons le pick-up ensuite.

Il secoua la tête.

— Je n'ai pas faim pour l'instant. Vous devriez rentrer, je vais demander à Rowley de m'aider à décharger le groupe électrogène.

— Pas besoin. Le générateur est configuré pour fonctionner depuis le plateau du pick-up, dit Jenna en se dirigeant vers l'arrière du véhicule avant de décharger du matériel.

— Vous avez apporté des projecteurs ? demanda Kane en voyant les lampes emballées dans la caisse.

— J'ai apporté tout ce dont nous avons besoin. J'ai des packs de survie à l'arrière du véhicule de patrouille, des couvertures, un tas de nourriture, ma machine à café et des vêtements de rechange. J'ai même apporté mon micro-ondes, fit Jenna en lui adressant un signe dédaigneux. Je peux gérer les choses d'ici et Walters surveillera les visiteurs indésirables. Allez-y et mangez avant que ça ne refroidisse.

Elle leva le menton comme pour le défier de lui désobéir.

— C'est un ordre.

37

Jenna attendit le retour de Kane, prit une lampe de poche halogène, appuya sur le bouton, puis descendit les marches de la cave, la rallonge sous le bras. À mi-chemin, la puanteur s'engouffra sous son masque et l'appréhension de se retrouver confrontée aux conséquences d'un acte de violence brutal et insensé lui tirailla l'estomac. Elle refusa que Kane soit témoin d'une quelconque faiblesse de sa part et redressa les épaules. Il lui avait fallu du cran pour descendre ces marches seul dans le noir complet, sachant que la mort l'attendait. Une faible lueur s'échappa de la pièce et elle resserra sa prise sur la lampe de poche. Respirant par la bouche, elle s'approcha et déplaça le faisceau dans la pièce plongée dans l'obscurité. Une seule ampoule poussiéreuse pendait à une longue ficelle au milieu de la cave.

Elle connecta les câbles et se pencha pour brancher les projecteurs que Kane lui tendait. En se redressant, elle croisa son regard azur qui la fixait attentivement par-dessus son masque. Elle se racla la gorge et espéra que ses genoux cessent de trembler.

— Vous êtes prêt ?

— Oui, j'allume.

Lorsque la lumière puissante se répandit dans la pièce comme celle du soleil, Kane détourna le regard.

— Bon sang, ça éblouit.

Il cligna rapidement des yeux puis indiqua du menton les lits superposés.

— Elle est là-bas, ajouta-t-il avant de brandir son téléphone portable. Vous voulez notre propre série de photos, j'imagine ?

Jenna hocha distraitement la tête et fixa les éclaboussures de sang qui s'étendaient de sous la barrière du lit superposé jusqu'au mur. Elle s'avança prudemment vers le corps, se tenant au mur pour éviter de marcher dans les taches pourpres, sombres et collantes. Heureuse de savoir Kane et sa force derrière elle, elle appuya une main contre le mur pour contourner les lits. La description de Kane dépeignant la scène de crime comme étant un véritable bain de sang était un euphémisme. Sarah avait dû souffrir pendant un temps considérable avant que son meurtrier ne lui tranche la gorge. Les éclaboussures de sang sur les murs et le plafond témoignaient d'une agression prolongée et brutale. Elle dut refouler une vague de compassion pour cette fille qui la regardait, les yeux bleus opaques et morts, et la bouche ouverte dans un cri silencieux.

S'écartant de l'atrocité qui s'étalait devant elle, Jenna fit appel à ses années d'entraînement pour observer la scène de crime d'une manière clinique et professionnelle. Elle se retourna et suivit les gouttes de sang jusqu'à l'entrée puis leva les yeux pour examiner les éclaboussures au plafond.

— Regardez là-haut. Je pense qu'elle a été frappée par-derrière, assommée, et qu'elle a titubé jusqu'ici, dit-elle en pointant la traînée de gouttelettes et les empreintes de pas de Kane. Les traces dans la poussière sur la table me font penser qu'elle s'y est accrochée pour garder son équilibre. Il y a du sang sur le sol et quelques gouttes sur la table. Si le tueur avait été dans cette zone, il les aurait essuyées.

— Je suis d'accord, dit Kane, s'approchant d'elle avant d'indiquer d'un doigt ganté la chaise à côté de la table en bois. Le tueur a dû la menacer avec une arme pour qu'elle se déshabille. Regardez ses vêtements. Je doute qu'il ait pris la peine de perdre du temps à tout plier. Il les lui aurait arrachés. Je dirais qu'elle a plié ses vêtements pour gagner du temps, peut-être pour se remettre les idées en place après le coup. D'après le pliage précis, elle n'était pas gravement blessée. Je pense qu'il a utilisé le coup porté comme une menace pour l'obliger à suivre ses ordres, fit-il en se frottant la base du cou. Faisons un pas en arrière. Le seul endroit où il y a une quelconque preuve d'une lutte ou d'une blessure est ici, pas dans la grange. Celui qui l'a tuée a compris qu'aucune femme saine d'esprit ne descendrait ici dans le noir. Le tueur connaît la disposition des lieux et a apporté des lampes. Je dirais qu'il a tout planifié.

— Ou bien il avait un complice, dit Jenna en croisant le regard sombre de Kane. Vous pensez que deux personnes sont impliquées ? L'une l'a tuée et l'autre a saccagé sa chambre de motel ?

— La porte n'a pas été forcée. Quelqu'un a utilisé sa clé.

Kane fixa la pile de vêtements comme s'il était en pleine réflexion puis reprit :

— Sans l'heure de la mort, ce n'est qu'une hypothèse, mais elle a pu être tuée avant que la chambre ne soit mise à sac.

Jenna regarda autour d'elle puis se dirigea avec précaution vers la pile de vêtements et déplaça le faisceau de la lampe de poche sur la table.

— Je vois des bottes, mais où est son sac à main ? Chaque fois que je l'ai vue, elle avait un sac en vinyle rose à son épaule. Croyez-moi, une femme va rarement quelque part sans son sac à main.

— Nous allons devoir fouiller le véhicule.

Kane scruta le visage d'Alton. Il se retourna et fixa le corps, le front plissé.

— J'aimerais voir son téléphone portable aussi. Quelqu'un s'est arrangé pour lui donner rendez-vous ici. J'aurais aimé qu'elle me contacte avant de décider de partir seule.

— Moi aussi, mais la raison pour laquelle elle a fait ça soulève une question. Sarah ne m'a pas semblé crédule et je pense qu'elle avait la tête sur les épaules. Pensez-vous qu'elle faisait confiance à l'homme qui l'a attirée ici ?

— On dirait bien que oui, répondit Kane en s'éclaircissant la gorge. Ça doit être quelqu'un qu'elle a rencontré la semaine dernière.

— Oui, et ça nous amène à quelqu'un qui fréquente cet endroit, dit Jenna. Ou la personne qui a préparé cet endroit pour accueillir des acheteurs potentiels.

— Non, il y a peu de chances que le propriétaire ait utilisé sa propre grange pour y commettre un meurtre, et il aurait risqué d'être dérangé par quelqu'un venant ici pour visiter la propriété. Personne n'est aussi stupide. À ce stade, nous avons trois suspects principaux. Stan Clough correspond au profil, mais nous n'avons pas de mobile. John Davis a eu beaucoup de contacts avec Sarah, mais ce serait trop évident. À son âge, je doute qu'il ait l'énergie pour nettoyer tout ça en si peu de temps. De plus, il nous a envoyé la liste de propriétés qu'il avait donnée à Sarah. Pourquoi ferait-il ça s'il prévoyait de la tuer ? Idem pour James Stone : à part être un peu effrayant, il n'a pas de mobile, mais je vais faire des vérifications sur lui au cas où.

Kane prit quelques photos puis se rapprocha, sa masse géante projetant des ombres gigantesques sur le mur opposé.

— Ensuite, nous avons Rockford, reprit-il. Celui qui m'inquiète le plus est Stan Clough, qui est un psychopathe potentiel dont on ignore où il se trouve. Mettre la main sur lui est la priorité absolue.

— Je suis d'accord, mais pour l'instant, les seules

personnes dont nous savons qu'elles étaient en ville au moment du meurtre de Sarah sont Josh Rockford, Beal, et Watts.

— D'après ce que Rowley m'a dit, aucun des gars du coin ne s'approcherait de la grange et encore moins ne s'aventurerait ici. Ils croient que cet endroit est hanté, ajouta Kane en tournant la tête pour lui faire face et plissant les yeux dans la lumière vive. La seule personne qui n'a pas de problème avec la légende est Josh Rockford. C'est une brute et il connaît l'endroit. Il fait presque l'objet d'un culte. Si ses amis et lui sont impliqués, ils ont eu tout le temps de la tuer et de faire le ménage. Je vous suggère d'envoyer Walters et Rowley interroger Rockford, Watts et Beal, et de saisir leurs voitures avant qu'ils ne les fassent nettoyer.

Ses sourcils noirs s'arquèrent avant qu'il n'ajoute :

— Si Rockford est coupable, on trouvera des traces d'ADN. Celui qui a fait ça doit avoir été couvert de sang et il aura des traces de son ADN sur lui et dans sa voiture.

Jenna acquiesça.

— Nous pouvons les mettre en garde à vue pendant soixante-douze heures sans les inculper, mais le chef d'inculpation est faible. Nous n'avons pas l'ombre d'une preuve contre l'un d'entre eux, alors j'espère que l'équipe médico-légale trouvera des traces d'ADN, sinon nous n'aurons rien. Je vais m'assurer que Rowley demande aux suspects de l'accompagner au poste : au moins, ce sera de leur plein gré.

Elle resta bouche ouverte devant la mare de sang et ses entrailles se serrèrent.

— Il y a tellement de sang. On dirait qu'elle s'est totalement vidée. Le tueur n'a pas eu trop le temps de rejouer son fantasme, ça ressemble à un travail bâclé comparé aux blessures infligées à John Helms.

— Peut-être. Ce qui me sidère, c'est comment il a réussi à partir sans laisser d'empreintes, dit-il en fronçant les sourcils. Si elle m'avait confié ce qu'elle savait, un coup de fil et j'aurais pu empêcher tout ça.

— Vous lui avez donné des conseils judicieux et lui avez dit que vous alliez examiner toutes les pistes. C'était son choix d'ignorer ça.

Jenna se rapprocha du corps, marchant avec précaution entre les ruisseaux de sang. Elle s'accroupit derrière le corps meurtri de Sarah et observa les traces de sang.

— Regardez ici. Le tueur a utilisé quelque chose pour répandre le sang afin de dissimuler ses empreintes et ici...

Elle montra l'impression peu profonde laissée par du tissu de la taille d'une semelle de chaussure dans le sang :

— Le tueur a utilisé une couverture, ou quelque chose dans le genre, sur laquelle il a marché pour sortir. À mon avis, une couverture aurait été assez grande pour qu'il puisse s'y tenir et s'essuyer les pieds. Peut-être même se déshabiller, s'il ne l'avait pas déjà fait. Si tout a été planifié, la ou les personnes qui ont fait ça ont pu être nues, marcher sur une couverture et essuyer la plupart du sang sur une serviette, voire mettre des chaussettes et sortir. Regardez, il y a une pile de couvertures là-bas.

Elle fit un signe de la main en direction d'une étagère au-dessus d'un évier.

— Peut-être qu'une personne a infligé les blessures et que l'autre a aidé à nettoyer, conclut Jenna.

— Donc, plus d'une personne ? demanda Kane en plissant les yeux et en levant le regard en l'air. Regardez ces marques sur le plafond : de taille égale et espacées en grappes.

Sa pomme d'Adam rebondit et il se tourna pour fixer le corps de Sarah pendant un long moment.

— On a utilisé un fouet à bétail sur elle, reprit-il. Ces coupures sur son dos sont similaires aux marques sur John Helms. Ça pourrait être le même tueur. Il a dû la fouetter dans le but de lui soutirer les informations contenues dans les lettres. Elle n'est pas ligotée, je parie que quelqu'un pointait une arme sur elle, ajouta-t-il avec un signe de la main en direction des lits superposés. Je pense que vous avez raison à propos de l'utilisation des couvertures. Il y a quelque chose qui manque dans cette couchette, quelque chose de carré. Pouvez-vous voir une forme carrée sur le lit qui n'est pas couverte de poussière ? Tous les lits possèdent des couvertures et des édredons pliés. Il manque un assortiment. Je dirais que c'est ce qui a été utilisé. Rien de plus facile dans ce cas que de sortir de la flaque de sang, de marcher sur une couverture puis de l'utiliser pour effacer les empreintes. Il suffisait ensuite d'utiliser un drap pour emballer le tout et emporter les preuves. Regardez sur votre droite. Vous voyez ces quelques gouttes de sang ? Je parie que c'est ce qui a coulé de la couverture quand on a essayé de l'emballer.

— Logique, mais pourquoi n'ont-ils pas pris autant de précautions avec le corps ?

— Parce qu'il ne signifiait rien pour eux, répondit Kane en jetant un œil à l'écran de son téléphone portable, son expression masquée par une ombre. Sarah était un simple objet de plaisir, mais une fois que la vie a quitté son corps, elle est devenue inutile.

— Donc ils se sont déshabillés et sont sortis d'ici tout nus ? C'est peu probable par ce temps. Je parie que lorsqu'ils ont demandé à Sarah de se déshabiller, ils l'ont fait aussi. Je suppose qu'on doit énormément transpirer lorsqu'on inflige autant de dégâts et je vois que le poêle n'est pas poussiéreux. Il a été utilisé récemment.

Jenna réajusta le masque sur son nez et reprit :

— Ils ont dû recevoir des gouttes de sang sur eux. Regardez la scène, il est clair qu'ils ont dû en être recouverts, même après s'être essuyés avec des draps.

— Ils se sont peut-être lavés.

Kane se déplaçait avec un soin impressionnant, utilisant la caméra de son téléphone portable pour capturer la scène sous tous les angles possibles sans contaminer les preuves.

— Rowley m'a dit qu'il y avait une rivière pas loin d'ici, reprit Kane. Assez pratique pour laver tout le sang.

Jenna secoua la tête.

— Peu probable, elle est gelée à cette époque de l'année, intervint-elle en balayant du regard le reste de la pièce. Cet endroit a été construit pour stocker des boîtes de conserve et se protéger des tempêtes, mais il devait y avoir un dortoir pour les ouvriers. Il fut un temps où ce lieu était une grande ferme d'élevage.

Elle se redressa et reprit sa progression jusqu'au bord de la pièce.

— Il n'y a pas grand-chose de plus à faire ici, ajouta-t-elle. La police scientifique sera là dans la matinée. Je pense que nous devrions fouiller le véhicule dans le but de retrouver son sac à main et son téléphone portable et vérifier s'il existe un dortoir équipé d'une salle de bains dans la propriété. Avec la présence d'un tel générateur, il se pourrait bien qu'il existe un système pour l'eau chaude des douches, et dans ce cas, je sais que la scientifique peut faire des miracles en analysant les eaux usées.

Elle marcha vers l'entrée et poursuivit :

— Nous devrons envoyer des chiens ici pour chercher les vêtements et les couvertures ensanglantés. Ils doivent les avoir jetés quelque part.

— Ils les auront certainement déjà brûlés. S'ils ne se sont pas déshabillés, ils auront eu besoin de vêtements de rechange. Personne ne va retourner en ville tout nu par ce temps, dit Kane en éteignant les lumières tout en suivant Jenna dans l'escalier, ses pas ne faisant aucun bruit derrière elle. C'était donc prémédité.

— Peut-être pas. Une personne sportive transporte souvent des vêtements de rechange ou une tenue de sport dans sa voiture.

— Ce qui voudrait dire que Rockford et ses potes correspondent également au profil.

Elle changea ses gants en latex et se dirigea vers le SUV garé dans la grange.

— Je vais jeter un coup d'œil à l'intérieur, reprit-elle. Préparez votre appareil photo.

Elle fouilla le véhicule, regardant sous les sièges et dans tous les coins et recoins.

— Rien. Il faudra examiner les poubelles depuis ici jusqu'au motel au cas où ils auraient jeté son sac. Le prochain ramassage des ordures ne se fera que demain matin ; avec un peu de chance...

— Je vais mettre Daniels sur le coup, déclara Kane en saisissant son téléphone satellite pour passer l'appel.

Jenna ouvrit la voie jusqu'à l'extérieur de la grange et scruta les environs. Elle repéra un vieux bâtiment à une courte distance de la maison.

— Là-bas, au bout du chemin. Je parie que c'est un dortoir.

— Et le chemin a été dégagé récemment, ajouta Kane en se frottant le menton. Mais peut-être pas par notre tueur. Du bétail a été amené par ici au cours des derniers jours.

Il donna un coup de pied dans une bouse de vache congelée.

— Ouais, c'est tout récent, confirma-t-il. Ça peut être le fait de n'importe lequel des ranchs aux alentours. Rowley m'a dit que les éleveurs utilisaient cette propriété pour accéder aux terres adjacentes.

— Allons voir, mais changez vos surchaussures.

Jenna retira les housses bleues autour de ses bottes et fouilla dans sa poche pour en trouver d'autres.

— Au cas où nous aurions récupéré une trace de sang sur la scène de crime, ajouta-t-elle.

Elle observa autour d'elle et vit que Kane avait déjà retiré ses surchaussures et son masque et l'observait avec amusement.

— Désolée. J'oublie parfois que je ne suis pas avec Rowley.

— C'est ce que j'ai cru comprendre, dit-il avec un sourire en coin. J'ai passé quatre ans à la crim' et je suppose que vous avez eu une expérience similaire. Si nous n'arrivons pas à résoudre cette affaire ensemble, c'est que ma blessure à la tête m'a affecté bien plus que je ne le crois.

Il protégea ses bottes avec les housses de plastique bleu et avança vers le dortoir.

38

L'inspection du dortoir ne laissa aucun doute sur le fait que quelqu'un avait fait le ménage. La forte odeur de javel persistait, supprimant toute chance de trouver des traces de sang et dès cet instant, leur affaire devint un meurtre avec préméditation. Au moins, l'équipe médico-légale passerait l'endroit au peigne fin et il suffirait de quelques cheveux pour recueillir de l'ADN et le faire correspondre à un suspect et identifier le meurtrier. L'odeur de chlore chassa l'odeur de sang dans les narines de Kane, même si la porte de la cave qu'il avait laissée ouverte avait permis de dissiper partiellement la puanteur. Il avait redouté le moment où il allait devoir retourner sur la scène du crime, mais son malaise à l'idée de revoir le corps de Sarah s'était effacé en présence de Jenna. Son professionnalisme presque clinique avait renforcé son flegme habituel face à une victime ; et dès le moment où ils étaient sortis du dortoir, son appétit avait annoncé son retour avec un long grognement. Il surprit le petit sourire de Jenna et lui donna un léger coup de poing amical sur le bras.

— OK, vous m'avez eu. Je n'ai rien mangé du tout, mais j'ai apprécié le café.

— Je ne m'attendais pas à ce que vous mangiez quoi que ce soit, avoua-t-elle, lançant un coup d'œil à la grange dans une expression de dégoût. Je n'aurais rien pu avaler pendant une semaine si j'avais trouvé le corps. Ça aurait été un choc de la voir. C'était plus facile d'y aller avec de la lumière, tout en sachant à quoi m'attendre, et avec vous à mes côtés.

Elle fronça les sourcils à la vue de ses adjoints adossés contre le véhicule de patrouille, engagés dans une conversation intense.

— Qu'est-ce qu'ils nous mijotent, ces deux-là ? Vous pouvez vous occuper d'eux ? J'ai besoin de me laver les mains.

— Bien sûr, répondit Kane en se dirigeant vers les deux hommes.

Il leur ordonna de faire venir Rockford, Watts et Beal à la brigade pour les interroger et marcha vers la maison. Il parlerait aussi à Davis ; l'agent immobilier n'était plus en haut de sa liste de suspects, mais ce dernier pourrait lui livrer des informations sur l'endroit où vivait Stan Clough.

Une voiture de police débarqua dans l'allée et s'arrêta tout près de la maison. D'après le logo sur le côté du véhicule, la brigade du shérif du comté de Blackwater avait envoyé deux agents pour les relever. Il patienta sur le perron et, une fois les présentations faites, il livra aux hommes un aperçu de la situation. Il les accompagna à l'intérieur et il croisa Jenna dans le couloir.

— Shérif Alton, voici les adjoints Jones et Clarke du comté de Blackwater.

— Merci d'être venus, déclara Jenna avec un sourire amical, et elle leur fit signe d'entrer dans la pièce. Par ici, s'il vous plaît.

Kane laissa Jenna donner ses ordres et se promena dans la cuisine, plus qu'heureux de voir une cafetière fumante disposée sur un banc à côté de nombreuses tartes recouvertes d'un film plastique et d'autres délicieux mets provenant du café Chez Tante Betty. Jenna avait apporté suffisamment de provisions pour une semaine, notamment de la soupe et d'autres produits qui se trouvaient à côté du micro-ondes.

Après avoir rempli deux assiettes en carton, il versa deux mugs de café puis sourit lorsqu'il aperçut des boîtes de lait et de crème posées dans la neige sur le rebord de la fenêtre de la cuisine. Il ouvrit le venteau, en saisit une et versa le liquide en quantités généreuses dans les tasses fumantes.

— Vous faites un sacré homme au foyer, lança Jenna en lui assénant un coup de coude familier. Je suis surprise que personne n'ait mis le grappin sur vous.

Elle prit un café et une assiette et se laissa tomber avec lassitude sur l'une des chaises à côté de la table, puis entreprit de remplir sa tasse de sucre.

Cette scène familière déclencha un souvenir dans l'esprit de David Kane et le visage de sa femme lui apparut. *Annie*. L'image qu'il percevait d'elle était toujours la même, et pas celle de la femme pleine d'énergie qu'il avait aimée plus que tout au monde. Son esprit lui jouait des tours macabres. *Repousse cette pensée. Dans cette vie, elle n'existe pas*. Il posa sa tasse et son assiette sur la table puis s'assit en face de Jenna. Dès qu'il repensait à Annie, le flot d'émotions était puissant, et il devait masquer tout signe révélateur de détresse face à Jenna. Bien sûr, dans le cadre de son travail, il s'était souvent sorti de situations difficiles, mais duper Jenna ne serait pas si simple. Il leva les yeux et rencontra son regard inquisiteur. Il força sa voix à rester stable.

— Maîtriser les travaux domestiques est nécessaire à la survie. Si je ne pouvais pas cuisiner ou prendre soin de moi, je ne vivrais pas très longtemps, n'est-ce pas ? dit-il dans un soupir, se rappelant comment Jenna s'était fait un devoir de le nourrir depuis son arrivée. Je n'ai jamais eu à compter sur quelqu'un d'autre pour me sustenter... Enfin, jusqu'à maintenant, il semblerait.

— Oh, je vois, fit Jenna en riant, et il lui sourit en retour.

Fort, beau, et autonome sur le plan domestique. Vous n'êtes pas au courant que les femmes rêvent de rencontrer un gars comme vous ?

Abasourdi, il avala une gorgée de café brûlant. *Oh, merde, je fais quoi maintenant ?* Elle avait renversé les rôles en un instant. *D'accord, jouons à ce petit jeu.* Il décida qu'il lui offrirait la version normale de lui, celle en dehors du service, et verrait comment les choses évolueraient entre eux. Pour l'instant, il avait besoin d'une amie. Vivre une vie remplie de mauvais souvenirs était trop triste. Il appréciait la compagnie de Jenna et ils travaillaient ensemble comme s'ils étaient partenaires depuis longtemps, mais tout le reste devrait attendre. Pour le moment, un trou béant et saignant se trouvait à l'endroit où son cœur était censé battre, mais avoir Jenna comme amie, il pouvait se l'autoriser. Peut-être qu'un peu plus tard, elle serait la femme qui guérirait sa peine.

Il laissa un lent sourire courber ses lèvres, se pencha en arrière et, adoptant une pose nonchalante, il fixa Jenna.

— Ce n'était pas de la drague, n'est-ce pas, madame ?

S'attendant à ce qu'elle lui rie au nez ou le réprimande, il souleva sa tasse en ne la quittant pas du regard. Jenna ne cilla pas ; elle semblait réfléchir à sa réponse. Il se racla la gorge et regarda en direction du sol.

— Rowley m'a dit que vous avez été le centre de l'attention dernièrement, lâcha Jenna. Il a essayé sans succès d'obtenir un rendez-vous avec toutes les serveuses de Chez Tante Betty et pour vous, elles semblent toutes tomber comme des mouches. Il pense que vous êtes gay, au fait. Vous dissimulez très bien vos émotions, mais je vois comment vous réagissez aux attentions des femmes, dit-elle en gloussant, puis elle lécha une gouttelette de café sur le bord de sa tasse. Les femmes vous font-elles peur ?

— Non.

Son attention se porta sur la langue rose de Jenna et il détourna le regard, honteux de la façon dont son corps réagissait, comme si le fait qu'il la trouvait sexy équivalait à tromper sa femme.

— Je lui ai dit que je préférais les femmes, pas les filles, ajouta Kane.

— C'est ce qui se dit, dit Jenna en arquant un sourcil noir. C'est étrange. Je ne vous connais que depuis peu, mais je vous fais confiance. C'est comme un instinct inné, comme si nous étions les mêmes. Même passé, mêmes secrets.

— Je suis sûr que nous sommes semblables à bien des égards et je vous fais confiance aussi.

Il fit glisser sa main sur le plateau de la table pour atteindre et recouvrir celle de Jenna. Sous sa paume, elle était petite et froide.

— Je travaille sur certaines choses en ce moment, reprit-il. Pas seulement ma blessure. J'ai récemment subi une rupture très douloureuse et je ne suis pas le genre de personne qui se sert des femmes pour assouvir ses désirs sexuels. J'aime la stabilité et le long terme, pas les aventures d'un soir, conclut-il en frottant son pouce sur le poignet de Jenna.

L'un des adjoints de Blackwater marcha bruyamment dans le couloir et ils s'éloignèrent brusquement. Kane pivota sur son siège et sourit.

— Il y a du café tout frais.

— Non merci, fit l'adjoint Jones en touchant son chapeau, puis il adressa un regard à Jenna. Madame, je viens de recevoir un appel de l'adjoint Rowley. L'équipe médico-légale lui a donné plus de précisions sur son arrivée. Ils se dirigent vers Black Rock Falls en hélicoptère et l'adjoint Rowley leur a demandé de venir directement ici. Ils ont étudié la zone et pensent qu'ils ont de la place pour atterrir dans l'allée si nous déplaçons les véhicules de patrouille.

— Faisons ça, dit Jenna en se levant d'un bond. Ils arrivent dans combien de temps ?

— Dix minutes, répondit Jones en se retournant pour se diriger vers la sortie.

Kane se leva et lança :

— Je vais déplacer mon véhicule. La nuit va être longue.

Il termina son café et marcha vers l'évier pour rincer sa tasse.

— David ?

Il adressa un regard à Jenna par-dessus son épaule avant de répondre.

— Oui ?

— J'aime bien vous avoir dans les parages, dit-elle en souriant.

Il se détourna de l'évier, posa une main sur son épaule et la serra.

— Merci.

39

L'équipe médico-légale se déplaçait comme un mécanisme bien huilé. Trois heures après son arrivée, le corps de Sarah était chargé dans l'hélicoptère et l'équipe terminait ses recherches.

Kane se tenait à côté d'Alton et écoutait avec intérêt le médecin légiste en chef, Simon Duvall.

— Je ne crois pas que vous ayez contaminé la scène de crime et je vais utiliser les échantillons de cheveux que nous avons prélevés sur vous deux pour écarter votre ADN, si jamais. Il n'y avait pas grand-chose à faire. Nous avons le corps de M. Helms et vous aurez mon rapport complet sur les deux victimes dès que possible. Je vais également effectuer un dépistage de drogues pour les deux, mais d'après les blessures causées sur Mlle Woodward quand elle a tenté de se défendre, je pense qu'elle était pleinement consciente de la situation.

Il se frotta une épaule et grimaça comme s'il souffrait.

— Je ne suis pas catégorique, mais je pense avoir découvert une empreinte de pas partiellement recouverte de sang. Une fois que nous aurons apporté les photos au laboratoire, je pourrai me faire une meilleure idée.

Il tendit la main à Alton et reprit :

— Je reste en contact. Je vous tiens au courant.

— Merci.

Alton lui serra la main et laissa échapper un soupir de soulagement. Duvall adressa un signe de tête cordial à l'attention de Kane et se dirigea vers l'hélicoptère. L'adjoint le regarda s'éloigner.

— Il a l'air compétent. Vous le connaissez depuis longtemps ?

— Oui et non, il est très professionnel.

La turbine de l'hélicoptère démarra et elle dut élever la voix.

— J'espère que les adjoints du shérif de Blackwater ont remballé notre matériel et sont prêts à le charger. J'ai hâte de rentrer et de prendre une longue douche chaude, conclut-elle en faisant demi-tour.

Avant que Kane ne puisse la suivre, une élégante voiture de sport noire contourna les arbres et se dirigea vers la maison à toute vitesse, les roues arrière dérapant sur la glace. La personne qui conduisait semblait nerveuse au plus haut point. Le véhicule s'arrêta à quelques mètres de là. Rockford, le maire, en sortit et claqua la portière avec une telle force que la vitre latérale vola en éclats. *OK, il vient d'apprendre que son fils est au poste.*

Kane se redressa et posa une main sur son revolver de service. Hors de question qu'il laisse cet imbécile faire pression sur Jenna. Il se déplaça afin de bloquer la porte d'entrée et attendit en haut des escaliers. Il entendit des bruits de pas et la voix de Jenna derrière lui.

— Je m'attendais à une visite du maire. Il est sûrement venu pour se plaindre de la manière dont nous utilisons les deniers du contribuable, dit Alton en grimaçant. Oh, c'est vrai, j'oubliais. Nous avons son fiston à la brigade. Je parie que son avocat est déjà là-bas.

— Laissez-moi m'en occuper cette fois, d'accord ?

Alton s'éloigna tandis que Kane restait bien en place, observant le maire qui s'approchait. Il descendit quelques marches.

— Monsieur le maire, n'est-ce pas ? Que puis-je faire pour vous ?

— Vous pouvez libérer mon fils, voilà ce que vous pouvez faire, lâcha Rockford, le visage écarlate de colère. Qu'il ait été en état d'ivresse est une chose, mais lui faire rater son entraînement de hockey, c'en est une autre. Si vous vouliez l'interroger à propos de l'incident à l'hôtel Cattleman, je l'aurais amené moi-même au poste à la première heure demain matin.

Kane leva le menton pour regarder de haut l'homme en colère.

— Votre fils n'a pas été arrêté. Il nous aide dans notre enquête et est libre de partir quand il le souhaite. Il n'a pas été inculpé, mais j'aimerais l'interroger.

— Où est le shérif Alton ? Je ne parle pas à un subalterne, fit Rockford en agitant une main grassouillette en direction de la porte. Allez la chercher immédiatement.

Kane refoula l'envie de prendre l'homme par sa cravate hors de prix et de le projeter contre sa voiture de luxe. Il lui lança l'un de ces regards pleins de morgue dont il avait le secret.

— Elle est occupée.

— Pas trop occupée pour me parler. Rappelez-vous qui signe son chèque à la fin du mois.

— J'ai bien peur que vous ne deviez attendre votre tour, nous avons été un peu occupés ces deux derniers jours, dit Kane en haussant les épaules. Je suis sûr que nous aurons le temps d'interroger votre fils à la première heure demain matin.

— Que voulez-vous savoir exactement ? Je suis certain que je peux dissiper tout malentendu.

— Il s'agit d'une enquête de routine et votre fils et ses amis ont accepté de venir au poste pour répondre à quelques questions. Malheureusement, le shérif et moi avons été trop occupés pour repasser à la brigade. Je suis sûr que vous comprenez ?

Kane roula lentement des épaules de manière nonchalante, ce qui fit briller les yeux du maire d'une lueur de rage.

— Si vous voulez bien m'excuser, reprit Kane, la journée a été très longue et je dois remballer notre matériel.

Il tourna les talons pour s'éloigner et le maire le saisit par le bras.

— Attendez une minute, dit Rockford en augmentant la pression de son empoigne. Vous faites partie de mon personnel et j'exige le respect. N'oubliez pas que je peux vous faire démettre de vos fonctions d'un simple trait de stylo.

Kane fixa la main de l'homme pendant une longue minute puis releva lentement le regard vers son visage. Il remarqua que la colère de Rockford s'était transformée en incertitude et il prit une profonde inspiration.

— Le respect va dans les deux sens. Si vous me touchez encore une fois, nous allons avoir un problème et croyez-moi, vous ne voulez pas avoir de problème avec moi.

— Vous me menacez ? demanda le maire tout en laissant tomber sa main et en faisant un pas en arrière.

— Pas plus que vous ne m'avez menacé, rétorqua Kane en continuant de le fixer. Je fais mon travail et la seule personne à qui je dois rendre des comptes est le shérif Alton. C'est elle qui embauche et qui licencie, pas vous. Maintenant, monsieur, le shérif a besoin de mon aide. Si vous voulez bien m'excuser ?

Il tourna enfin les talons, grimpa les marches et ferma la porte derrière lui après être entré dans la maison.

— D'après l'expression sur votre visage, je suppose qu'il vous a insulté ? dit Alton en lui lançant un soupir étincelant alors qu'elle sortait de la cuisine, un carton rempli de nourriture dans les bras.

— Non, il a menacé de me virer, c'est tout, répondit Kane en gloussant. On dirait un porc qui s'ébroue quand il est en colère. J'ai eu du mal à m'empêcher de lui rire au nez.

— C'est quoi, son problème ? demanda Alton en calant le carton sur l'une de ses hanches.

Kane lui ouvrit la porte d'entrée et jeta un coup d'œil à l'extérieur ; l'obscurité avait tout englouti.

— Rowley a fait venir son fils à la brigade pour interrogatoire. C'est pour lui une déclaration de guerre. Je ne pense pas que ce soit la dernière fois que nous entendons parler de lui.

40

Jenna marcha le long de la grange de son ranch, heureuse de voir les phares du SUV de Kane tout près derrière elle. Bien que les détecteurs de présence aient fonctionné et actionné les lumières autour de la propriété dès leur arrivée, une sensation de malaise planait au-dessus d'elle. Il était de notoriété publique qu'elle vivait seule, et l'accident et le double homicide avaient mis ses nerfs à vif. La catastrophe avait été évitée de justesse et il ne s'agissait peut-être que d'un simple accident, mais sa peau se hérissait à l'idée que les meurtres pouvaient avoir été commis dans l'intention de lui faire passer un message. Elle entendit un craquement et se retourna, plaçant rapidement une main sur son arme à la ceinture.

— Tout va bien ? demanda Kane en lui jetant un regard interrogateur. Vous n'avez pas bougé depuis un moment.

Sa main passa de la crosse du pistolet au bouton de la ceinture de sécurité et se força à sourire.

— Oui, tout va bien. La journée a été longue et mouvementée. J'essayais de me remettre les idées en place.

— J'ai jeté un œil aux alentours. La façon dont vous avez

réglé les lumières et l'absence d'arbres font qu'il serait très diffi-cile pour quiconque de se dissimuler.

Kane fit un geste en direction de la porte automatique de la grange.

— C'est Fort Knox, ici. J'imagine qu'elle est inviolable, je me trompe ? Il ne reste que chez moi et votre maison. Nous pouvons faire un tour de reconnaissance rapide, puis je déchar-gerai ce qui doit l'être. Pour le reste, ça pourra attendre demain matin.

— Bonne idée.

— Vous allez m'accompagner chez moi, je vais déballer les tartes et les denrées périssables, puis nous irons nous assurer que votre maison est sûre.

— Parfait, merci.

Alors qu'ils marchaient le long de la grange, l'attention de Jenna se porta sur chaque ombre qu'elle distinguait.

— Je dois admettre qu'après ce qui s'est passé, vivre seule ne semble plus être une si bonne idée, lâcha-t-elle.

Kane savait reconnaître le regard d'une personne traquée, il avait été confronté à ça de nombreuses fois et il se demandait quel genre de menace cachait Jenna au fond d'elle-même. Elle semblait fuir quelqu'un et il ne croyait pas vraiment à la version qu'elle lui avait livrée. À sa façon de se mouvoir et de gérer une crise, il avait supposé que c'était une ancienne des forces spéciales, mais désormais, il n'en était plus si sûr. S'il n'avait pas réussi à obtenir des informations sur elle de la part de ses contacts alors que ceux-ci remontaient jusqu'au président en personne, cela signifiait que sa couverture était très profonde. Elle avait probablement subi le même genre d'opération de chirurgie plastique que lui qui avait consisté dans son cas à effacer les tatouages qui le reliaient au corps des marines. Sa couverture était solide, impénétrable, et seules trois personnes sur terre connaissaient son véritable nom et le lieu où il était.

Il traversa sa maison, vérifiant chaque pièce, puis récupéra le carton de nourriture et son sac dans le SUV. Il passa les environs au peigne fin à l'aide de son scanner puis sourit à Jenna.

— Tout va bien.

Il remarqua ses épaules qui se relâchaient et il désigna les bouteilles de vin couchées sur un support métallique sous l'îlot central de la cuisine.

— J'ai une excellente bouteille de pinot noir et des steaks dans le congélateur. Que diriez-vous de me laisser cuisiner pour vous ce soir ?

— Je ne suis pas sûre d'être une très bonne compagnie, déclara Alton en ôtant son bonnet en laine pour frictionner ses cheveux vigoureusement. Je pourrais m'endormir à table.

Kane gloussa.

— Dans ce cas, je vous installerai dans le canapé près du feu.

— OK, d'accord, répondit Alton avec un sourire chaleureux.

Son masque professionnel de shérif disparut et la véritable Jenna émergea comme un perce-neige au printemps. Elle bâilla.

— Je vous rejoins après une longue douche.

Kane extirpa deux steaks du congélateur.

— Prenez votre temps.

Il remarqua une ombre traversant son visage et ajouta :

— Lorsque vous êtes prête, pourquoi ne pas tout simplement me passer un coup de fil et je passerai vous chercher ? Il fait trop froid pour marcher.

— Faisons ça. Merci. Vous êtes toujours aussi prévenant, d'habitude ?

— Arf, la plupart des gens avec qui j'ai travaillé pensent que je suis un emmerdeur arrogant, avoua-t-il en raccompagnant Jenna à la porte. Parfois, cette image a ses avantages.

— Tout est une question d'image, on dirait bien.

Elle franchit la porte et fit quelques pas en direction du SUV de Kane ; elle ouvrit la portière puis le fixa de son regard azur.

— Il m'a fallu des années pour gagner le respect des autres ici à Black Rock Falls. Je suppose que ça a fonctionné. Peu de gens me cherchent des poux.

Kane la conduisit jusqu'à sa porte d'entrée et, tout en laissant le moteur tourner, il avait eu l'intention de faire le tour du véhicule pour lui ouvrir la porte, mais elle avait déjà sauté de son siège et avait rejoint le perron avant même que ses pieds à lui n'aient eu le temps de toucher le sol glacé. Il lui emboîta le pas.

— Je vais examiner l'intérieur, juste pour être sûr.

— Merci, mais si quelqu'un s'était introduit par effraction, il aurait déclenché l'alarme et une notification aurait directement été envoyée sur mon téléphone portable.

Ses lèvres se recourbèrent en un sourire puis elle monta les marches et déverrouilla sa porte.

Kane remarqua immédiatement que le panneau de contrôle de sécurité fixé sur le mur du couloir était éteint et la tira vigoureusement en arrière avant qu'elle n'ait pu faire un pas à l'intérieur.

— Retournez à la voiture, chuchota-t-il. Ne faites pas de bruit.

Il la suivit et fit marche arrière dans l'allée jusqu'à son garage.

— Le générateur que nous avons utilisé est votre alimentation de secours pour le système d'alarme, non ?

— Oui, mais la porte d'entrée n'a pas été forcée, dit Alton, le regard noir. J'ai peut-être oublié d'enclencher l'alarme. J'étais pressée quand je suis venue ici récupérer le matériel.

— Non, l'électricité de la maison est coupée, déclara Kane.

Quand je suis venu chez vous la première fois, la lumière de l'entrée m'a presque aveuglé. Maintenant, les projecteurs qui bordent l'allée sont les seuls à fonctionner. Peut-on entrer chez vous par-derrière ?

— Oui, j'ai la clé de la porte de la cuisine, répondit-elle en le fixant longuement. Je ne l'ai pas ouverte depuis un certain temps. Je m'en sers rarement.

Elle soupira, leva un sourcil puis reprit :

— Qu'est-ce qui vous fait penser qu'un meurtrier prendrait le risque de venir ici alors que vous habitez tout près ? Ça n'a pas de sens. Je suis sûre que c'est juste un fusible.

Kane fit un geste de la main en direction de l'allée.

— S'il n'y a rien à craindre, pourquoi tous ces systèmes de sécurité ? Pourquoi avoir placé des micros chez moi ? Vous avez fait ça bien avant le premier meurtre. Si quelqu'un d'autre vous menace, vous devriez peut-être me donner un nom. Personne d'autre dans cette ville ne sera capable de vous aider aussi bien que je le peux. Votre instinct vous dit que j'ai raison, tout comme je sais que je peux vous faire confiance. Nous sommes pareils.

— C'est ce que j'ai cru comprendre, mais si la personne qui me menace découvre où je me trouve, alors Dieu lui-même ne pourra pas me sauver, déclara Alton en levant le menton en signe de défi. Au début, je pensais qu'on *vous* avait envoyé pour me tuer. Après trois ans, j'avais un peu baissé ma garde et le fait de vous voir dans ce SUV noir, ressemblant à celui d'un tueur à gages professionnel, m'a vraiment fait un choc. C'est pour ça que j'ai pointé mon arme sur vous après l'accident.

— Eh bah, intervint Kane en lui souriant dans l'espoir de rompre la tension, je vous ai trouvée très peu amicale en effet, alors que j'essayais de jouer au preux chevalier. Vous êtes certaine de ne pas vouloir me donner le nom de ce type ? Je ne suis pas Dieu, mais je suis le plus proche allié que vous puissiez avoir en ce moment.

— Si je vous donnais un nom, vous seriez impliqué. Laissez tomber. S'il vous plaît.

Elle mordilla sa lèvre inférieure qui devint rouge sang.

— Je vous en ai déjà dit plus que je n'aurais dû, reprit-elle en indiquant la maison. J'espère qu'elle n'est pas piégée.

Kane ouvrit sa porte.

— Si l'endroit est piégé, nous n'avons aucune chance de découvrir un dispositif de déclenchement ou de repérer quelque chose d'inhabituel dans l'obscurité. Je vais faire une reconnaissance du périmètre pour m'assurer que personne ne rôde autour et nous pourrons examiner la maison aux premières lueurs du matin. Prenez mon fusil et surveillez mes arrières. Si quelqu'un est ici, il sera de ce côté de la maison et utilisera les ombres autour des dépendances pour se déplacer à couvert.

— Autant dessiner une cible sur votre dos ! Je refuse que vous mettiez votre vie en danger. Je vais appeler des renforts.

— Je n'ai pas l'intention de me promener sous les lampadaires. Croyez-moi, je l'ai fait des milliers de fois et sous les balles, mais c'est vous qui commandez.

— OK, j'admets que l'expérience acquise au combat est utile dans ce cas de figure.

— C'est certain. Venez avec moi et faites attention où vous mettez les pieds.

Kane agrippa son bras et la conduisit vers la porte à l'arrière du garage.

— S'il y a quelqu'un dehors, il pensera maintenant qu'on est entrés chez moi, dit-il en entrouvrant la porte. D'ici, vous pouvez voir les dépendances. Je vais me déplacer en dehors de la zone éclairée. Si je débusque quelqu'un, vous avez le fusil, ajouta-t-il en se tournant pour lui faire face. Je vous préviendrai si je vois quelqu'un traîner dans le coin. Restez ici bien cachée. Si quelqu'un sort de l'ombre, appuyez sur votre boucle d'oreille et utilisez le fusil. Je serai de retour dans cinq minutes.

Sans attendre sa réponse, il rabattit son bonnet sur son front et remonta le col de sa veste pour se couvrir. Il se faufila le long du garage et se déplaça dans l'ombre de la grange, à l'arrière des autres bâtiments. Furtif et rapide, il couvrit la distance sans rien voir d'inhabituel. Lorsqu'il contourna la dernière bâtisse et qu'il eut l'arrière de la maison en vue, un lapin croisa son chemin en faisant autant de bruit qu'un bœuf avant de disparaître dans les sous-bois. Il attendit, le cœur battant, le moindre son de mouvement, mais l'endroit était manifestement désert. Depuis le coin le plus au nord, des projecteurs éclairaient l'autre côté de la maison jusqu'à la ligne de clôture.

Il fit demi-tour, refit le parcours dans le sens inverse en revérifiant chaque zone d'ombre. Quand il arriva au garage, il s'arrêta juste devant l'entrée.

— La voie est libre.

— Merci, mon Dieu, lâcha Alton en le rejoignant, le fusil paraissant énorme dans sa petite main. Pouvez-vous me conduire en ville ? Je vais prendre une chambre au motel.

— Il est tard et nous sommes tous les deux épuisés. Restez avec moi cette nuit, dit Kane en lui prenant le fusil des mains pour le ranger dans son véhicule. Je cuisinerai pendant que vous prendrez une douche et je préparerai la chambre d'amis pour vous.

— D'accord, mais je dois vous emprunter quelque chose pour dormir. Je peux mettre mes vêtements dans la machine à laver et les faire sécher pour demain matin, fit-elle avec un sourire fatigué. Merci, vous êtes vraiment mon bon samaritain.

Il attendit qu'elle se rapproche de lui et verrouilla son SUV.

— J'espère bien, ajouta-t-il. Quelqu'un doit vous garder en sécurité.

41

Plus tard dans la soirée, Jenna se glissa dans le lit de la chambre d'amis de Kane et laissa les événements de la journée se dissiper dans son esprit. Elle repensa au délicieux repas que son adjoint avait préparé. Elle sourit en entendant son léger ronflement qui grondait dans le couloir. Il avait agi de manière froide et dominatrice au début, mais elle avait vu une nouvelle facette de sa personnalité, plus douce, un côté qu'elle appréciait beaucoup. Elle se blottit sous les couvertures et ferma les yeux. Alors qu'elle sombrait dans le sommeil, une question lui traversa l'esprit. *Qui es-tu vraiment, David Kane ?*

Le lendemain matin, après une séance d'entraînement matinale et un petit déjeuner en compagnie de Kane, Jenna le suivit jusque derrière chez elle. La neige ne présentait aucune trace ; la façon dont son adjoint examinait méticuleusement chaque endroit possible à la recherche de fils de détonateur ou de plots de détection de mouvements renforçait l'opinion qu'elle s'était faite de lui. Il se déplaçait comme un *marine* et se comportait comme un agent des forces spéciales ou des services secrets. Elle avait remarqué les minuscules cicatrices sur son visage, les mêmes qu'elle avait eues après une importante opération de chirurgie plastique, et il avait certainement subi un traumatisme crânien.

Lorsqu'il était sorti de la douche, les cheveux humides, la longue cicatrice sur son cuir chevelu avait été bien visible. Le fait qu'il ait survécu à une balle dans la tête sans aucun effet secondaire en disait long sur la capacité de résilience de cet homme.

Après avoir passé une heure à fouiller la propriété à la recherche d'éventuels explosifs, elle regarda, impuissante, Kane reconnecter le groupe électrogène de secours à la maison et à la grange. Elle frissonna et tapa des pieds pour tenter de les réchauffer.

— Et maintenant ?

— Je vais vérifier le boitier de connexion à l'intérieur, dit Kane en posant sa grande main sur son dos pour la faire entrer. Où est-il ?

— À côté de la porte du fond, répondit-elle en l'accompagnant à travers le couloir.

— Ce n'est pas un fusible, dit Kane en souriant. Le disjoncteur principal s'est coupé. Vous devez avoir un appareil défectueux. C'est bon, maintenant, ce qui veut donc dire que ça n'est rien qui soit branché en ce moment même, conclut Kane en se dirigeant vers la cuisine. Je vais chercher vos affaires dans la voiture.

— Je vais vous aider, proposa Jenna en le suivant jusqu'à l'entrée. Je parie que c'est le grille-pain. Une tranche de pain s'est coincée dedans hier et ne voulait pas sortir. J'ai dû faire levier avec un couteau et j'ai peut-être endommagé quelque chose au fond.

— Au fond ? dit Kane en gloussant. J'espère que vous avez eu le bon réflexe de le débrancher d'abord.

— Oui, mais je ne l'ai pas réutilisé avant de partir, répondit Jenna en le fixant, puis une pensée lui traversa l'esprit. Ça pourrait aussi être le chauffage de ma chambre. Il fait des siennes ces derniers temps.

— Je vais y jeter un coup d'œil si vous voulez, dit-il en s'éloignant. D'après tout le matériel qu'il y a ici, je m'attendais à ce que vous soyez un génie de l'électronique.

Jenna lui emboîta le pas et se retrouva près du SUV, Kane déjà occupé à charger ses bras de matériel.

— Je me débrouille très bien, mais quand les grille-pain et les chauffages tombent en panne, je les jette généralement à la poubelle, et j'en achète de nouveaux.

— C'est ce qu'il y a de mieux à faire, dit Kane en soulevant le micro-ondes puis il ferma la portière d'un coup de hanche.

Elle grimpa les marches avant lui ; elle appréciait la façon qu'il avait de toujours se tenir derrière elle pour protéger ses arrières comme un véritable garde du corps. Kane était certainement différent de tous ceux avec qui elle avait travaillé dans le passé. Évidemment, il restait très professionnel et la traitait avec respect, mais elle sentait de la fragilité quand il baissait sa garde. Elle avait été témoin de sa tristesse après avoir découvert le corps de Sarah Woodward ; sa réaction avait été différente face au cadavre dans le baril. Kane avait perdu un être cher et elle pensait que c'était récent.

Bien qu'il ait négligé de mentionner les circonstances ayant entraîné sa blessure à la tête, elle avait compris que l'incident s'était produit dans l'exercice de ses fonctions, mais elle avait l'étrange sentiment qu'il avait perdu quelqu'un de proche ce jour-là. Elle posa le carton de vaisselle sur la table de la cuisine et lui lança un regard. Il avait été vaillant et fiable lorsqu'ils s'étaient retrouvés dans les bois et qu'il l'avait protégée du tireur. Peut-être avait-il perdu son partenaire le jour où un crétin lui avait tiré une balle dans la tête. Un homme comme Kane pourrait estimer qu'il avait failli à protéger les arrières d'un frère d'armes. Si c'était ça, cela expliquerait son côté surprotecteur à son égard. *J'imagine qu'il me le dira quand il le sentira.*

— Ça va ? demanda Kane, la mine inquiète.

— Oui, ça va, répondit-elle alors qu'elle détaillait ce qu'elle avait au réfrigérateur.

— Il fait froid ici. Pas besoin de frigo avec le chauffage éteint.

Il remit le micro-ondes en place et le brancha. L'appareil émit un *bip* et il prit le temps de régler l'horloge avant de se retourner vers elle.

— Prête à partir ?

— Oui, répondit Jenna en sortant de sa poche une paire de gants qu'elle enfila. Vous avez l'air impatient d'interroger Rockford et sa bande, non ?

— Oh, oui, et je vais aussi lancer un complément d'enquête sur John Davis. Il pourrait essayer de nous cacher quelque chose, ajouta Kane en se grattant la joue. Je serais curieux de voir si l'un de nos suspects figure sur la liste des propriétaires de pick-up bleus. Je veux connaître leurs allées et venues et les voitures qu'ils conduisent. Surtout Stan Clough, ajouta-t-il avec un sourire en coin. Nous allons avoir du pain sur la planche et si nous trouvons des preuves pour relier les meurtres aux tentatives d'assassinat, vous savez que vous devrez prendre du recul et me laisser la main ? Personne ne souhaite que des avocats crient au conflit d'intérêts et ruinent notre affaire.

Jenna le suivit dans les escaliers et grimpa dans son SUV.

— Je vous ai déjà dit que j'étais d'accord avec le fait que vous preniez en charge les enquêtes sur les incidents me concernant, et si les affaires sont liées, je n'aurai pas d'autre choix que de me mettre à l'écart.

— Je n'essaie pas de prendre les rênes, mais il est évident

que le meurtre de Sarah était un avertissement dirigé contre vous, dit-il, son regard bleu fouillant son visage.

Elle le fixait, abasourdie. Après l'avoir vu à l'œuvre sur le terrain, et vu son incroyable temps de réaction et sa capacité à garder en tête tous les détails des affaires en cours, il était clairement l'homme de la situation.

— D'accord, mais je ne vais pas rester enfermée dans mon bureau comme un oiseau en cage. Je travaillerai en coulisses et je demanderai à mes adjoints de mener les enquêtes. Ils pourront suivre certaines pistes si vous êtes occupé.

Il acquiesça d'un hochement de tête.

— Je dois encore déposer une réclamation pour mon véhicule de patrouille auprès de l'assurance pour en obtenir un de remplacement. Comme c'est primordial, on pourrait pourtant penser que la compagnie s'en occupe pour moi.

— Pas quand ça fait partie d'une enquête en cours, fit Kane en lui adressant un léger sourire. Ils veulent un coupable et une autre compagnie d'assurances pour couvrir la moitié ou la totalité des frais, ajouta-t-il en démarrant le moteur. J'imagine que la réclamation prendra quelques semaines. Vous avez mis Rowley sur le délit de fuite ?

— Pas encore, répondit Jenna en regardant par la fenêtre. Avec tout ce qui s'est passé, mes priorités sont ailleurs. Je veux juste que ma voiture soit remplacée.

— Ça ne se fait pas d'un coup de baguette magique. C'est une grosse somme.

Le rire de Kane résonna dans sa poitrine alors que la voiture débouchait dans l'allée.

— Vous n'avez jamais rempli de constat pour une assurance ? enchaîna-t-il.

Jenna rit.

— Oh si, mais pas pour moi personnellement, et rien de compliqué comme cet incident. Surtout des carambolages et des vols. Vous avez raison, l'assurance va faire appel à un expert et comme vous êtes le seul témoin dans ce cas précis, je suppose que vous serez contacté dans le courant de la semaine.

— Cette journée s'améliore de minute en minute, lâcha Kane en conduisant le SUV en direction du centre-ville. Et moi qui croyais avoir une petite vie tranquille.

Dès leur arrivée en ville, Jenna remarqua la porte verrouillée et l'intérieur de la brigade plongé dans le noir, puis lança un regard à Kane.

— Qu'est-ce qui se passe ? lança-t-il en sortant un trousseau de clés pour déverrouiller la porte principale. Nous avons des gens en garde à vue. Où sont Walters et Daniels ?

Elle ouvrit et actionna l'interrupteur ; le plafond s'illumina.

— Je vais vérifier s'il y a quelqu'un dans les cellules, grogna Kane en passant devant elle.

Il jeta un œil dans son bureau et s'engagea dans le couloir. La porte s'ouvrit de nouveau derrière et Jenna put apercevoir le sourire éclatant de Magnolia en se retournant.

— Bonjour. Où est tout le monde ?

— Bonjour. Vous êtes la première arrivée ce matin, dit Maggie en ôtant son manteau avant de l'accrocher à une patère près de l'entrée. Il n'y a eu aucun appel cette nuit, mais Jake essaie de vous contacter, conclut-elle en haussant les sourcils comme si elle attendait une explication.

Jenna retira ses gants et dézippa sa veste. Elle refusa de répondre à la question implicite de Maggie par une excuse. Épuisée, elle avait éteint son téléphone portable la veille au soir et Rowley n'avait pas pu la joindre sur la ligne fixe. Elle devina qu'il n'avait pas essayé d'appeler Kane pour savoir si elle avait passé la nuit chez lui. *Je suis bonne pour me faire servir le même regard accusateur aujourd'hui encore.*

— Il a laissé un message ?

— Non, dit Maggie en prenant place derrière le comptoir avant d'allumer son ordinateur. Je suppose que vous saurez en personne de quoi il s'agit bien assez tôt.

Elle leva son double menton vers la fenêtre.

— Le voilà.

Ne voulant pas discuter de quoi que ce soit devant Maggie, Jenna se dirigea vers son bureau et entendit la porte des cellules se fermer et des pas se diriger dans sa direction. Kane apparut, elle fixa son expression agacée.

— Quoi ?

— Il n'y a personne en garde à vue, lança Kane, la colère lui collant au visage alors qu'il la suivait dans le bureau. Walters et Daniels auraient dû être en service toute la nuit. Je leur ai dit que nous avions un chef d'inculpation pour retenir nos suspects pendant la nuit afin de les interroger. Ils auraient pu se relayer. Qui a autorisé leur sortie ?

Le visage de Jenna devint rouge. Elle se racla la gorge et l'observa. Bon sang, on aurait dit le ciel avant un ouragan.

— J'ai coupé mon téléphone portable hier soir et apparemment Rowley a essayé de me joindre.

— Pourquoi ne m'a-t-il pas contacté ? enragea Kane, le regard furieux.

— Pourquoi, à votre avis ? répondit Jenna en haussant les épaules. Il a probablement appelé à la maison sans succès et s'est dit que je passais la nuit chez vous. Il ne voulait pas prendre le risque de nous déranger.

— Oh, fit Kane en se frottant la nuque. Oui, je vois, mais ce n'est vraiment pas une excuse. Nous sommes des adultes et ce que nous faisons nous regarde, conclut-il avant de porter son attention vers la porte d'entrée. On dirait que c'est lui qui arrive, d'ailleurs.

Quelques secondes plus tard, l'adjoint Rowley entra dans le

bureau, une expression de gêne sur le visage. Le bout de ses oreilles avait pris une teinte rose vif.

— Bonjour, madame, dit-il en regardant Jenna puis ses pieds. J'ai relâché les suspects.

— Pourquoi ? demanda Kane en refermant la porte derrière lui.

Il s'affaissa négligemment sur une chaise devant son bureau.

— Qui vous a donné l'autorisation ? enchaîna-t-il.

— Le maire est venu ici avec un avocat qui a dit qu'il représentait Josh, Billy et Dan. Il a insisté pour que je lui montre les mandats d'arrêt et m'a demandé si je leur avais lu leurs droits, dit-il avant de prendre une longue inspiration. J'ai expliqué que le shérif Alton voulait les interroger et qu'aucune charge n'avait été retenue contre eux. Je lui ai également dit que nous avions le droit de retenir ses clients pendant soixante-douze heures sans les inculper. J'ai essayé de contacter le shérif, mais l'avocat a insisté pour que je mène l'interrogatoire en sa présence ou que je libère les suspects. Je ne pouvais pas citer de chef d'inculpation parce que je n'étais pas au courant de l'enquête en cours.

Il se passa une main dans les cheveux et piétina avant de continuer :

— Nous n'avons pas pu mettre les véhicules en fourrière non plus. L'avocat a dit que nous avions besoin d'un mandat. Comme le seul véhicule suspecté dans les affaires en cours est un pick-up Ford bleu et qu'aucun des suspects n'en possède, je n'avais pas de chef d'inculpation.

Jenna croisa ses mains sur son bureau. Elle n'avait pas l'intention de s'en prendre durement à Rowley. Il avait suivi les règles.

— Vous n'aviez pas d'autre choix, intervint-elle en surprenant l'air agacé de Kane. Juste une chose. Avez-vous demandé aux suspects de venir ici pour l'interrogatoire ou les avez-vous arrêtés ?

— Je n'avais pas de mandat d'arrêt contre eux, répondit Rowley en se redressant. J'ai assisté à l'entraînement de hockey et quand ils sont sortis des vestiaires, après l'entraînement, pas avant, je leur ai demandé de m'accompagner au poste pour répondre à quelques questions, dit-il en soupirant. Rockford s'est plaint que la police le harcelait, il a dit que c'était la troisième fois qu'on voulait l'interroger en une semaine. Leur entraîneur leur a dit qu'il valait mieux coopérer et ils sont venus de leur plein gré. Je ne les ai pas mis en cellule ni menottés. Rockford a appelé son père et peu après, l'avocat est arrivé. Le maire est reparti en fulminant et voulait vous faire virer.

— Vous avez pu les interroger ? demanda Kane en se penchant en avant sur sa chaise. Sur leurs allées et venues lors des deux incidents impliquant le shérif ?

— Oui, répondit Rowley en sortant un bloc-notes de sa poche intérieure. J'ai demandé à Rockford de me préciser ce qu'il faisait la nuit de l'accident. Il a dit qu'il avait emmené Susie Hartwig dîner et qu'elle avait passé la nuit chez lui.

Il jeta un coup d'œil à Kane et remua les sourcils.

— Vous vous souvenez sûrement de la serveuse du Chez Tante Betty ? reprit-il.

— Continuez, rétorqua Kane avec un geste de la main en guise d'excuse. Avez-vous parlé à Watts ou à Beal ?

— Non, j'ai juste interrogé Rockford. Je ne suis pas sûr que Daniels ait eu le temps de poser des questions ; il devait s'occuper de Billy Watts, dit-il en reportant son attention sur Jenna. J'ai renvoyé Walters chez lui et Daniels l'a relayé. Il s'était porté volontaire pour les recherches du sac à main de Sarah Woodward aux premières lueurs du jour. Voulez-vous que j'aille l'aider ? Je pourrais travailler sur la scène de crime au motel.

On frappa à la porte et Jenna leva les yeux pour voir Daniels.

— Ah, justement la personne que je voulais voir.

— Bonjour, madame, dit l'adjoint Daniels en affichant un sourire éclatant.

— Avez-vous eu le temps d'interroger Billy Watts sur ses allées et venues la nuit de mon accident ?

— Non, mais je lui ai demandé s'il se trouvait à proximité de Dutton Road hier matin. Il a dit qu'il s'était rendu à la décharge, mais qu'il n'avait pas pu y déposer ses ordures. Je sais pertinemment qu'il possède un fusil de chasse à bord de son SUV. Il n'est pas mauvais tireur non plus. J'ai chassé avec lui à plusieurs reprises.

— Qui vous a parlé de la fusillade ? demanda Kane en se penchant en avant sur sa chaise pour fixer l'adjoint Rowley d'un regard sombre.

— C'est Rowley, répondit Daniels en fronçant les sourcils, une expression amusée parcourant son visage. Il nous a donné à tous les deux un récapitulatif des enquêtes en cours et des questions à poser aux suspects. Le temps et les lieux principalement. Il n'a cependant pas dit un mot sur la mort de Sarah Woodward.

Il mit ses mains sur ses hanches.

— Ce n'était pas un secret, si ?

— Eh bien dans un sens, si, parce que nous devons pour le moment garder sous silence les détails de sa mort, dit Jenna en avisant l'expression médusée de Kane. Je n'étais pas joignable hier soir et Rowley a pris l'initiative de vous permettre d'interroger les suspects.

— Merci, madame, fit Rowley en accompagnant ses mots d'un sourire suffisant à l'attention de Daniels avant de se tourner vers Kane. Après trois incidents impliquant le shérif Alton en moins d'une semaine, je pense que l'un de nous doit être à ses côtés à tout moment.

Lassée que ses adjoints fassent passer sa condition de femme avant son titre de shérif, Jenna laissa échapper un long soupir.

— Je peux me débrouiller toute seule, surtout ici au bureau, et si je suis kidnappée et que je perds mon téléphone portable, mon véhicule ou mon arme, Kane a conçu un dispositif de secours pour me suivre à la trace.

Elle tapota sa boucle d'oreille et sourit à Kane avant de conclure :

— Notre nouvel adjoint est très dégourdi.

42

Abasourdi, Kane fixait Alton. Elle devait avoir complètement perdu la tête pour informer tout le monde du mouchard installé dans sa boucle d'oreille.

Il aperçut du mouvement dans le couloir et se leva. À travers l'entrebâillement de la porte, il reconnut Billy Watts qui se dirigeait vers les toilettes. Il se gratta le menton, inquiet qu'un ami de Josh Rockford ait pu entendre la conversation du shérif. La vue de Billy Watts déclencha une avalanche de connexions qu'il avait négligées. L'esprit en ébullition, il s'éclaircit la gorge et fixa Rowley.

— L'un de vous a-t-il parlé à Billy Watts ce matin ?

— Oui, et il m'attend dans une salle d'interrogatoire, répondit Daniels, qui avait stoppé sa progression vers la porte à mi-chemin. Il est revenu pour être interrogé, il dit qu'il n'a rien à cacher.

— OK, merci. Dites-lui d'attendre et je lui toucherai deux mots.

Il pivota vers Jenna, leva les sourcils et reprit :

— Ma principale préoccupation dans l'affaire du cadavre dans le baril est d'arrêter un maniaque avant qu'il ne tue à nouveau. Nous devons établir des priorités. Pour l'instant, nous n'avons pas identifié le corps avec certitude. On suppose que la victime est John Helms et j'ai demandé au père Maguire de trouver le nom de son dentiste. Si c'est lui, alors je demanderai à la police locale de contacter sa femme.

Il massa son crâne au niveau de sa plaque de métal et grimaça.

— Quelqu'un va devoir demander à la mère de Sarah Woodward de venir ici pour identifier le corps également.

— Je demanderai à Magnolia de passer les appels. Elle est très douée pour gérer les situations délicates, dit Alton en écartant une mèche de cheveux noirs de son front. J'aimerais avoir plus d'hommes. J'ai besoin d'un topo sur les cartes grises et de quelqu'un pour aider Walters à rechercher le sac à main de Mlle Woodward.

Elle soupira et enchaîna :

— Quelqu'un a-t-il eu des nouvelles de Davis à propos de l'endroit où vit Stan Clough ?

— J'ai terminé la recherche dans le fichier des cartes grises, c'est dans le dossier, dit Daniels en arquant des sourcils broussailleux. Je vais appeler mes frères au cas où ils sauraient où habite Stan Clough.

Il sourit.

— Du coup, je peux aller aider Walters si vous voulez ? Vous avez une description du sac à main de Mlle Woodward ?

Kane lui donna cette information et se tourna vers Rowley.

— Interrogez Susie Hartwig et voyez si elle peut corroborer l'alibi de Rockford.

— Vous avez trouvé le corps de Sarah Woodward au ranch du vieux Mitcham ? demanda Daniels en lui adressant un regard inquiet avant de se frotter le menton. Je veux dire, vous cherchez son sac à main entre là-bas et le motel, alors qu'est-ce qui se passe ? J'ai le droit de savoir.

— Ah oui ? rétorqua Kane en plissant les yeux. Tout ce que

vous devez savoir, c'est que nous avons trouvé son corps et que je mène l'enquête.

Kane fit signe aux adjoints de sortir et ferma la porte derrière eux avant de se tourner vers Alton.

— Pourquoi leur avez-vous parlé du mouchard dans votre boucle d'oreille ? Vous semblez inquiète du fait qu'il y ait une possible taupe dans la brigade, c'est un peu contre-productif, vous ne trouvez pas ?

— Je reconnais que c'était stupide, répondit Jenna en haussant les épaules. Il est trop tard pour faire quoi que ce soit maintenant, alors oubliez ça, ajouta-t-elle en se redressant. Je vois bien que vous gambergez. Qu'avez-vous découvert d'autre sur l'affaire ?

— Le fait de voir Billy Watts traîner dans le couloir a déclenché certaines choses dans mon esprit, répondit-il en se dirigeant vers le tableau blanc pour se saisir d'un marqueur. Je ne sais pas s'il est impliqué dans les tentatives d'assassinat, mais par coïncidence, il s'est trouvé au bon endroit au bon moment et connaît certainement des informations pertinentes pour l'une des autres affaires.

— Billy Watts ? Vraiment ?

Jenna fronça les sourcils et son visage se plissa. Elle se leva et rejoignit Kane devant le tableau blanc.

— Qu'est-ce qui vous fait croire qu'il est impliqué ? Watts est le plus discret des amis de Rockford ; en fait, c'est plutôt un outsider. D'où la dispute survenue à l'hôtel Cattleman. De quelle affaire parlez-vous ?

— Je me demande s'il n'est pas impliqué dans la disparition de Mme Woodward.

Kane inscrivit le nom de l'homme dans un espace libre en haut du tableau puis reprit :

— Supposons un instant qu'il ait assassiné Mme Woodward. Watts est un parieur, il aime les jeux d'argent, l'argent est donc un mobile possible, conclut Kane en ajoutant l'information au tableau. Il pense qu'il est tiré d'affaire et puis Sarah arrive en ville à la recherche de sa grand-mère. Il n'était pas au courant de son existence, mais pendant mon entretien avec elle, il se trouve qu'il attendait dans le box voisin que Daniels termine sa paperasse. Il aurait pu facilement entendre les détails sur les lettres et aurait été au courant de ses intentions.

Il griffonna sur le tableau et enchaîna :

— Il serait logique qu'il ait détruit les preuves puisqu'elles le désignaient. Je me suis demandé comment il avait découvert le numéro de chambre de Sarah, car le patron du motel refuse de révéler la moindre information sur ses clients, dit-il avant de faire claquer ses doigts. Et puis ça m'est revenu. Billy Watts discutait avec Sarah sur le parking, la nuit où sa voiture est tombée en panne. Il a entendu notre conversation à propos de ses intentions de rechercher sa grand-mère le lundi et de faire réviser sa voiture. Il était à peine à un mètre de nous lorsque j'ai ordonné à Daniels de l'escorter jusqu'à son motel. Billy Watts est parti en voiture dans leur direction et aurait pu la suivre et découvrir le numéro de sa chambre.

Il ajouta ces détails à la liste puis continua :

— Si Watts est impliqué dans la disparition de Mme Woodward, alors je pense que nous avons peut-être trouvé l'assassin de Sarah.

— C'est plausible, mais je n'écarterais pas Stan Clough pour l'instant. C'est le seul suspect qui a déjà un casier.

Kane hocha la tête.

— Peut-être, mais dans ce cas, la torture aurait seulement servi à extraire des informations des victimes, comme un code de carte de crédit par exemple. Ce n'est pas le MO[1] de Clough.

— Je suppose que si la grand-mère de Sarah avait séjourné chez Watts, en tant que femme de ménage par exemple, et qu'elle en avait fait mention dans une lettre, nous pourrions

---

1. *Modus operandi.*

remonter jusqu'à Mme Woodward. Watts vit seul dans un ranch non loin du stade des Larks, ce qui veut dire qu'il aurait pu facilement rencontrer Helms également. Si Helms était le genre de fan que nous imaginons, une invitation à séjourner chez un joueur de l'équipe aurait été trop belle pour être refusée.

Alton se tourna vers Kane et tapota un ongle soigné sur son menton.

— Si Watts est impliqué dans les deux meurtres et que l'argent est le mobile, nous allons avoir besoin de preuves solides.

Kane fixa le tableau.

— Nous savons que Woodward et Helms ont apparemment tous deux quitté le comté et qu'ils ont soudainement eu l'envie de retirer d'énormes sommes d'argent à des distributeurs automatiques situés dans une même zone. Nous savons que Helms a été torturé pour une raison précise. S'il a donné son code de carte de crédit, il est logique que son assassin ait retiré de l'argent en dehors de Black Rock Falls pour donner l'impression que la victime avait quitté la région. Avant que vous ne posiez la question, dans les petites villes, les caméras des distributeurs automatiques sont inutiles. Les images sont granuleuses et en hiver, les gens sont camouflés sous des bonnets et des écharpes.

Kane remit le marqueur dans son support magnétique.

— Nous avons les relevés bancaires et si nous pouvons prouver que Watts ou l'un de nos suspects étaient à ces endroits, nous avons un chef d'inculpation pour une arrestation, et pour info, Stan Clough est toujours fermement dans mon collimateur. Dès que je découvrirai où il se trouve, je m'accrocherai à lui comme des puces sur un chien.

— J'irai voir le juge personnellement et tenterai d'obtenir tous les mandats possibles pour obtenir les relevés téléphoniques et GPS.

Les lèvres d'Alton décrivirent un léger sourire avant qu'elle ne poursuive :

— Je serai en sécurité au palais de justice, sauf si je tombe sur James Stone, mais je doute qu'il fasse une scène devant un juge.

Elle marqua une pause et fixa Kane de son regard bleu azur. Il la suivit en direction de la sortie et referma la porte derrière lui.

Billy Watts était assis sur une chaise dans son box, ses grandes mains jointes sur ses genoux, et il observait Jenna approcher. David s'éclaircit la gorge pour attirer son attention puis se laissa tomber sur son siège de bureau.

— Monsieur Watts ?

— Billy Watts, rétorqua l'homme en se penchant en arrière sur le dossier de sa chaise. Appelez-moi Billy.

Sa bouche se recourba en un sourire arrogant et sûr de lui.

— M. *Watts*, c'est pour mon daron, ajouta-t-il en roulant des épaules et en étirant ses longues jambes musclées compressées dans un jean moulant. Je suppose que vous êtes Kane, le shérif adjoint ? enchaîna-t-il en gloussant. Ça fait quoi d'être commandé par une femme ?

David le fixa avec morgue puis il prit un bloc-notes dans un tiroir et le déposa sur le bureau.

— Un peu comme être sous les ordres d'un entraîneur, je suppose. J'ai entendu dire qu'il vous a imposé un couvre-feu strict jusqu'à la finale ?

— Oui, depuis l'altercation à l'hôtel Cattleman, précisa Watts avant de renifler. Bon sang, ce que les gens peuvent être excessifs. Il n'y avait pas besoin d'appeler les flics. C'était un malentendu entre amis et maintenant on doit tous payer.

— Les gens ont le droit de prendre du bon temps sans avoir peur que des voyous perdent leurs moyens et se mettent à donner des coups de poing partout.

Kane prit un stylo dans la tasse de café ébréchée sur son bureau, admirant au passage la photo d'une belle danseuse de *hula* sur une plage pittoresque ornée de palmiers.

— Vous avez de la chance que le shérif Alton vous ait laissé partir avec seulement un avertissement, enchaîna-t-il. Je vous aurais collé en garde à vue pour trouble à l'ordre public.

— Ah oui ? fit Watts en se penchant en avant sur sa chaise et en le fixant longuement. J'en déduis donc que vous ne soutenez pas les Larks ou que vous avez parié sur l'autre équipe cette semaine ?

Son regard s'assombrit.

— S'en prendre comme ça à l'un d'entre nous aurait laissé l'équipe sans ses joueurs pivots et nous n'aimons pas perdre.

Kane croisa son regard sans ciller. Il avait interrogé tous les types de personnes et seules les plus stupides essayaient de l'intimider. Il bâilla et couvrit sa bouche d'une main, remarquant le roulement d'yeux de l'homme en face de lui.

— Désolé. Ces derniers jours ont été longs. Ça vous dérange si on en vient aux questions ? Quelle marque et quel modèle de voiture conduisez-vous ?

— Une voiture ? J'ai un pick-up Chevrolet Silverado, dit Watts en indiquant la fenêtre d'un pouce sale. Celui avec la peinture noire laquée et les vitres teintées à l'avant.

— OK, dit Kane en jetant un coup d'œil au véhicule étincelant garé sur le trottoir et en notant ces détails. Faites-moi un compte rendu de vos allées et venues dans la nuit de vendredi à samedi vers minuit.

— J'étais ici en cellule, gloussa-t-il avant de croiser ses bottes de cow-boy au niveau des chevilles. On s'est parlé quand ils m'ont relâché, samedi, vous vous souvenez ?

— Au temps pour moi, vous avez raison, répondit Kane en fixant la feuille de papier.

La manœuvre consistait à lui donner l'impression que l'interrogatoire était une série de questions de routine qu'on posait à tout le monde. Il leva les yeux.

— Connaissez-vous une personne du nom de John Helms ?

— Non.

Le regard de Billy Watts était resté fixe. Kane conserva un visage sans expression.

— Avez-vous eu l'occasion de passer à la décharge entre samedi et lundi ?

— Oui. J'ai déposé des ordures le samedi matin et j'y suis retourné le lundi, mais il y avait un panneau accroché au portail qui indiquait qu'elle était fermée. Pourquoi me posez-vous les mêmes questions qu'à Pete ? demanda Watts, qui s'agitait sur sa chaise. Je n'ai pas jeté de baril avec un cadavre dedans, si c'est ce que vous pensez. J'ai jeté un carton de bouteilles de bière samedi et je les ai emportées au centre de recyclage.

— Vous êtes rentré chez vous par Dutton Road ?

— Oui, c'est le chemin qui mène chez moi, répondit Watts avec un regard méfiant. Pourquoi ?

Kane griffonna quelques notes puis le fixa.

— Nous enquêtons sur un incident de tir à proximité de Dutton Road vers 7 h 30 lundi matin, fit-il en s'adossant à la chaise et en tapotant son stylo sur le bloc-notes. Avez-vous aperçu, par hasard, un véhicule garé sur la route près de l'arrière de la décharge ?

Billy Watts passa une main dans ses épais cheveux blonds et fixa le mur quelques instants.

— Oui, maintenant que j'y pense, j'ai vu un pick-up Ford bleu foncé, un vieux modèle, garé sous les arbres, dit-il en se grattant la joue et en hochant la tête. Oui, je l'ai remarqué en allant à la décharge et il était toujours là au retour. J'ai pensé que quelqu'un pouvait jeter des ordures par-dessus la clôture. J'ai pensé faire la même chose, mais j'ai repéré un véhicule de patrouille derrière moi.

— OK, dit Kane en inclinant la tête. Avez-vous aperçu par hasard le chauffeur du pick-up ?

— Nan, je n'ai vu personne, juste le véhicule, répondit Watts avec un sourire. J'ai vu l'horrible visage de l'adjoint

Walters dans son SUV. Il est passé à côté de moi en roulant à cent à l'heure.

— Comment avez-vous connu Sarah Woodward ? demanda Kane en faisant tourner son stylo dans ses doigts comme un jeton de casino. Où l'avez-vous rencontrée ?

— Sarah ? fit Watts en écarquillant les yeux. Quel est le rapport entre Sarah et le corps dans le tonneau ?

— Répondez simplement à la question.

— Comme je l'ai dit, je n'ai rien à cacher.

Watts se racla la gorge et haussa les épaules avec dédain avant de reprendre.

— Sarah était ici, samedi matin, en train d'être interrogée. À l'extérieur, j'ai dû lui faire une remarque ou deux sur le fait que vous harcelez tout le monde. Ce soir-là, elle s'est présentée au restaurant de l'hôtel Cattleman. Le serveur l'a fait asseoir à côté de ma table. Je me suis présenté et comme nous dînions tous les deux seuls, je lui ai demandé de se joindre à moi.

— De quoi avez vous parlé ?

— Oh, de tout et de rien, surtout de hockey, déclara Watts avec un sourire carnassier. Elle avait déjà entendu parler de moi et le courant est très vite passé.

— Je suppose que vous l'avez escortée jusqu'à sa voiture ?

— Non, elle est partie seule. Je l'ai rejointe un peu plus tard : elle m'avait appelé pour me dire que sa voiture ne démarrait pas.

Il lança un regard agacé à Kane.

— Et c'est là que vous êtes arrivé et que vous avez tout gâché. J'étais prêt à la raccompagner chez elle.

— OK. D'accord.

Kane avisa la posture détendue de Watts. *Il ne sait pas qu'elle est morte. Bordel, encore une hypothèse qui tombe à l'eau.*

— Sarah vous a-t-elle fait part de ses projets ou de l'endroit où elle logeait ?

— Elle cherchait sa grand-mère, dit Watts avant de pousser un long soupir. Je sais où elle loge et en ce qui concerne sa grand-mère disparue, je vous ai entendu parler avec elle.

— Pouvez-vous me donner des détails sur vos déplacements, lundi après avoir quitté la décharge ?

— Oui, je suis allé au stade des Larks et j'ai jeté les ordures dans une poubelle, répondit-il en haussant les épaules. Et puis j'ai appelé Dan, Dan Beal, et nous sommes allés prendre un café au Chez Tante Betty. Après, on a fait un peu de sport.

— À quelle heure était-ce et à quelle salle de sport ?

— Au gymnase des Larks et il était environ 20 heures quand nous avons quitté le café Chez Tante Betty, je pense. Quelques joueurs ont dû m'y voir, ainsi que l'assistant de l'entraîneur, John Beenie. Ils vous confirmeront.

Kane poussa le bloc-notes et le stylo vers Watts.

— Notez ces noms pour moi, voulez-vous ?

Il jeta un rapide coup d'œil sur les mains de l'homme : aucune blessure.

— Pas de souci, dit Watts, puis il s'exécuta.

— Avez-vous une objection à donner un échantillon d'ADN ? demanda Kane.

— Oh merde, fit Watts en passant ses mains sur son visage.

Il observait Kane à travers ses doigts.

— Quelque chose est arrivé à Sarah ? reprit-il.

— Je crains que Mlle Woodward n'ait été impliquée dans un incident hier matin, répondit Kane en fouillant dans son tiroir à la recherche d'un kit de prélèvement d'ADN. Nous analysons toutes les personnes qui l'ont rencontrée. Tout ce dont j'ai besoin est un prélèvement de l'intérieur de votre bouche.

— J'ai besoin d'un avocat ? demanda Watts, soudain devenu blanc comme neige.

Kane se pencha en avant et leva un sourcil.

— Ça dépend de vous, monsieur Watts. Comme je l'ai dit, je cherche à écarter les personnes innocentes d'une longue liste de suspects. Si vous n'avez rien à cacher, faites le test. C'est sur la base du volontariat, mais je peux obtenir un mandat du tribunal si nécessaire.

— Je jure que je ne l'ai pas touchée, lança Watts en fixant le paquet scellé sur le bureau. Que s'est-il passé, quelqu'un lui a fait du mal ?

Il se gratta la joue et grimaça.

— Si vous avez besoin d'un échantillon d'ADN, c'est que ça ne sent pas bon !

— Je vous l'ai dit, elle a été impliquée dans un incident et je collecte l'ADN des personnes qui ont croisé sa route récemment.

— D'accord, je vais faire le test, concéda Watts en fronçant les sourcils. Pouvez-vous au moins me dire si elle va bien ? C'est une fille très gentille, vous savez, douce comme tout.

— Je suis désolé. Je ne suis pas en mesure de vous livrer ce genre d'information.

Kane enfila une paire de gants chirurgicaux et exécuta le test.

Il glissa un formulaire vers Watts.

— Signez ici.

— Et maintenant ? demanda Watts en signant la feuille. Je suis libre de partir ?

Apercevant Alton qui pénétrait dans son bureau, Kane lui fit signe, puis il se tourna vers Watts.

— Je voudrais la permission de fouiller votre véhicule, demanda Kane en se levant d'un bond. Vous possédez un fusil ?

— Oui, répondit Watts en se mettant debout à son tour. Fouillez tant que vous voulez, je n'ai rien à cacher.

— Un problème ? intervint Alton en approchant des deux hommes avec un regard interrogateur à l'endroit de Kane.

Il haussa les épaules.

— Non, M. Watts a accepté que l'on fouille son véhicule. Pourriez-vous y assister ?

— Bien sûr, fit Alton alors que ses lèvres se plissaient pour former un début de sourire.

Elle marcha vers la sortie. Kane déposa le kit ADN sur le comptoir d'accueil pour que Maggie l'envoie au laboratoire, puis il rejoignit Watts et Alton à l'extérieur.

Il fouilla le pick-up, préleva des échantillons sur le tapis et inspecta le fusil. Watts n'avait pas tiré avec l'arme récemment. Il se tourna vers le jeune homme.

— Merci de votre coopération. Vous êtes libre de partir.

— Ne quittez pas la ville, ajouta Alton en agitant un document sous le nez de Watts. J'ai ici un mandat du tribunal qui me donne accès à votre téléphone portable et aux enregistrements GPS de votre voiture.

— Faites ce que vous avez à faire, dit Billy en grimpant dans son véhicule. Je n'ai pas fait de mal à Sarah et j'espère que vous trouverez le connard qui lui en a fait.

Il démarra le moteur et partit.

— Il ne l'a pas tuée, n'est-ce pas ? demanda Alton, la bouche en coin.

— Non, répondit Kane en lui emboîtant le pas jusque dans la brigade. Pas si ses alibis se vérifient, et ce sera le cas vu le nombre de personnes sur sa liste. Il s'est porté volontaire pour un test ADN également, mais je doute que le labo trouve des traces d'ADN sur les deux victimes. Celui qui a assassiné Sarah sait comment détruire les preuves. L'eau de javel utilisée dans le dortoir a certainement éliminé toute trace possible d'ADN. La faute aux séries policières à la télé ; avant qu'elles existent, les criminels me paraissaient beaucoup plus faciles à attraper.

Il poussa un long soupir de frustration.

— Mince, je pensais que Watts était une pièce maîtresse du puzzle.

— Je vais demander à Rowley de recouper son relevé GPS et celui de son téléphone portable avec sa déclaration avant que vous ne le rayiez de la liste, intervint Alton sans attendre de réponse de la part de son adjoint. Je pense que nous devrions demander à Rockford et à son avocat de venir pour un interrogatoire.

Elle lui jeta un regard par-dessus une épaule.

— Et vous, retrouvez Stan Clough.

43

— Shérif Alton, lança Maggie depuis la réception, j'ai les informations que vous avez demandées.

Elle agitait un morceau de papier. Jenna sourit et se dirigea vers le comptoir.

— Merci. Pas de souci ?

— Pas vraiment, répondit Maggie dans un soupir en levant le regard. C'est très triste d'informer les gens du décès d'un proche et je suis heureuse d'avoir suivi un cours sur la gestion du deuil, ajouta-t-elle en soupirant de nouveau. J'ai pris en note leurs réponses aux questions que vous m'avez demandé de leur poser. Un seul problème : la mère de Sarah Woodward ne peut pas se déplacer et c'est son oncle qui viendra identifier le corps. Il arrivera dans un jour ou deux.

— Merci. Je ne sais pas ce que je ferais sans vous.

Jenna empoigna le document et marcha vers son bureau. Elle prit place sur sa chaise et scruta la page. Le père Maguire avait fourni le nom du dentiste de John Helms, aussi décrocha-t-elle le téléphone pour contacter l'institut médico-légal afin de leur transmettre l'information. Elle s'adressa à la personne en charge, Brent Stanton.

— Je sais que ça ne fait pas longtemps, mais avez-vous déjà quelque chose ?

— *Le premier sujet, l'homme dans le baril, est un homme caucasien d'une trentaine d'années, yeux marron, cheveux bruns, mesurant un mètre quatre-vingts. Nous avons procédé à un examen complet. Nous sommes en train de classer les échantillons d'insectes, de terre et de végétation incrustés dans les blessures, ce qui indiquerait que la victime a rampé sur le sol et dormi dehors pendant un certain temps. Il y a des insectes et ce qui pourrait être des fragments de foin ou de paille dans les plaies et les cheveux. Une fois qu'ils seront identifiés, je les comparerai aux espèces connues dans votre région. Par chance, nous avons une base de données d'échantillons de sol provenant de nombreuses régions du Montana, j'espère donc qu'il y aura une correspondance. Tout suggère que son meurtre a eu lieu dans une grange. En dehors du sol et des insectes, il y a des signes d'engelures aux extrémités.*

— Pourriez vous me faire savoir si les informations du dentiste confirment une correspondance pour John Helms ? Cet homme correspond à votre description.

Jenna reposa son front sur la paume d'une main puis reprit :

— Pour autant que nous le sachions, il a été porté disparu il y a environ trois semaines. Le prêtre de sa paroisse a rempli une déposition à ce sujet. Est-il trop tôt pour me donner une heure approximative de la mort ?

— *Je dirais que le tueur a infligé les blessures sur une longue période, peut-être une semaine. Il y a des signes de cicatrisation, bien que, comme vous le savez, le liquide dans lequel baignait le corps ait effacé les preuves ADN. En revanche, plutôt que de détruire le cadavre, le mélange l'a, dans une certaine mesure, préservé. Je pense que la victime a été placée dans la solution pas plus de cinq à sept jours avant que vous ne la trouviez,* ajouta-t-il avant de s'éclaircir la gorge. *Il y a des blessures défensives. La victime a essayé de protéger son visage de l'attaque.*

Jenna griffonna sur un bloc-notes.

— J'imagine que le corps n'était donc pas dans de l'acide ?

— *Non, j'ai envoyé un échantillon pour analyse, mais je dirais plutôt de la saumure.*

— Avez-vous été en mesure d'identifier la marque sur son épaule ? Est-ce un tatouage ?

— *Heureusement, oui. Après avoir retiré la couche supérieure de la peau, la marque est apparue assez bien. Je vous enverrai une image.*

— Merci. Et Sarah Woodward ?

— *J'aurai un rapport pour vous dans la matinée. Je peux vous dire que la photographie de la scène montre des empreintes de pas, et pas celles de votre adjoint. Je les ai envoyées pour analyse. Le ou les tueurs de Mlle Woodward n'ont finalement pas réussi à détruire toutes les preuves.*

— *Des tueurs ?* lâcha Jenna en ravalant la boule qui montait dans sa gorge. Vous sous-entendez que plus d'une personne pourrait être impliquée ?

— *Je ne peux pas vous donner une réponse définitive tant que nous n'avons pas terminé notre enquête. Dès que nous l'aurons fait, je vous enverrai un rapport complet.*

— Merci.

Jenna raccrocha et fixa le tableau blanc avec incrédulité. *Que diable se passe-t-il dans cette ville ?*

L'esprit en ébullition, elle repoussa sa chaise loin du bureau et se leva. Elle jeta un coup d'œil à l'horloge puis à la pièce principale. L'endroit était calme pour une fois ; quelques habitants attendaient de parler à Magnolia à l'accueil et l'adjoint Rowley était assis dans le box de Kane pour bavarder, sans doute pour le mettre au courant de sa discussion avec Susie Hartwig. Elle pourrait s'éclipser quelques minutes pour prendre une collation puis se rendre à l'entretien avec l'agent immobilier.

Incapable de partir sans informer Kane de ses allées et venues, elle se dirigea vers son box. Les deux hommes cessèrent de parler immédiatement ; elle fronça les sourcils puis leur chuchota :

— J'ai reçu un rapport verbal préliminaire de l'équipe médico-légale. Ils font des tests sur la faune et tout, sur le corps dans le baril, et pensent qu'ils pourraient avoir trouvé une ou deux paires d'empreintes sur la scène du meurtre de Sarah.

— Deux ? lança Kane, ses yeux bleus remplis d'inquiétude. Un vrai pavé dans la mare, mais ça pourrait concorder avec ma théorie selon laquelle Rockford a des adeptes. Je veux dire, pensez à la secte de Manson... Ces choses-là arrivent.

— Nous ne pouvons pas avancer tant qu'ils n'ont pas fini le rapport, ajouta Jenna en soupirant. Je voudrais être loin de la brigade quand vous interrogerez Rockford, alors je vais déjeuner. Si Pete ne m'a pas répondu au sujet de l'adresse de Stan Clough, j'irai à l'agence immobilière pour voir si je peux attraper Davis.

— OK, dit Kane en fronçant les sourcils. Susie Hartwig dit que Rockford était avec elle jusqu'à environ 22 heures. Il n'a pas d'alibi pour vendredi soir, finalement. Je m'attends à ce qu'il vienne pour un interrogatoire à 14 heures avec son avocat. Je n'ai rien non plus sur la résidence de Clough, Daniels a fait chou blanc et Davis n'a pas répondu à nos appels. Pensez-vous qu'il croie respecter la vie privée de son client en ne nous disant rien ? demanda-t-il en passant une main dans ses cheveux noirs. Clough est libéré sur parole et il est tenu d'informer son agent de libération conditionnelle ou un agent de police local de tout changement de résidence. Si vous informez Davis que vous pouvez l'inculper pour obstruction à une enquête, je parie que la mémoire va lui revenir très vite.

— Bonne idée, dit Jenna en redressant son dos.

Elle pouvait s'occuper de Davis.

— Si l'avocat de Josh Rockford est l'homme qui vous a harcelée, voulez-vous que je me penche également sur son cas ?

Jenna soupira. Elle avait gardé ses distances avec James

Stone autant que possible. Elle préférait s'enfermer dans son bureau plutôt que d'assister à l'entretien. Il ne faisait aucun doute que si elle apparaissait comme dirigeant l'enquête sur Rockford, Stone crierait au scandale.

— Gardez Rowley avec vous et tentez de déterminer les allées et venues de Rockford le samedi et le lundi également. Si vous pouvez user également de votre influence de manière discrète pour empêcher Stone de me harceler, j'en serai plus qu'heureuse. J'attends un rapport complet à mon retour.

— Bien, madame. Il est donc hors de question de lui démonter le portrait ? demanda Kane, le regard pétillant.

Les yeux de Rowley s'écarquillèrent tellement que Jenna crut qu'ils allaient tomber de leur orbite et rebondir sur le sol. Avec beaucoup de difficulté, elle retint un rictus puis se racla la gorge.

— Si nous découvrons que c'est lui qui m'a menacée sur le chemin derrière l'hôtel Cattleman, je pourrais être tentée de le faire moi-même.

44

Kane entrelaça ses doigts derrière sa tête et se pencha en arrière sur sa chaise qui grinça en signe de protestation. Il fixa le plafond, compta les toiles d'araignée puis reporta son attention sur Rowley.

— Je veux parler à Mlle Hartwig. Ce serait une bonne idée qu'elle soit là quand Rockford arrivera, dit-il en laissant retomber ses mains, puis il s'éclaircit la gorge. Pouvez-vous passer la prendre en revenant de déjeuner ?

— OK. Bien sûr.

Le téléphone portable de Rowley signala un message et son front se plissa alors qu'il fixait l'écran.

— L'analyse de la peinture sur le véhicule de patrouille accidenté est revenue comme provenant d'un pick-up Ford de 1977. J'ai déjà regroupé tous les propriétaires de pick-up bleus qui vivaient dans les environs d'après le registre des cartes grises. Sur des centaines dans la région, seuls cinq correspondent au modèle que vous avez aperçu. J'ai vérité si les propriétaires avaient des casiers judiciaires et j'en ai trouvé un seul avec des délits listés. Les autres propriétaires sont deux hommes de 80 ans et une femme de 70 ans. Je les ai écartés, ce qui nous laisse Davis et le maire.

Il haussa les épaules puis reprit :

— Je n'ai jamais vu le maire conduire un vieux pick-up, alors j'en déduis qu'il doit être quelque part garé dans sa ferme.

Kane renifla.

— Du coup, c'est le maire ou bien Davis qui a un casier judiciaire ?

— Davis, répondit Rowley, soudainement pâlot. Il battait sa femme.

— Ça date de quand ?

— D'il y a dix ans, déclara Rowley en plissant les yeux. Elle a abandonné les poursuites.

Kane avait vu trop d'affaires où des hommes avaient perdu leur sang-froid et avaient battu leur femme à mort.

— Je vois.

Kane se souvint avoir entrevu un SUV de couleur claire et de modèle récent garé dans l'allée de l'agence immobilière.

— Il conduit un SUV Dodge, n'est-ce pas ? Est-ce que le pick-up Ford a une immatriculation à jour ?

— Oui, et je l'ai déjà vu conduire un vieux pick-up, mais pas depuis au moins six mois, précisa Rowley en levant un sourcil. Le shérif doit se déplacer pour parler avec Davis après le déjeuner. Si nous pouvons l'intercepter avant qu'elle ne quitte le Chez Tante Betty, elle pourra interroger Davis à propos du pick-up tant qu'elle y sera.

Les poils du cou de Kane se hérissèrent à l'idée que Jenna entre dans l'agence immobilière sans cette information vitale. La façon désinvolte dont Rowley lui avait livré toutes ces informations lui donnait l'impression qu'il ne considérait pas John Davis comme une menace. Il lui lança un regard furieux et le visage de l'adjoint rougit.

— Davis fait partie des suspects. Nous pensons qu'il a un lien avec les victimes et il possède un pick-up bleu. Nous devons le considérer comme une personne d'intérêt pour laquelle nous avons déjà coché deux cases. Je vais appeler Alton et la mettre au courant.

Il plongea la main dans la poche de sa veste pour prendre son téléphone portable et se racla la gorge.

— Y a-t-il autre chose que je devrais savoir ?

— Non, mais je me demandais si vous pensiez qu'il serait utile de vérifier si Sarah était sur Facebook ou Instagram, demanda Rowley en passant une main dans ses cheveux. Sur les réseaux sociaux, les gens aiment raconter au monde entier ce qu'ils font, qui ils voient, etc. Et si elle avait rencontré quelqu'un, ou discuté de ses projets sur la toile ?

— Bonne idée, lança Kane en souriant. Vérifiez toutes les photos. Si Sarah prenait des *selfies*, elle pourrait les avoir postés. Il serait intéressant de voir qui d'autre elle a rencontré en ville également.

Rowley opina du chef et repartit vers son box. Kane appela Alton pour l'informer des récents développements.

— Vous allez peut-être interroger la personne qui a essayé de vous tuer. Je pense que je devrais vous accompagner, juste pour être sûr.

— *Je suis devant l'agence, là. C'est le milieu de la journée, les rues sont animées et je suis armée*, dit Alton avec un glousse-ment. *Si vous préférez, je peux trouver une excuse pour aller examiner son véhicule et lui parler dehors. Je suis certaine d'être plus que capable de gérer John Davis.*

Il se gratta le menton à travers sa barbe. Si, comme il le pensait, Alton avait reçu une formation dans les opérations spéciales ou les services secrets, elle était capable de venir à bout de la plupart des hommes avec une main attachée dans le dos, mais cela ne lui avait pourtant pas été d'une grande aide lors de son agression derrière l'hôtel Cattleman. Qu'elle le veuille ou non, elle était vulnérable et il l'avait prouvé lors des quelques séances d'entraînement matinales qu'ils avaient réussi à caser dans leur emploi du temps chargé. Il avait décidé de lui montrer quelques mouvements et de remettre à niveau ses compétences en combat à mains nues. Son insistance pour que Kane la traite comme *les autres gars* résonnait dans sa mémoire et il repoussa son sentiment d'inquiétude. Il s'était rapproché de Jenna ces derniers temps et son côté protecteur avait refait surface. Ses mots s'extirpèrent difficilement d'entre ses dents serrées, mais il capitula.

— D'accord, mais j'apprécierais un coup de main pour l'interrogatoire de Susie Hartwig.

Des éclats de rire retentirent dans le combiné.

— *Si vous avez peur qu'elle vous drague à nouveau, demandez à l'un des adjoints d'y assister.*

— Walters et Daniels ne sont pas encore rentrés et quand Rowley reviendra de sa pause déjeuner, il sera occupé à chercher des indices sur les réseaux sociaux, déclara Kane avant de s'éclaircir la gorge. Si vous n'êtes pas là à son arrivée, je suppose que je me débrouillerai tout seul.

— *Ça doit être difficile de plaire autant,* plaisanta Alton. *On se voit plus tard.*

Kane fixa longuement les mots « appel terminé » sur l'écran de son téléphone et se leva. *Elle croit que j'ai peur des femmes. Je vais devoir mettre fin à cette supposition.* Fâché par le coup porté à sa virilité, il décida d'attaquer Susie Hartwig de front.

Il passa la tête dans le box de Rowley.

— Je vais déjeuner maintenant. Vous devrez attendre mon retour. Pendant que je suis au Chez Tante Betty, j'en profiterai pour dire à Mlle Hartwig de venir pour un interrogatoire à 13 h 30. Si, entre-temps, Daniels et Walters reviennent de leur mission de recherche du sac à main, gardez-les ici jusqu'à mon retour. Vous êtes aux commandes.

Il décrocha son manteau de la patère près de la porte et s'engouffra à l'extérieur dans le vent arctique. Un sourire se dessina sur ses lèvres lorsqu'il repensa au commentaire d'Alton.

Il haussa les épaules puis décida de marcher jusqu'au Chez Tante Betty. Black Rock Falls bourdonnait de personnes vaquant à leurs occupations quotidiennes, aussi fendit-il la foule d'un pas rapide.

Après avoir commandé un bol de chili, une tarte aux pommes et un café, il s'enfonça dans son siège pour observer les clients. D'après les signes et les sourires, il semblait que tout le monde l'avait accepté comme faisant partie de la communauté. Lorsque Susie Hartwig s'approcha de sa table avec son plat, il lui fit un grand sourire.

— Merci. Je dois avouer que Black Rock Falls est une ville sympathique. Tout le monde semble déjà me reconnaître.

— Oh, c'est parce que j'ai ajouté votre portrait sur le mur des *nouveaux arrivants*, expliqua Susie en indiquant la direction d'un mouvement du pouce par-dessus son épaule. Ça fait partie de notre service à la communauté. Nous plaçons les photos de tous les nouveaux membres du conseil municipal et des policiers sur le mur.

— Je vois, déclara Kane en plissant les yeux alors qu'il se demandait où elle avait bien pu obtenir sa photo. Rien à voir, mais pourriez-vous passer au poste à 13 h 30 ? J'aimerais qu'on discute de Josh Rockford.

— Je peux vous dire tout ce que vous avez besoin de savoir, rétorqua Susie en écartant une mèche de cheveux de son visage. Je ne sors pas avec lui. C'était juste un dîner.

Kane haussa les épaules dans un effort pour paraître nonchalant.

— C'est au sujet d'une affaire en cours, nous faisons des recherches de routine pour écarter des personnes de notre enquête. Une discussion avec Rowley ou moi n'a pas de valeur légale, j'ai besoin que vous veniez faire une déclaration. Une demi-heure de votre temps est tout ce dont j'aurai besoin, ajouta-t-il avec un sourire. On se voit à 13 h 30 ?

— Bien sûr. Je vais demander à quelqu'un de me remplacer,

répondit-elle en lui rendant son sourire. Voulez-vous que j'apporte du café, des gâteaux ?

— Oui, avec plaisir. Disons cinq cookies et une boîte de pâtisseries mixtes, déclara-t-il en levant sa fourchette. Ajoutez-les à ma note.

— À plus tard.

Susie battit des cils puis s'éloigna avec un balancement exagéré des hanches. L'échange avait attiré l'attention des clients aux autres tables. Kane reporta son regard sur son assiette et se frotta la tempe. Il espéra que personne ne pensait qu'il avait essayé de draguer une fille deux fois plus jeune que lui. Il devrait peut-être demander à Jenna d'interroger Susie. Le visage souriant de sa supérieure lui traversa l'esprit. Non, s'il renonçait à faire l'entrevue, il s'en voudrait.

Il évita de croiser les regards des autres clients et termina son repas avant de déposer des billets sur la table. Alors qu'il se levait, il aperçut l'adjoint Daniels qui marchait dans la rue dans sa direction, un sac plastique à scellé de preuve se balançant au bout d'une de ses mains.

Il se dirigea vers la porte et attendit que Daniels le rejoigne.

— Qu'avez-vous trouvé ?

— Le sac à main de Sarah Woodward. Sa carte d'identité est à l'intérieur, mais pas de téléphone portable, répondit Daniels en indiquant le sac. Les clés du SUV qu'elle conduisait sont à l'intérieur, mais il manque la clé du motel.

Kane se saisit du sac de preuves et regarda le contenu à travers le plastique transparent.

— Où l'avez-vous trouvé exactement ? Vous avez pris des photos ?

— Oh oui, j'ai pris des photos, répondit Daniels en lui lançant un regard indéchiffrable. Je devrais peut-être en discuter avec le shérif au bureau ?

— Bien sûr.

Kane jeta un coup d'œil autour de lui ; personne n'était à

portée de voix, mais Daniels agissait de façon inhabituellement prudente.

— Demandez à Rowley de vous accompagner et déposez-le dans la pièce des preuves, dit-il en lui tendant le sac. Le shérif devrait bientôt revenir et nous l'enregistrerons ensemble. Avez-vous prévenu Walters ?

— Oui, juste avant, répondit Daniels en lui jetant un regard en coin. Il est en route.

Il marcha le long du trottoir, regardant bien droit devant lui, puis ajouta :

— J'ai aussi découvert où habite Stan Clough.

Kane lui emboîta le pas.

Et pourtant, tu ne m'as pas appelé. Pourquoi ?

45

Jenna sourit à la vue de deux femmes âgées si bien emmitouflées contre le froid que seuls leurs joues roses et leurs yeux dépassaient de leur capuche.

— Bonjour, mesdames.

Elle contourna un tas de neige fondue grise et sale et progressa vers l'agence immobilière. Elle pouvait voir John Davis assis derrière son bureau, fixant un écran d'ordinateur. Elle poussa la porte et faillit s'étouffer à cause de l'odeur nauséabonde de sueur mêlée à la fumée de cigare. Comment pouvait-on faire des affaires avec cet homme sans masque à gaz ? Elle ne pouvait l'imaginer.

Elle se tint dans l'entrée, maintenant la porte ouverte à l'aide de son pied.

— Monsieur Davis. Vous avez une minute ? J'ai quelques questions à vous poser.

— Oui, mais fermez la porte. Vous laissez sortir la chaleur.

John Davis tira une bouffée de son cigare et renversa sa tête en arrière pour souffler une salve de ronds de fumée.

L'avertissement de Kane tournait en boucle dans son esprit et elle marqua une pause.

— Pourriez-vous venir dehors ? J'ai un problème avec la fumée de cigare.

— Oh, d'accord, fit-il, visiblement agacé. Je vais prendre mon manteau.

Elle s'éloigna de la porte et l'attendit sous l'auvent du magasin. Il approcha d'elle, l'odeur toujours accrochée à lui, avilissant l'air vif de l'hiver.

— Désolée de vous traîner dehors dans le froid.

— Que puis-je faire pour vous ? demanda Davis en tapant des pieds sur le sol glacé. J'ai déjà donné à la fille Woodward toutes les informations que j'avais sur sa grand-mère et déposé la liste des propriétés qui l'intéressaient à l'accueil de votre brigade. Je ne sais rien d'autre.

Jenna retira un gant puis fouilla sa poche pour trouver son bloc-notes, dont elle fit glisser le stylo de l'attache latérale.

— Pouvez-vous me dire où vous étiez vendredi soir entre 23 heures et 1 heure ?

— Au lit, en train de dormir, répondit-il en recrachant un nuage de vapeur. Je me suis couché vers 22 h 30. Vous pouvez demander à ma femme.

— Et lundi matin ?

— Je suis venu au travail pour un rendez-vous avec un client à 8 heures, je l'ai emmené voir l'appartement à côté de la banque, ici en ville. Nous sommes allés au Chez Tante Betty pour une collation et nous y sommes restés jusqu'à environ 10 heures, je crois. Il fait bon et chaud dans le restaurant et, comme vous, le client a un problème avec les cigares. J'ai pris tous les papiers avec moi et nous avons conclu le marché dans le café, ajouta-t-il en fronçant les sourcils. Beaucoup de gens m'ont vu là-bas, pourquoi ?

— Simples questions de routine.

Elle indiqua du menton le SUV crème garé dans l'allée avant de reprendre.

— C'est votre seul véhicule ?

— Non, j'ai un vieux pick-up Ford au ranch, répondit Davis en arquant les sourcils. Je l'utilise pour aller chercher les aliments pour la volaille en ville de temps en temps. Je n'aime pas empester mon SUV au cas où je devrais conduire des clients voir les propriétés.

Peut-être que le fait d'arrêter de fumer des cigares aiderait aussi.

— Quand avez-vous conduit ce véhicule en ville pour la dernière fois ?

Le visage de Davis prit un air plus surpris que celui de quelqu'un pris en flagrant délit de crime.

— Le dernier jour du mois, dit-il en se grattant le menton. Vous pouvez demander au vieux Todd au magasin de fruits et légumes. Je passe ma commande à la même heure chaque mois. Il y a une raison particulière de me poser des questions sur mon vieux pick-up ?

— Comme je vous ai dit, simples questions de routine, fit Jenna en souriant. Quelqu'un d'autre a-t-il accès à ce véhicule ?

— Non, ma femme ne conduit pas, répondit-il en lui lançant un regard inquiet.

— Ça vous dérangerait si j'envoyais un agent prendre des photos, pour l'écarter de notre enquête ?

— Pas du tout. Je vais appeler ma femme et lui dire de vous attendre, dit-il en resserrant son manteau autour de son corps rondouillard. La fille Woodward a-t-elle réussi à retrouver sa grand-mère ? Elle m'a dit qu'elle passerait pour me tenir au courant.

Voyant là une transition toute naturelle pour l'interroger sur les informations qu'il avait données à Sarah, Jenna secoua la tête.

— Je n'ai pas eu de ses nouvelles depuis samedi. Vous l'avez aiguillée dans quelle direction ?

— Eh bien, Mme Woodward ne voulait pas d'une grande

maison, mais elle avait l'argent nécessaire pour rénover une maison ancienne et la rendre confortable. Il n'y en a que quelques-unes dans mon listing, mais je me souviens lui avoir suggéré le ranch du vieux Mitcham parce que les propriétaires ont continué à exploiter les lieux. Il y a l'eau courante et il suffit de le reconnecter au réseau.

Elle souffla un nuage de vapeur.

— C'est dommage que vous ne vous soyez pas souvenu que le ranch du vieux Mitcham intéressait Mme Woodward la dernière fois que nous vous avons parlé.

— Je me suis souvenu de son visage, mais ce n'est que lorsque j'ai relu la liste de propriétés et mes notes que je me suis rappelé notre conversation, déclara-t-il dans un froncement de sourcils. La vieillesse joue des tours à ma mémoire. Les jours se transforment en années, c'est difficile de garder le fil.

— Je crois savoir que vous avez vendu l'ancienne propriété de Stan Clough avant qu'il n'aille en prison ?

— Oui, il avait besoin de l'argent pour payer son avocat.

Davis sembla se renfermer, sur la défensive.

— Je ne peux pas vous donner de détails, reprit-il. Je crois qu'il y a des lois sur la confidentialité concernant tout type de transactions.

— Vous lui avez aussi vendu une nouvelle propriété quand il est sorti de prison, n'est-ce pas ? demanda Jenna en lui lançant un regard dur. Je ne veux pas connaître les détails de la transaction, mais vous devez savoir que je n'ai qu'à me rendre au bureau des enregistrements fonciers pour savoir qui possède quelle propriété. Savez-vous que ce serait une violation de sa liberté conditionnelle si je ne pouvais pas connaître son adresse actuelle ? Vous ne voudriez pas que je doive l'arrêter à nouveau, n'est-ce pas ?

— D'accord, d'accord, concéda Davis d'un air abattu. Je lui ai vendu une porcherie. Il voulait quelque chose d'isolé. Après ce qui s'est passé, il n'est pas très sociable. La propriété est proche de la limite du ranch des Daniels, sur Rocky Mile Road, et avant que vous ne demandiez, oui, il y a quelques propriétés dans ce secteur sur la liste que j'ai donnée à Mlle Woodward.

Une autre pensée infusa dans son esprit.

— Encore une chose. Avez-vous évoqué avec Mlle Woodward les propriétaires du ranch du vieux Mitcham ?

— Les noms et les coordonnées de tous les propriétaires sont sur la liste que je lui ai donnée... et à vous aussi.

Sarah avait-elle tenté de joindre quelqu'un avant sa mort ?

Elle acquiesça, masquant son irritation.

— Bien sûr, merci d'avoir envoyé la liste à mon bureau. Quand avez-vous parlé à Stan Clough pour la dernière fois, poursuivit-elle, ou bien l'avez-vous aperçu en ville ?

— Ça devait être lundi. Là où il vit, il n'y a pas de réseau et il n'a pas encore de ligne fixe, mais il vient en ville pour prendre des provisions, déclara Davis, le visage légèrement pâle. J'ai remarqué qu'il se tenait devant le garage Miller près des pompes à essence. Il attendait probablement l'ouverture du magasin pour pouvoir faire le plein de son pick-up.

— Vous êtes certain d'avoir vu M. Clough avant 8 heures le lundi matin ?

— J'en suis sûr. Comme je vous l'ai déjà dit, je devais rencontrer un client ici à 8 heures et j'ai remarqué que les pompes du garage Miller n'étaient pas allumées, ajouta Davis en lui jetant un regard agacé. Ils n'ouvrent jamais avant 8 heures en hiver. C'est tout ? demanda-t-il enfin, l'air impatient.

Elle referma le carnet et rangea le stylo dans son support.

— OK, c'est tout ce dont j'ai besoin. Merci.

— Y'a pas de quoi.

Un frisson d'horreur la saisit devant le kaléidoscope d'images sanglantes qui défilaient dans son esprit. L'idée que Clough ait assassiné Sarah s'imposa à elle. C'était dingue. Davis confirmait que Stan Clough était au même endroit et à peu près au même moment que Sarah lorsqu'elle avait déposé sa voiture pour une révision. Stan Clough, le sadique, le tueur d'animaux, aurait pu surprendre une conversation et avoir connaissance des plans de la jeune femme pour la journée, et la suivre.

Je dois prévenir Kane.

46

Kane était assis en face de Susie Hartwig, l'adjoint Rowley prenant des notes depuis un siège à côté de lui. Non pas qu'être seul avec la jeune fille l'inquiétait, mais la façon dont elle lui souriait avait piqué la curiosité de tous dans la brigade. Il ne faisait nul doute que Susie avait prévenu la Terre entière que Kane lui avait demandé de s'entretenir avec lui. Après avoir insisté pour apporter personnellement à tous les adjoints et à Maggie leur café, elle leva un sourcil rehaussé d'un trait de crayon.

— Vous n'en avez pas commandé un pour le shérif. C'était peut-être un oubli, à moins que vous ne vous entendiez pas bien tous les deux ? J'ai remarqué que vous aviez déjeuné séparément aujourd'hui.

Kane évita son regard insistant et reporta son attention sur Josh Rockford qui faisait son entrée dans la brigade, accompagné d'un homme qu'il supposa être son avocat, James Stone. Lorsque Josh donna un coup de coude à son compagnon et indiqua Susie Hartwig, il réprima un sourire. Rockford devait se demander si son alibi le couvrirait et il démontrait un comportement nerveux. Observer l'interrogatoire de Susie Hartwig pendant qu'il se rafraîchissait dans la salle d'attente devait le rendre fou.

— Je vous ai demandé si vous vous entendiez bien avec le shérif, insista Susie en lui jetant un regard indigné.

— Nous nous entendons très bien. Prenez un siège, nous allons immédiatement commencer l'entretien pour que vous puissiez retourner au travail au plus vite.

— D'accord, dit Susie en déboutonnant son manteau avant de s'asseoir et de croiser ses longues jambes. C'est à propos de Josh ? J'ai dit à Jake tout ce que je sais.

Kane s'éclaircit la gorge.

— Racontez-moi tout ça. Commencez par vendredi soir, ajouta-t-il en la fixant alors qu'il ouvrait son carnet.

— Josh est passé après l'entraînement et m'a invitée à dîner. Après avoir travaillé toute la journée, je voulais vraiment rentrer chez moi, mais il m'a fait son regard de chien battu et j'ai accepté, ajouta Susie en laissant échapper un long soupir. Nous avons dîné et sommes ensuite allés chez lui. Pas la maison de son père, son appartement en ville. Je suis rentrée chez moi vers 23 heures.

Kane croisa les mains sur le bureau.

— Comment êtes-vous rentrée ?

— J'ai appelé un taxi, répondit-elle avec un gloussement. Il ne vous a quand même pas dit que j'avais passé la nuit avec lui, j'espère ? Ce garçon exagère souvent. Et à mon avis, il passe beaucoup trop de temps à regarder du porno sur Internet. Je suppose qu'il s'épuise, si vous voyez ce que je veux dire ? ajouta-t-elle avec un clin d'œil complice. Josh s'est endormi devant la télé. J'ai appelé un taxi vers 22 h 30.

Ce serait facile à vérifier.

— L'avez-vous vu par hasard samedi matin ou lundi matin ?

— Oui, il est venu au café très tôt lundi matin, a rencontré Dan, ah... Dan Beal, et a pris un café. Ils sont partis vers 8 heures, précisa-t-elle en tapotant son menton du doigt.

Samedi, je suis presque sûre qu'ils sont arrivés à peu près à la même heure que vous. Le jour de notre rencontre.

Kane cligna des paupières pour éviter de rouler les yeux. Il écrivit un résumé des dates et des heures sur un formulaire et le fit glisser sur le bureau dans la direction de la jeune femme.

— OK, merci pour votre aide. Si vous voulez bien lire mes notes et les signer si vous êtes d'accord avec cette déclaration, et vous pouvez y aller.

Il se tourna vers son adjoint puis lança :

— Quand Mlle Hartwig aura fini, confirmez la déclaration et raccompagnez-la vers la sortie.

Il remarqua que Magnolia essayait d'attirer son attention. Il se leva et marcha vers l'accueil.

— Un problème ?

— Non, tout va très bien. Les rapports médico-légaux viennent d'arriver. Je les ai mis dans les dossiers, dit Maggie en souriant. Je me suis dit que vous voudriez le savoir tout de suite.

— Merci, Maggie.

Kane jeta un coup d'œil à travers la porte vitrée pour voir Alton progresser en direction de la brigade, une expression morose collée au visage. Il se dirigea vers la porte pour la lui ouvrir et fit un pas de côté.

— Je vous laisse aux commandes encore un peu, lâcha Alton en traversant la pièce comme une tornade. Daniels, dans mon bureau maintenant.

Kane la dévisagea puis avança vers Rockford.

— Monsieur Rockford, merci d'être venu. Désolé de vous avoir fait attendre.

— Voici James Stone, mon avocat, déclara Josh en indiquant un homme d'une quarantaine d'années d'allure athlétique et portant une eau de Cologne coûteuse pour aller avec son costume superbement taillé.

Kane lui tendit une main et fut surpris par la poigne puissante de l'homme.

— Shérif adjoint Kane, dit-il, puis il leur fit signe d'entrer dans son box et prit place derrière le bureau.

— J'aimerais que vous notiez que mon client est venu ici de son plein gré et qu'il ne répondra qu'aux questions que je jugerai appropriées. Sommes-nous d'accord ?

— Ce ne sont que des questions de routine. Je souhaite écarter des suspects pour un certain nombre d'affaires qui peuvent ou non être liées, expliqua Kane en se penchant en arrière sur sa chaise. Monsieur Rockford, pouvez-vous expliquer où vous étiez vendredi soir entre 23 heures et 1 heure du matin ?

Rockford jeta un coup d'œil à son avocat qui hocha la tête.

— J'ai passé la soirée de vendredi avec Susie Hartwig. Je suis sûr qu'elle vous l'a déjà dit, non ?

Kane prit des notes puis déclara :

— Elle dit avoir quitté votre appartement entre 22 h 30 et 23 heures. Nous pouvons corroborer son histoire grâce aux enregistrements du taxi. J'ai donc peur que vous n'ayez pas d'alibi pour la période en question.

— Je me suis réveillé devant la télé vers 3 heures et elle était partie, précisa Josh Rockford en haussant les épaules. Je n'ai pas quitté la maison.

— OK, dit Kane en croisant son regard. Votre père possède un pick-up Ford bleu foncé. Quand avez-vous conduit ce véhicule pour la dernière fois ?

— Putain, pourquoi je conduirais cette vieille épave ? lâcha Josh en affichant une grimace de dégoût. C'est les ouvriers qui travaillent au ranch qui l'utilisent depuis au moins dix ans.

Il lança un regard furieux à Kane.

— Je ne sais même pas si ce pick-up a jamais quitté la propriété. Vous devriez demander à mon père.

— Bien sûr, c'est assez facile à vérifier, ajouta Kane en se frottant le menton, puis il regarda ses notes. Où êtes-vous allé après avoir quitté le café Chez Tante Betty le lundi matin ?

— Est-ce que je dois répondre à cette question ? demanda Josh en lançant un regard angoissé à son avocat.

— Non, répondit Stone en haussant les épaules. Sauf si cette question est pertinente pour une enquête sur un meurtre et que vous souhaitez éliminer mon client de la liste des suspects.

Intéressant.

— Très bien, rétorqua Kane en faisant tourner son stylo entre ses doigts. À quel point connaissez-vous Sarah Woodward ?

— La jolie blonde ? demanda Josh en souriant. J'aimerais bien faire plus ample connaissance justement, mais quand je lui ai demandé de se joindre à moi pour boire un verre, elle a pratiquement couru aux toilettes pour se cacher. C'était devant le restaurant de l'hôtel Cattleman, samedi soir après le match.

Kane observa le comportement de Josh. Il était arrogant et sûr de lui. Il n'avait pas assassiné Sarah, mais avait quelque chose à cacher.

— Êtes-vous retourné à l'hôtel Cattleman après que je vous ai accompagné jusqu'à un taxi ?

— J'invoque le cinquième amendement, déclara Rockford en jetant un coup d'œil à son avocat. J'avais peut-être un rencard. Je ne suis pas obligé de le lui dire, n'est-ce pas ?

— Non, vous n'avez à répondre à aucune de ses questions, précisa Stone, et son regard sembla percer celui de Kane.

— Je vais passer à autre chose alors, annonça Kane en se raclant la gorge. Accepteriez-vous de me donner un échantillon d'ADN ? Mlle Woodward a été impliquée dans un incident et j'essaie encore une fois d'éliminer les suspects.

— C'est plutôt à elle que j'aimerais donner un échantillon de mon ADN, dit Josh en remuant les sourcils.

— Vous n'êtes pas obligé d'obtempérer, ajouta Stone en se penchant vers son client. Sauf s'ils obtiennent un mandat auprès du tribunal.

— Je n'ai pas touché cette fille, dit Josh en haussant dédaigneusement les épaules. Je vais faire le test.

Kane s'exécuta en tâchant de conserver une expression neutre, puis il se retourna vers Josh Rockford. Il avait besoin que la police scientifique examine son véhicule et le vieux pick-up de son père.

— C'est tout ce que j'ai pour vous pour l'instant, à moins que vous n'acceptiez qu'une équipe médico-légale fouille votre voiture ? Nous devrons également jeter un coup d'œil au vieux pick-up de votre père.

— C'est en rapport avec quelle affaire ? demanda Stone, méfiant.

— Nous enquêtons sur deux incidents et un pick-up bleu impliqué dans un délit de fuite, répondit Kane en soupirant. Nous sommes en train d'interroger les personnes qui se trouvaient à proximité au moment des faits et M. Rockford est sur notre liste.

— Oui, vous pouvez examiner mon SUV. Je n'ai rien fait et je n'ai pas causé d'accident. Vous devrez voir avec mon père pour le pick-up. Je peux y aller maintenant ? demanda Josh en se levant.

Kane l'imita et lui tendit une main.

— Merci pour votre coopération. Ne nettoyez pas la voiture, d'accord ? Si vous le faites, je suis sûr que M. Stone vous expliquera les conséquences que ça pourrait avoir.

— Je vais m'assurer qu'il comprenne et je vous contacterai au sujet du pick-up du maire dans l'heure. Je suis sûr qu'il voudra que son nom soit blanchi dès que possible, ajouta Stone en levant le regard comme s'il avait pris le dessus. Quand pensez-vous que l'équipe médico-légale sera là ?

— Dans les prochaines vingt-quatre heures, mais j'aimerais jeter un coup d'œil au vieux pick-up dès aujourd'hui.

— Très bien, conclut Stone en lui jetant un regard dédaigneux, puis il se tourna vers Josh pour le pousser vers la sortie.

Kane rattrapa l'avocat.

— Puis-je vous parler en privé ?

— Attendez-moi à l'accueil, lança Stone à Josh avec un geste de la main comme s'il y avait une mouche gênante. Que puis-je faire pour vous, adjoint Kane ?

David jaugea l'homme athlétique et séduisant qu'il avait devant lui.

— J'ai quelques questions à vous poser. Prenez un siège, ça ne prendra pas longtemps, à moins que vous n'ayez aussi besoin d'appeler un avocat ?

— Vraiment ? Posez vos questions, dit Stone avec un rire sarcastique. Vous voulez aussi connaître mes déplacements ? Si oui, je participais à une conférence à Los Angeles. Je suis parti d'ici il y a une semaine, le samedi, et je suis rentré le lundi vers 10 heures, je crois. À peine avais-je posé mes valises chez moi que le maire m'a appelé et m'a informé que vous harceliez les membres de l'équipe des Larks.

Poussant le bloc-notes vers lui, Kane croisa son regard.

— J'aurais besoin de détails, si ça ne vous dérange pas.

— Aucun problème, enchaîna Stone en griffonnant sur le bloc-notes, puis il signa au bas de la feuille d'un seul geste. Voulez-vous un échantillon ADN de ma part également ?

— Pas pour le moment, répondit-il en levant le regard vers Stone. Il y a un autre sujet dont nous devons parler... Jenna.

— Ah, je vois, fit l'avocat en lui jetant un regard glacial. J'avais bien l'impression qu'il se tramait quelque chose.

Il leva les deux mains en l'air et lui adressa un fin sourire.

— C'est ce qui arrive quand je m'ouvre aux femmes qui viennent de la classe inférieure, reprit-il.

Kane le fusilla du regard.

— Je n'ai toujours pas vu votre nom dans le classement de *Forbes*... Vous n'avez pas réussi cette année encore, hein ?

— Ne vous inquiétez pas, je vous la laisse, conclut Stone en se levant pour rejoindre Rockford.

Kane le suivit du regard en secouant la tête. *Un connard de moins.*

Il reporta son attention sur l'interrogatoire qu'il venait d'avoir avec Rockford. Il avait déjà eu affaire à des psychopathes très décontractés et il n'était pas exagéré de penser que Josh Rockford avait la capacité de cacher le fait qu'il avait tué Sarah. Pourtant, quelque chose ne collait pas. Son comportement était déplorable, surtout la boutade sur l'échantillon d'ADN. S'il avait joué le rôle d'un homme innocent, il aurait pu prétendre à un Oscar.

Cependant, il refusa de le retirer de la liste des suspects dans les tentatives d'assassinat à l'encontre de Jenna ; Josh était dans les parages et ne pouvait pas expliquer où il se trouvait au moment des deux incidents. Son père possédait le modèle de véhicule recherché et il avait un mobile. Il allait devoir examiner le pick-up pour voir s'il avait été endommagé et inspecter également celui de John Davis.

Kane fixa la liste des suspects. Il avait du mal à croire que l'agent immobilier y était pour quelque chose et sa liste se raccourcissait.

Si j'enlève Billy Watts et Josh Rockford de l'équation, tout ce qu'il me reste, c'est Dan Beal et Stan Clough.

47

Jenna ôta son manteau et ses gants, puis se laissa tomber sur sa chaise.

— Fermez la porte.

— Ce n'est pas à propos du sac à main de Sarah Woodward, n'est-ce pas ? demanda Daniels, les sourcils froncés. Je l'ai placé dans la pièce avec les scellés. Kane a dit que vous voudriez l'enregistrer personnellement.

— Où avez-vous retrouvé ce sac à main ? demanda Jenna, appuyant ses coudes sur le bureau, les mains jointes. J'espère que vous avez suivi la procédure.

— Je portais des gants et je l'ai mis dans un sac de preuves, répondit Daniels, qui regarda ses mains puis la porte derrière lui pour enfin se rapprocher d'elle et baisser la voix. Je ne comptais pas fouiller vos ordures, mais vous aviez dit de vérifier toutes les poubelles depuis la scène de crime jusqu'en ville. Je l'ai trouvé dans votre bac de recyclage.

Jenna le fixa avec étonnement.

— Dans *ma* poubelle ?

Elle n'avait pas rentré le bac de recyclage depuis la collecte du vendredi, et il aurait dû être vide.

— Ouais, dit Daniels en extirpant son téléphone portable. J'ai pris des photos.

Il lui tendit son smartphone et elle fit défiler les photos sur l'écran.

— Vous avez fait l'inventaire du contenu ?

— Non, j'ai juste cherché à l'intérieur une confirmation qu'il appartenait bien à elle. J'ai trouvé sa carte d'identité, j'ai remarqué un jeu de clés de véhicule, mais je suis presque sûr que la clé de sa chambre de motel manque.

Il marqua une pause, lui jeta un regard suspicieux et se racla la gorge avant de reprendre :

— Comment se fait-il qu'il se soit trouvé dans votre poubelle ?

— Le ranch du vieux Mitcham est sur la même route que le mien. Peut-être que ma poubelle était la seule à être sortie, ou bien que laisser ce sac à cet endroit était une façon de me narguer, qui sait ?

Elle plissa les yeux.

— Ne pensez pas une seule seconde que Kane est impliqué, enchaîna-t-elle. Je peux rendre compte de ses mouvements pour la journée du lundi. Il était avec moi.

— Bien sûr, ça doit être une coïncidence, mais votre poubelle n'était pas la seule à ne pas avoir été rentrée. J'en ai fouillé quatre autres le long de cette route, précisa Daniels en levant un sourcil. Ils ont dû choisir la vôtre exprès. Ils doivent être du coin pour savoir où vous habitez.

Jenna leva le menton.

— En parlant *d'être du coin*, pourquoi ne m'avez-vous pas dit que vos frères vivent à côté de chez Stan Clough ? J'ai dû l'apprendre de John Davis.

— Je ne pensais pas que c'était important.

Elle le fixa longuement.

— Y a-t-il autre chose que je devrais savoir ?

— Euh, oui, j'imagine... répondit-il comme s'il ne savait plus où se mettre. Nous possédons le ranch du vieux Mitcham. J'ai demandé à Davis de le vendre. Mes frères n'ont rien à voir avec ça.

— Quoi ?

— Je pensais que vous saviez que le shérif Mitcham était notre grand-père et qu'il nous avait laissé plein de terrains. C'est de notoriété publique dans le coin.

— Apparemment pas, dit-elle en se raidissant de colère. Vous auriez dû me le dire. Je ne suis pas d'ici et tout ça s'est passé avant que je prenne le poste.

Elle s'éclaircit la gorge puis poursuivit :

— Asseyez-vous. Je veux tout savoir. Quand avez-vous décidé de vendre la propriété ?

— Oh, il y a environ trois mois.

Daniels prit place sur une chaise et étira ses longues jambes fines devant lui. Jenna le trouva bien trop à l'aise pour être rassurée.

— Je suis le plus jeune, reprit-il, et le seul d'entre nous à avoir un vrai travail. Lorsque nos parents sont morts, ils ont laissé des dettes derrière eux et nous avons dû vendre des objets personnels pour payer les factures. Nous sommes souvent à court d'argent en hiver, alors j'ai mis la vieille maison sur le marché. Je ne l'ai pas dit à mes frères, je pensais que ce serait une bonne surprise, précisa-t-il en grimaçant. Quand j'ai eu Dean et lui ai parlé du meurtre, il a piqué une crise et a dit que j'essayais de vendre une partie de l'héritage familial. Il a appelé John Davis et a fait retirer la propriété de la liste. Il m'a pourri hier soir au téléphone. C'est bien la dernière fois que j'essaie de faire quelque chose pour aider.

Jenna fit tambouriner ses doigts sur la table.

— Je vois.

— Je ne savais pas non plus que la grand-mère de Sarah avait prévu de visiter les lieux, jusqu'à ce que je le voie sur la liste que Davis a déposée ici.

L'image du regard vitreux de Sarah Woodward lui traversa l'esprit et elle cligna des yeux pour repousser l'horrible vision.

— Si Mme Woodward avait fait une offre pour la maison, elle vous en aurait parlé à vous, d'autant plus que vos frères ne savaient pas que vous l'aviez mise sur le marché.

Elle marqua une pause.

— À quel point connaissez-vous Stan Clough ?

— Hein ?

— Vous connaissez Stan Clough et il est dans notre collimateur. Pourquoi n'avez-vous pas fait savoir que vous le connaissiez, et qui plus est où il vivait ? Est-ce que vous cachez quelque chose ?

— Je sais qui il est, c'est tout, tout le monde sait ce qu'il a fait. Je ne savais pas où il vivait quand je vous ai parlé ce matin, dit Daniels en haussant les épaules avec nonchalance. Je vais rarement au ranch pendant l'hiver. Il n'y a rien à y faire et mes frères sont tout à fait capables de s'occuper du bétail. Ils n'ont pas besoin de moi ; en fait, la plupart du temps, je les gêne. En ce moment, Dean est vraiment remonté contre moi pour avoir essayé de vendre le ranch, mais quand je l'ai appelé depuis le téléphone satellite, il a mentionné Stan Clough. Il m'a dit que Clough vivait sur Rocky Mile Road, entouré d'un tas de cochons puants. Il m'a dit de ne pas vous le dire parce que Stan ne veut pas que quelqu'un, surtout vous, sache où il vit.

— Oh, vraiment ?

— Je suppose qu'il veut une vie tranquille, madame, ajouta Daniels avec une grimace. Ça, j'en suis certain.

Le meurtre de Sarah ressemble plus à un meurtre opportuniste pour détraqué en mal de sensations fortes.

Elle jeta un long regard à Daniels. Il n'avait pas l'étoffe d'un policier.

— Avez-vous pensé à une autre carrière loin de Black Rock Falls ?

— Bien sûr, fit Daniels avec un sourire en coin. J'ai toujours voulu rejoindre la compétition en rodéo. Ces gars mènent la grande vie. Je ne suis jamais vraiment sorti de Black Rock Falls et j'ai envie de m'amuser un peu dans ma vie. Ce boulot, avec les meurtres et tout, est déprimant.

— Bon, vous feriez mieux d'aller chercher Walters et d'aller déjeuner.

Elle se leva et le raccompagna jusqu'à la porte. Remarquant que Kane était en train de taper un rapport, elle décida de fouiller le sac de Sarah avec Rowley et de répertorier le contenu, mais elle avait besoin de la clé de Kane pour accéder à la salle des scellés. Elle s'approcha de son bureau et tapa sur l'épaule de l'adjoint Rowley. Fâchée de le voir sur Facebook, elle lui lança :

— Venez avec moi. Apportez un bloc-notes.

— Tout va bien ? intervint Kane qui venait de lever les yeux de son écran d'ordinateur.

— Oui. J'ai besoin de votre clé pour la salle des scellés. Je prends Rowley avec moi pour faire une liste du contenu du sac de Sarah.

Elle se rapprocha de Kane et parla à voix basse.

— Pourquoi ne m'avez-vous pas dit que Daniels avait trouvé cette foutue chose dans *ma* poubelle de recyclage ? En plus, il connaissait la putain d'adresse de Clough ? Il vit dans une porcherie sur Rocky Mile Road. Qu'est-ce qui se passe ?

— Dans *notre* poubelle ? lâcha-t-il, les deux sourcils arqués au-dessus de son regard. Il a dit qu'il avait trouvé où Clough vivait, mais a refusé de me le dire et a insisté pour ne révéler l'endroit où il avait trouvé le sac qu'à vous en personne. Quel crétin. Vous croyez qu'il pense que j'ai quelque chose à voir avec le meurtre de Sarah ?

Il lui jeta un trousseau de clés.

— Je n'en ai aucune idée, répondit-elle en se frottant l'arrière du cou, prête à lâcher sa prochaine bombe. Saviez-vous que les frères Daniels possèdent le ranch du vieux Mitcham ?

— Non, Rowley m'a fait un résumé de l'histoire, mais n'a pas mentionné les propriétaires actuels. J'ai supposé que le ranch faisait partie d'une succession.

Kane extirpa son bloc-notes de la poche de sa veste et feuilleta les pages.

— Oui, reprit-il, j'allais demander à John Davis quel avocat s'occupait de la succession pour l'informer du meurtre. Est-ce que quelqu'un l'a tenu au courant ?

— Pas du meurtre, répondit Jenna en humectant ses lèvres soudainement sèches et en regardant avec envie la tasse de café posée sur le bureau de Kane. Je ne veux pas que des ragots circulent tant que la famille de Sarah n'a pas officiellement identifié le corps. Évidemment, nous n'avons pas besoin de prévenir les frères Daniels puisque Pete les a déjà informés. Apparemment, Dean a contacté John Davis et a retiré la propriété de la vente.

— On a donc trouvé notre taupe ?

— On dirait bien, dit Jenna en soupirant. Je pense que Pete doit se trouver un autre job. Au fait, quand est-ce que l'oncle de Sarah vient identifier son corps ?

— Il devrait arriver dans la matinée. Les résultats de l'expertise médico-légale sont tombés et Maggie les a inclus aux dossiers, ajouta Kane en bougeant ses larges épaules et en étirant ses jambes. Voulez-vous que je passe en revue l'interrogatoire de Rockford avec vous maintenant ?

— Je vais d'abord examiner le sac à main.

Jenna déverrouilla la grille de la salle des scellés, enfila des gants, fit glisser le sac à main de Sarah Woodward hors du sachet en plastique et le posa sur le plateau en aluminium de la table. Elle se tourna vers Rowley.

— Prenez des photos à chaque étape.

— Oui, madame.

Rowley empoigna un appareil sur l'étagère et joua avec les réglages.

— Je suis prêt.

Il commença à prendre quelques clichés.

— Permis de conduire au nom de Sarah Woodward, clés de voiture avec une étiquette à l'effigie du garage Miller.

Jenna renversa le sac. Quelques pièces de monnaie en tombèrent, un chouchou rose, un stylo du Black Rock Falls Motel et un paquet de chewing-gums. Elle examina l'intérieur, trouva une fermeture Éclair et ouvrit un compartiment.

— Argent liquide.

En dépliant les billets, elle trouva un numéro de téléphone écrit sur un bout de papier à l'effigie du motel.

— 65 dollars, précisa-t-elle en s'éloignant de la table pour permettre à Rowley de prendre des photos.

— Aucun indice sur le meurtrier ici, ajouta Rowley en affichant les clichés sur l'écran de l'appareil photo. Vous voulez que je cherche des empreintes digitales ?

— Oui, répondit-elle en souriant. C'est bien. Je vais chercher à qui ce numéro appartient, mais j'imagine que c'est celui d'un des propriétaires des maisons que sa grand-mère a visitées, ou devrais-je dire qu'elle avait prévu de visiter.

Elle nota le numéro sur son bloc-notes puis enchaîna :

— Je vais chercher sur la liste qu'elle a reçue de John Davis avant de déranger qui que ce soit.

— Autre chose... Il manque un chouchou rose. Elle en avait deux dans les cheveux la dernière fois qu'elle est venue au bureau et il ne figure pas sur la liste des effets personnels que vous avez trouvés sur les lieux, dit Rowley en passant un plumeau sur tous les objets à la recherche d'empreintes. Je pense que d'autres choses manquent, n'est-ce pas ?

Il leva les yeux vers elle.

— Il n'y a pas de brosse à cheveux ni de maquillage. Les

femmes ont généralement des mouchoirs, du rouge à lèvres et des articles féminins dans leur sac à main.

Il haussa les épaules et ajouta :

— Elle était sortie pour la journée. N'aurait-elle pas pris plus que ça avec elle ?

Un frisson glacial descendit le long de la colonne vertébrale de Jenna et ses années de profilage criminel lui revinrent en mémoire.

— Le tueur a gardé quelque chose de personnel, comme un trophée. Quelque chose qui lui rappelle l'événement, précisa-t-elle en fixant du regard l'ensemble des affaires. Je dois voir s'il manque quoi que ce soit dans les vêtements laissés sur les lieux. Quand j'ai parcouru la liste des objets de sa chambre de motel, j'ai remarqué qu'elle possédait des ensembles de sous-vêtements assortis. Récupérer les culottes d'une victime ou d'autres objets personnels est courant. Le rapport médico-légal vient d'arriver. Nous devons vérifier si quelque chose manque. On pourrait avoir affaire à un tueur en série. Un détraqué qui aime revivre le frisson.

Elle attendit que Rowley emballe les preuves puis verrouilla la pièce.

— Enregistrez ces empreintes digitales dans la base de données puis venez dans mon bureau.

— Oui, madame, dit Rowley en se reculant pour lui permettre de monter les escaliers. Voulez-vous que les autres adjoints assistent au *briefing* ?

— Pas cette fois.

Trop d'informations sortaient de son bureau et elle devait les étouffer dans l'œuf. Elle faisait confiance à ses hommes, mais supposait désormais que Pete Daniels était responsable de toutes les fuites. Il avait probablement tenu ses frères au courant des dernières affaires. Il aurait dû savoir qu'ils feraient courir des rumeurs.

Je ne peux rien y faire maintenant, mais un truc pareil ne se reproduira jamais sous ma surveillance.

48

Jenna débarqua dans la pièce principale de la brigade et se dirigea directement vers la kitchenette. Après avoir saisi trois mugs de café, elle progressa vers le bureau de Kane.

— Nous devons parler en privé et je suis prête à passer en revue les rapports médico-légaux.

— Je suis prêt, j'ai terminé ce que j'avais à faire ici, dit Kane en se levant. L'un de ces cafés est pour moi ?

— Oui, répondit-elle en lui tendant une tasse fumante. Vous avez obtenu quelque chose de Josh Rockford ?

— Si leurs alibis se vérifient, je n'aurai rien de concret sur Rockford ou Billy Watts en rapport avec le meurtre de Sarah, mais Rockford est tellement vicieux qu'il pourrait payer des gens pour le couvrir.

Kane empoigna son carnet de notes et fronça les sourcils avant de reprendre :

— À moins de savoir précisément où se trouvait Stan Clough au moment des incidents, je suis à sec, n'importe lequel de nos suspects pourrait être coupable, dit Kane en fixant Jenna de son regard bleu. Vous pouvez retirer James Stone de l'équation ; il était à une conférence et je ne pense pas qu'il vous ennuiera à nouveau.

Ses lèvres formèrent un léger sourire. Jenna l'imita ; un gros poids venait d'être ôté de ses épaules.

— Merci, j'apprécie votre aide, dit-elle en faisant un tour d'horizon du regard, puis elle baissa la voix. J'ai des informations sur Stan Clough, mais ça pourra attendre que nous soyons dans mon bureau. Qu'avez-vous découvert d'autre ?

— Rockford et Watts ne semblaient pas être au courant du meurtre de Sarah et lorsque je les ai interrogés sur leurs allées et venues, ils m'ont paru plus agacés que coupables.

Kane appuya sa hanche contre son bureau avant d'ajouter :

— J'ai besoin d'exclure tout lien entre Josh et le délit de fuite. Je veux inspecter les deux pick-up. Je suppose que le maire et John Davis vivent du même côté de la ville ?

Jenna sirota le café brûlant et répondit :

— Oui, nous passerons dès que nous aurons lu les rapports. Maggie pourra fermer la brigade et nous pourrons rentrer directement une fois que nous aurons terminé.

— La seule personne que je n'ai pas interrogée est Dan Beal, mais Billy Watts a mentionné le fait qu'il l'avait vu à la salle de sport à 8 heures le lundi matin. S'il dit la vérité, il n'aurait pas eu le temps de tuer Sarah ou de saccager sa chambre au motel, puis d'être à la salle de *fitness* à cette heure-là. Nous pouvons également l'exclure du délit de fuite, car il était en cellule le jeudi soir, ajouta Kane en laissant échapper un long soupir. J'ai toujours le sentiment, au fond de mes tripes, que les meurtres sont l'œuvre de deux tueurs. D'après les blessures que j'ai pu constater, il semble que la ou les mêmes personnes aient assassiné Sarah et John Helms. La scène était trop propre. À mon avis, une seule personne n'aurait pas eu le temps ou l'énergie de la nettoyer aussi minutieusement en un temps limité.

Il s'éclaircit la gorge.

— Voyons ce que l'autopsie a révélé.

Jenna jeta un coup d'œil au box de l'adjoint Rowley.

— Vous avez terminé le transfert des fichiers ?

— Oui, madame, mais il y a quelque chose que vous devez voir, dit Rowley en pivotant sur sa chaise. Je n'ai rien trouvé d'intéressant sur les pages Facebook des suspects, mais j'ai trouvé cette photo sur le compte de Sarah.

— Alors, ça... lâcha Kane en se penchant pour fixer l'écran.

Le cliché représentait Mme Woodward appuyée sur le hayon d'un vieux pick-up bleu. Jenna se pencha à son tour et remarqua un autocollant déchiré à l'arrière. Elle lança un regard à Kane.

— C'est une blague ou quoi ? Ce n'est quand même pas le véhicule qui a provoqué mon accident de la route, si ?

— À moins qu'un autre pick-up dans cette ville ait le même autocollant déchiré, je pense que c'est celui-ci, oui, ajouta Kane en se frottant le menton. Pourquoi Mme Woodward aurait-elle essayé de vous tuer ?

Jenna resta bouche bée devant l'image de la vieille femme souriante, incrédule.

— Je ne l'ai jamais rencontrée, elle ne peut pas avoir de raison.

— Il y a quelque chose qui pue dans cette affaire, commenta Kane alors qu'il se redressait pour jeter un regard dans la direction de Daniels qui marchait vers eux.

Il reporta son attention sur Jenna et il s'approcha d'elle pour lui murmurer :

— Je ne veux pas que cette information soit divulguée et compromette notre enquête. Je ne sais pas à qui ses frères ont parlé, et si ça inclut notre tueur, il aura toujours une longueur d'avance sur nous.

Jenna opina du chef.

— Bien. Dans mon bureau.

Elle se tourna et adressa un sourire à Daniels.

— J'ai enregistré les données GPS et téléphoniques de

Rockford et Watts. Comparez les dates avec les retraits d'argent sur les comptes bancaires de John Helms et de Mme Woodward. Voyez si l'un d'eux s'est rendu dans les autres comtés au même moment.

— Je m'en occupe, répondit Daniels en se dirigeant vers son box.

Jenna suivit Kane et Rowley jusque dans son bureau. Une fois assise, elle toisa ses deux adjoints et leur révéla ce qu'elle avait appris à propos de Stan Clough grâce à John Davis.

— Ça le place au bon endroit au bon moment. Il connaît bien les environs également. Jusqu'à présent, il est le seul homme qui correspond au profil d'un tueur sadique. Il sort de prison et des gens disparaissent à nouveau. Trop de coïncidences, si vous voulez mon avis.

— Nous devrons lui rendre visite et avoir un chef d'inculpation pour obtenir un mandat et perquisitionner sa propriété. Vous pensez pouvoir obtenir un mandat aujourd'hui ?

Jenna hocha la tête.

— Oui, mais d'abord, nous devons savoir ce que contient le rapport d'autopsie de Sarah.

Elle lut la note jointe et manqua s'étouffer.

— Le sac qui a été utilisé pour me bâillonner contenait des traces de sang de porc, d'où l'odeur, et ma salive.

— Un élément de plus, intervint Kane en lui jetant un regard inquiet. Clough possède une porcherie.

Elle s'extirpa du tourbillon de pensées en rapport avec la souffrance qu'avait endurée Sarah pour reprendre une expression neutre. Observer la scène de crime avait été horrible, mais en connaître les détails les plus infimes, peu importe leur description clinique et aseptisée, lui donnait des crampes d'estomac. Elle avait connu cette fille et avait voulu l'aider à retrouver sa grand-mère. L'image du corps meurtri de Sarah refit surface dans son esprit et elle chassa cette piqûre de rappel en secouant la tête.

— OK. Je vais lire le rapport, déclara-t-elle.

— Vous voulez que je m'en charge ? proposa Kane en se penchant en avant sur sa chaise, le visage profondément inquiet.

— Non, ça va aller, répondit-elle en saisissant sa souris pour faire défiler les documents sur l'écran de son ordinateur.

— Commencez peut-être par l'avis du médecin légiste, et nous pourrons passer en revue les détails si nécessaire, suggéra Kane en massant l'arrière de son cou. Je n'ai pas besoin de voir les images.

— OK, dit Jenna en parcourant le document des yeux. Le médecin légiste a attribué la mort à de multiples blessures, dont une profonde coupure au niveau du cou et de multiples coups de couteau à l'estomac. Les blessures de la partie supérieure du torse sont compatibles avec l'utilisation d'un fouet à pointe d'acier.

Elle soupira pour marquer une pause, prit une profonde inspiration et continua :

— Le rapport dit que la blessure au cou (occasionnée brutalement) a entraîné la section des artères carotides gauche et droite, et l'incision de la veine jugulaire interne droite, provoquant une hémorragie fatale. L'examen révèle des incohérences au niveau des blessures. Celles au cou correspondent à l'utilisation d'un couteau dentelé ou d'un couteau de chasse. Les blessures au torse mesurent un centimètre de large et indiquent une lame avec une pointe incurvée, correspondant à un couteau de cuisine. Les contusions sur les avant-bras pourraient être des blessures défensives. La blessure par objet contondant à l'arrière du cuir chevelu est superficielle et non mortelle. La victime présentait des signes d'acte sexuel forcé récent. Les prélèvements n'ont révélé aucune trace d'ADN, mais une correspondance a été trouvée pour les préservatifs lubrifiés portant le nom commercial de Trojan BareSkin.

Elle leva les yeux vers Kane.

— Voyons ce que disent les analyses médico-légales.

Elle prit une longue gorgée dans son café puis se replongea dans les rapports.

— Nous y voilà, reprit-elle. Ils ont trouvé un cheveu noir sur les vêtements laissés sur les lieux, et d'après la liste, il manque la culotte de Sarah.

Elle lut et relut la phrase suivante avant d'annoncer :

— Vous avez raison sur le nombre de personnes impliquées. Ils ont trouvé deux jeux d'empreintes de pas dans le sang. Une de taille 44 et une de taille 45. Semelles en cuir, ajouta-t-elle avant de retourner son écran. Regardez.

— Ce n'est pas la preuve que nous avons deux psychopathes en liberté à Black Rock Falls. Ces gens ont un intérêt commun ; nous pourrions avoir un tueur et un autre qui s'est laissé convaincre de participer.

Kane saisit sa tasse de café et toisa Jenna avec un air agacé, puis il se tourna vers Rowley.

— Pas un seul mot ne sort de cette pièce. Compris ? lâcha-t-il.

— Entendu, répondit Rowley, passant ses mains sur son visage. Je n'arrive pas à croire que ces animaux l'aient aussi violée.

— Et au sujet de John Helms, ils ont trouvé autre chose ? demanda Kane en éclusant son café. Ne me dites pas qu'il a été violé lui aussi ?

— Ouvrons l'autre dossier, dit Jenna en faisant défiler les documents. Pas violé mais brutalisé. Les insectes et les pollens qu'on a retrouvés sur son corps proviennent des environs. Les deux meurtres ont eu lieu ici, à Black Rock Falls.

— Il est évident qu'ils vivent à proximité pour connaître aussi bien la région. Un étranger n'aurait pas eu la moindre idée de l'existence de la cave dans le ranch du vieux Mitcham, déclara Rowley en se penchant en avant sur sa chaise. Je suis surpris que deux hommes soient impliqués et qu'ils aient réussi à garder tout ça secret.

Il jeta un regard à Kane et demanda :

— Vous êtes sûr de n'avoir remarqué qu'une seule personne dans le pick-up ?

— Je n'ai pas vu le conducteur du tout, avoua Kane en reposant sa tasse sur le bureau. Pourquoi ?

— Eh bien, il faut un homme costaud pour soulever un cadavre et le faire entrer de force dans un baril. Un seul homme pourrait éventuellement le faire. Mais charger le baril dans le pick-up, puis s'en débarrasser à la décharge demande pas mal d'efforts. Je pense que vous pouvez exclure la vieille Mme Woodward.

— La plupart des *ranchers* possèdent des machines qui pourraient soulever les objets lourds et remplir un baril de liquide une fois sur le pick-up, dit Kane en se penchant en arrière. Le tonneau aurait pu être roulé à l'arrière du pick-up depuis le hayon d'un camion. Le problème est que le labo a prouvé que nous avons deux personnes impliquées dans le meurtre de Sarah, et j'ai deux hommes qui s'utilisent mutuellement comme alibis. Billy Watts et Dan Beal ont tous deux déclaré être allés à la salle de sport des Larks lundi matin. Je vais appeler l'entraîneur de l'équipe dès que nous aurons terminé, car s'il se souvient d'eux, et que les autres personnes qu'il a mentionnées corroborent sa déposition, alors nous sommes de retour à la case départ.

Jenna fit tambouriner ses ongles sur le bureau.

— OK, j'en déduis donc que vous croyez toujours que les mêmes personnes sont impliquées dans les meurtres et les incidents me concernant, n'est-ce pas ?

— Je le pense depuis le début. Les coïncidences sont rares, et à moins que quelqu'un ait empoisonné la réserve d'eau de Black Rock Falls et que nous devenions tous progressivement fous, les chances que deux tueurs déments se trouvent dans une même ville au même moment avec des buts différents seraient d'une sur un million, déclara Kane en se levant pour se diriger vers le tableau blanc. À mon avis, le pick-up Ford que j'ai vu appartenait à Mme Woodward. Ça ne me dérange pas d'aller examiner les autres véhicules, mais la probabilité d'en trouver un autre avec le même autocollant déchiré serait extrêmement faible.

Il écrivit sur le tableau.

— Mme Woodward aimait sa petite-fille et a disparu bien avant son arrivée. J'ai vérité son casier judiciaire et elle n'a pas d'antécédents.

Il se tourna vers Jenna et haussa les épaules avant de reprendre :

— À mon avis, Mme Woodward est une autre victime et les tueurs ont utilisé son pick-up pour déplacer le corps de John Helms et dans le but de vous tuer ou de vous envoyer un avertissement.

— Vous pensez donc que son corps traîne quelque part ? demanda Rowley en se grattant le crâne. On devrait peut-être fouiller tous les barils de la décharge.

— Brinks a ouvert tous les barils qu'il y avait là-bas et n'a rien trouvé, mais beaucoup sont enterrés sous des tonnes d'ordures, précisa Jenna en terminant son café. Et si c'est la méthode qu'ils utilisent pour se débarrasser des corps, pourquoi avoir laissé Sarah dans la cave ?

— Peut-être qu'ils ne voulaient pas risquer de se rendre à la décharge à nouveau, suggéra Rowley après s'être éclairci la gorge. Ils savaient alors que tout baril apporté là-bas serait examiné.

— Je suis d'accord, et les trois incidents impliquant le shérif sont des avertissements, dit Kane en jetant un regard à Jenna. Je sais que vous n'avez pas souvenir que quelque chose d'inhabituel se soit déroulé au cours des derniers mois, mais je parierais mon dernier dollar que vous avez été témoin de quelque chose.

Il arqua un sourcil sombre.

— À moins que vous n'acceptiez d'être hypnotisée, nous ne le découvrirons jamais, et je suppose que ce n'est pas demain la veille que ça arrivera.

Le duvet à l'arrière du cou de Jenna se dressa. On avait essayé de la tuer, mais à moins que quelqu'un de son passé ne l'ait retrouvée, elle ne savait pas pourquoi. Elle mordit sa lèvre inférieure et plongea son regard dans celui de Kane.

— Honnêtement, ce n'est pas la peine d'être si dramatique. Je vous ai dit tout ce dont je me souviens. Faites-moi confiance. Je n'ai rien vu d'inhabituel à Black Rock Falls.

— Très bien, permettez-moi donc de vous donner mon point de vue sur la situation, déclara Kane en se penchant en arrière sur la chaise dans un grincement. Je suis convaincu qu'il existe une connexion entre ces meurtres et vous, même si c'est par procuration. À un moment donné, depuis l'arrivée de Mme Woodward à Black Rock Falls, vous avez dû interagir avec des personnes inconnues et avez été témoin d'un crime, ou vu quelque chose que quelqu'un veut garder secret. Si vous n'avez été témoin de rien d'autre hormis cette affaire de cruauté animale à la ferme de Clough, cela a dû se produire pendant votre enquête sur la disparition de Mme Woodward, car c'est la seule fois où vous avez fait du porte-à-porte.

— Je ne peux pas croire que vous pensez que quelque chose que j'ai soi-disant ignoré a causé deux meurtres horribles, dit Jenna en secouant la tête. Je n'ai pas enquêté seule et j'ai passé en revue tout ce que j'avais fait. Il ne s'est *rien* passé. Je ne suis pas une débutante. J'aurais remarqué tout ce qui sort de l'ordinaire.

— Je ne dis pas que vous avez commis une faute, mais les forces de l'ordre ne remarquent pas toujours tout, surtout lorsqu'il s'agit d'habitants qu'ils apprécient, et qui plus est dans les petites villes. Les gens ici sont comme une famille. Et puis, d'un seul coup, vous vous mettez à serrer la vis contre les voyous du coin, ajouta Kane en plongeant son regard azur dans celui du shérif. Et la seconde d'après, on tente de vous tuer dans un accident de la route et de vous tirer dessus.

Il écarta les bras et conclut :

— À chaque nouveau pas en avant que vous faites, on vous somme de vous taire.

— Quel est le rapport avec le meurtre de John Helms et celui de Sarah ?

— Eh bien, quand on a trouvé John Helms, ils ont paniqué. La fusillade était un autre avertissement, mais quand j'ai commencé à convoquer les gens pour les interroger, ils vous sont tombés dessus à l'hôtel Cattleman. J'imagine qu'ils espéraient que vous alliez finir par craquer et tout me raconter, enchaîna Kane, la fixant longuement. Vous avez cru entendre deux séries de bruits de pas, n'est-ce pas ?

— Oui, mais je ne sais *rien* du tout. Si je savais quelque chose, je vous le dirais, j'espère que vous en êtes conscient.

— Oh, je vous crois, dit Kane en passant une main dans son épaisse chevelure. Je doute que Mme Woodward ait été leur première victime, car nous avons trois autres personnes disparues. Jusqu'à son meurtre, ils avaient couvert leurs traces, et puis vous êtes devenue shérif. Je suppose qu'à mon arrivée, ils ont pensé que vous aviez rameuté des renforts, mais vous avez ignoré leurs menaces, et le meurtre de Sarah a été un avertissement sévère qui voulait dire en substance : *Regardez ce que je peux faire si vous racontez à Kane ce que vous savez.* Nous allons passer en revue votre journal d'activité quotidienne pour les six derniers mois environ, puis visiter à nouveau tous les ranchs, en commençant par l'ancienne maison de Stan Clough et voir si quelque chose déclenche un souvenir chez vous, aussi insignifiant soit-il.

La colère monta en Jenna et elle se leva d'un bond.

— Nous ne ferons rien de tout ça ! Je n'ai rien vu, sinon je vous l'aurais dit, même quelque chose d'insignifiant comme vous le dites.

Elle tendit un bras et désigna la porte :

— Allez vérifier les alibis de Watts et de Beal, puis allez inspecter les pick-up Ford bleus afin d'éliminer leurs propriétaires de notre liste de suspects.

Elle repoussa sa chaise.

— Ne prenez pas la peine de venir me chercher au retour. Je me débrouillerai pour rentrer chez moi.

— Jenna...

— Pour vous, c'est shérif Alton, lâcha-t-elle en lui lançant un regard noir. Fermez la porte en sortant.

Kane se leva et secoua lentement la tête.

— Je ne voulais pas vous manquer de respect, madame, dit-il en se levant pour sortir.

Elle jeta un regard à Rowley. Son visage ressemblait à une fleur écrasée. Elle se rendit compte que Kane était devenu son modèle, l'incarnation de l'officier parfait. Dommage, il allait devoir l'apprendre à ses dépens, s'il osait douter de sa parole.

— Écoutez-moi, je sais pertinemment que Pete Daniels répète tout ce qui se passe ici à ses frères. À leur tour, ils répandent sans doute les ragots dans toute la ville, et ce faisant, ils mettent les criminels au courant de tous nos faits et gestes. Vous ne devez discuter d'aucune de nos affaires avec lui ou avec Walters. Limitez vos sujets de conversation aux infractions au Code de la route et aux délits mineurs. Compris ?

— Oui, madame, répondit Rowley alors que son visage avait pris une teinte profondément rouge. Je pense que l'adjoint Kane n'a pas tort. Ce qu'il a dit est logique.

Il serra le gobelet de café qu'elle lui avait préparé comme une bouée de sauvetage.

— Les enquêtes prennent du temps, déclara Jenna après avoir pris une profonde inspiration.

Elle aimait bien Rowley et son éthique de travail était remarquable.

— Je vais remplir la paperasse pour l'obtention d'un mandat de perquisition pour le ranch de Clough et nous irons l'examiner, reprit-elle. L'équipe médico-légale trouvera sûrement la marque de chaussures utilisée par les tueurs et des traces d'ADN. Tout sera résolu. Les tueurs font des erreurs et nous démasquerons le coupable, mais ça peut prendre un peu plus de temps que prévu. Ne vous hâtez pas vers des conclusions non fondées comme Kane ; soyez patient et travaillez à partir des indices.

Elle fit le tour du bureau et lui adressa une tape dans le dos avant de continuer :

— Un travail de police solide est tout ce dont nous avons besoin. Maintenant, allez demander à Daniels s'il a établi des correspondances entre les mouvements de Josh Rockford et Watts et les retraits bancaires de Helms et Woodward.

— Entendu, dit Rowley en indiquant le tableau blanc du pouce. Voulez-vous que je cache le tableau si vous préférez que Daniels ne découvre pas les détails de l'enquête en cours ?

Épuisée et vidée, Jenna se laissa tomber dans son fauteuil.

— Bonne idée.

— Vous voulez une autre tasse de café ? demanda Rowley en glissant le tableau dans le renfoncement dans le mur prévu à cet effet.

— Merci, je pense qu'il m'en faudra des litres.

49

Chagriné, Kane se laissa tomber sur sa chaise dans son box et fixa la porte du bureau de Jenna. Qu'est-ce qu'elle n'avait pas compris dans le fait de *discuter d'une affaire* ? Il suivait son instinct et désormais, celui-ci lui disait qu'il y avait un lien entre les tentatives d'assassinat et les meurtres.

Il voulait désespérément rendre visite à Stan Clough, et lui parler était une priorité, mais il avait besoin d'un mandat de perquisition dans le cas où il remarquerait quelque chose de suspect. L'idée que ce type possède une porcherie l'inquiétait tout de même ; Kane connaissait l'appétit vorace des porcs et il n'était pas déraisonnable de penser qu'un psychopathe dans son genre pourrait livrer ses victimes comme repas à ses bêtes. Les cochons pouvaient dévorer une carcasse, les os et tout le reste, et les tests ADN de leurs excréments s'avéraient souvent infructueux.

Plongé dans ses pensées, il se massait la nuque. Clough avait-il une famille ou un ami proche ? Si deux hommes étaient impliqués dans des meurtres aussi brutaux et vivaient à Black Rock Falls, ils auraient commis d'autres meurtres dans ou autour de la région. Les morts de Sarah et de Helms lui firent penser que la soif de meurtre du tueur s'était intensifiée. Si on considérait que les personnes disparues deux ans auparavant étaient les victimes de ce même tueur, il y avait toutes les raisons de penser que sa folie meurtrière avait été interrompue. Et Clough avait fait un séjour de six mois en prison...

Il allait avoir besoin de contacter d'autres comtés pour obtenir une liste de personnes disparues. Les psychopathes se déplacent souvent pour trouver leurs victimes. Certains proches pourraient avoir signalé la disparition des leurs, mais combien de personnes sans famille et sans amis s'évanouissaient sans laisser de trace ? *Ça pourrait faire des années que ce maniaque agit en toute impunité.*

Il jeta un regard au bureau de Jenna et décida de se remettre au travail. Il saisit son carnet de notes et parcourut les noms des témoins que Billy Watts avait nommés. Kane jugea que l'entraîneur était le meilleur candidat et qu'il pouvait également prendre des renseignements auprès du manager de l'équipe des Larks. Il appela les deux numéros et nota l'heure à laquelle les deux témoins se souvenaient avoir vu Watts et Beal arriver et repartir. Comme les heures coïncidaient avec une marge d'erreur de quinze minutes, il raya les deux suspects de sa liste. Il fixa le nom de Josh Rockford et se frotta le menton ; il devait à tout prix examiner le vieux pick-up de son père.

Il fit apparaître les fichiers des cartes grises sur l'écran de son ordinateur et nota les adresses enregistrées pour les deux véhicules qu'il voulait inspecter. Encore nouveau dans la région, il devrait se fier à son GPS pour se guider.

Il saisit son téléphone portable et composa le numéro de John Davis.

— Ah, monsieur Davis. Je suis sur le départ pour venir examiner votre pick-up. Pouvez-vous prévenir votre femme ? Je ne veux pas l'inquiéter en me présentant à l'improviste.

— *J'ai fini pour la journée. Mon ranch est éloigné de la route et pourrait être difficile à trouver. Si vous passez par l'agence en chemin, vous pourrez me suivre.*

Kane fronça les sourcils.

— Oui, merci. Je serai là dans cinq minutes.

Il retira son arme de service de son étui et vérifia le chargeur.

— Un problème ? demanda l'adjoint Rowley qui passait par là, une tasse de café à la main.

— Non, répondit Kane en souriant. Je suis juste prudent.

— Ne vous en faites pas pour ce que vous a dit le shérif, dit Rowley en haussant les épaules comme s'il s'excusait. Chien qui aboie ne mord pas, comme on dit.

— Je ne suis pas inquiet.

Le visage de Rowley rosit et sa pomme d'Adam rebondit.

— Évidemment. Oh, au fait, aucune des dates de retraits d'argent ne coïncide avec les déplacements de Watts ou de Rockford d'après leurs téléphones portables ou leurs GPS. Quand il n'est pas avec les Larks, Rockford semble se rendre en ville à des heures bizarres, en pleine nuit par exemple, et il passe beaucoup de temps sur Internet.

— OK, fit Kane en rengainant son arme et en rangeant son carnet de notes dans sa poche. Je suis de sortie pour aller inspecter les pick-up et ensuite je rentre chez moi. On se revoit demain matin.

Il jeta un nouveau regard dans la direction du bureau de Jenna puis reprit :

— Veillez à ce qu'elle rentre chez elle saine et sauve.

Il rejoignit John Davis devant l'agence immobilière et suivit sa voiture hors de la ville jusque dans les collines. La lumière avait commencé à décliner lorsqu'il s'arrêta à côté du pick-up bleu. Il remonta la capuche de sa veste et se glissa hors de son siège. Il dégaina son téléphone portable et se déplaça autour du véhicule en prenant des photos. Convaincu que ce pick-up n'était pas celui qu'il avait vu la nuit de l'accident de Jenna, il fit un signe à John Davis.

— C'est tout bon. Merci de votre coopération.

— Aucun souci, dit Davis en se rapprochant, une horde de chiens excités l'encerclant. Je dois vous demander : que s'est-il passé au ranch du vieux Mitcham ?

Kane considéra sa réponse.

— Nous avons des raisons de croire qu'un crime a été commis dans les environs.

Avant que Davis n'insiste, Kane leva une main en souriant.

— Je suis désolé, il s'agit d'une enquête en cours, je ne peux pas vous donner plus d'informations.

Il jeta un coup d'œil au ciel et grimaça à la vue des nuages gris lourds de neige.

— Je ferais mieux d'y aller. Je dois examiner le véhicule du maire avant de terminer ma journée.

— D'accord. Si vous passez par là, dit Davis en désignant un chemin de terre récemment déneigé, ça vous mènera directement à l'arrière de la grange de Rockford. Il garde le véhicule à l'intérieur. J'ai un accord avec le maire en ce qui concerne la nourriture pour les animaux, c'est pourquoi on garde la route dégagée pour les livraisons. Vous réduirez votre temps de trajet de moitié. Je laisse le portail ouvert, vous n'aurez qu'à klaxonner au retour et je viendrai fermer.

Kane acquiesça et le suivit jusqu'à son SUV.

— Merci.

Le déplacement jusqu'au ranch du maire avait été une perte de temps. Le vieux pick-up montrait des signes évidents de rouille au niveau du hayon et il n'y avait aucun signe qu'un autocollant eut été là un jour.

Sur le chemin du retour, les mots durs d'Alton résonnaient

encore dans son esprit. Il ne pouvait y avoir aucun doute sur le fait que le pick-up qui avait causé l'accident appartenait à Mme Woodward. Sa conclusion sur l'affaire n'avait pas changé.

Lorsqu'il arriva chez lui, l'intérieur de la maison de Jenna était éclairé, mais aucun projecteur ne s'alluma dans l'allée. Elle n'avait pas pris le temps de réarmer son système de sécurité. Un véhicule de patrouille, l'un des plus anciens, appartenant à Pete Daniels, était garé devant chez elle. Elle l'avait probablement emprunté, mais il était toujours possible que Pete l'ait raccompagnée, et qu'elle l'ait invité à rester boire un café dans le but de découvrir quelles informations il avait divulguées à ses deux frères. D'une certaine manière, l'idée que Jenna soit en compagnie d'un autre homme le dérangeait, pas par jalousie, mais plutôt comme si un ami proche l'avait écarté de sa vie.

Kane entra chez lui en trombe. Il avait besoin de plus d'informations, d'une meilleure compréhension des événements survenus à Black Rock Falls. Josh Rockford dissimulait quelque chose derrière sa personnalité extravertie, et qui était vraiment Stan Clough ? Qui serait mieux placé pour le renseigner que la commère de la ville ?

Il saisit son téléphone portable et composa un numéro.

— Salut, Mary-Jo, c'est David Kane. Je me demandais si vous seriez libre pour dîner ce soir.

Après qu'elle eut accepté sans hésitation, il réserva une table au restaurant de l'hôtel Cattleman pour 20 heures. Cela faisait cinq ans qu'il n'avait pas eu de rendez-vous galant, mais, lors de missions, il avait souvent joué le rôle de partenaire amoureux.

C'est uniquement pour les besoins de l'enquête.

Après avoir chassé la voix agaçante dans sa tête et ignoré le sentiment de trahison envers sa défunte épouse, il siffla une mélodie et entra sous la douche.

50

Il faisait nuit noire à l'extérieur lorsque Jenna aperçut les phares du SUV de Kane qui roulait vers le portail. Une vague de panique l'envahit et elle se souvint qu'elle n'avait pas réinstallé les projecteurs de son système de sécurité. Avec Kane près d'elle pour assurer ses arrières, elle n'avait pas fait de cette tâche une priorité. Peu importait, il serait probablement de retour après le dîner, et pendant ce temps, elle s'occuperait.

Elle jeta un coup d'œil à l'horloge et, voyant qu'il était plus de 23 heures, se dirigea vers la porte d'entrée pour porter le regard en direction du cottage de Kane. La lumière du porche éclairait son garage. Avec les deux portes grandes ouvertes et l'obscurité à l'intérieur, le tout ressemblait à une gueule noire qui semblait vouloir tout avaler devant elle. *Alors comme ça on n'est plus sur le marché, hein, Kane ? Après m'avoir dit que tu ne te remettais pas de ton ancienne rupture ? Les hommes, je vous jure !*

Jenna retourna à sa chambre et éteignit toutes les lumières en chemin avant de s'allonger dans son lit. Elle essaya de dormir, mais sa dispute avec Kane lui revenait sans cesse à l'esprit.

Après minuit, une sonnerie la fit sursauter et il lui fallut quelques instants pour réaliser que c'était l'alarme de l'entrée. *Tu as enfin décidé de rentrer à la maison, hein ?*

Elle attendit que le bruit du SUV de Kane lui parvienne puis de voir l'éclat de ses phares. Comme rien de tout cela ne se produisait, elle se redressa à l'aide du coude et observa à travers l'embrasure de la porte les fenêtres à l'avant du cottage. Le voyant vert de l'alarme de la maison s'alluma, mais aucun véhicule n'apparut dans l'allée. Peut-être un élan s'était-il égaré sur sa propriété ou toute autre créature cherchant un endroit chaud pour la nuit. Elle se retourna dans son lit et s'assoupit.

Quelque temps plus tard, un bruit la réveilla en sursaut. Elle resta totalement immobile et fit un tour d'horizon de la pièce du regard. L'air ambiant était chaud et elle s'était découverte dans son sommeil agité. Le bruit réapparut : des pas feutrés sur le perron et un léger cliquetis comme si quelqu'un se déplaçait de fenêtre en fenêtre à la recherche d'un moyen d'entrer.

Trois éclairs illuminèrent la pièce.

Tétanisée par la peur, elle osa fouiller la fenêtre du regard. Une silhouette se profilait dans l'obscurité. *Merde, quelqu'un prend des photos de moi.*

Son esprit embrumé par le sommeil lutta contre la peur paralysante et elle força son corps à se détendre. Alors que l'homme s'éloignait, elle entendit le craquement familier des lames du plancher et inspira profondément, préparant ses membres à l'action. Alors que son cœur menaçait d'exploser hors de sa cage thoracique, elle glissa un œil dans le couloir et distingua la silhouette obscure d'un homme de grande taille aux larges épaules. *Quelqu'un est devant la porte.*

Elle approcha sa main de son oreille. Une pression sur sa boucle alerterait immédiatement Kane ; ses doigts effleurèrent ses lobes nus. *Mince !* Elle les avait laissées sur la coiffeuse de la salle de bains. Au moins, elle avait perfectionné ses compétences en combat à mains nues avec Kane et pouvait compter là-dessus si besoin. Elle saisit son arme sur la table de nuit et plongea au sol. La poignée de la porte d'entrée pivota dans un grincement.

Oh, mon Dieu, il essaie d'entrer chez moi.

Avait-elle verrouillé la porte ? Couchée à plat sur le sol, elle pointa son arme devant elle, attendant que l'intrus entre dans la maison. La porte tint bon, mais l'alarme ne se mit pas à diffuser son hurlement strident habituel. À l'instar de celle d'une voiture, toute manipulation de la porte d'entrée aurait dû déclencher le système. *Putain de merde !* De nouveaux bruits de pas se firent entendre alors que l'ombre se déplaçait le long du porche. Son pouls pulsant à toute allure, elle roula sur le sol, ferma la porte de la chambre puis fit glisser le lourd verrou en place. Le menuisier s'était moqué du fait qu'elle voulait renforcer le verrouillage de sa chambre le jour où il était venu pour installer des serrures similaires dans toute la maison. Elle avait besoin de pièces sûres, et les lourdes portes allaient lui accorder des instants précieux afin de faire face à un intrus. Alors que les lattes du plancher grinçaient sous les pas de l'homme, elle força son esprit à se calmer pour se préparer au combat. Elle ne serait plus jamais prise par surprise et si ce fou pensait avoir l'avantage sur elle, il l'apprendrait à ses dépens.

Oh, mon Dieu ! Il revient. Gardant un œil sur la fenêtre de la chambre, elle se précipita sur son téléphone portable et composa le numéro de Kane. Sa poitrine se comprima de panique quand elle entendit le message de sa boîte vocale. *C'est au moment où il n'y a que Walters pour m'aider que tu choisis de passer la nuit dehors ?*

Elle composa le numéro de Walters et il décrocha avec un bâillement.

— Quelque chose ne va pas, shérif ? Jenna chuchota dans le combiné.

— Oui, il y a un intrus chez moi et Kane a éteint son téléphone portable. Vous pouvez venir tout de suite ? Pas de lumières ou de sirène, je veux choper ce sale type.

— J'arrive.

Lorsque les pas s'arrêtèrent devant sa fenêtre, elle bascula sur les genoux, saisit le Glock à deux mains et visa la silhouette noire. Walters mettrait environ dix minutes s'il partait tout de suite et roulait vite. *Suffisamment de temps pour me tuer*. Si l'intrus faisait un geste de plus pour pénétrer chez elle, elle tirerait et au diable les conséquences. Un tremblement la parcourut et elle resserra son empoigne sur l'arme, ne quittant pas du regard la forme sombre à l'extérieur. Le contour d'une main portant des gants noirs apparut sur le carreau. Puis la forme d'un visage.

Ignorant la peur, Jenna planta ses deux coudes sur le lit et son doigt glissa vers la détente. Elle éleva la voix aussi fort que possible.

— C'est le shérif. Mains en l'air ! Maintenant !

Un flash de lumière l'éblouit. L'homme prenait d'autres photos. Jenna visa et pressa la détente. Il y eut une forte détonation et la fenêtre explosa, projetant des éclats de verre dans toutes les directions. Quelques instants plus tard, l'homme s'écroula au sol dans un bruit sourd et émit un faible gémissement. Un vent glacial souffla dans la pièce. Elle se mit debout d'un bond. Son pistolet toujours braqué devant elle, Jenna attrapa la lampe de chevet et inonda la pièce de lumière. Elle se fraya un chemin à travers les éclats de verre en direction de la fenêtre.

Dehors, Josh Rockford se contorsionnait de douleur, serrant son épaule gauche. Il lui lança son regard de chien battu.

— Vous m'avez tiré dessus.

— J'aurais dû deviner que c'était toi. Ne bouge pas d'un poil, espèce de merde. J'aurais dû te faire sauter la cervelle.

— Vous devez m'amener aux urgences, dit Rockford en roulant pour se mettre assis et s'appuyer contre la balustrade du porche. Ou alors vous allez me laisser me vider de mon sang ?

L'adrénaline qui s'était diffusée dans tout son corps commençait à disparaître et ses dents se mirent à claquer. Tout en gardant le Glock pointé sur lui, elle tendit une main vers la commode et empoigna les menottes qu'elle y gardait. Elle les lui lança.

— Menotte ton bras blessé à la balustrade, à moins que tu ne veuilles prendre une balle dans la rotule.

— Bon Dieu ! Je souffre, fit Rockford en lui jetant un regard noir. Je pensais que vous m'aimiez bien et maintenant vous me tirez dessus. Trouvez-moi un médecin.

— Fais ce que je te dis ou je te laisse saigner à mort. Je n'en ai rien à foutre de toute façon.

Après qu'il eut obtempéré, gémissant comme un animal blessé, elle fit le tour de la pièce jusqu'à son armoire et en sortit quelques vêtements. Frissonnante, elle s'habilla rapidement puis appela Daniels et lui demanda de prendre un taxi pour retrouver Walters à l'hôpital. La colère l'avait envahie, mais elle suivit la procédure et prit des gants en latex et un sachet de preuves. Une fois à l'extérieur, elle jeta une couverture à Rockford. Elle put voir que la balle s'était logée dans le bois derrière lui. Elle avait traversé l'épaule de Rockford de façon nette et la blessure ne saignait pas excessivement. Il était hors de question qu'elle se risque à s'approcher de ce pervers, aussi garda-t-elle ses distances.

— Fais glisser ton téléphone portable vers moi. Dès que Walters sera là, je m'occuperai de ta blessure, mais pour l'instant, ça devra attendre.

— Vous pouvez appeler mon père ?

— Non. Je peux appeler Stone si tu veux. Tu vas certainement avoir besoin d'un avocat. Aucune chance que tu t'en tires après toutes tes tentatives de harcèlement. Tu pensais que je ne savais pas que c'était toi derrière l'hôtel Cattleman ?

Elle ramassa son téléphone portable et le scella dans un sachet à preuves.

— Hein ? lâcha Rockford en baissant la tête. Je ne vous harcèle pas. J'ai fait un pari avec les gars. Lequel d'entre nous était assez courageux pour obtenir des photos compromettantes de vous à mettre sur le Net, précisa-t-il en esquissant une moitié de sourire. Je n'ai pas besoin de traquer les femmes, elles viennent directement à moi.

Son regard sombre se posa sur elle puis il reprit :

— J'ai été gentil avec vous toutes ces fois ; vous êtes trop vieille à mon goût.

Elle accueillit l'affront en lui offrant son meilleur sourire sarcastique.

— Je peux déjà voir les gros titres maintenant : « Une vieille dame met Josh Rockford à terre », ou peut-être : « Josh Rockford, le pervers banni à vie des Larks ». Je pense que le second ne sera pas loin de la vérité.

Walters arriva, vêtu d'un manteau par-dessus son pyjama et d'un chapeau de chasseur. Il dévisagea Josh Rockford puis fixa Jenna.

— Qu'est-ce qui s'est passé ici ?

Le shérif lui tendit une paire de gants en latex et le sachet de preuves.

— Le téléphone portable est une pièce à conviction. Ce sale type prenait des photos de moi alors que j'étais au lit. Je l'inculpe pour intrusion dans une propriété privée et atteinte à la vie privée.

Elle se tourna vers Rockford, lui lut ses droits puis ajouta :

— Je vais chercher une trousse à pharmacie et le rafistoler, ensuite vous pourrez l'emmener à l'hôpital. Daniels devra le garder toute la nuit. Il vous rejoint là-bas. Emmenez-le et laissez-lui les menottes. Assurez-vous qu'il est bien attaché au lit d'hôpital.

Jenna entra dans la maison et chercha une boule de coton dans sa trousse médicale. Elle enfila une nouvelle paire de gants puis sortit rejoindre Rockford qui parlait à Walters à voix basse. Elle donna le tout à son adjoint et récupéra le téléphone portable. Elle fit défiler les photos et la colère s'empara d'elle brutalement. Elle avait envie de le frapper en plein visage. La bile remonta jusqu'à sa bouche. Outre les images d'elle vautrée dans son lit, Rockford avait des images compromettantes de très jeunes filles. Elle leva le menton, tremblant de rage.

— Josh Rockford, je vous inculpe également pour possession d'images pédopornographiques. Emmenez ce type hors de ma vue.

Elle resta debout sur le perron, les bras croisés, et observa le véhicule de patrouille de Walters disparaissant au loin avant d'évacuer sa colère en clouant ses volets.

Le lendemain matin, Jenna focalisa ses pensées sur Kane et la porte de son garage restée ouverte. *T'étais où toute la nuit ?* Son petit spectacle de bravoure masculine dans son bureau la veille et le fait qu'il ait été injoignable quand elle en avait le plus besoin avaient mis ses nerfs à rude épreuve toute la nuit. Elle composa le numéro de Rowley :

— Salut, Kane est déjà là ? demanda-t-elle en se remplissant une tasse de café qu'elle allait porter avec elle.

— Non, répondit Rowley après s'être éclairci la gorge.

Elle avait pu entendre l'hésitation dans sa voix ; elle secoua la tête. Elle savait qu'il le couvrait.

— OK, crachez le morceau. Où est-il ?

— Je ne suis pas sûr.

— Si vous le savez, dites-le-moi. C'est un ordre.

Elle ajouta du sucre et de la crème à son café avant de reprendre.

— Il n'est pas rentré hier soir et je n'ai pas pu le joindre. Où l'avez-vous vu pour la dernière fois ?

— Il n'était pas en service, madame.

Jenna posa un couvercle puis mit le téléphone portable sur haut-parleur. Elle enfila son manteau et enchaîna :

— Je m'en fiche. Josh Rockford a essayé de s'introduire chez moi hier soir et je lui ai tiré dessus ; il est à l'hôpital. Je pense qu'il pourrait être impliqué dans quelque chose de grave, précisa-t-elle dans un soupir. J'ai déjà parlé au procureur. Les preuves que nous avons sont suffisantes pour le garder en détention provisoire jusqu'à ce qu'ils fixent une date pour son procès. Le juge va tenir son audience à 9 heures ce matin en urgence. Le procureur n'aura pas besoin de moi avant le procès.

— Quoi ? Vous allez bien ?

— Je me sentirais mieux si je pouvais entrer en contact avec mon adjoint. Où est Kane, bon sang ?

— Il est toujours à l'hôtel Cattleman. J'ai aperçu sa voiture sur le parking en passant devant ce matin.

Cette histoire devait aller plus loin que les simples apparences. Impatiente, Jenna tapa du pied.

— Comment ça, *toujours* ?

— J'ai dîné là-bas avec quelques potes hier soir. Il y avait leurs fameux ribs au menu... Bref. Kane était là avec Mary-Jo Miller.

Jenna rassembla ses esprits et fixa le téléphone portable. Kane avait dit qu'il n'était pas prêt à se lancer dans une nouvelle relation et pourtant il avait emmené Mary-Jo Miller à un rendez-vous. Pourquoi cette idée l'agaçait-elle ? *Oh merde, je commence à avoir des sentiments pour David Kane.* Elle ravala la boule dans sa gorge et prit une grande inspiration.

— OK, merci. Je vais bientôt décoller. Lancez la cafetière, je sens que la journée va être très longue.

Elle raccrocha.

Jenna chassa de son esprit l'idée que Kane avait passé la nuit avec Mary-Jo, puis elle se dirigea vers le véhicule de Daniels. Il n'avait pas été très content de lui en remettre les clés, mais il vivait à quelques pas de la brigade et elle avait besoin de retrouver son indépendance.

Elle planifia rapidement sa journée dans sa tête. Elle enverrait Walters relever Daniels à l'hôpital. Daniels pourrait prendre la voiture de patrouille de Walters et garder un œil sur les faits et gestes de Stan Clough pendant une heure ou deux. Lorsque Kane se déciderait à refaire surface, Rowley et lui pourraient se rendre à la porcherie avec la paperasse nécessaire pour interroger le suspect et, si besoin, effectuer une perquisition.

Elle passa en revue les faits liés à l'homicide de Sarah Woodward et elle avala de travers lorsqu'elle se souvint du numéro de téléphone qu'elle avait trouvé dans le sac de la jeune femme. Après avoir lu les rapports d'autopsie, la recherche du numéro lui était sortie de l'esprit. Elle devrait chercher une correspondance dans la liste de propriétés que John Davis avait donnée à Sarah. Il était probable que le numéro appartienne à quelqu'un à qui elle avait parlé dans les heures précédant sa mort, et cette personne pourrait avoir des informations sur les allées et venues de Sarah avant le meurtre.

Elle se glissa sur le siège conducteur, plaça la tasse à café dans le support et leva les yeux pour voir le SUV noir de Kane rouler devant chez elle. L'envie de sortir et d'aller lui parler lui traversa l'esprit, mais au lieu de cela, elle démarra le moteur et augmenta le chauffage. Lorsque Kane sortit de sa voiture, vêtu d'un costume bleu foncé sans cravate et les cheveux ébouriffés, elle le fixa longuement. Il était beau. Oh oui, totalement son genre, mais de toute évidence, elle ne figurait pas dans son top dix. Sans réfléchir, elle accéléra et dévala l'allée glacée dans un nuage de fumée. Elle jeta un coup d'œil dans son rétroviseur et vit l'expression sinistre sur le visage de Kane. Elle ralentit et reprit le contrôle du véhicule et de ses émotions.

Kane observa Alton débouchant sur la route principale et grinça des dents. Il avait espéré être de retour chez lui avant qu'elle ne se réveille, mais la possibilité de prendre un bon petit déjeuner dans un hôtel très agréable avait été une trop grande tentation. Il se précipita à l'intérieur pour se changer. Il se demandait si Jenna avait découvert qu'il avait emmené Mary-Jo dîner. Il se rappela avoir vu Jake Rowley à l'hôtel Cattleman et grimaça. Évidemment que son fidèle adjoint lui avait mis la puce à l'oreille, et pour ne rien arranger, Jenna devait penser qu'il avait passé la nuit avec une femme de dix ans sa cadette. Le problème était qu'il aimait bien Jenna. Elle était magnifique, mais son cœur à lui appartenait toujours à Annie. Peut-être que la loyauté qu'il avait pour Annie s'estomperait avec le temps.

Il arriva au poste trois minutes avant le début de son service de 8 h 30 et se dirigea vers son bureau. Son attention se porta sur le bureau d'Alton et il se demanda s'il devait lui présenter des excuses pour la veille. Il se massa l'arrière du cou. Il devait faire confiance à son instinct qui lui avait permis de se sortir de plus de mauvaises passes qu'il ne pouvait se rappeler.

Il entendit Rowley s'éclaircir la gorge et le grincement familier mais agaçant de sa chaise. Il se retourna pour lui faire face et il leva un sourcil avant de parler.

— La patronne n'est pas de très bonne humeur ce matin, hein ?

— Eh bien, vu qu'elle a essayé de vous joindre alors que Josh Rockford s'introduisait chez elle et qu'elle a dû lui tirer dessus, j'imagine que vous n'êtes pas sur la liste de ses meilleurs amis ce matin, déclara Rowley avant de s'enfoncer dans sa chaise.

Kane le fixa longuement.

— Quoi ? Elle a tiré sur Josh Rockford ?

Rowley lui expliqua les photos que Rockford avait prises et

la présence d'images pédopornographiques sur son téléphone portable. Kane se frotta le menton.

— Bon sang. Qui le garde à l'hôpital ?

— Personne. M. Stone a tiré le juge de son lit au petit matin et a produit une sorte d'ordonnance pour permettre à Josh d'être remis à la garde de son père.

Rowley baissa les yeux pour éviter son regard.

— Elle n'était pas très contente de ça non plus, mais l'audience de Rockford est fixée à 9 heures. Walters y assistera, mais même pas besoin : avec les pièces qu'on a dans le dossier, il est peu probable que Rockford obtienne une caution. Le shérif a dit que les preuves sur son téléphone suffiraient à elles seules pour que le procureur le poursuive.

— Et après ça ?

— Elle a débarqué en aboyant des ordres puis a dit à Daniels de se rendre à la porcherie de Stan Clough et de le garder sous surveillance jusqu'à ce qu'elle ait obtenu un mandat de perquisition pour son domicile, expliqua Rowley en souriant. Pete a envoyé un message radio pour dire qu'il était arrivé et que l'endroit était aussi calme qu'un cimetière, mais que si ce type faisait un mouvement vers lui, il appellerait ses frères en renfort, précisa-t-il avant de glousser. J'imagine qu'il a oublié qu'il n'y a pas du tout de réseau là-bas.

Kane grinça des dents. Envoyer une jeune recrue seule pour surveiller un suspect de meurtre n'était pas le choix qu'il aurait fait.

Comment autant de choses avaient-elles bien pu se passer dans le court laps de temps où il avait laissé Jenna seule ?

— Elle est dans son bureau ?

— Non. Elle a filé il y a environ vingt minutes sans dire un mot.

— Lui avez-vous demandé où elle allait ?

— Ah… Non, mais elle avait un dossier avec elle, elle est sûrement en train de s'entretenir avec le juge, dit Rowley en grimaçant avant de reprendre. Je n'ai pas osé lui demander où elle allait.

Il poussa un long soupir puis déclara :

— Elle m'a fait le coup de l'Inquisition espagnole tout à l'heure. Une fois suffit pour moi.

Kane lui lança un regard noir.

— J'imagine que c'était à peu près exactement au moment où vous m'avez balancé ? dit Kane en indiquant de la main le bureau du shérif. Vous lui avez parlé de mon rendez-vous avec Mary-Jo, pas vrai ?

Rowley opina du chef et Kane soupira.

— Ce n'était pas un rendez-vous galant. C'était pour les besoins de l'enquête. Mary-Jo est une commère et j'avais besoin d'informations.

— Vous lui avez tiré... des infos, quand même ?

— Pas vraiment, seulement que Rockford est un peu pervers, répondit Kane en se massant le cou. Apparemment, il aimait qu'elle s'habille comme une petite fille.

— C'est logique, fit Rowley en grimaçant et en secouant lentement la tête. Ce type est un putain de pédophile. Après que le shérif l'a surpris en train de prendre des photos d'elle, elle a saisi son téléphone portable et a trouvé des images de jeunes filles. Il aime sortir la nuit et les prendre en photo.

Une ombre passa sur son visage.

— Le shérif essaie d'obtenir des mandats de perquisition pour saisir également tous ses ordinateurs. D'après les textos et les images sur son téléphone, il est impliqué dans des trucs pas nets.

— Mon Dieu, lâcha Kane. Pas étonnant que Jenna soit en colère contre moi.

— Pourquoi vous avez passé toute la nuit dehors, du coup ?

— Après avoir ramené Mary-Jo chez elle, j'ai traîné au bar et j'ai tendu l'oreille dans l'espoir de capter les potins du moment, puis j'ai pris une chambre parce que j'avais trop bu, avoua Kane en gémissant. Je n'étais pas au courant pour Rockford. Je pensais que Jenna était en colère contre moi parce qu'elle croyait que j'avais passé la nuit avec Mary-Jo. Non pas que ce que je fais en dehors du service la regarde.

Il alluma son ordinateur.

— Pendant que nous attendons qu'elle rapporte le mandat de perquisition pour le ranch de Clough, reprit-il, je vais relire les dossiers et voir si je ne suis pas passé à côté d'indices. Clough est le principal suspect jusqu'à présent, mais qui est son complice ? Au fil des années, j'ai découvert qu'il était préférable de n'écarter personne avant d'avoir vérifié les alibis de tout le monde.

— Ce n'est pas Rockford qui a attaqué le shérif sur le chemin derrière l'hôtel, dit Rowley en esquissant un début de sourire. J'ai réussi à retrouver le chauffeur du taxi qui l'a pris samedi soir et qui l'a emmené à son appartement. Vous aviez ses clés de voiture, il n'aurait jamais pu retourner à l'hôtel Cattleman à temps.

— D'accord. Je pourrais aussi passer voir John Davis à nouveau. J'aimerais savoir s'il y avait quelqu'un d'autre qui cherchait à acheter une propriété à peu près au moment où Sarah prévoyait de les visiter.

— Je dois sortir pour aller coller une amende au propriétaire d'un chien, dit Rowley en faisant une grimace. On se voit plus tard, conclut-il en se levant et se dirigeant vers le portemanteau. Kane sortit les dossiers médico-légaux des deux affaires. Il avait besoin de connaître les détails au sujet des empreintes de pas trouvées sur la scène de crime de Sarah. Il appela la police scientifique et laissa un message.

Puis, un peu perdu, il empoigna sa veste et s'engouffra dans le froid à l'extérieur pour aller rendre visite à John Davis.

52

Kane pénétra dans l'agence immobilière et attendit patiemment que John Davis ait fini de parler à un acheteur potentiel. Il écouta son baratin habituel de vendeur. C'était comme s'ils sortaient tous du même œuf et qu'ils étaient nés avec la mission de persuader les acheteurs qu'ils pouvaient s'offrir quelque chose de bien au-dessus de leurs moyens. Lorsque le jeune couple partit, brochures en main et il ferma la porte derrière eux avant de se tourner vers Davis.

— Je suis au regret de vous informer qu'un meurtre a eu lieu au ranch du vieux Mitcham.

— Un meurtre ? lança John Davis, le visage soudainement blême. Quelqu'un que je connais ?

— J'en ai bien peur. Nous avons trouvé le corps de Sarah Woodward dans la cave sous la grange, lundi. C'est la raison pour laquelle les Daniels ont retiré la propriété de la vente.

— Seigneur, fit-il, visiblement secoué.

Davis ouvrit le tiroir de son bureau et en sortit une bouteille de brandy et un verre à liqueur.

— Savez-vous qui l'a tuée ? reprit-il.

Kane se frotta le menton et dévisagea l'homme longuement.

— Pas encore.

— Cet endroit est maudit, ajouta Davis en clignant rapidement des paupières.

Pourquoi les gens accusent-ils tout le monde sauf le tueur ?

— Je vous demanderai de garder cette information pour vous, car l'enquête est en cours.

— Oui, bien sûr, dit Davis en se servant un verre qu'il éclusa d'un trait. D'abord, le vieux qui disparaît, et maintenant, cette chose affreuse. Je ne peux pas croire que ça soit arrivé à Black Rock Falls.

Kane fixa le visage blême de l'homme.

— Qui d'autre savait que le ranch du vieux Mitcham était à vendre ? Avez-vous envoyé quelqu'un d'autre visiter la propriété ?

— Seulement sa grand-mère, répondit Davis avant de reboucher la bouteille et de la ranger dans le tiroir. Je n'ai pas pris la peine d'afficher une annonce sur la vitrine. Aucun habitant n'aurait été intéressé, et maintenant, ça ne se vendra jamais.

Il s'éclaircit la gorge.

— Je brûlerais tout ça si ça ne tenait qu'à moi.

Il se leva, contourna le bureau et plongea son regard au travers de la fenêtre.

— Brûler tout et cette satanée malédiction avec, reprit-il.

— C'est peut-être une option que vous pouvez proposer aux propriétaires, rétorqua Kane en jetant un œil aux pieds de Davis.

Il ne portait pas les bottes de cow-boy que la plupart des locaux appréciaient, mais des mocassins vernis.

— Je ferais mieux d'y retourner, reprit Kane. Merci pour votre coopération.

Il se dirigea vers la porte, tira sur la poignée et sortit dans l'air frais du matin.

En approchant de la brigade, il remarqua que le véhicule de patrouille que Jenna avait emprunté à l'adjoint Daniels brillait par son absence. Il jeta un coup d'œil à sa montre et, voyant qu'il était 10 h 30, se dirigea vers le café Chez Tante Betty. S'il devait supporter la colère d'Alton à son retour, il allait avoir besoin de nourriture réconfortante. Le fait qu'elle ne l'ait pas appelé pour l'engueuler ou lui donner une série d'ordres tournait en boucle dans son esprit. Alton n'avait pas hésité à le rabaisser devant Rowley et il trouvait étrange que, dans ces circonstances, elle eût fait le choix de l'éviter. Peut-être avait-elle pris quelques heures pour calmer sa colère, bien qu'il pensât qu'une enquête en cours pour meurtre annule de fait toute raison de prendre du temps pour soi.

À l'entrée du café, l'arôme alléchant des biscuits fraîchement préparés fit gronder son estomac, en dépit du fait qu'il avait déjà pris un copieux petit déjeuner plus tôt dans la matinée. Il épousseta la neige de ses chaussures et entra.

Après avoir commandé suffisamment de gâteaux, de sandwichs et de café pour toute la brigade, il récupéra le carton et retourna au travail. Les gens qu'il croisait dans la rue le saluaient avec des sourires et des hochements de tête. Il commençait sérieusement à penser qu'il pourrait enfin se sentir chez lui ici dans cette petite ville et trouver un semblant de paix.

La neige s'abattait sur son visage et des gouttes glacées coulaient dans le col de sa veste. Lorsqu'il atteignit la brigade, il ne sentait plus ses pieds et son mal de tête était revenu sous forme de tiraillements inconfortables. Il croisa Rowley à la réception.

— Vous avez le temps de faire une pause-café ?

— Oui, j'ai fini tout ce que le shérif m'a demandé d'examiner. Wow ! Du café et des gâteaux. Merci !

Rowley chercha dans le carton un couvercle avec l'inscription *cappuccino* et soupira de plaisir.

— L'oncle de Sarah est là et a identifié le corps, reprit-il, et j'ai une liste des effets personnels de John Helms, que sa femme a envoyée. Il portait une boucle d'oreille en diamant. J'ai appelé le médecin légiste et il m'a informé qu'il avait des raisons de croire que le tueur l'avait arrachée du lobe après sa mort. C'est peut-être un autre trophée que le meurtrier a gardé.

Il empoigna une pile de biscuits et haussa les épaules.

— Et j'ai reçu un appel de l'équipe médico-légale.

— Ils ont trouvé quelque chose d'intéressant ?

— Plutôt décevant, répondit Rowley. Aucune trace d'ADN sur les cheveux qu'ils ont trouvés sur Sarah, et les empreintes des bottes s'avèrent inutiles. Ils ont dit que cette marque de chaussures pouvait être achetée dans n'importe quel Walmart.

— OK, c'est peut-être décevant, mais on sait que l'homicide implique toujours deux tueurs, dit Kane en se dirigeant vers son bureau. Peut-être que nous sommes passés à côté de quelque chose.

— J'ai lu et rclu tous les rapports jusqu'à ce que mes yeux n'en puissent plus, fit Rowley en prenant place en face de Kane. Toutes les personnes que nous pensions impliquées ont été passées en revue. Nous n'avons plus aucun suspect à part Stan Clough.

Kane mordit dans un sandwich à la dinde et soupira. Il mâcha lentement, examinant les affaires dans sa tête.

— Il serait très utile que le shérif nous tienne informés de ses déplacements. J'ai cru comprendre qu'elle avait eu une intuition.

— Voulez-vous que je l'appelle ? demanda Rowley.

Kane ôta le couvercle de son café et le jeta à la poubelle.

— Pourquoi pas ? Je doute qu'elle réponde si c'est moi, avoua-t-il avant de prendre une gorgée de café brûlant pendant que Rowley composait le numéro de Jenna.

— Elle ne décroche pas. Elle n'a peut-être pas de réseau. Il y a des zones blanches partout par ici, ajouta Rowley en fronçant les sourcils. Vous ne pensez pas qu'elle a obtenu les mandats et qu'elle est allée seule chez Clough, quand même ?

— J'en doute fort, bien que je n'en exclue pas la possibilité, dit Kane en se levant. Je vais vérifier si elle a indiqué quoi que ce soit dans son agenda.

Il entra dans le bureau de Jenna et ouvrit le carnet sur son bureau. La page de la date du jour était vide.

— Merde !

Il se dirigea vers l'accueil pour parler à Magnolia.

— Je m'en occupe, fit Kane en indiquant l'homme à l'air furieux qui attendait au comptoir. Prenez le téléphone satellite et voyez si vous pouvez joindre le shérif. Elle a pris le véhicule de patrouille de Pete et on ne peut pas la joindre par téléphone portable.

— Très bien, répondit Magnolia.

Kane se tourna enfin vers l'homme en colère.

— Comment puis-je vous aider ?

— Je dois payer une amende pour avoir laissé mon chien courir sans laisse, répondit-il à Kane en lui tendant un PV et un chèque. C'est vraiment de la connerie. Je viens à peine de sortir de l'hôpital et maintenant j'ai une amende. Comment je peux garder mon chien en laisse quand je ne suis pas à la maison ? Je suis harcelé par la vieille dame d'à côté.

— Ce n'est pas ça du tout. J'ai failli heurter votre chien sur la route l'autre jour. J'ai demandé à mon adjoint d'émettre cette amende. Gardez votre chien sous contrôle avant qu'il ne provoque un accident. Mettez une clôture pour qu'il ne puisse pas sortir de votre propriété. Et je m'occuperai personnellement de toute autre plainte de votre voisine.

— Est-ce que c'est une menace ?

— Non, mais vous pouvez le prendre comme un avertissement.

Kane scanna le document et enregistra le paiement dans le système avant de lui remettre un reçu.

L'homme lui arracha le papier des mains et partit en trombe, le visage rougi par la colère. Kane jeta un coup d'œil à la salle d'attente, heureux de la voir vide pour une fois. Derrière lui, Maggie lui parla :

— Elle a dû éteindre le téléphone satellite, dit-elle, avec un sourire en coin. Je vais réessayer dans cinq minutes.

— Est-elle au moins revenue ici de toute la matinée ?

— Non, répondit Maggie en écartant une masse bouclée de son visage rond.

Elle fronça les sourcils et continua :

— Dommage qu'elle ait pris la voiture de Pete, c'est la seule sans GPS. On aurait pu la suivre, si par exemple elle était en panne quelque part. Cette vieille voiture est en fin de vie.

— Continuez jusqu'à ce que vous la joigniez, ordonna Kane en se passant une main sur le visage.

La dernière fois qu'il avait parlé à l'adjoint Daniels, c'était par radio à 10 heures et ce dernier lui avait signifié que tout était calme à la porcherie de Clough et qu'il allait au ranch de ses frères pour prendre un casse-croûte.

L'heure du déjeuner arriva et fila sans nouvelles de Jenna. Lorsque les mandats de perquisition et d'arrestation pour Stan Clough arrivèrent, Kane les observa avec incrédulité. Il appela sur le portable de Jenna, sans succès, puis demanda à l'adjoint Rowley de le rejoindre.

— Je ne suis pas sûr de ce qui se passe, mais le shérif est absent et Daniels aussi. Est-ce que le shérif a découvert une nouvelle preuve et a négligé de m'en informer ?

— Elle vous a dit qu'on avait retrouvé le sac à main de Sarah ?

Kane leva un sourcil. Si Jenna avait trouvé quelque chose de pertinent, elle le lui aurait dit.

— Daniels m'a fait un récapitulatif : une pièce d'identité, mais pas de clés, déclara David.

— Ce n'était pas ce qu'il y avait dans le sac, mais plutôt ce qui manquait, dit Rowley en murmurant presque. Des objets comme une brosse à cheveux, du rouge à lèvres, des trucs de femme. Le shérif pensait que le tueur les avait pris comme des trophées, précisa-t-il, puis il s'éclaircit la gorge. On a aussi trouvé un numéro de téléphone caché dans des billets de banque.

— Si c'était important, elle vous l'aurait dit à *vous*, fit Kane en se massant la nuque pour soulager le picotement persistant des poils.

Quelque chose n'allait pas.

— Et John Davis ? Est-il toujours suspect ?

Kane se remémora la conversation avec l'agent immobilier puis secoua la tête.

— Non. La nouvelle l'a un peu trop secoué pour qu'il ait pu tuer Sarah et il aurait eu besoin d'un complice. De plus, je doute qu'il possède une paire de bottes de cow-boy Walmart, ajouta-t-il dans un soupir. Nous devons aller à la porcherie de Stan Clough et voir ce que fait Daniels. Quelque chose ne me semble pas normal.

La sensation de l'imminence d'un désastre lui serra la poitrine. Il s'inquiétait pour Jenna et cet état émotionnel balayait sur son passage ses années d'entraînement psychologique strict. Il secoua la tête et lista ses priorités. Il devait identifier le principal suspect puis faire travailler tous les hommes sur le terrain vingt-quatre heures sur vingt-quatre jusqu'à ce qu'il retrouve Jenna. Il jeta un coup d'œil à sa montre. Le shérif était hors des radars depuis cinq heures. Si sa voiture était tombée en panne, elle aurait pu marcher jusqu'à un ranch dans ce laps de temps. La peur que le tueur la torture, la viole, se mua en une rage dont il ne se serait jamais cru capable.

Kane refoula la panique et se leva.

— Allons-y, dit-il en marchant vers le bureau de Magnolia. Continuez d'essayer de joindre le shérif. Si vous la contactez, appelez-moi. Je vais à la porcherie de Clough avec Rowley.

Il se dirigea vers le box de Walters, heureux de voir qu'il avait accepté de faire des heures supplémentaires.

— Je veux que vous alliez en patrouille. Roulez partout où vous pensez que le shérif a pu se rendre.

Il laissa échapper un long soupir.

— Jenna est-elle déjà partie seule ?

— Avant votre arrivée, elle faisait ça tout le temps, répondit Walters en haussant les épaules. Ça va bien se passer. C'est une femme forte et indépendante.

Kane se redressa.

— Je me base sur le pire des scénarios. Commencez à la chercher maintenant. Si je trouve quelque chose de suspect à la porcherie de Clough, je fouillerai les lieux et j'enverrai le propriétaire ici en compagnie de Daniels. Pour l'instant, Clough s'impose comme notre principal suspect.

Kane prit une profonde inspiration pour retrouver son calme de soldat. Il avait besoin de tous ses esprits.

— Concentrez-vous sur la recherche de Jenna, reprit-il, et prions Dieu qu'elle aille bien.

— Vous avez raison, dit Walters en empoignant sa veste sur le dossier de sa chaise avant de se diriger vers la porte.

Kane pénétra dans le bureau de Jenna et déverrouilla l'armoire contenant les armes. Il n'avait pas l'intention de se rendre chez Stan Clough, dans une situation potentiellement hostile, sans armes. Il remplit ses poches de chargeurs, verrouilla l'armoire et se retourna pour quitter la pièce.

— Oh, merde.

La porte du bureau s'était refermée et derrière le battant, accroché à une patère, se trouvait le téléphone satellite de Jenna.

Il n'en crut pas ses yeux, ouvrit la porte et fit signe à Rowley de le rejoindre.

— La porcherie est à quelle distance d'ici ? demanda-t-il en tendant un fusil à Rowley.

— Une bonne demi-heure de route, une heure si les conditions sont mauvaises.

Rowley grimaça.

— Vous apportez ces armes supplémentaires parce que vous pensez qu'il a kidnappé le shérif ?

Si c'est le cas, il est déjà trop tard.

— Pour l'instant, je n'ai aucune raison de croire qu'elle s'est rendue à la porcherie de Clough. Pete est en surveillance là-bas depuis ce matin, c'est donc peu probable, précisa Kane en enfilant son manteau et en tirant son bonnet de laine sur ses oreilles. On va discuter avec un potentiel tueur psychopathe, ces armes constituent la procédure normale.

— Je ne sais pas ce que nous allons trouver là-bas, ça me rend nerveux, avoua Rowley, le visage pâle. Si c'est un tueur en série, il pourrait avoir tué depuis sa sortie de prison.

Kane vérifia son Glock, glissa une balle dans la chambre, et le remit dans le holster accroché à sa taille.

— Si Clough est notre homme, il aura affaire à moi et je ne fais pas dans la dentelle avec ceux qui maltraitent les gens, surtout les femmes.

Son téléphone portable sonna.

— Ici Kane.

— Je pense savoir où le shérif Alton est allé, annonça Walter sur un ton jovial.

Kane roula les yeux.

— Où ?

— Je suis passé au Chez Tante Betty et j'ai demandé à Susie si elle l'avait vue. Elle m'a dit que le shérif avait mentionné le fait d'aller interroger les frères Daniels.

— OK, merci de m'avoir prévenu.

Il raccrocha et jeta un regard à Rowley.

— À quelle distance se trouve le ranch des Daniels de la porcherie ?

— Pas très loin.

Ça veut dire que Jenna est potentiellement tout près d'un tueur en série. Kane passa une main sur son visage. Son ancienne blessure au crâne le tiraillait et l'angoisse commençait à envahir son être. Jenna avait fait l'objet de trois tentatives d'assassinat infructueuses et elle était partie seule, sans un mot à personne.

53

Après avoir passé des heures à essayer de convaincre le juge d'émettre un mandat de perquisition et d'arrestation pour Stan Clough, puis un autre pour saisir les ordinateurs de Rockford, la dernière chose que Jenna voulait faire était de retourner au bureau et d'affronter Kane. Elle acheta un sandwich et un café au Chez Tante Betty et conduisit vers chez les Daniels.

Elle quitta la route principale et négocia un virage dans la neige devant le ranch. Le moteur du vieux cruiser envoyait dans l'air des volutes de fumée qui lui bloquaient la vue. Elle ralentit et roula précautionneusement dans l'allée sinueuse menant au ranch. Les larges marches de l'entrée lui rappelaient les vieilles maisons coloniales du Sud et Dean Daniels, l'aîné des trois frères, se tenait devant, prêt à l'accueillir.

Heureuse de voir un visage familier, elle lui fit un signe de la main. Après avoir découvert que le numéro de téléphone trouvé dans le sac à main de Sarah était celui de Dean, elle avait décidé d'utiliser cette excuse pour lui rendre visite. Elle doutait que les frères Daniels aient des informations sur Sarah Woodward. S'ils l'avaient rencontrée avant qu'elle ne soit assassinée, ils en auraient fait mention à Pete.

En vérité, elle avait besoin de voir d'autres visages que ceux de la brigade du comté de Black Rock Falls. Pendant un moment, elle pouvait enfin repousser au fond de son esprit la réalité désormais inconfortable de travailler aux côtés de David Kane. Après tout, elle s'entendait bien avec les frères Daniels, et Dean était plus proche de son âge, sans compter qu'il était incroyablement beau avec ses longs cheveux noirs et son sourire narquois.

Elle gara la vieille voiture près d'une chaise longue recouverte de neige et ouvrit sa portière.

— Salut. Désolée de passer sans prévenir. J'ai besoin de vous poser quelques questions, mais ça ne sera pas long.

— Je n'arrive pas à croire que tu conduis le *cruiser* de Pete. Je pensais qu'il était à la casse après l'avoir vu conduire celui de Walters.

Dean passa une main dans ses cheveux humides et, ne lâchant pas du regard le véhicule, il reprit :

— La Machine à Fumée, c'est comme ça qu'on appelle ce tas de ferraille. Il surchauffe dès qu'on le pousse au-delà de 100 kilomètres heure, ajouta-t-il en faisant signe à Jenna d'entrer. Café ?

— J'en meurs d'envie, dit Jenna en lui emboîtant le pas. Mmm, je peux le sentir infuser d'ici.

— Tu ferais mieux de te poser un peu. La voiture de Pete va avoir besoin d'eau et de temps pour refroidir avant que tu repartes. Je vais demander à Dirk d'y jeter un coup d'œil pendant qu'on discute.

Elle marcha le long du couloir, remarquant l'aspect plutôt propre du salon. Dirk Daniels était assis face à une table, en train d'aiguiser un couteau de chasse ; les deux hommes sentaient comme s'ils venaient de sortir de la douche.

— Salut.

— Salut. Qu'est-ce qui t'amène dans notre humble demeure ?

Des assiettes sales étaient posées sur la table de la cuisine ; elle les poussa sur le côté et prit un siège. Elle observa son visage incroyablement beau. Cet homme pouvait charmer n'importe qui.

— Je suis venue vous parler du meurtre de Sarah Woodward, commença-t-elle.

— Sale affaire, dit Dirk en passant la lame sur une pierre à aiguiser, puis il examina le tranchant. Je suppose que tu es venue nous dire que c'est nous qui allons devoir nettoyer les dégâts ?

Mal à l'aise devant son attitude nonchalante, elle s'adossa à sa chaise.

— Je suis sûre qu'il y a des nettoyeurs de scènes de crime disponibles. Je vais me renseigner si vous voulez ?

— D'accord, renseigne-toi, mais je doute que quiconque, du coup, s'approche de cet endroit.

Dirk rengaina le couteau dans un étui fixé à sa taille et reprit :

— J'ai entendu Dean dire que tu étais venue avec le véhicule de Pete, c'est ça ?

— Oui, je le lui emprunte pendant quelques jours, répondit-elle avec une grimace. J'attends un véhicule de remplacement, mais vous connaissez les compagnies d'assurances, ça peut prendre un mois ou deux. J'aimerais que le maire fournisse les fonds pour au moins deux nouveaux véhicules. Des SUV seraient plus appropriés. Le vieux cruiser dehors dépasse à peine les 90 kilomètres heure.

— Si t'as poussé cette caisse pour venir ici, il va falloir regarder tout ça, dit Dirk en enfilant une paire de gants en cuir noir puis en lui tendant la main. Donne-moi les clés. Je vais remplir le radiateur avant que tu ne repartes.

Son regard passa de son visage à ses seins.

— Je ne voudrais pas que tu restes bloquée dehors dans la neige, ajouta-t-il.

Il reporta son attention sur le visage de Jenna et roula ses larges épaules.

— On est loin de l'autoroute et il n'y a pas de réseau par ici. Le matin suivant, tu ne serais plus qu'une statue de glace.

— Je l'ai déjà échappé belle de justesse. Je n'ai pas envie que ça se reproduise, d'autant plus que je suis passée sans prévenir mes adjoints, dit Jenna en refermant le devant de sa veste, puis elle fouilla dans sa poche pour trouver les clés qu'elle tendit à Dirk en souriant. Merci.

Le souvenir de la découverte du corps meurtri de John Helms lui revint en mémoire et elle se demanda ce que Pete Daniels avait dit à ses frères au sujet de cette affaire.

— Pete vous a parlé de l'autre meurtre ? John Helms ? Apparemment, il cherchait du travail dans la région.

— Pete jacasse comme une pie à chacune de ses visites. J'ai tendance à ignorer ce qu'il dit la plupart du temps, ajouta Dirk en haussant les épaules. Les gens ne viennent pas ici pour chercher du travail. Je te l'ai dit la dernière fois que tu es venue. On est un peu trop isolés ici.

Jenna se souvint de la visite en question et du problème qu'avait Dean avec un cheval. La pauvre bête faisait un bruit affreux.

— Comment va le cheval maintenant ? Celui qui n'allait pas bien la dernière fois ?

— Dean a mis fin à ses souffrances, répondit Dirk, son regard passant de Jenna à son frère. Je lui ai dit que tu demanderais des nouvelles de ce cheval. C'est dommage, c'était sympa de le monter.

Mortifiée, Jenna fronça les sourcils.

— Je suis vraiment désolée.

— T'inquiète pas, j'en aurai un nouveau très bientôt.

Dean tourna la tête pour jeter un regard à Jenna par-dessus son épaule.

— Tu l'aimes comment, ton café ?

— Donne-lui le bon, pas cette merde d'instantané, intervint Dirk en esquissant un début de sourire. Je dirais qu'elle aime son café fort et sucré.

— Bien vu pour le sucre, j'en voudrais trois, s'il te plaît, et de la crème si tu en as ?

— Bien sûr, dit Dean en lançant à son frère un regard accompagné d'un mouvement du menton en direction de la porte. Je vais m'asseoir et papoter un peu avec Jenna pendant que tu bricoles le *cruiser*.

— Je ne suis pas sûr de vouloir te laisser seul avec une femme armée, fit Dirk avec un mouvement de sourcils. C'est bien plus que tu ne peux le supporter.

Jenna lui adressa un sourire.

— Je pense arriver à me contrôler pendant les dix prochaines minutes.

— Allez, vas-y, ou on va passer la nuit ici.

Lorsque Dirk franchit la porte, Dean se glissa dans le fauteuil d'en face.

— Alors, c'est quoi, cette histoire de s'éclipser du bureau sans rien dire à personne ? Tu as eu une prise de bec avec ton brun ténébreux ?

Jenna empoigna la tasse fumante et sourit.

— En quelque sorte. J'avais juste besoin de m'éloigner du boulot pendant une heure ou deux.

— Du coup, qu'est-ce qui t'amène devant chez nous ? Tu as parlé d'une fille, Sarah... Comment, déjà ?

— Oui, Sarah Woodward. Elle suivait une liste de propriétés que sa grand-mère avait apparemment visitées, et elle avait ton numéro de téléphone écrit sur un bout de papier dans son sac. Je me demandais si elle avait appelé ou était passée ici lundi dernier.

Elle sirota son café puis soupira. L'infusion riche glissa le long de sa gorge et elle prit une autre lampée.

— Le café est excellent ! C'est comme une douce caresse.

— Sarah, c'est le nom de la fille qui est morte ? demanda Dean en la fixant. Une femme a appelé. Elle n'a pas donné son nom, mais a demandé si nous avions fait visiter une de nos propriétés à une vieille femme. Je pensais qu'elle s'était trompée de numéro.

Il haussa les épaules.

— Je n'avais aucune idée de ce dont elle parlait jusqu'à ce que Pete m'appelle lundi au sujet du meurtre au ranch du vieux Mitcham. Il m'a dit qu'il l'avait mis en vente pour nous faire une surprise. Évidemment, j'ai appelé John Davis et lui ai demandé de retirer la propriété de la liste.

Il secoua la tête.

— Tu sais, Pete a beau être un adjoint, il est quand même stupide. Je veux dire, quel idiot fait quelque chose comme ça sans en discuter avec sa famille ?

Jenna le fixa par-dessus le rebord de la tasse.

— Il est un peu naïf. Je suppose que la plupart des gens le sont à son âge.

— Autant que Pete ? Non ! En tout cas, on est très différents. Lui est mou comme notre mère, pas vraiment une qualité qu'on demande à un homme. Tu aurais dû le voir quand elle est morte, bon sang, il a pleuré comme un bébé. Je ne sais pas comment tu le supportes. Tu es consciente qu'il nous raconte chaque détail intime de ta vie ? Il ne sait pas quand il doit se taire.

Choquée par sa colère envers son frère, elle cligna rapidement des yeux.

— Je me doutais bien qu'il vous divulguait des informations, mais il est jeune et inexpérimenté. Il va apprendre rapidement avec moi.

— Je pense qu'on ne peut plus rien pour Pete, dit Dean en faisant tourner sa tasse sur la table avant de lever les yeux vers elle. Pour en revenir au ranch, je suppose qu'il faudra un certain temps avant que l'équipe médico-légale ait terminé son enquête, pas vrai ?

— Non, tout est terminé et vous pouvez vous arranger avec les nettoyeurs... Si vous trouvez quelqu'un pour s'aventurer dans la cave.

Jenna but une nouvelle gorgée et une onde de chaleur partie de ses orteils se diffusa dans tout son corps. La fatigue la submergea soudain.

— Désolée. Je n'ai pas beaucoup dormi la nuit dernière, dit-elle en bâillant.

— Bois ton café. Tu te sentiras mieux, lui assura Dean en souriant. Vous avez des pistes ? D'après Pete, vous pensez que Josh Rockford pourrait être impliqué, et Stan Clough aussi.

— Je ne peux pas te donner de détails, désolée, mais celui qui a tué Sarah sait comment couvrir ses traces. Le labo n'a rien trouvé.

Elle posa un doigt sur ses lèvres et gloussa.

— Chut ! Ne dis pas à Kane que je t'ai dit ça.

Qu'est-ce qui m'arrive ?

54

Kane se gara près du véhicule de patrouille stationné derrière un bouquet de buissons à moins de dix mètres de la porcherie de Clough. Comme Daniels ne sortait pas pour l'accueillir, il se laissa glisser hors du siège conducteur et, une main sur la crosse de son Glock, marcha lentement vers le *cruiser*.

Il était vide.

Il jeta un coup d'œil à Rowley et haussa les sourcils.

— Vous ne pensez pas qu'il y est allé seul, si ?

— Non. Il n'en a pas le cran.

Les poils à l'arrière du cou de Kane se dressèrent. Il attira Rowley derrière le véhicule de patrouille et balaya la zone du regard. La neige autour du SUV de Pete semblait intacte, mais la route menant à la porcherie, quelques mètres plus loin, était déneigée, sûrement à cause du récent trafic.

— Je n'aime pas ça du tout. Si Pete voulait parler à Clough seul, ou avec le shérif, il y serait allé en voiture, pas à pied.

Kane retourna à son véhicule pour y récupérer son fusil. Il le voulait près de lui, juste au cas où.

— Nous allons marcher jusque là-bas et jeter un coup d'œil

aux alentours. Restez sur vos gardes et soyez attentifs à mes signes.

— Oui, monsieur, dit Rowley en le suivant à quelques mètres de distance.

Le devant de la maison semblait désert, aucune voiture garée à l'extérieur. Clough avait récemment déblayé la neige de l'allée menant à la bâtisse principale et à la grange. Kane leva une main pour stopper Rowley et tendre l'oreille. Il pouvait entendre le cliquetis d'une chaîne passant dans une poulie et le grognement d'un homme s'adonnant à un travail pénible. Il désigna la grange et plaça un doigt sur ses lèvres pour que Rowley se fasse le plus discret possible. Il se dirigea vers le bâtiment à pas feutrés, et, tout en gardant le dos au mur, progressa vers l'entrée. Il passa une tête, mais au lieu de Clough, c'est une mare de sang dégoulinant d'un tas de carcasses de porcs qui accrocha son regard. Clough utilisait cette zone comme un abattoir. Il tendit de nouveau l'oreille, mais seul le son des porcs agonisant tout près lui parvint. Il se retourna vers Rowley et secoua la tête.

— Personne. Le bruit se diffuse dans ces immenses hangars ; j'ai entendu un homme utiliser une poulie. Ça doit venir de la porcherie. On va faire le tour de la grange par l'arrière et nous servir de la rangée d'arbres pour nous couvrir.

— OK, dit Rowley en trottinant le long de la grange.

Il s'arrêta à l'angle et jeta un regard alentour.

— RAS, reprit-il par-dessus son épaule à l'attention de Kane.

David courut dans la neige, laissant Rowley en tête de cortège, puis il l'agrippa avant qu'ils n'atteignent la zone découverte devant la porcherie. Il indiqua du doigt des traces de pneus partant de la clôture qui longeait la route principale et chuchota :

— On va faire le tour par l'autre côté.

Au plus près de la ligne d'arbres, les pieds de Kane s'enfonçaient profondément dans la neige alors qu'il progressait lentement vers l'arrière de la porcherie. Il examina la zone, considérant les échappatoires et les postes d'embuscade possibles.

— Couvrez-moi, dit-il à Rowley.

Abaissant sa posture, il s'élança à découvert et attendit quelques secondes avant de faire signe à Rowley de le rejoindre. Les deux hommes marchèrent vers l'entrée et Kane indiqua des empreintes de pas dans la neige. Il tendit son fusil à son coéquipier et désigna la porte. Avec précaution, il saisit la poignée et la tourna lentement, grimaçant au son du métal rouillé qui grinçait. Il ouvrit et une vague odorante le saisit. *Encore du sang frais.* Son estomac se retourna et il refoula la peur soudaine qui lui tenaillait les tripes. Gardant son dos au ras du mur, il cria :

— Brigade du shérif de Black Rock Falls, je vais entrer ! Montrez-vous les mains en l'air !

Il entendit un homme jurer et un bruit lourd sur le sol. Il osa un regard à travers l'embrasure et une vague de terreur l'envahit à la vue d'un corps nu, recroquevillé sur le sol dans une mare de sang. Ses yeux parcoururent le corps, de bas en haut, jusqu'à un énorme crochet en acier enfoncé entre les omoplates.

— On a trouvé notre tueur, dit-il à Rowley en croisant son regard. Couvrez-moi.

Rassemblant son courage, il franchit le seuil et adopta une position défensive, tenant son Glock à deux mains et visant l'homme debout au-dessus du corps. Il avait l'air d'un prédateur protégeant sa proie. L'homme aux yeux creusés observa Kane bouche bée, presque surpris. Il tenait une chaîne dans ses mains crasseuses. D'après ce que Kane pouvait voir, il avait utilisé la poulie et le palan pour soulever le corps. Le dégoût et la rage s'emparèrent de tout son être.

— Lève les mains ou je te fais sauter la cervelle !

À sa grande surprise, l'homme obtempéra et lâcha la chaîne. Tenant toujours l'homme en joue avec son arme, Kane fit un tour d'horizon du regard. Mis à part l'enclos bondé de cochons bruyants, l'homme et le corps ensanglanté, la zone semblait vide. Kane progressa à l'intérieur de la porcherie avec Rowley sur ses talons.

— Gardez votre arme pointée sur lui et tirez s'il bouge un muscle.

Il fit quelques pas vers le corps et s'accroupit à la recherche de signes de vie. Il le retourna et la bile remonta du fond de sa gorge lorsqu'il croisa le regard vide de Pete Daniels.

— Bon sang. C'est Pete.

Le visage battu et meurtri, la tête de l'adjoint pendait selon un angle étrange. Kane comprit que quelqu'un avait brisé le cou du jeune homme. Une seule blessure sous les côtes était responsable de tout le sang écoulé. Kane se releva, son Glock toujours pointé sur l'individu.

— Il est mort, dit l'homme aux yeux creusés en tremblant.

Il fixa longuement Kane et reprit :

— Ils ont dit qu'ils n'avaient pas le temps de jouer avec lui, il est mort très vite.

David refoula au plus profond de lui l'envie irrésistible d'ouvrir le feu sur la bête qui se tenait devant lui, puis il fit signe à Rowley d'approcher.

— Passez-lui les menottes.

Rowley ne bougea pas.

Kane avisa le visage blême de l'adjoint, figé dans une expression de pure terreur.

— Rowley, regardez-moi, reprit-il. Nous ne pouvons rien faire pour aider Pete maintenant et j'ai besoin que vous gardiez votre sang-froid. C'est lui, Stan Clough ?

— Oui, et il a tué Pete, répondit Rowley d'une voix presque robotique. On doit l'abattre.

Kane posa une main sur le bras de Rowley.

— Je suis d'accord, mais si nous le tuons, nous ne saurons

jamais ce qui s'est passé ici et il est possible que d'autres personnes soient impliquées.

— Je ne l'ai pas tué, dit Clough en écartant les bras. Pourquoi est-ce que c'est toujours moi qu'on accuse ? Ce n'était pas moi. C'étaient les extraterrestres.

— C'est ça, fit Kane en rengainant son arme pour se diriger vers Clough.

Il le fit se retourner et lui passa les menottes.

— Tu te tiens ici devant le cadavre d'un de mes adjoints et ce n'est pas ta faute.

— Les extraterrestres ont dit que je pouvais le donner à manger aux cochons, comme les autres, déclara Clough en clignant des paupières comme un hibou face aux rayons du soleil. Je ne l'ai pas tué. Non, monsieur, ce n'était pas moi.

Kane le poussa violemment contre le mur et le fixa.

— Si ce n'était pas toi, alors qui a tué Pete Daniels ?

L'homme puait la sueur et le sang comme s'il ne s'était pas lavé depuis des mois.

— Ces extraterrestres, ils ont un nom ? reprit Kane.

— Hors de question, répondit Clough en regardant Kane de ses yeux noirs. Ils me tueraient. Renvoyez-moi en prison si vous voulez, mais je ne les dénoncerai pas.

L'homme délirait, il croyait que des êtres venus d'un autre monde lui apportaient des cadavres pour nourrir ses cochons.

— Combien d'autres personnes ont-ils tuées ? demanda Kane.

— Je n'ai pas compté.

Kane éclata de colère et agrippa Clough par le col, l'obligeant à se tenir sur la pointe des pieds.

— Tu as tué Sarah Woodward ? Une jeune femme blonde ?

— Je n'ai tué personne, rétorqua Clough en secouant la tête. Pourquoi personne ne veut me croire ?

Kane l'observa longuement, l'image de Sarah et de son

regard éteint tournant dans son esprit : les psychopathes étaient des créatures d'habitudes.

— T'as une cave ?

— Oui, une cave à légumes, dans la cuisine, mais vous ne devez pas y aller, répondit Clough en laissant échapper un long gémissement pitoyable. Ils vont se mettre en rogne contre moi. Ça, dit-il en pointant d'un doigt sale le corps de Pete, ce n'est rien comparé à ce qu'ils peuvent faire à un homme. Je suis en danger, vous devez me protéger.

— Ferme ta gueule avant que j'oublie que je suis un adjoint du shérif et que je fasse quelque chose que je pourrais regretter !

Kane traîna Clough jusqu'à un poteau d'attelage en métal et, à l'aide de sa paire de menottes supplémentaires, l'attacha solidement, puis, avec un collier de serrage en plastique, il ligota ses chevilles. Kane leva les yeux vers Rowley.

— Cet animal n'ira nulle part. On va examiner la maison, mais d'abord je vais appeler un médecin légiste.

Il saisit le téléphone satellite à sa ceinture et contacta Walters avant de se tourner vers l'adjoint.

— OK, venez avec moi.

Il détala au pas de course en direction de l'arrière du ranch. Il grimpa les quelques marches du perron pour atteindre une porte, l'ouvrit et pointa son Glock à l'intérieur.

— Brigade du shérif, il y a quelqu'un ?

Pas de réponse. Il resserra sa poigne autour de la crosse de son arme et avança d'un pas.

— Brigade du shérif, j'entre !

À l'intérieur, le silence était assourdissant. Il entra dans la cuisine, fit un signe à Rowley de le rejoindre et continua à examiner la maison poussiéreuse.

— RAS, dit-il, une fois de retour dans la cuisine. Apparemment, il y a une cave à légumes ici.

— Oui. Je vois une trappe sur le sol au fond, indiqua Rowley une fois à l'intérieur.

Kane le suivit et lança :

— Surveillez mes arrières, je vais y descendre.

— Vous allez avoir besoin d'une lampe de poche, dit Rowley en fronçant les sourcils. Je vais vous ouvrir la trappe.

Il rengaina son arme puis se pencha et tira sur la boucle métallique qui dépassait du sol.

La trappe s'ouvrit en silence et Kane poussa Rowley sur le côté. Il observa l'obscurité et écouta. Un doux bourdonnement venait d'en bas.

— Vous entendez ça ? chuchota-t-il. Une sorte de moteur...

— Ça ressemble à un générateur, précisa Rowley en levant un sourcil.

Kane regarda autour de lui. Des étagères jonchées de crottes de rat couraient le long des murs. Une étrange boîte de haricots et une miche de pain étaient les seuls aliments dans cet endroit dégoûtant. À côté de la porte, il remarqua deux interrupteurs et en actionna un, puis l'autre. Soudain, de la lumière inonda la cave, éclairant un escalier en bois. Aucun autre son ne provenait d'en bas. Il lança un regard à Rowley.

— Restez ici. Gardez votre dos au mur et votre arme pointée vers la porte.

— Oui, monsieur, répondit Rowley en obtempérant.

Kane descendit les marches, s'attendant à entendre le clic d'une arme ou quelqu'un bouger, mais, mis à part quelques boîtes de fournitures empilées dans un coin et une hache appuyée contre le mur, la pièce était vide. Le bourdonnement provenait d'un congélateur sécurisé par un verrou et une chaîne. Il fixa l'imposant appareil et un malaise le saisit aux tripes à la vue d'une coulée de sang sur la surface blanche. Il se frotta le menton. L'idée d'ouvrir le couvercle et de trouver un autre cadavre lui donnait la chair de poule. Il rengaina son Glock et sortit une paire de gants chirurgicaux de sa poche. Si cela s'avérait être une scène de crime, il ne pouvait pas risquer de la contaminer, pas deux fois en une semaine.

Il examina le cadenas. Quelqu'un s'était donné beaucoup de mal pour empêcher qu'on puisse ouvrir le congélateur.

— OK, voyons ce que tu as caché à l'intérieur.

Il saisit la hache et, en deux coups, fit sauter l'objet métallique. La voix inquiète de Rowley lui parvint depuis le haut de l'escalier.

— Tout va bien en bas ?

— Ouais. Restez là-haut à faire le guet. Je ne veux pas de visiteurs surprise.

Kane prit une grande inspiration, souleva le couvercle et recula d'un bond.

— Merde.

Le visage meurtri et pétrifié d'une femme le fixait. Le sang avait coulé de son nez et s'était figé en hideuses stalactites rouges. Les doigts ensanglantés de la victime avaient griffé les parois. Kane ravala son dégoût devant la cruauté infligée à cette femme. On l'avait frappée à de nombreuses reprises puis elle avait été congelée vivante. Il allait refermer le couvercle pour préserver les preuves quand quelque chose accrocha son regard. Sous le givre, il pouvait distinguer des mots gribouillés avec du sang. Avec un soin infini, il balaya la couche de cristaux de glace et resta bouche bée d'horreur.

— Oh, mon Dieu !

La victime avait nommé ses meurtriers.

Dean et Dirk Daniels.

55

Jenna leva son café et éclusa sa tasse. Une vague d'euphorie l'envahit et sa peau se réchauffa. Sa langue se colla à son palais. Puis une vague de nausée la submergea, elle perdit l'équilibre et s'effondra. L'instant d'après, Dean contourna la table et l'aida à se débarrasser de son manteau.

— Merci, j'ai très chaud, chuchota-t-elle.

— On dirait bien que c'est la grippe. Ça circule en ce moment. Viens t'allonger.

Les bras puissants de Dean glissèrent autour de sa taille et il la souleva.

— Une autre tasse de café te remettra d'aplomb.

— D'accord.

Elle ne reconnaissait pas son discours brouillé. Ses jambes lourdes refusaient de répondre et elle se battait pour rester consciente. *Et si je faisais un AVC ?* Elle voulait insister pour qu'il appelle les urgences, mais elle ne parvenait pas à former les mots. Sa tête bascula en arrière et elle jeta un coup d'œil aux étagères remplies d'assiettes, toutes identiques, avec deux lignes bleues sur un fond blanc. La pièce bougea comme si les coins s'étaient repliés. Clignant follement des yeux, elle fixa son regard sur quelque chose de rose et d'incongru sur l'étagère. Elle plissa les yeux pour accommoder et identifia le chouchou rose. La peur et l'incrédulité s'abattirent sur elle. Les psychopathes récupéraient des trophées. *Oh, mon Dieu. Ce chouchou est à Sarah.*

Les ténèbres l'avalèrent.

Jenna lutta contre le brouillard qui voilait sa vision et ouvrit les paupières pour s'orienter. Combien de temps avait-elle été inconsciente ? Il se passait quelque chose de terrible, mais la volonté de rester immobile parasitait son cerveau embrumé. Elle avait suivi des entraînements à la capture et à la torture et avait enduré ce que son commandant pouvait lui infliger de pire. Elle avait été l'un des agents les mieux notés de son équipe, elle avait subi des épreuves incroyables pour être à la hauteur. Face contre terre, les genoux repliés derrière elle, elle découvrit qu'elle avait été ligotée. Elle tendit ses membres et le mouvement resserra les liens rugueux autour de ses poignets et de ses chevilles ainsi que la corde qui pressait contre sa gorge.

La douleur réveilla de vieilles blessures militaires et elle déglutit pour refouler l'envie de vomir. Un froid profond et pénétrant s'infiltra dans sa chair nue et une surface dure et rugueuse racla sa joue. La pièce se dessina avec une lenteur frustrante, comme si une brise avait chassé un voile de fumée. Non, ce n'était pas une chambre, mais un abri de survie humide et malodorant, éclairé par une lampe à kérosène bruyante. Quelque chose d'autre se superposait à l'odeur, un lourd parfum de musc masculin et de sexe. Avait-elle été transportée au même endroit que Sarah avant qu'elle soit violée et déplacée au ranch du vieux Mitcham ?

La peur forma un nœud dans son ventre et sembla remonter le long de sa poitrine, lui coupant le souffle. Au plus profond d'elle-même, elle voulait crier et se battre pour se libérer, mais à la moindre tentative stupide, elle se ferait tuer. Elle devait exploiter la montée d'adrénaline provoquée par la peur pour combattre ces monstres. Les yeux à peine ouverts, elle chercha du regard une échappatoire, faisant et défaisant ses plans d'évasion. Agir comme si elle était toujours droguée aussi longtemps que possible était son seul espoir.

Elle perçut un profond soupir venant de sa droite et bougea lentement sa tête de quelques centimètres. Elle eut la chair de poule à la vue de Dean Daniels, allongé sur une chaise de camping, se massant l'entrejambe avec une expression rêveuse sur le visage. Elle appuya fortement son oreille contre le sol. La pression sur la boucle d'oreille était censée déclencher l'alarme et faire venir Kane. Le poids familier du bijou en or était absent et ce constat la frappa comme un coup de massue. Elle avait parlé à ses adjoints du plan ingénieux de Kane pour la garder en sécurité et Pete Daniels avait dû en informer ses frères. Une vague de désespoir mit à mal sa détermination. Elle était seule. *C'était de l'inconscience.* Partir comme ça, sur un coup de tête, sans avertir la brigade de ses allées et venues était une erreur de débutante. *Personne ne sait où je suis.*

L'invraisemblance de cette trahison s'abattit sur elle. Jenna faisait confiance aux frères Daniels. Dean avait été l'une des rares personnes à l'accueillir à Black Rock Falls et Dirk, bien qu'il fût le solitaire de la famille, l'avait traitée avec gentillesse et respect. Quelle idiote avait-elle été de se laisser berner par deux mecs sous prétexte qu'ils étaient séduisants, et le pire, c'était que l'instinct de Kane avait été juste. Elle avait négligé un indice lors de son enquête de voisinage.

La vérité s'abattit sur elle comme la lame d'un raz-de-marée de souvenirs. Pas étonnant que Dean l'ait empêchée de jeter un œil au cheval malade. Elle l'avait interrompu en pleine séance de torture, probablement celle de John Helms. Elle avait envie de hurler de frustration. *Idiote, idiote, idiote.* Quelle imbécile elle avait été d'ignorer la perspicacité de Kane dans cette affaire et d'ajouter l'insulte à la blessure en le traitant comme un moins-que-rien. *Je ne vais même pas vivre assez longtemps pour pouvoir m'excuser.*

La panique l'envahit et son cœur battait si fort qu'elle avait l'impression qu'il allait briser ses côtes, mais elle respira lentement et régulièrement. Elle avait besoin de réfléchir et tout changement de posture aurait alerté Dean sur le fait qu'elle avait repris connaissance. Ignorant ses mains et ses pieds ankylosés, elle laissa la douloureuse réalité de sa situation s'imposer à elle. Lors de ses entraînements, elle avait survécu à l'indécence d'être nue, transie de froid et ligotée. Désormais, il lui fallait un plan pour déjouer deux psychopathes dans un espace confiné, nue et sans arme digne de ce nom. *OK, super.*

S'ils voulaient la violer, le faire alors qu'elle était encore ligotée serait compliqué, et ils allaient probablement devoir la détacher, ne serait-ce que pour la placer dans une position plus appropriée. Si elle faisait la morte, elle pourrait les frapper aussi rapidement qu'un serpent à sonnette au moment où ils déferaient ses liens. Les frères Daniels l'avaient sous-estimée et c'était une erreur fatale.

L'idée qu'elle soit tombée dans leur piège la mit en colère et son rythme cardiaque s'accéléra tandis que l'adrénaline se diffusait en elle. Elle laissa la colère grandir, renforçant sa résolution d'infliger autant de dégâts que possible avant qu'ils ne l'abattent. Avec une clarté remarquable, elle se souvint de sa dernière visite au ranch des Daniels, y compris de l'éclair d'agacement inhabituel dans les yeux de Dean, manifestement dérangé. Elle avait pris son attitude inhabituelle pour de l'inquiétude envers le cheval malade dans la grange. Il avait neigé et il était sorti de la grange en bras de chemise, le front couvert de sueur et des taches rouges sur ses bottes de cow-boy. Il sentait la sueur et le sang. Des odeurs normales si ce qu'il prétendait avait été vrai.

Sans prévenir, le regard sans vie de Sarah apparut dans son

esprit, l'horreur gravée dans son expression pour toujours. Un tremblement incontrôlable la secoua et elle serra la mâchoire. Trop tard. Le regard de Dean se fixa sur elle, comme celui d'un aigle sur un lapin. Elle se détendit et lorsqu'il se pencha pour la gifler, elle ne broncha pas et ne laissa pas un son s'échapper d'elle. Dean s'éclipsa et elle l'entendit monter les marches.

Jenna attendit attentivement que ses pas disparaissent puis elle leva la tête, s'étouffant presque lorsque la corde se resserra autour de son cou. Ses ravisseurs s'étaient assurés qu'elle ne pourrait pas se libérer sans s'étrangler. Elle prit quelques grandes inspirations pour tenir à distance les vagues de panique qui montaient en elle. La drogue avait perdu de son emprise sur elle et, lucide, elle pouvait mieux évaluer sa situation.

La pièce n'était guère plus qu'un débarras avec deux ensembles de lits superposés à une extrémité. Elle distingua une petite table et une chaise devant une vieille radio bidirectionnelle poussiéreuse. Une volée de marches en bois plongeait dans l'obscurité et une armoire à armes à feu contenait une gamme impressionnante de fusils ; les tiroirs en dessous affichaient des étiquettes provenant de boîtes de munitions qui lui étaient familières.

La priorité absolue pour elle était de suivre l'entraînement qu'elle avait reçu et de ne pas paniquer. Rester positive et résoudre ce problème était sa seule option. Les deux frères ne l'avaient pas handicapée physiquement, ce qui était un plus. Elle n'avait partagé les détails de sa vie passée avec personne à Black Rock Falls et les Daniels n'avaient aucune idée de ses véritables capacités. Aucune situation n'était désespérée, aussi difficile soit-elle, et elle avait survécu à pire.

S'ils la détachaient pour la violer, elle aurait un très léger avantage, mais tout mouvement contre deux hommes forts allait nécessiter d'agir dans un laps de temps très court, une fraction de seconde. Ses jambes et ses bras étant engourdis, sans parler des muscles raidis par le froid, elle aurait besoin de mobiliser toutes ses forces. Si son plan fonctionnait, sa routine brutale et drastique d'entraînements matinaux serait payante.

Elle se raidit au son des pas sur le plancher en bois au-dessus de sa tête. De la poussière tombait des lattes et scintillait dans la lueur de la lampe. Des gonds grincèrent, puis la lumière jaillit de derrière la porte en haut des marches, éclairant un pantalon en jean et des bottes de cow-boy sales. Elle contracta la mâchoire dans l'espoir que ses muscles cessent de s'agiter et elle ferma les yeux. Un pouls rapide martelait dans sa tempe lorsque deux séries de pas dévalèrent l'escalier. Alors qu'ils se rapprochaient, elle pouvait les sentir. La forte puanteur du musc masculin et celle de la sueur lui sautèrent au nez. Un souffle puissant fit bouger ses cheveux et une main chaude parcourut sa jambe, de la cheville au genou.

La voix de Dean résonna dans la petite pièce.

— Elle est déjà réveillée ?

Des doigts rugueux ouvrirent sa paupière et le visage de Dirk lui apparut.

— Tu lui as donné une dose de cheval, dit Dirk en l'observant d'un air renfrogné. Elle est froide. Je t'avais dit de la mettre sur un matelas. Ce sera comme baiser un cadavre. Je vais augmenter le chauffage.

— Bien. Je vais chercher le rouleau de cellophane. Je n'ai pas l'intention de laisser des traces ADN. Le nouvel adjoint est au niveau. Une seule erreur et ils nous mettront les autres sur le dos.

Dean saisit le film plastique sur une étagère et le posa lourdement à côté d'elle.

— Ils ne les trouveront jamais. À part la vieille femme et Sarah, les cochons n'ont rien laissé.

La voix de Dirk se fit plus proche.

— Il va falloir la sortir du congélateur, mais avec cette température, elle ne décongèlera pas. Peut-être que les cochons aiment les glaces.

— On la déposera dans l'enclos avec Jenna. Dès qu'ils sentiront l'odeur du sang, ils auront tôt fait de les déchiqueter, congelées ou non. Je vais mettre le masque d'Halloween et dire à Stan de ne pas les nourrir pendant quelques jours.

Dean agrippa les cheveux de Jenna dans sa grande main et la regarda fixement.

— Réveille-toi, salope. Je vais m'assurer que tu ressentes la douleur chaque seconde. Tu me supplieras de t'égorger, dit-il dans un gloussement. J'espère que tu es aussi en forme que Pete l'avait prévu, car je compte te garder un certain temps et m'amuser un peu.

— Elle ne peut pas t'entendre, dit Dirk en s'agenouillant à côté d'elle, puis il commença à lui donner des tapes sur les joues. C'est pas drôle quand ils sont inconscients. J'aime qu'ils se battent pour leur vie et qu'ils crient.

Il la gifla si fort que des lumières vives clignotèrent derrière ses paupières et que le goût métallique du sang recouvrit sa langue.

— Tu lui as donné quelle dose ?

— Pas plus que d'habitude, répondit Dean avant de laisser échapper un long soupir. Elle a bu le café plus vite, c'est tout. Laisse-lui un peu de temps et tu pourras te faire plaisir.

— Cette fois-ci, je vais le faire durer, le plaisir, lâcha Dirk en souriant. Personne ne sait qu'elle est là. Le véhicule de patrouille de Pete n'a pas de GPS et j'ai fait sauter ses boucles d'oreilles. Ils penseront que Pete l'a kidnappée et on pourra dire qu'il s'était vanté de l'avoir attrapée dans les buissons derrière le Cattleman.

— Bonne idée, comme ça on pourra prendre notre temps et profiter d'elle, dit Dean en gémissant. Frappe-la jusqu'à ce qu'elle revienne à elle. J'ai pas envie d'attendre.

La douleur se propageait comme des aiguilles dans ses joues et la peur se manifestait par des afflux incontrôlables de sang dans tous ses membres à mesure que son instinct de survie se mettait en branle. Avec effort, Jenna roula ses yeux en arrière et força ses muscles à se relâcher. Ils ne devaient pas découvrir qu'elle avait repris connaissance. Son seul espoir était de les prendre au dépourvu. Un bruissement se fit entendre à proximité puis des mains rugueuses la soulevèrent et la jetèrent sur une bâche en plastique. Un poids lourd atterrit sur son dos et l'air s'échappa de ses poumons dans un souffle. Le visage pressé contre le plastique, elle aspira de petites bouffées, assez pour lui permettre de rester en alerte.

— Détache-la. Je veux voir son visage quand elle se réveillera et me sentira en elle.

— Pourquoi c'est toujours toi qui commences ? demanda Dirk en tirant sur la corde.

— Parce que je suis l'aîné.

Le sang afflua dans ses mains dans une vague douloureuse et la corde autour de son cou glissa en brûlant sa peau. Jenna scella ses lèvres pour ne pas hurler de douleur. Lorsque les liens furent retirés, elle s'effondra sur le matelas. Elle devait rester comme inconsciente et respirer régulièrement pour continuer à les duper. Dirk s'était éloigné, mais elle sentit une présence s'approcher de plus en plus. Lorsque Dean entra dans son champ de vision et qu'il commença à se déshabiller, un frisson mortel remonta le long de son échine.

Il se mit au-dessus d'elle, imposant et menaçant. Il déchira un paquet de préservatifs avec les dents et sourit à Dirk.

— Maintenant, fais-la rouler et maintiens-la plaquée contre le matelas. Je vais réveiller cette salope, à la Dean.

56

Son pouls s'accéléra et Kane referma le couvercle du congélateur avant de monter les marches en courant. Il fit claquer la trappe, se retourna pour agripper Rowley par les épaules.

— Quel est le chemin le plus rapide pour aller au ranch des Daniels ?

— Il y a un portail le long de la ligne de clôture. Il mène à une route qui traverse le champ derrière leur propriété.

Il se précipita dans le SUV, Rowley lui emboîtant le pas.

— Je veux tout savoir de l'agencement du ranch des Daniels, surtout s'ils ont des caves.

— Ils en ont une dans la grange et un abri de survie à l'arrière, répondit Rowley en bouclant sa ceinture.

Kane démarra le moteur et conduisit le SUV en direction du portail de sortie. Devant, la route boueuse et gelée se divisait en deux.

— Quelle direction ?

— Tout droit. Ils utilisent cette piste comme raccourci vers la ville, elle sera dégagée tout le long. Ça prend environ dix minutes de plus, mais ils ne nous verront pas arriver, ajouta

Rowley en jetant un regard à Kane. Qu'est-ce qui va se passer ensuite ? Ils sont armés... et l'endroit est une vraie forteresse.

Kane enfonça son pied sur l'accélérateur et les roues arrière crissèrent avant de mordre la route. Le puissant moteur du SUV rugit et ils filèrent sur la route glacée.

Alors qu'il roulait à une vitesse folle, les pins et les clôtures lourdement enneigées défilaient dans un flou de couleurs.

— Ils ne s'attendront pas à nous voir, on a déjà ça en notre faveur.

— Ils ne se rendront pas facilement et s'ils ont le shérif, on sera face à une situation de prise d'otage, dit Rowley après s'être éclairci la gorge. Dois-je contacter Walters pour du renfort ?

Kane fit déraper le véhicule dans un virage serré, évita un arbre et traversa des buissons pour rebondir sur la piste.

— Il est en route pour sécuriser le prisonnier et la scène de crime. Nous sommes seuls.

— Vous avez déjà géré ce genre de situation ? demanda Rowley en lui jetant un regard inquiet avant de se cramponner au rebord de son siège.

Kane renâcla.

— Oh oui. De nombreuses fois. S'ils retiennent Jenna contre sa volonté et qu'ils ont touché un seul putain de cheveu de sa tête, je vais les faire tomber.

Il fit pivoter le véhicule, manquant de peu le poteau du portail et accéléra. Les roues arrière rencontrèrent de la glace et la voiture glissa sur le côté. Il tourna le volant, la neige vola, et il emprunta un raccourci à travers une rangée de pins avant de rejoindre la route.

— Considérez-les comme très dangereux ; dégainez votre arme et utilisez-la si vous vous sentez menacé. Le plus important : restez derrière moi.

— Compris.

Des branches d'arbres griffaient les côtés du SUV à mesure

qu'ils filaient sur le sentier irrégulier. Les indices se mettaient en place comme s'il complétait un Rubik's cube.

— Autre chose, relança Kane en se raclant la gorge. Pendant l'enquête de voisinage, le shérif a rendu visite aux Daniels avec Pete, c'est exact ?

— Oui.

— Vous vous souvenez qu'elle a mentionné quoi que ce soit à propos de cette visite en rentrant à la brigade ? demanda Kane en ralentissant pour négocier un virage à quatre-vingt-dix degrés.

— Rien de spécial, répondit Rowley en se crispant et en s'agrippant à la porte. Le lendemain matin, elle a demandé à Daniels si la jument qui avait mis bas dans l'étable allait bien. Apparemment, la bête passait un mauvais moment.

Contrairement à l'un d'eux, je parie, pensa Kane.

Bien que la température soit inférieure à 0 °C, une nappe de sueur froide ruisselait dans son dos. Après avoir vu tous ces corps meurtris, son instinct lui disait que Jenna était aux mains de monstres. Seule, même avec les techniques de combat supplémentaires qu'il lui avait apprises, elle ne pourrait pas leur résister longtemps. Il devait la retrouver, maintenant.

— Mais pourquoi auraient-ils tué Pete ?

— Comme il nous avait dit où trouver Stan Clough et qu'il était en poste de surveillance chez lui ce matin, ils l'ont probablement tué pour mettre les meurtres sur le dos de Clough. Ils savaient qu'on allait trouver Mme Woodward dans son congélateur.

Kane ralentit le véhicule et roula au pas pour atténuer le bruit du moteur.

— Ils lui ont coupé la langue parce qu'il parle trop, reprit-il.

— Oh, merde, fit Rowley en secouant la tête. Les frères Daniels sont les dernières personnes que je pensais capables de torturer quelqu'un à mort.

— Nul doute que Jenna est du même avis, dit Kane en

humectant ses lèvres sèches. Elle a toujours insisté sur le fait qu'ils étaient inoffensifs. Bonjour l'intuition.

Le SUV dérapa au virage suivant, frôla un sapin, puis continua sur la route glacée. Kane serra les dents et tourna le volant pour reprendre le contrôle.

— Je parie que les frères Daniels se sont arrangés pour rencontrer Sarah au ranch du vieux Mitcham avec l'intention de la torturer pour savoir quelles informations nous avions en notre possession. Ils s'y sont rendus en étant pleinement préparés à la violer et à la tuer. Abandonner le corps sur place était un nouvel avertissement pour Jenna afin qu'elle tienne sa langue.

— Mon Dieu, lâcha Rowley en grattant sa chevelure brune. Ralentissez. Le ranch est au prochain virage.

Kane gara le SUV sur le côté de la route.

— Un endroit à couvert ?

— Oui, cette rangée d'arbres, parallèle à la maison.

— Prenez le fusil et suivez-moi. Fermez la porte très doucement.

Kane empoigna l'arme sur le siège arrière et sortit.

— Restez à proximité, enchaîna-t-il. Au moindre problème, repliez-vous à couvert derrière ces arbres.

Protégé par l'orée du bosquet, il courut vers la maison. Il reconnut les deux véhicules garés près de l'entrée, mais n'aperçut pas le véhicule de patrouille que Jenna avait emprunté.

— On va d'abord essayer la maison.

Il progressa en longeant le côté et s'approcha de la porte à l'arrière en restant sous les fenêtres. Rowley le collait et, d'après la façon dont il agissait, il était clair qu'il avait bien retenu les leçons de Jenna.

Derrière, trois marches menaient à un petit porche. Il fit signe à Rowley de se décaler sur le côté puis il frappa. Provenant de l'intérieur, aucun son. Il saisit la poignée et l'actionna.

La porte s'ouvrit en silence sur un vestibule et il put apercevoir une cuisine moderne et chaleureuse.

— Monsieur Daniels, vous êtes là ? C'est la brigade du shérif de Black Rock Falls. On peut se parler, s'il vous plaît ?

Aucune réponse, aucun bruit.

— J'entre ! déclara Kane en faisant signe à Rowley de surveiller ses arrières. Monsieur Daniels, c'est l'adjoint Kane.

Il s'arrêta à mi-parcours à la vue de la veste et du chapeau de Jenna jetés sur la table de la cuisine, puis se retourna vers Rowley.

— Elle est venue ici. Je vais inspecter la maison, restez sur le qui-vive.

Il dégaina son arme et fouilla les pièces rapidement, ouvrant chaque porte, puis il retourna auprès de Rowley en courant.

— RAS, mais son manteau est ici. Où est la cave ?

— Dans la grange, répondit Rowley en désignant du doigt une zone dégagée à droite de la maison. Et il y a un abri de survie sous ce bâtiment.

Il indiqua une cabane à une dizaine de mètres dans la direction opposée. Kane avait besoin de plus de temps, mais chaque seconde comptait.

— OK, si vous aviez besoin de place pour torturer quelqu'un, vous iriez où ?

— Merde, je ne sais pas. Pete m'a fait visiter ces deux endroits il y a tellement longtemps. Ils sont à peu près de la même taille, il me semble.

L'expression dans les yeux de Rowley était devenue frénétique et sa main tremblait autour du fusil.

— On doit se les geler dans la cave à cette époque de l'année et elle doit être remplie de provisions, reprit-il. Je parierais sur l'abri de survie. Il a été construit sous la cabane et il est insonorisé.

Kane le poussa dans cette direction.

— On y va !

Il détala au pas de course, ses sens en alerte et son regard se déplaçant dans toutes les directions. Six heures, six *longues* heures, que Jenna avait disparu. Le temps qu'elle avait passé ici ne faisait guère de différence. Il suffisait de seulement quelques secondes pour tuer quelqu'un. Son seul espoir résidait dans l'horrible habitude qu'avaient ces monstres de jouer avec leurs victimes.

57

À l'idée que Dean la viole, une poussée d'adrénaline la traversa. La circulation sanguine dans ses mains et ses pieds revint douloureusement, mais elle repoussa le besoin de serrer et desserrer ses doigts. Une fois, elle avait été capturée par un gang de trafiquants de drogue et n'avait survécu que parce qu'ils l'avaient utilisée comme monnaie d'échange. Cette fois, elle était dispensable. Les autres victimes des Daniels avaient enduré de longues heures de tortures avant le coup de grâce, mais cette cruauté faisait-elle partie d'un rituel ou ces hommes avaient-ils également cherché à obtenir des informations ?

La chaleur des cuisses musclées de Dean lui brûlait la chair. Elle refoula l'instinct de le repousser et de se débattre, car son agresseur prenait plaisir à voir la peur chez ses victimes et à les entendre hurler de terreur. Même s'il l'écorchait vive, elle ne lui donnerait pas ce plaisir. Elle souleva ses paupières de quelques millimètres seulement, assez pour lui permettre de jeter un coup d'œil à son corps musclé et remarquer qu'il était totalement épilé. Il n'avait manifestement pas prévu de laisser de traces d'ADN, mais il avait oublié celles du préservatif lubrifié. Elle lut le nom sur le paquet qu'il jeta à côté d'elle ; la même marque que celle dans le rapport du laboratoire : Trojan BareSkin.

Un frisson de terreur parcourut sa colonne vertébrale. Piégée dans la gueule du loup, seule et sans défense, elle devait agir avec une force immense et calculer son attaque à la seconde près. Lorsque Dean remonta ses genoux et écarta ses cuisses, elle contracta la mâchoire et ne résista pas. Cet imbécile lui avait fait une faveur en la plaçant dans une position propice à une attaque. Il lui suffirait d'un léger mouvement des hanches pour lui asséner un coup de pied mortel à la gorge.

Il se rapprocha et s'agenouilla devant elle. La bile lui remonta jusqu'au fond de la gorge. Elle pouvait le sentir, son odeur masculine flottait au-dessus d'elle dans un nuage de puanteur répugnante. Lorsqu'il la caressa de ses mains rugueuses, elle eut envie de hurler, mais son absence de réaction produisit un effet négatif sur sa virilité.

— Merde, lâcha Dean en lui envoyant une claque cinglante sur la joue. Réveille-toi, salope.

— Tu lui as provoqué une overdose et elle est probablement dans le coma, grogna Dirk. Elle devrait déjà être réveillée maintenant.

Il leva les bras au ciel et ajouta :

— Elle est dans les vapes.

— Va chercher un seau d'eau et verse-le-lui sur la tête. L'eau est si froide que ça réveillerait un mort, ordonna Dean en reculant jusqu'au bord du matelas. N'en mets pas sur moi.

Le cœur battant, Jenna attendit que Dirk se lève et sorte de son champ de vision. Quand l'attention de Dean se porta sur son frère, elle contracta ses muscles et roula. Le coup de pied atterrit sous la mâchoire de Dean, lui renversant la tête en arrière et écrasant son larynx. Il s'étala sur le sol et ses yeux se révulsèrent. Alors que Dirk se retournait, elle se leva d'un bond et elle fondit en direction des étagères. Une de ses mains se referma sur une boîte de haricots, elle se retourna et se mit en position de combat.

— Un homme à terre !

L'expression diabolique gravée sur le visage de Dirk lui glaça les sangs.

— Je vais te découper jusqu'à l'os, salope, et te donner en pâture aux cochons, cracha Dirk en s'approchant d'elle, son couteau de chasse à la main.

Elle visa la tête avec la boîte de conserve, mais la manqua. Le projectile rebondit sur son épaule, causant autant de dégâts qu'une plume. Il émit un rire menaçant, puis fit passer son couteau d'une main à l'autre en la regardant d'un air amusé.

— C'est tout ce que tu as ? lâcha Dirk en décrivant des cercles avec sa lame. Je vais tellement aimer te faire hurler.

— Des hommes bien plus forts que toi ont déjà essayé, dit-elle en bougeant ses mains dans le but de le distraire. Ton frère ne s'est pas si bien débrouillé que ça, pas vrai ?

— Écoutez-la parler, celle là, dit Dirk en souriant. Continue, tu m'excites, et quand Dean reprendra connaissance, il te gardera en vie pendant des semaines pour s'assurer que tu profites pleinement de l'expérience des frères Daniels.

Il ne réalise pas que Dean est mort. Je dois le faire parler.

— Enlever des gens et les torturer est un passe-temps, n'est-ce pas ? Vous aimez violer aussi bien les hommes que les femmes ? demanda-t-elle en reniflant. Et moi qui pensais que Pete n'avait rien dans l'estomac.

— Pete ? fit Dirk en secouant la tête. Ce garçon n'avait pas les couilles pour tuer un poulet. Pourquoi crois-tu qu'il vivait en ville ?

Il plongea son regard dans celui de Jenna et ses lèvres se recourbèrent en un sourire prédateur.

— Mais avant que je lui coupe la langue, reprit-il, il nous a parlé de toi.

Merde. Pauvre Pete. Le choc de la nouvelle avait dû s'imprimer sur son visage.

— C'est ça. Il a commencé à chialer dès le premier coup de poing, déclara Dirk avant de glousser, et Jenna reconnut ce rire comme étant celui qu'elle avait entendu la fameuse nuit de son agression derrière l'hôtel Cattleman. De la même façon qu'il est allé chialer dans tes jupons à propos de nous.

Pas étonnant que j'aie entendu deux séries de pas.

— Pete ne m'a jamais rien dit sur vous. Vous l'avez tué pour rien.

— Et maintenant, c'est ton tour, dit Dirk en agitant la lame. Tu sais, si j'enfonçais ce couteau au bon endroit dans ta colonne vertébrale, tu ne mourrais pas, mais tu serais paralysée. On pourrait tellement s'amuser et tu devrais rester allongée et encaisser.

Jenna avait besoin de le faire parler et qu'il garde son attention sur elle.

— Tu aimes faire du mal aux gens, n'est-ce pas, et violer les femmes... Mais pourquoi Helms ?

— Jenna, Jenna, Jenna, fit-il en secouant lentement la tête. Tu penses que parce qu'on a toutes ces terres, on est riches, mais quand on a tué notre père, il nous a laissé une montagne de dettes. On avait besoin d'argent et on a fait ami-ami avec des gens riches et solitaires. Quand on leur demandait gentiment leur code de carte bleue et qu'ils refusaient, on devait se montrer un peu plus persuasifs, précisa-t-il en faisant rouler ses larges épaules. Quand on n'a pas besoin d'argent, on cherche tout simplement quelqu'un de plus jeune pour tuer l'ennui et passer une longue nuit.

— Dans ce cas, lequel d'entre vous a commencé à torturer et violer des femmes en premier ?

— Tu parles trop ! Mais quand Dean se réveillera, on te fera une démonstration très personnelle. Tu serais surprise de savoir combien de temps une femme fougueuse comme toi peut survivre. Les hommes tiennent peut-être une semaine, mais même les filles de l'âge de Sarah se battent jusqu'à ce qu'on s'en lasse.

Il émit un gémissement profond et sinistre, puis fit claquer les lèvres avant de reprendre.

— Sarah aimait trop ça et on l'aurait gardée plus longtemps, mais on avait besoin de te montrer ce qui se passerait si tu n'arrêtais pas d'enquêter sur nous, ajouta-t-il avant que ses lèvres ne forment une grimace. On pensait que tu avais compris.

Étonnée, elle le fixa longuement. Il avait l'air sincèrement désolé.

— Je pensais qu'on était amis, fit-elle.

— Exactement, et entre amis on ne moucharde pas ! dit-il en bougeant son couteau comme s'il lui tranchait la gorge. Maintenant, tu dois mourir.

Fais-le parler et prends-le au dépourvu.

— Je ne vous ai pas balancés. J'ai même dit à Kane que vous étiez mes amis.

Elle remarqua qu'il se détendait un peu et elle se dit qu'elle devait agir au plus vite avant qu'il ne remarque la mort de Dean. Elle n'avait pas d'autre choix que l'attaque frontale.

— C'est trop tard, dit Dirk en faisant courir le bout de son pouce rugueux sur le fil de lame. Tu es là. Tu sais qu'on a tué Pete et Sarah.

Il esquissa un sourire satanique et ajouta :

— Et je veux te planter ce couteau et t'entendre crier.

Tremblante de peur, elle serra les dents. *Je ne me laisserai pas faire sans me battre.*

À sa droite, elle aperçut le T-shirt élimé de Dean ; elle fit un pas en arrière, l'attrapa et l'enroula autour de son bras gauche. Depuis qu'elle s'entraînait avec Kane, elle excellait au combat à mains nues, mais dans un espace confiné, elle allait se heurter à la force supérieure de Dirk. Tout en gardant le contact visuel, elle prit une grande inspiration et fondit sur lui.

L'effet de surprise lui donna le temps de saisir son poignet et de lui envoyer la paume de sa main droite sous le nez. Ce coup destiné à enfoncer le cartilage dans le cerveau était en temps normal un coup mortel pour la plupart des gens, mais Dirk était aussi fort qu'un taureau. Il la repoussa comme si elle n'était qu'une simple mouche gênante et recula en titubant, des gouttes de sang jaillissant de son nez.

— Salope ! hurla-t-il en brandissant son couteau avant de se précipiter sur elle.

Elle avait désormais un peu plus de place pour se mouvoir ; elle pivota et lança sa jambe contre la poitrine de Dirk. Il expulsa un souffle étouffé, tituba de nouveau et trébucha sur le bord du matelas avant de tomber. Dans sa chute, il tenta de se raccrocher à une étagère dont il fit tomber des boîtes de haricots qui roulèrent sur le sol. Jenna en profita pour se jeter sur une bêche appuyée contre le mur, mais elle fut trop lente. Un bras musclé se verrouilla autour de sa poitrine, lui bloquant les bras le long des côtes, et le bord froid d'une lame se pressa contre sa gorge. Il venait de l'attraper de la même façon que lors de son agression. Un filet de sang chaud coula le long de sa poitrine. Elle reprit son souffle et se laissa tomber, espérant que son poids le déséquilibrerait.

— Brigade du shérif de Black Rock Falls ! hurla Kane, qui traversait son champ de vision, son Glock 22 pointé sur la tête de Dirk. Lâche ton arme !

Un coup de feu brisa le silence et une bouillie chaude et collante éclaboussa le visage de Jenna. La main qui tenait le couteau tomba et Kane se précipita sur Alton pour l'empêcher de choir.

— C'est bon. Je vous tiens, dit la voix douce de Kane. Rowley, examinez les corps au sol à la recherche de signes de vie.

— Ils sont tous les deux morts, déclara Rowley. J'appelle les ambulanciers. Tenez, enveloppez-la dans des couvertures.

Une chaleur bienvenue l'enveloppa, mais l'état de choc s'installa et elle fut secouée par de violents tremblements. Elle fixa l'expression compatissante de Kane ; elle voulait lui dire qu'elle allait bien et qu'ils ne lui avaient pas fait de mal, mais sa bouche refusait de former des mots. Elle se pencha contre lui, empoigna un pan de sa veste et laissa couler ses larmes.

Il l'avait sauvée.

58

À l'hôpital, Kane s'assit à côté du lit et secoua la tête.

— Vous resterez ici jusqu'à ce que les médecins vous disent que vous pouvez partir.

— Je n'ai pas besoin qu'on me fasse passer une évaluation psychologique. J'ai été giflée quelques fois et droguée, rien de grave, ajouta Jenna, les yeux pleins de colère. Allez, ça se voit que je vais bien. Ça fait trois jours. Ils vont me garder encore combien de temps ? Vous voyez bien que je deviens folle ici, la nourriture est infecte.

Le regard de Kane passa sur sa joue meurtrie, sa lèvre fendue et les trois points de suture dans son cou puis il secoua de nouveau la tête.

— Vous allez rester. Pourquoi pensez-vous que le procureur m'a interdit de vous rendre visite avant aujourd'hui ? Il voulait s'assurer qu'il n'y ait pas de conflit d'intérêts. Je ne vois pas comment ça se pourrait, vu que Rowley est témoin, mais bon, ils ont besoin de preuves sans équivoque pour les deux homicides.

— Ils pensent quoi ? Nom de Dieu, deux psychopathes me kidnappent et ils veulent une preuve que c'était de la légitime défense ? On croit rêver.

D'accord avec elle, Kane opina du chef.

— Je leur ai dit que vous avez abattu Dean Daniels dans le cadre de la légitime défense et que j'ai tiré sur Dirk juste avant qu'il ne vous tranche la gorge. Vos points de suture et la déposition de Rowley le prouvent. Le procureur voulait néanmoins une preuve absolue de ce qui s'est passé. Quand on vous a amenée aux urgences, la drogue devait encore être dans votre corps. J'ai trouvé des flacons de pilules dans la cuisine et une tasse à café avec vos empreintes. Tout est entre les mains de la police scientifique maintenant. Ensuite, il y a la marque de préservatifs qui correspond à ceux utilisés dans le meurtre de Sarah et son chouchou rose, ajouta-t-il avant de soupirer. On a beaucoup de preuves et quand j'ai dit à Stan Clough que ses extraterrestres n'étaient autres que les frères Daniels portant des masques d'Halloween, il a commencé à parler. Sa déclaration a confirmé ce que Dirk vous a avoué. Il a déclaré qu'ils tuaient depuis quelques années et qu'à l'époque où il possédait encore son ranch, ses cochons avaient mangé les corps.

Il se frotta le menton.

— Il sera accusé de recel de plusieurs corps et finira probablement dans un établissement psychiatrique.

— Je suis encore sous le choc, dit Jenna en lui jetant un regard inquiet. Si vous ne m'aviez pas remise à niveau avec nos séances d'entraînement du matin, je serais peut-être morte.

— Arf, vous n'en aviez pas vraiment besoin. Vous n'avez rien perdu de ce que vous avez appris, c'est en vous, je vous ai juste donné un coup de pouce pour vous remettre sur les rails, ajouta-t-il en souriant. Mais ne croyez pas que c'est ce qui va m'empêcher de vous faire vous entraîner d'arrache-pied dès que le médecin aura donné son accord.

— Vu la façon dont ils s'occupent de moi, ce sera dans le courant de l'automne.

Kane serra sa main.

— En attendant, voulez-vous connaître les mobiles que votre

équipe d'adjoints qui travaille dur a mis au jour pour tous les meurtres ?

— Bien sûr ! dit Jenna en grimaçant avant de gémir de douleur. Allez-y. Pour l'instant, je ne sais que ce que Dirk m'a dit.

Kane lui livra les conclusions qu'il avait transmises à l'adjoint Rowley concernant la mort de Sarah et les tentatives d'assassinat sur Jenna.

— Les abus qu'ont subis les frères Daniels dans leur enfance ont déclenché plus tard des comportements psychotiques, d'autant plus que les problèmes de santé mentale semblent provenir d'antécédents familiaux. Il est possible que le père ait assassiné leur mère et que Pete ait survécu parce qu'il a quitté cet environnement lorsqu'il était bébé, précisa-t-il en soupirant. Les mutilations causées sur le bétail auraient permis d'éviter d'autres séries de meurtres en jouant un rôle palliatif, mais ça aurait aussi très bien pu être un moyen de contrôler Clough. Il est probable que le fait d'avoir vécu dans un tel isolement les ait contraints à assouvir leurs fantasmes sur des animaux dès leur enfance.

— Tout ça, c'est très bien, mais après avoir trouvé Stan Clough et le corps de Pete, qu'est-ce qui vous a poussé à continuer à chercher ? Il était notre principal suspect.

— Le labo avait trouvé les empreintes de deux paires de bottes sur la scène de crime et Clough n'arrêtait pas de dire que c'étaient *eux* qui avaient fait ça et qu'il avait peur d'*eux*. Je ne l'ai pas cru et j'ai poursuivi en fouillant la maison à la recherche de trophées ou de preuves.

Il soupira puis reprit :

— Quand j'ai trouvé le corps de Mme Woodward et vu qu'elle avait accusé les Daniels dans un message écrit avec son sang, toutes les pièces se sont mises en place.

— Comment m'avez-vous retrouvée ? Le bunker est bien caché.

— Si Rowley ne m'avait pas parlé de cet abri de survie, nous ne vous aurions pas trouvée à temps. Au fait, je dois vous féliciter pour la formation de Rowley ; il n'a pas faibli une seule fois. Choqué et horrifié, mais solide comme un roc.

— Oui, c'est un bon adjoint, fiable, ajouta Jenna en frottant ses tempes, et son front se plissa. Je n'arrive pas à croire que les frères Daniels aient eu l'intelligence d'utiliser le pick-up de Mme Woodward pour provoquer mon accident. J'imagine que l'avis de recherche que nous avions lancé sur le véhicule n'a pas encore porté ses fruits ?

Elle tripota le pansement sur son cou et une lueur dans ses yeux bleus refléta sa douleur.

— Si, répondit Kane en souriant. Walters a trouvé le pick-up garé à la vue de tous sur le parking de l'hôtel Cattleman. En ce moment même, Rowley prélève des échantillons de peinture sur la partie endommagée à l'avant.

— C'est bien. J'imagine qu'ils ont eu le temps de se débarrasser du véhicule de Pete afin de s'assurer qu'ils ne seraient pas impliqués dans mon enlèvement ?

Kane haussa les épaules.

— On dirait plutôt qu'ils avaient prévu de me faire porter le chapeau.

— À vous ? fit Jenna, les yeux écarquillés. Pourquoi vous ?

— Nouveau en ville et leur plus grande menace, je suppose, répondit Kane en se frottant l'arrière du cou. Ils ont jeté le sac à main de Sarah dans notre poubelle et j'ai retrouvé une mèche de ses cheveux et le sous-vêtement manquant dans mon garage. Ils n'ont pas eu le temps de se débarrasser du véhicule. On l'a trouvé sous une bâche dans la grange des Daniels ; c'est le labo qui l'a à l'heure où je vous parle, donc nous avons deux voitures de patrouille en moins pour le moment.

Il croisa son regard agacé et sourit.

— Ne vous inquiétez pas, reprit-il, j'ai parlé au maire ; il a passé une commande urgente de deux SUV flambant neufs pour les remplacer. Nous les aurons bientôt.

— C'est merveilleux. Combien de ses bras avez-vous dû casser ? demanda-t-elle avec un petit rire qui le remplit de bonheur.

— Pas un seul, répondit-il en remuant les sourcils. J'ai usé de mon charme.

— Eh bien, vous en avez à revendre, dit Jenna en soupirant. Il est difficile de croire qu'ils ont assassiné John Helms ou la pauvre vieille Mme Woodward pour de l'argent. Dirk m'a dit qu'ils avaient un tas de dettes après avoir assassiné leur père. Il m'a indiqué qu'ils se liaient d'amitié avec des personnes seules et les torturaient pour connaître leur code de carte bleue. Il a lancé ça comme ça, comme s'il s'agissait d'un nouveau travail pour payer leurs factures. La façon dont il a justifié les meurtres faisait froid dans le dos.

Elle frissonna et se frotta les bras comme pour se réchauffer avant de reprendre.

— Dean et Dirk ont tous deux admis avoir violé et tué Sarah, mais d'après ce que Dirk a dit, ils ont fait beaucoup d'autres victimes. Le problème, c'est que ce ne sont que des mots. Si la police scientifique ne trouve pas une cachette avec leurs trophées, nous n'aurons rien pour avancer, ajouta-t-elle en faisant la grimace. Malgré tout, il faut bien admettre que nourrir les cochons de Stan Clough avec leurs victimes était un coup de génie.

Kane se frotta le menton.

— Peut-être que Clough pourra expliquer pourquoi ils se sont arrêtés de tuer pendant deux ans puis ont recommencé. Leur comportement ne suit pas le schéma habituel de celui des tueurs psychopathes.

— Comme vous l'avez déjà dit, ils ont certainement dû assouvir leurs fantasmes et céder à leurs pulsions. Et nous n'avons aucune idée du nombre de corps qui pourrissent dans des barils, pas vrai ? dit Jenna en reposant sa tête sur les oreillers avant de bâiller. On doit examiner toutes les affaires de personnes disparues dans les comtés environnants depuis le moment où ils ont tué leur père.

Elle laissa échapper un long soupir avant de conclure :

— Ça va nous prendre une éternité...

— Ne vous inquiétez pas, la rassura Kane en lui tapotant la main. Une équipe médico-légale fédérale est au ranch. Si les frères Daniels ont conservé des trophées, ils seront recoupés avec tous les cas de personnes disparues dans l'État.

— J'ai l'impression d'être une idiote incompétente. On ne sait toujours pas comment Helms a rencontré les frères Daniels au tout début.

Kane se leva et remplit un verre de jus d'orange avant de le lui tendre.

— Si, on sait. J'ai finalement réussi à m'entretenir avec sa femme. Son histoire était assez proche du récit du père Maguire. Le couple avait des problèmes conjugaux et Helms avait besoin de faire une pause. Il a décidé de prendre la route pour suivre son équipe de hockey préférée et assister à tous ses matchs. Sa voiture est tombée en panne à Blackwater et il l'a fait remorquer jusqu'à un garage. Il a dit à sa femme qu'il y était tombé sur deux hommes de Black Rock Falls. Ils lui ont proposé de l'héberger et de le ramener en ville pour récupérer sa voiture et travailler quelques jours dans leur ranch. Comme la réparation de son véhicule allait prendre une semaine, il a accepté. Il devait être hors de portée de voix lorsqu'il a utilisé son téléphone portable pour appeler sa femme ; les frères Daniels n'en ont rien su.

— Donc, vous êtes sûr que ce sont les frères Daniels qu'il a rencontrés ?

Kane sourit.

— Aucun doute. Ils ont fait l'erreur de parler à Helms devant le propriétaire du garage. Ils ont commandé des pièces de rechange pour le pick-up de Dean et ont laissé leur numéro de téléphone. Le propriétaire se souvient qu'ils sont partis avec Helms.

— Pourquoi sa femme n'a-t-elle pas dit tout cela au prêtre ?

— Je lui ai posé la même question. Le prêtre et elle ne se sont parlé qu'à partir du moment où il l'a contactée pour lui demander qui était le dentiste de son mari ; apparemment, il n'a même pas mentionné le fait que son mari faisait l'objet d'un avis de recherche pour disparition inquiétante, dit Kane en secouant la tête. Quand j'ai interrogé le prêtre, il m'a dit que la femme n'était pas stable mentalement et qu'il ne voulait pas l'inquiéter.

— Cela n'explique pas pourquoi nous n'avons pas réussi à la contacter pendant des lustres, rétorqua Jenna en fronçant les sourcils. Vous lui avez demandé où elle s'était cachée tout ce temps ?

— Je l'ai fait. Quand Helms lui a dit qu'il avait hâte de rencontrer de nouvelles personnes et de partir à l'aventure, elle a fait ses valises et est partie chez sa mère. Elle était furieuse contre Helms, a éteint son téléphone portable et ne l'a jamais rallumé. C'est pour cette raison qu'il nous était impossible de la localiser. Lorsque le prêtre lui a rendu visite et lui a posé des questions au sujet du dentiste, il lui a dit qu'il n'avait pas réussi à la joindre par téléphone. Elle lui a semblé très vague par moments et elle ne comprenait pas pourquoi son mari avait choisi de prendre la route par des températures glaciales plutôt que de régler leurs problèmes.

Il renifla.

— On ne peut pas lui donner tort. Pourquoi quelqu'un se rendrait-il seul à Black Rock Falls au milieu de l'hiver pour se retrouver avec des étrangers, avec ou sans match de hockey ? Ça défie toute logique.

— Vous l'avez bien fait, vous, dit Jenna en écartant une mèche de cheveux noirs de son front.

Il lui rendit le sourire qu'elle lui offrit ensuite.

— Oui, c'est vrai. Mais après quatre homicides, quatre tentatives d'assassinat et la découverte que le hockeyeur vedette de la ville est un prédateur sexuel en puissance avant même d'avoir reçu mon premier salaire... je ne suis pas si sûr que Black Rock Falls soit la ville tranquille que j'imaginais.

Il la fixa longuement, notant l'appréhension dans son regard.

— Oui, reprit-il, le procureur m'a interrogé sur les raisons pour lesquelles j'ai quitté un job bien payé pour me retrouver ici. J'ai tout expliqué, mais maintenant ils veulent que je passe l'évaluation psychologique avec vous.

— Au moins, j'aurai de la compagnie.

Elle fronça les sourcils puis reprit :

— Comment s'est passée l'audience de Rockford ?

— Il est actuellement incarcéré à la prison du comté en attendant son procès, répondit Kane en se raclant la gorge. Même son papa n'arrivera pas à le faire sortir de là et je doute aussi que le maire soit réélu ; les habitants sont mécontents, ajouta-t-il en soupirant. Vous serez dans les affaires judiciaires pour le reste de l'année. Bon sang, ces frères Daniels étaient une espèce à part.

— Vous avez déjà eu affaire à ce type de tueur psychopathe auparavant ? Je pensais que la plupart d'entre eux agissaient seuls ? demanda Jenna en arquant les sourcils. Ils avaient différents types de victimes, et c'est inhabituel, n'est-ce pas ?

— Pas forcément. On parle ici de deux hommes différents. Mettons que Dirk ait subi la plupart des abus de son père. Il ressentait probablement le besoin de torturer des hommes et de les faire payer pour ce qui lui était arrivé quand il était enfant, répondit Kane en passant une main dans ses cheveux.

Inquiet que ce genre de discussion puisse la bouleverser après son expérience, il décida de ne pas entrer dans les détails.

— Ensuite, reprit-il, Dean aurait pu croire que sa mère permettait à son père de leur faire du mal et il se serait concentré sur le fait de faire du mal aux femmes. Le viol et la torture n'ont rien de sexuel ; c'est une punition.

Il s'assit sur le bord du lit et observa attentivement ses réactions avant d'enchaîner.

— Je crois que le mobile initial était l'argent, comme vous l'avez dit, c'est pourquoi les frères Daniels ont réfléchi à des solutions pour remédier au problème. Ils ont torturé leurs victimes pour obtenir leurs codes de carte bleue puis ont vidé leurs comptes bancaires. À mon avis, ils ont commencé doucement, mais le fait d'infliger de la douleur a déclenché leur comportement déviant. Les longues séances de torture et les viols sont arrivés plus tard. Les psychopathes agissent en intensifiant leurs actions et chaque nouveau meurtre est plus violent que le précédent pour nourrir le frisson.

— Mais Mme Woodward a été aperçue en train de retirer de l'argent liquide. Ils ne l'ont pas tuée tout de suite, n'est-ce pas ? demanda Jenna avant de boire une gorgée dans son verre. Je me demande pourquoi.

Il haussa les épaules.

— D'après ce que nous savons, ils auraient découvert qu'elle avait plusieurs comptes bancaires et une fortune cachée. À mon avis, elle les a contactés au sujet de l'achat du ranch. Elle voulait probablement se faire une idée de comment était la région, et je parie qu'ils lui ont suggéré de l'héberger. J'ai trouvé son sac à main dans une des chambres de leur maison. Elle a probablement proposé de travailler chez eux comme femme de ménage pour presque rien et, au début, ils l'ont payée en liquide.

— Alors, pourquoi la tuer ?

— Ah, eh bien, j'imagine qu'elle leur a dit qu'elle possédait l'argent pour acheter la propriété comptant. On sait qu'elle a déposé un gros chèque de banque. Elle était leur poule aux œufs d'or et ils voulaient vider tous ses comptes. Une fois qu'ils l'ont fait, elle leur a été inutile.

— OK, les preuves sont là pour relier les Daniels aux meurtres de Samantha et Sarah Woodward, et Pete, bien sûr.

Jenna l'observa longuement, semblant dans l'expectative.

— Vous avez trouvé autre chose pour les relier au meurtre de Helms ?

— On a trouvé une boucle d'oreille correspondant à celle qui manquait sur Helms, avec le lobe d'oreille encore attaché, dans la grange des Daniels. J'imagine qu'ils l'ont emmené chez eux et n'ont pas perdu de temps pour le torturer pour connaître son code de carte. Les relevés de leur téléphone portable et le GPS du pick-up de Dirk indiquent leur présence à chaque date et heure des retraits d'argent de Helms et Woodward. On pense que Helms a fini dans le baril parce que Clough n'avait pas encore sa nouvelle porcherie.

— Autre chose que je dois savoir ?

— Oui, répondit Kane en se frottant le menton. Depuis une heure, l'enquête n'est plus entre nos mains et est prise en charge par la cavalerie. L'agence de la Sécurité intérieure a récupéré nos affaires de personnes disparues et va examiner les dossiers des autres États au cas où il s'agirait d'une grande série de meurtres.

Le visage de Jenna perdit toute couleur et elle reposa le verre sur la table avant de lever le menton.

— J'ai une confession à vous faire. Je suis passée à côté de quelque chose le jour où je suis allée au ranch des Daniels, dit-elle avant de se racler la gorge et que ses joues ne rosissent. J'ai entendu un gémissement, comme quelque chose... Quelqu'un qui souffrait. Quand j'ai posé la question à Dean, il m'a répondu que sa jument était en train de mettre bas.

Elle marqua une pause et reprit :

— Il y avait des taches de sang sur ses bottes et il puait la sueur. J'aurais dû aller voir... ou au moins m'en souvenir. Helms et Sarah sont morts à cause de moi.

Elle se pencha en arrière et ferma les yeux.

— En général, reprit-elle, j'arrive bien à juger le caractère des gens, et j'appréciais vraiment Dean et Dirk. On dirait bien que ma formation en profilage a été une totale perte de temps.

Il considéra sa confession pendant quelques secondes puis secoua la tête.

— Ne culpabilisez pas, vous avez accepté l'explication de deux hommes en qui vous aviez confiance, et si vous les aviez découverts en train de torturer John Helms, ils vous auraient tués, Pete et vous. Étant donné qu'ils avaient réussi à agir en toute impunité jusque-là, vous auriez contrarié tous leurs plans et ils n'auraient pas hésité.

Kane soupira et reprit :

— Les psychopathes savent très bien charmer leur monde, croyez-moi, ils peuvent tromper les meilleurs d'entre nous. Pensez à combien de personnes Jeffrey Dahmer et Ted Bundy ont bernées...

— Vous savez, dit Jenna en rouvrant les yeux et en le regardant comme si elle le voyait pour la première fois, sous votre image de dur à cuire se cache un homme de grande valeur. Vous êtes bon et généreux et ce fut un honneur de travailler avec vous.

Kane sourit et serra sa main de nouveau, si petite dans sa paume.

— Merci. J'apprécie aussi de travailler avec vous. Je dois juste me rappeler sans cesse qui commande, ajouta-t-il en riant. Ce qui, je dois l'admettre, a demandé quelques ajustements, mais j'apprends vite.

— En ce qui me concerne, je dois respecter votre expérience et travailler *avec* vous également, dit Jenna avant de soupirer. J'ai l'habitude de devoir dire à mes adjoints tout ce qu'ils doivent faire. C'est incroyable d'avoir à mes côtés quelqu'un de confiance. Vous pensez qu'on aura un jour un remplaçant pour Pete ?

Kane gloussa et décrivit de petits cercles avec son pouce sur le dos de sa main. Il avait déjà contacté le QG pour trouver un remplaçant adéquat, quelqu'un en qui *lui* pouvait avoir confiance.

— Vous vous plaisez vraiment ici à Black Rock Falls ? demanda-t-elle en lui lançant un regard interrogateur.

— Absolument. Je me demande ce qui va se passer ensuite.

— Oh, je pensais qu'avec l'arrivée du nouvel adjoint, vous demanderiez votre mutation, et je ne vous en aurais pas voulu, déclara Jenna, son regard azur déjà embué.

— Vous pensez vraiment que je quitterais mon cottage douillet, les cookies aux pépites de chocolat fraîchement préparés et la possibilité de voir mon patron porter des chaussons roses ?

— Alors, vous restez ici pour m'aider à combattre le crime ? lança-t-elle en rongeant ses ongles délicats.

Quoi ? La laisser seule dans ce bled paumé ? Jamais.

David lui adressa un sourire puis répondit :

— Oui, madame.

UNE LETTRE DE D.K. HOOD

Chère lectrice, cher lecteur,

Je suis ravie que vous ayez choisi mon roman et que vous m'ayez rejointe dans le monde passionnant de Kane et Alton avec *Pas un mot*.

Si vous souhaitez être tenus au courant de mes dernières publications, il vous suffit de vous inscrire en cliquant sur le lien ci-dessous. Nous ne partagerons jamais vos coordonnées et vous pourrez vous désinscrire à tout moment.

france.bookouture.com/subscribe/

L'écriture de cette histoire a été une aventure passionnante pour moi. Me plonger dans la vie d'anciens agents secrets et de tueurs en série a été un rêve devenu réalité. J'adore la médecine légale et j'ai pris plaisir à faire des recherches sur tous les aspects des scènes de crime.

Si vous avez apprécié mon histoire, je vous serais très reconnaissante de laisser un commentaire et de recommander mon livre à vos amis et à votre famille ou sur les réseaux sociaux. J'aime beaucoup avoir des nouvelles des lecteurs, car lorsque j'écris, c'est comme si vous étiez là avec moi, à suivre l'histoire des personnages.

L'écriture d'un roman est une activité très solitaire et j'aimerais beaucoup avoir de vos nouvelles, alors n'hésitez pas à me contacter sur ma page Facebook ou sur mon site Web (en anglais).

Merci beaucoup pour votre soutien.

D.K. Hood

www.dkhood.com

 facebook.com/dkhoodauthor

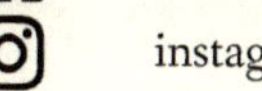 instagram.com/d.k.hood

www.ingramcontent.com/pod-product-compliance
Lightning Source LLC
Chambersburg PA
CBHW050852210726
48290CB00004B/1193